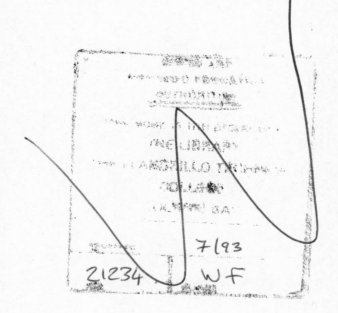

Etifedd y Glyn

ETIFEDD Y GLYN

Emyr Humphreys

Trosiad Cymraeg gan W. J. Jones (Gwilym Fychan)

Gwasg Gomer
1981

Cyhoeddwyd y gwreiddiol, *A Man's Estate,* gyntaf gan
Eyre & Spottiswoode ym 1955.

Argraffiad Cymraeg Cyntaf - Rhagfyr 1981

ISBN 0 85088 935 9

©   Emyr Humphreys

Dymuna'r cyhoeddwyr gydnabod cymorth
Adrannau'r Cyngor Llyfrau Cymraeg
a noddir gan Gyngor Celfyddydau Cymru.

Argraffwyd gan
J. D. Lewis a'i Feibion Cyf., Llandysul, Dyfed.

Philip Esmor-Elis

"Philip annwyl," meddai, "rhaid iti beidio â chwerwi."
Hawdd y gallai ef siarad yn y stafelloedd crand yma, paneli
derw, llyfrau, sieri, a digonedd o amser.

"Chwerwi," meddwn. "Mi fyddet tithe'n chwerwi petaet ti
yn fy lle i."

"Gad i ni ystyried y peth yn rhesymol," meddai ef. Swniai
ddeng mlynedd yn hŷn na mi gyda'i dei-bo yn tanlinellu'i
wyneb bychan. Llinell hunanfoddhaus dan lofnod. Gondola
dan falŵn. Ei gefnogaeth, nid ei gyngor oedd arna i 'i eisiau.
Ond roedd ef yn barotach i roi cyngor. Pa wendid ynof i sy'n
peri 'mod i'n cael cyfaill o'r fath? "Beth mae dy fodryb yn
ddweud?" meddai ef.

"Mi ddweda i wrthot ti be ddwedodd hi:

Annwyl Philip, mae'n ddrwg gen i glywed eu bod nhw wedi d'an-
wybyddu di. Ond rwyt ti'n ddigon ifanc eto 'machgen i, on'd wyt
ti? Efallai y dylet ti fod wedi glynu wrth y D.C.P. fel y dywedais i
ar y pryd, yn lle rhuthro at y gwaith ymchwil yna. Gyda golwg ar y
trichant, mi hoffwn fedru dy helpu di. Ond fel y gwyddost ti mae
cost dy addysg di wedi disbyddu 'mhwrs cyfyng i, ac ar hyn o bryd
mae arna i ofn na fedra i ddim rhoi rhagor o help i ti. Yn awr, gan
dy fod ti wedi dewis dy lwybr, mae'n debyg fod yn rhaid i ti
ymladd drosot dy hun. Roedd dy dad yn arfer ymladd ei frwydrau
ei hun, a fedra i wneud dim gwell na chymeradwyo'i wroldeb ef i
ti, fel y gwnes i lawer gwaith yn y gorffennol.

Rhaid cyfaddef 'mod i'n deall gwrthwynebiad Syr Christopher i
dy briodias di a Margaret yn glir iawn nawr. Ar ryw ystyr rhaid i
ti barhau i weithio dy ffordd i fyny a phrofi dy werth. Rwyt ti'n
dweud dy fod yn rhy hen. Mae deg ar hugain yn ieuenctid ir yn y
rhan fwyaf o alwedigaethau, 'machgen annwyl i. Rhaid i ti a
Margaret fod yn amyneddgar am ychydig eto, os nad oes awydd
arnat ti i hawlio dy etifeddiaeth Gymreig, fel y byddwn ni'n arfer
ei galw, (ond ymhlith yr hil gyfreithgar a chelwyddog honno, go
brin y byddai hynny'n cyflymu dy gynlluniau!)

Rwy'n credu bod y gallu gen ti i fynd i ben yr ysgol, Philip, ond
rhaid i ti sylweddoli y bydd hi'n ymdrech hir, a llawer codwm ar y
ffordd. Ond ar y top yr hoffai dy dad i ti fod, ac y mae ei ysbryd yn
dangos y ffordd i ti.

Fel bob amser dy gariadus fodryb,
Gwendoline Esmor."

"Rwyt ti'n gweld be 'dw i'n gorfod 'i ddiodde," meddwn. "Yr hen sguthan. Fuodd hi 'rioed yn fodlon i mi wneud proto-swoleg. Ddim yn fodlon i mi gyffwrdd â gwyddoniaeth o gwbwl mewn gwirionedd."

"Beth oedd hi am i ti 'i wneud?" ebe John, gan laswenu fel petai popeth ynglŷn â fi yn afresymol a digri. Mi hoffwn i petai e'n fy nghymryd i gymaint o ddifri ag y mae'n ei gymryd ei hun.

"Gwleidyddiaeth," meddwn i. "Yr hen fochyndra hwnnw. Dim ond am fod fy nhad yn Aelod Seneddol."

"Ond fe fynnaist ti lynu at batholeg," ebe John. "Da was, Philip."

"Ie, ond beth sy'n mynd i ddod o hynny?" meddwn i. "Mae'r Swades cythraul 'na wedi cael y gymrodoriaeth. I ble'r a' i nesa'? Y Swistir meddet ti. Cymer e, meddet ti. O'r gore, tair blynedd yn y Swistir. Tair blynedd yn Greenland. Dydw i'n hidio mo'r dam ymhle. Ond rydw i am gael Margaret gyda fi. Waeth gen i be ddywed ei thad."

Taniodd John ei bibell a dechrau edrych yn ddoeth uwchben ei dei-bo.

"Rydw i'n cytuno, 'rhen ddyn," meddai, gan chwifio'r fatsien farw fel petai'n hudlath. "Rwy'n cytuno'n hollol. Ond mae yna rwystrau, a chystal inni 'u hwynebu nhw. Yn gynta, prinder arian (mi garwn i fedru dy helpu di yn fan 'na) ac yn ail, Y Meistr."

"Yr hen Fastard ei hun," meddwn, ac edrychai John fel pe tai wedi ei frifo. Roeddwn i'n bwriadol ymdrechu i fod yn ddi-ddiwylliant. Ond pam dweud "ni"? Oedd e'n credu ei fod yntau'n dod hefyd? Roedd e'n llawer rhy hoff o lynu wrth Margaret a fi. Yn siarad am ei barddoniaeth. Beth roedd e'n mynd i'w gyhoeddi,—a beth nad oedd e'n mynd i'w gyhoeddi. Fe ddigwyddai hynny'n rhy aml. Ac wrth gwrs gallai bob amser ei gyfiawnhau'i hun drwy dalu. Dduw Mawr! pam nad oes gen i fwy o arian?

2

Barddoniaeth Margaret. Mae'n well gen i ei theipiadur. Mi fydda i'n hoffi eistedd wrth ei hochr pan fydd hi'n teipio ar y peiriant bach destlus yna. Mi fydda i'n hoffi'i phetruster a'i bysedd meinion yn hofran uwchben ei lythrennau.

"Wyt ti'n hoffi hwnna, Philip?" medd hi. Llygaid mawr yn syllu arnaf, mewn cariad, gobeithio, ac yn disgwyl am fy nghymeradwyaeth.

"Dydw i fawr o feirniad, cariad," meddwn i. "Dy garu di rydw i; dyna i gyd." Rhoddais fy mraich am ei gwasg dwt. Meddwl gwneud rhyw sylw ffraeth, fel bod eitha golwg arni a'i bod hi'n bisyn reit ddel, a gwasgu fy llaw i lawr hyd ei chlun, ond penderfynu peidio. Nid yw'r math yna o wamalrwydd yn apelio ati. Ddim yn deall menywod: dyna f'anhawster i.

"Rhaid iti ddysgu, Philip," meddai hi, "dysgu chwaeth."

"Chwaeth," meddwn i. "All neb ddweud nad oes gen i chwaeth."

"Darllen e," ebe hi, "a rho'r gorau i dreio 'nghusanu i. Falle daw Dadi i mewn."

Bydd Amser, goeliaf i, Canghellor Angau
Yn poeni a threulio'r daran yn y Cariad hwn . . .

"Anwyddonol," meddwn i. "Sut y medri di dreulio taran?"

Cododd oddi wrth ei desg.

"Dyna rwyt ti'n 'i wneud nawr, Philip," ebe hi.

"Paid â bod yn flin, cariad, " meddwn i. "Mi ddwedais nad wy' ddim yn deall y stwff yna. Rwy'n ei hoffi am ei fod e'n rhan ohonot ti, am 'mod i'n dy garu di."

"Mae dy ddwylo di mor oer," ebe hi. "Rho dy law ar 'y nhalcen i. Mae'n boeth, on'd ydi?"

"Ddim yn boethach nag y dylai fod, cariad," meddwn i. "Gad i mi weld dy wddw di. Aros fan yma. Dan y gole. Dywed 'A'."

" 'A'," ebe hi.

"Hm! Mae rhywbeth yn bod arnat ti," meddwn. "Mi ro i brescripsiwn i ti."

Rhoes ei phen ar fy mynwes.

"Mae curiadau dy galon di'n rhy ara," meddai. Rhoes ei breichiau am fy nghanol.

"Hen frest galed," meddai. "Gwyddonol. Gwyddonol iawn."

"Gallwn fod yn hapus mewn labordy," dyna roeddwn i am 'i ddweud wrth Margaret, ond 'mod i wedi dweud hynny wrthi o'r blaen. Rydw i'n dal i ddirnad yr un pethau o hyd fel pe bai rhyw ystyr newydd yn dod iddynt gyda phob ailadrodd. Rhyw obsesiwn felly. 'R'Arglwydd! Mi fuaswn wrth fy modd mewn labordy oni bai am y diawliaid yna sy â'u llygaid ar ddyrchafiad o hyd. Mor brysur yn ceisio ymddyrchafu, does ganddyn nhw ddim amser i ddysgu eu gwaith yn iawn.

"Beth yw hwnna?" Gwthiodd Swades ei drwyn dros fy ysgwydd.

"Fedri di mo'i wneud e fel 'na," meddai Swades yn heriol.

"Na fedra i?" meddwn. "Ystyria, Swades . . ."
Ac yna mi eglurais wrtho. Sawl gwaith rydw i wedi gorfod dweud wrth y burgyn diog, di-glem? Am ddwy flynedd mae e wedi manteisio ar fy ngwybodaeth i, a llyfu tin yr Athro yr un pryd. Mae e wedi achub y blaen arna i bob tro, damio fe.

Mae'r Athro lawn cynddrwg. Yn waeth, yr hen lwynog.

"Gwaith da, Esmor," meddai. "Hyfryd iawn 'wir. Wedi bod yn meddwl ar y trywydd yna fy hun. Beth petaem ni'n paratoi papur ar gyfer y B.M.J.? Dan ein henwau ni'n dau. Be ydych chi'n feddwl?"

A'i enw fe'n gynta, os gwelwch yn dda. Yr Athro A. J. de Veina Grooves, P. E. Eliis. F'enw i mor bitw â rhyw atalnod bychan.

"Mae gennych chi gyfarpar buddiol iawn fan 'na, Esmor," meddai. "Syml ac effeithiol. I be mae hwn yn dda?"

Mi ddwedais wrtho. Fe ddylsai'r ffŵl gwirion wybod.

"Wrth gwrs, rwy'n gweld, rwy'n gweld," meddai. "Posibilidadau masnachol iddo fe hefyd, wyddoch chi. Hoffech chi i mi ei grybwyll i Files yn B.H.?"

Diolchais iddo. 'Rargol! mor ddiniwed ydw i!

"Ym! Ie. Posibiliadau pendant. Braidd yn amrwd yma a thraw efallai. Hwyrach y gallwn ni fynd drosto gyda'n gilydd ryw noson, ie, Esmor? Y tu ôl i ddrysau cloëdig, ie?" Yr hen ffŵl a'i hewian! "Rhaid gwylio na chaiff neb ladrata'n syniad, yntê Esmor?"

"Ydych chi ddim yn meddwl . . ." ebe Swades, gan gychwyn yn yr un hen rych.

"Nac ydw," meddwn i. Roeddwn wedi bod yn disgwyl am

hyn. "O hyn allan fydda i ddim yn meddwl dros neb ond fi fy hun."

"O'r gore, o'r gore!" Plygodd Swades yn ôl fel petai'n ofni i mi ei daro. Byddaf yn anghofio weithiau mor amlwg mae fy nhymer yn dangos yn fy wyneb. "Os dyna dy agwedd . . ."

"Dyna *yw* f'agwedd," meddwn. Cyflymodd curiad fy ngwaed fel thermomedr mewn dŵr poeth.

Sbonciodd yr hen ddyn allan o'i ystafell fel teigr yn bwrw'i flew, ei gudynnau llwyd ar chwâl a chlytiau coch ar ei wyneb. Pwysedd gwaed, ond dim peryg iddo syrthio'n farw.

"Esmor," meddai, yn Athro bob modfedd ohono, Yr Athro A. J. de Veina Grooves, a joch o waed yr uchelwyr yn ei wythiennau. "Esmor! Rydych chi wedi bod yn dilorni fy ngwaith i wrth y cynorthwywyr labordy! Ydi hynny ddim yn wir? Peidiwch â gwadu. Mae gen i dystiolaeth ategol."

"Mae'n dibynnu, syr," meddwn i. "Be ydych chi'n ei feddwl wrth ddilorni."

"Mi gymera i feirniadaeth gyfreithlon cystal â neb," meddai, gan edrych dros ei sbectol, a phwyntio'i fys yn fyr ei olwg tuag at fy ysgwydd chwith. "Ond dyna . . . Ar ôl y cyfan rydw i wedi'i wneud drosoch chi. Rydych chi'n datblygu i fod y math o ddyn nad oes enw arall arno ond cydweithiwr anystywallt."

"Ai dyna pam na chefais i mo'r gymrodoriaeth?" meddwn i. "A minnau'n tybied mai'r rheswm am hynny oedd fod Swades yn gwybod cymaint mwy na mi."

"Rhaid i chi gael gwared â'r agwedd ffroenuchel yma, Esmor," meddai. "Dydi hi'n gwneud dim lles i chi. Fe gewch chi enw drwg. Enw drwg yn y proffesiwn. Does dim gwaeth bygythiad na hynny wyddoch chi."

"Gwn," meddwn.

4

Rydw i'n awyddus i ddod ymlaen gyda phobl. Ydi hynny'n gyfrinach na chefais i mohoni, neu ai fi sy'n gwneud gormod o'r peth, fel y bydd Margaret yn dweud, neu o leia'n awgrymu? Dydi'r byd 'ma ddim yn lle rhesymol. Mi wn sut mae celloedd y corff yn ymddwyn, yn fyw neu'n farw. Mi wn bopeth am y pethau byw sy'n farw. Yn y labordy, mi wn ble'r ydw i. Rydw i'n caru fy ngwyddoniaeth. Rwy'n dda wrth y

15

gwaith hwnnw, yn dda iawn. Pam na cha i heddwch i fynd ymlaen ag ef? Dydw i ddim yn gofyn am lawer. Ond mor sicr â 'mod i'n gofyn fe'i gwthir i lawr fy nghorn gwddw ac mae'r drws yn cau'n glep yn fy wyneb. Mae'r byd yn llawn o ddihirod, hen gythreuliaid dan-din a slebogiaid. Mi fedra i ddosbarthu'r giwed i gyd ond dydi hynny fawr o help. Dydi pobl ddim am gael eu dosbarthu.

"Ond yr annwyd yma," ebe Modryb Gwen. "Fedri di wneud dim byd yn ei gylch? Rhaid imi godi erbyn y Cyfarfod Gwobrwyo. Fedri di ddim helpu?"

"Meddyg ysbyty oeddwn i, Modryb," meddwn, "nid dewin."

"Does gen i ddim ffydd o gwbl mewn doctoriaid," meddai hi, gan chwythu'i thrwyn i hances bapur arall. "Dydyn nhw ddim hyd yn oed wedi cael y trecha ar annwyd cyffredin."

Hyd yn oed yn ei gwely roedd hi'n daclus, fel y dylai dynes gyhoeddus fod. Yn gyfarwydd â chael sylw pobl, heb o angenrheidrwydd gael eu hedmygedd. Sgrifennu llythyron wrth gwrs. Llawer o ohebiaeth i'w gwneud. Nid ar chwarae bach yr oedd llywio ysgol uwchradd i ferched. Ymladd drosti. Creu enw da iddi. Anelu am O.B.E. Yn ei breuddwydion a ddaw'n rhibidires allan o'r *Times Educational Supplement* bydd yn ei hannerch ei hun fel Y Fonesig Gwendoline. Llawer o ohebiaeth i'w sgrifennu yn y llawysgrif fyrdew fygythiol honno.

Annwyl Philip, Mae Mr. Hislop yn dweud fod dy Ffrangeg a dy Rifyddeg, Annwyl Mr. Hislop, mae Philip yn dweud wrthyf, Annwyl Philip byddaf yn dod i'th weld yr wythnos nesaf. Rwy'n credu y byddai'n well i ti newid ysgol. Annwyl Mr. Gunstone, fel yr eglurais yn ein sgwrs ddiwethaf. Annwyl Philip, ydw, rwy'n falch dy fod yn y tîm criced. Rhaid iti beidio 'nghamddeall. Ond rwy'n siwr y cytuni di nad yw bod yn ddegfed yn dy ddosbarth yn foddhaol iawn, yn nac ydi? Annwyl Mrs. Gunstone, mae'n ddrwg gennyf na fedrwn ddod i weld Philip pan oedd yn sâl dan y . . . ond mae materion yr ysgol yma'n fy nghadw'n gaeth fel tae. Annwyl Philip, mae'n dda gen i glywed dy fod yn well, gobeithio i ti fanteisio ar y cyfle i ddarllen yn eang; fel y dywedais lawer gwaith wrthyt, darllen ydi sylfaen pob math o addysg. Annwyl Mr. Wolfranworth, cefais fy siomi'n fawr yn yr adroddiad am Philip, a byddwn yn ddiolchgar . . . Annwyl Philip, yn wir rhaid iti weithio'n galetach. Mae'r Dystysgrif Ysgol yn glwyd y mae'n rhaid neidio drosti. Nawr beth am dynnu allan o un o'r timau yna rwyt ti'n perthyn iddynt? Mae chwarae parhaus heb ddim gwaith yn gwneud Jac yn ddylach bachgen byth cofia. Rhaid imi ddweud yn onest wrthyt ti, achos rwyt ti'n ddigon hen i ddeall bellach, rwy'n poeni braidd am yr ochr ariannol i dy addysg di. Annwyl Mr. Wolfranworth, a gaf i awgrymu y dylech dynnu sylw Philip yn amlach at yrfa ddisglair ei dad, a ddaeth i ben, gwae ni, ym mlodau'i ddyddiau. Rwy'n ei hystyried yn ddyletswydd gysegredig . . . Annwyl Philip, rwy'n synnu iti ddewis meddygaeth fel gyrfa. Mae'n alwedigaeth aruchel, ond fel yr esboniais i ti fwy nag unwaith y gyfraith yw'r sylfaen orau i yrfa boliticaidd, ac os caf siarad yn blaen, gyrfa boliticaidd roeddwn i wedi'i bwriadu ar dy gyfer. Rydw i, oedd yn nabod dy dad yn well na neb arall, yn gwybod mai dyna a ddymunai ef yn fwy na dim. Ond yn y pen draw, ti sydd i ddewis. A rhaid i ni fodloni ar hynny. Wrth gwrs mi wnaf bopeth i dy helpu. Annwyl Philip, rwy'n gorfoleddu yn dy lwyddiant. Mae Mrs. Herman yn gofyn i mi anfon ei llongyfarchion. Nawr mae'n rhaid i ni gael sgwrs dda am dy ddyfodol. Bûm yn meddwl llawer am y peth, ac fel mae'r penseiri yma'n dweud, mae gen i bob math o gynlluniau i'w gosod gerbron i gael dy gymeradwyaeth di arnyn nhw . . .

"Philip," meddai hi, "gofyn i Miss Lewis ddod i fyny, wnei di? Fyddi di i fewn i swper?"

"Wn i ddim," meddwn i. "Arhoswch yn y gwely, Modryb. Dyna'r unig feddyginiaeth."

"Treia roi gwybod iddi," meddai hi. "Mae pethau'n ddigon anodd i'w trefnu fel y mae."

Sut y gallwn i eistedd yn llonydd yn fy stydi, fel y gelwid hi? Yn gresynu 'mod i wedi dod adre. Fyddwn i ddim wedi dod oni bai am brinder arian. Y stafell gythrel yma. Llun mawr o Nhad uwchben y silff ben tân. Sut y gall dyn ymlacio mewn creirfa? Cadair fasged fy nhad, ei luniau dyfrlliw Cymreig, digon i'ch cadw allan o'r lle am oes, polis cŵyr ar bob peth, mor ddestlus fel na fedrech eistedd i lawr. O dan ei ddesg rôl-top, cist dun yn llawn o bapurau 'Nhad, y disgwylid i mi gymryd diddordeb ynddyn nhw. Chwip dair llinell am Duw a ŵyr pa ddadl seneddol sych, a llythyrau oddi wrth wleidyddion wedi hen farw a oedd yn eu dydd yn enwog a phob amser yn hunan-bwysig. Nodiadau annarllenadwy am ryw gynllun ar gyfer addysg Cymru—gwynt a dŵr i gyd. Pan glywaf y gair 'Cymreig' rwy'n teimlo'n anesmwyth. Duw a ŵyr pa

17

gymhlethdodau a gefais oherwydd cael gwthio fy niweddar hyglod dad, Elis Felix Elis, A.S. i lawr fy ngwddw yn fy mhlentyndod diamddiffyn a'm hieuenctid. Mae'n warth imi gael y fath fagwraeth.

Ar hyd fy mywyd ceisiais anghofio'r hyn y dymunai hi imi ei gofio yn fwy na dim arall.

5

"Box Hill, Philip. Hoffet ti Box Hill? Mae'n ddiwrnod mor fendigedig!"

O! y gwyliau ysgol diderfyn hynny, a Modryb yn gyrru'r Awstin Deg gyda rhyw afiaeth peryglus i lawr ffordd-osgoi Kingston.

"Diwrnod gogoneddus, o ddiwrnod gogoneddus!" oedd ei chân, a'r gwynt yn llifo drwy donnau gwneud taclus ei gwallt blond llipa. "Te ar Box Hill, Philip. Mi gawn hwyl. Gad i ni fynd am dro Philip, gawn ni? I lawr y lôn hyfryd yma. Mae gen i stori i'w dweud wrthyt ti . . ."

"Un tro roedd gŵr tal, golygus, ond roedd ganddo wraig dywyll, ddrwg. Roedd hi'n wrach. Roedd hi'n ei wneud yn anhapus, gan mor genfigennus oedd hi. Mor erchyll, mor atgas. Mor gul. Mor Ogledd-Orllewinol Gymreig. Ac yr oedd yna Fodryb o'r Tylwyth Teg oedd yn caru'r un tal, mawr a golygus ac yn ei gysuro."

"Roeddwn i'n ei garu, Philip. Rwyf am i ti ddeall hynny. Fy nghefnder oedd e ond roeddwn i'n ei garu'n fwy na brawd. Cariad sy'n fwy hyd yn oed na chariad gwraig. Mi wn dy fod ti'n ifanc a byddai llawer yn anfodlon 'mod i'n dweud hyn wrthyt ti. Ond rwy i am i ti ddeall. Wyt ti'n deall, cariad?"

"Pwy oedd fy mam, Modryb?" gofynnais.

"Mae'n naturiol i ti ofyn hynny. Fi yw dy fam, Philip annwyl. Fi ddylsai fod yn fam i ti. Fi *ydi* dy fam."

"Pam rydw i'n galw Modryb arnoch chi?" meddwn.

"Mae'n rhy anodd i ti ddeall. Gawn ni fynd nôl i de? Rhaid i ti beidio poeni am y pethau hyn. Wyt ti'n addo i mi na wnei di ddim poeni?"

Does gen i ddim cof i mi golli eiliad o gwsg ynghylch yr holl hen fusnes.

"Ac fe ffeindiodd yr hen wrach ddrwg Gymreig ddyn Cymreig drwg a'i garu. A chyda'i gilydd fe gynllwyniodd y ddau i ladd yr

18

un tal, mawr, golygus. Ond dyma'r fodryb o Dylwyth Teg â'r dagrau'n llifo i lawr ei deurudd hardd, yn hedfan ar ei hudlath i gaddug Cymru ac yn cipio baban yr un tal, mawr a golygus o grafangau'r wrach, lle'r oedd e'n gorwedd yn ei grud uwchben bedd yr anwylyd . . .''

Chwedlau tylwyth teg hen ferch niwrotig. Bu gen i ddiddordeb ynddyn nhw unwaith. Roedd niwrosis yn beth diddorol. Ond amhendant. Rydw i'n hoffi pethau'n bendant, diamwys, digonol. Ymresymu a dod i gasgliad terfynol. Myfyrio, datrys, ymboeni a chyrraedd at wobr sylweddol. Wyddom ni ddim llawer am dynged dyn, dyna ddywedai'r hen Rockingham, ond gallwn ddysgu'r cyfan fynnwn ni am ei waed os byddwn fyw'n ddigon hir. Haematoleg. Pan glywais i'r gair gyntaf mae'n rhaid bod fy ffroenau wedi ymagor fel bytheiad ar drywydd.

"Mi hoffwn i ti gymryd mwy o ddiddordeb yng ngyrfa dy dad," ebe hi. "Byddai yn y Cabinet pe bai byw heddiw."

"Dyna'r gwahaniaeth," meddwn—ond wrthyf fi fy hun—"rhwng bod yn wleidydd byw a bod yn wleidydd marw. Dim ond gwahanol fath o focs."

1

"Y Waddol," meddai John. "Mae hynny'n golygu traean pechnogaeth tir i'r weddw."

"Dweud mawr," meddwn.

"Beth wyt ti'n feddwl?"

"Galw'r fferm fach druenus Gymreig yna'n berchenogaeth tir."

"Sut y gwyddost ti ei bod hi'n druenus ac yn fychan?" meddai John. Rhyfeddol fel y llwydda i ymddangos yn golegol ddysgedig a chyfreithiol yr un pryd. Gŵr o ddysg yn hollti blew. "Cyfraith anymarferol yw fy unig ddiddordeb i," meddai wrth gilwenu mewn partïon sieri. Cymrawd gwerthfawr o'i goleg, dyna ddedfryd Croutts ein byrsar mathemategol. Yn wybodus iawn mewn hen gyfraith. Ar agenda'r mis nesaf mae'r cwestiwn o osod tai bach mewnol yn Rheithordy Rumpleton. Nawr, mae'r gweithredoedd yn dweud, foneddigion . . .

"Dyna'r argraff roddodd modryb i mi bob amser," meddwn. "Bodloni fy chwilfrydedd plentynnaidd yn y ffordd a fynnai hi ei hun mae'n debyg."

"Mae ffermydd yn werthfawr y dyddiau hyn," meddai John. "Hyd yn oed ffermydd bach. Hyd yn oed ffermydd bach yng Nghymru. A does gen ti ddim byd i ddangos pa mor fawr neu fach yw'r fferm. Welaist ti 'rioed mohoni a does gen ti ddim ond rhyw syniad niwlog iawn ble mae hi."

"Ydi hi'n werth pum cant?" meddwn i'n gellweirus.

"Gall fod yn werth llawer mwy. Mae gen i ddiddordeb yn hyn. Pwyntiau diddorol mewn cyfraith etifeddu. Newidiwyd y gyfraith, wel'di, yn 1926. Ond byddi di'n dod dan yr hen gyfraith. O dan y gyfraith honno, os ti yw'r mab hynaf, ac mae'n rhaid mai ti ydi e, ti biau'r eiddo."

"Sut mae profi mai fi ydw i?" meddwn.

"Mae 'na adegau pan fo hynny'n anodd i bawb ohonom," meddai'n bwysig. "Ond mae gan y gyfraith ei rheolau'i hun. Fyddai e ddim yn beth anodd i'w brofi."

"Hyd yn oed heb dystysgrif geni?" meddwn i.

"Digon o ffyrdd o'i wneud, ar wahân i dystiolaeth dy fodryb dy fod ti'n debyg iawn i dy dad."

"Y Mawredd," meddwn, "ydi hi wedi bod yn dweud hynny wrthyt ti?"

Chwarddodd John mewn ffordd a'm cythruddai.

"Pam nad ei di i edrych y tir?" meddai, "heb ddatgelu pwy wyt ti. Efallai y ffeindi di ei fod yn llifeirio o laeth a mêl. Gallai olygu cwpwl o filoedd o leia, ac ateb dy holl anawsterau."

"Fyddai hynny'n ddim byd ond diflastod," meddwn. "Rydw i wedi hen alaru ar bopeth a berthyn i Nhad."

"Beth am dy fam?" ebe John. "Efallai ei bod hi'n fyw o hyd."

"Gad i ast swrth gysgu," meddwn fel pe bai bathu diarhebion newydd yn ail natur imi.

Gwelai John hynny'n ddigri iawn.

"Fe ddwedaist fod 'na chwaer hŷn na thi."

"Mae gen i frith gof am modryb yn dweud hynny flynyddoedd yn ôl, pan oedd gen i dipyn o ddiddordeb."

"Fyddai hynny'n newid dim ar yr etifeddiaeth," ebe John. "Mae'n werth holi, wyddost. Mae rhyfeddach pethau wedi digwydd."

"Mae 'na ddau le ar y ddaear 'ma," meddwn, "nad oes gen i mo'r awydd lleia i ymweld â nhw, Cymru ac Assam."

"Pam Assam?"

"Coleg Cenhadol y mae gan modryb ddiddordeb ynddo," meddwn.

Wn i ddim pam mae'n rhaid imi ymddwyn fel hyn gyda John bob amser: mae fel pe bai'n disgwyl i mi wneud hynny a minnau'n gorfod cydymffurfio. Neu hwyrach 'mod i'n falch o guddio fy nifrifoldeb mewnol oddi wrth gyfaill na hoffwn i ddim ymddiried pethau cysegredig fy nghalon iddo.

2

"Tyrd, Philip bach," meddai, "gawn ni fynd? Fyddai'r Meistr ddim yn hoffi'n gweld ni'n hwyr."

"Twt!" meddwn.

"Tyrd o'na," meddai ef, gan afael yn ei gap academig. "Gorffen dy sieri. Mae'n rhaid inni blesio'n darpar-dad-yng-nghyfraith on'd oes?"

"Stwffia fo!" meddwn gan lyncu fy sieri.

Aethom i lawr y llwybr graeanog, croesi'r cyntedd mewnol, i fyny'r grisiau, ochr yn ochr ac yn gyfeillgar. Mae John bob

21

amser yn cerdded yn stiff a syth fel polyn, bob amser yn teimlo'i fyrdra wrth fy ochr i.

"Dewch i fewn eich dau," ebe'r Meistr mewn hwyl dda, gan droi oddi wrth yr hambwrdd lle'r oedd yn paratoi'r diodydd. "Allan o'r nos fudr yma. Nabod pawb mae'n debyg? Beth gymrwch chi i'w yfed?"

Roeddwn i'n dyfalu tybed a oedd e'n fy nghasáu i'n fwy nag oeddwn i'n ei gasáu ef? Sut mae ymddwyn fel bonheddwr pan fo rhywun yn eich ysbeilio o'r hyn y mae gennych hawl ddiamwys iddo? Yr hen ffugiwr ffals, yn hamddenol symud yn drwm o gylch yr ystafell gyda'r diodydd, ei ffon ar ei fraich. Yna'n eistedd i lawr eto, pen llew ar ysgwyddau llew. Roedd wedi sgriblan rhyw bytiau poblogaidd ar darddiad geiriau; sgrifennu i'r papurau Sul hyd yn oed. Pob math o druth am ddychwelyd i'r tir. Ffugiwr yn ei medru hi. A chael teitl am hynny.

Roedd John wrthi eisoes. Roedd Margaret wedi dod i mewn, a John wedi agor ei felin a honno bellach yn malu ar ei hanterth. Siarad fel llif y môr. Pawb yn gwrando. Hyd yn oed y Meistr. A Margaret yn arbennig. Pam na ddeuai'n nes ata i? Roedd pawb yn gwybod amdanom erbyn hyn. Pa ddiben cymryd arnom? Rhagrithio. Twyllwyr a hocedwyr oedd y giwed oedd yn dod yn eu blaenau drwy beth felly. Tipyn o hocedwr oedd John Neade mewn gwirionedd. Yr holl gleber ymddangosiadol alluog yma; dim ond ffroth i gyd. Dyna a ddywedodd Margaret hefyd. Rhowch e ar bapur, meddai hi, a dydi e'n ddim—a gwaeth na dim. Ond gwrando roedd hi nawr er hynny. Fel pawb arall.

Roedd hyd yn oed mam Margaret yn gwrando. Hen iâr niwrotig yn eistedd ar sedd y ffenestr gyda gwraig y Byrsar. Hawdd maddau i'r hen bitsh am fod yn niwrotig: yn wraig i'r alcoholig hunandybus hwn. Bob amser yn gorfod cadw draw oddi wrth y mochyn mewn lle cyhoeddus rhag iddo'i sarhau yng ngŵydd pobl. Ac yn awr roedd e'n ceisio dal ei afael ar ei ferch. Gwrthod ei gollwng. Dylid ei seicdreiddio. Dywedais hynny wrth Margaret. Mae hi'n gwybod yn union fy marn i. Waeth heb geisio cuddio dim byd.

Mi hoffwn fedru edrych ar y byd yn wrthrychol wyddonol, fel y bydda i'n edrych ar bethau yn y lab. Dyna sydd raid i mi ei ddysgu mewn gwirionedd. Bod yn ddiduedd. Barnu'n deg. Beirniadu'n rhesymegol. Pe bawn i'n cael tipyn o sicrwydd, a'r busnes Margaret yma wedi ei setlo medrwn gyrraedd y nod hwnnw'n weddol hawdd. Nid y byddwn i'n poeni rhyw lawer cyhyd ag y cawn i heddwch a llonydd i fynd ymlaen â 'ngwaith. Rydw i'n fwy defnyddiol yn y labordy nag yn unman arall. Mi fedra i wneud pethau fan honno nad oes dim llawer o neb arall yn medru eu gwneud nhw. Ac yn ôl pob golwg, dydw i fawr o ddefnydd y tu allan i'r lab. Dyna lle mae'r twyllwyr a'r dihirod yn ffynnu. Ond fedrwch chi ddim ystumio gwyddoniaeth, a fedr cnaf ddim twyllo yn y lab er mwyn cael canlyniadau.

"Elis," ebe'r Meistr, "cyn i chi fynd. Ga i air gyda chi?" Chwifiodd ei ffon ar wraig y Byrsar, a oedd yr olaf i adael fel arfer, a chaeodd ddrws ei stydi.

"'Steddwch," meddai. "Rwy'n clywed gan Margaret eich bod chi ill dau am ddyweddïo. Fyddai'n loes i chi wybod 'mod i'n gwrthwynebu?"

"Na fyddai," meddwn. Biti na chawn i ffeilio f'ewinedd. Mae hynny bob amser yn tawelu fy nerfau. Cadw dy limpyn meddwn wrthyf fy hun.

"Wel, *rydw* i'n gwrthwynebu," meddai. "Ddwedodd Margaret wrthoch chi?"

"Do, fe ddwedodd," meddwn. Doeddwn i ddim am iddo flasu'r amgylchiad ormod. Rhaid cadw pen oer.

"Garech chwi wybod pam?" meddai.

"Wrth gwrs," meddwn.

"Gyda llaw, dydych chi ddim yn meddwl fod Margaret yn rhy dda i chi? Yn fy nyddiau i, byddai gwŷr ieuainc mewn cariad yn coleddu rhyw syniad felly."

"Na," meddwn. Bu adegau pan feddyliwn nad oedd hi ddim digon da i mi. Pan fyddai'n clebran yn ddi-ben-draw am farddoniaeth gyda John Neade, a rhyw fân-siarad llenyddol felly. Does dim byd gwaeth. Neu pan fyddai'n gwisgo trowsus rib a siarad yn hollwybodus am foch a cheffylau.

"Peidiwch â meddwl 'mod i'n hen ffasiwn, wnewch chi, Elis?" meddai, gan daro'i ffon ifori gythraul ar draws y ddesg a chodi'i ben llewaidd a gwenu'n goeglyd. "Hoffech chi i mi ddweud wrthoch chi be ydw i'n gredu ydi'ch diffygion chi?"

Caeodd fy ngheg fel feis. Pen oer meddwn wrthyf fy hun, dim tempar.

"Arian," meddwn i. "Arian mae'n debyg."

23

"Yn rhannol, Elis," meddai yntau. "Mi wn 'mod i'n fydol, ond rhan o'r stori ydi hynny. Mae'n beth da i bobl ifainc fod yn gymharol dlawd. Ac rwy'n siŵr y gwnewch chi'n dda yn y diwedd. Mae Margaret yn dweud eich bod chi'n poeni am y busnes cymrodoriaeth yma; dim ond rhwystr dros dro ydi hwn'na. Efallai y bydd y Swisdir yn well i chi wedi'r cyfan. Does a fynno fe ddim byd ag arian. Yr hyn sy'n fy mhoeni i ydi pwy yn hollol ydych chi?"

Cedwais fy ngheg ynghau, ond gyda chryn ymdrech.

"O ble y daethoch chi? Beth am eich teulu?" meddai.

"Mae Margaret wedi cwrdd â modryb," meddwn. "Beth bynnag, be ddiawl ydi'r gwahaniaeth?"

"Ble mae'ch modryb yn byw?"

"Streatham."

"Streatham! Lle digymeriad braidd. Cymro ydych chi, yntê? Mae hynny'n bwysig. Gwaed dyn."

"Mae gen i waed da," meddwn. "Grŵp O. Mae gwaed Margaret yn dda hefyd. Rwy wedi testio'r ddau."

"Nid bod yn snobyddlyd ydw i, Elis," meddai. "A pheidiwch chithau â cheisio bod yn wamal. Dydi e ddim yn gweddu i chi. Doedd fy mhobl i fawr iawn mwy na gwladwyr cyffredin. Ond roedd ganddyn nhw wreiddiau. Ac mae gwreiddiau gen i. Gwreiddiau Dorset. Ac mae gwreiddiau gan Margaret."

Roeddwn i am chwerthin yn ei hen wyneb gwirion, llewaidd. Roedd e wedi dechrau llyncu ei bropaganda digri ei hun. Bron nad oedd ar fin sefyll ar ei draed a chwifio'i ffon gan weiddi "Yn ôl at y tir! I'r Gad! Yn ôl at y tir!"

"Mae llinach yn bwysig, Elis," meddai. "Ydych chi'n sylweddoli pa mor bwysig? Sut fagwraeth gâi fy wyrion i? Beth yw'ch barn chi ar y pwnc? Nawr, mae gan Margaret deulu, o ryw lun. Ble mae'ch teulu chi?"

"Yng Nghymru," meddwn. "Ac o'm rhan i fe gânt aros yno."

"Dyna'n union be sy gen i mewn golwg," meddai. "Dydych chi'n malio dim. Cwbl nodweddiadol o'r deallusion modern barbaraidd."

Roeddwn i'n ysu am ddweud fod yn well gen i fod yn farbariad nag yn ffug, ond wnes i ddim. Mae'n ofid i mi am yr holl bethau rhyfeddol y medrwn fod wedi eu dweud yr ugain

mlynedd diwethaf yma oni bai am fy awydd cyfeiliornus i
beidio â brifo pobl.

"Dylech holi i mewn i'r pethau yma," ebe'r Meistr. "Dylai
pob dyn wneud. Dyna'i ddyletswydd i'w genedl. I'w wraig.
I'w deulu-yng-nghyfraith. Does gennych chi ddim synnwyr o
pietas, Elis. Dyna be sy gen i yn eich erbyn chi."

"Mae'n ddrwg gen i," meddwn yn goeglyd.

"Mae Margaret yn dueddol i gytuno gyda mi yn hyn o
beth," meddai. "Felly gwell i chi ei gymryd o ddifri."

"Soniodd hi erioed wrtho i am y peth," meddwn i'n ddig-
llon. Ac am ba hyd mae'n rhaid i mi ymresymu â thi yr hen
labwst hunandybus? "Rhaid i mi ddweud fod yr holl fusnes
pietas yma yn swnio fel rhyw neo-ffasgiaeth anwyddonol i mi."

Bu bron iddo wrido. Mewn tymer ddrwg wrth gwrs, nid o
gywilydd.

"Anwyddonol, Elis? Ydi bridio'n anwyddonol? Pwy oedd
eich mam? Welsoch chi hi erioed?"

"Naddo," meddwn. "A does arna i ddim eisiau. Fe'm gad-
awodd. Roedd am gael fy ngwared i. Felly, pam dylwn i boeni
i chwilio amdani? Roedd hi'n dipyn o hoeden beth bynnag yn
ôl pob hanes. Cafodd fy nhad uffern o amser ganddi."

"Yn hollol," meddai ef, gan syllu arnaf fel ceiliog pen
domen. "Rydych chi'n profi fy achos. Ddylwn i annog fy
merch i briodi dyn â'r fath gefndir anffodus? Rhaid i mi gael
gwybod llawer rhagor am eich teulu, Elis, llawer rhagor, cyn
rhoi fy nghydsyniad i Margaret eich priodi."

3

"Ond, cariad," ebe Margaret, "rhaid iti hiwmro tipyn
arno. Wedi'r cyfan fe fydd e'n dad-yng-nghyfraith i ti."

"Cythrel o hen ffasgydd ydi e," meddwn wrth waelod fy
mhot peint gwag.

"Meddylia amdana i, cariad," ebe Margaret. "Ystyria
'nheimladau i. Wedi'r cyfan, mae e'n dad i fi . . ."

"Margaret," meddwn i.

"Ie?"

"Y sothach yma sy ganddo am *pietas*. Wyt ti'n ei gredu?"

"Wel," meddai, "mewn ffordd ydw. Mae e braidd yn eith-
afol wrth gwrs. Yn dueddol i'w ddefnyddio i'w bwrpas ei hun.
Ond mae rhywfaint o wir yn y peth."

25

"Dim rhithyn," meddwn i. "Mi wn i, achos rydw i fy hun yn brawf gweledig o hynny. Mae fy mam yn fyw—ond pa ots? Mae 'nhad wedi marw—a pha ots? Does gan yr un ohonyn nhw ddim effaith arna i, na minnau arnyn nhwthe. Dydyn ni ddim yn bod i'n gilydd, ac mae pawb yn hapus."

"Mae'n sefyllfa anarferol iawn," ebe hi.

"Rwyt ti wedi gweld modryb," meddwn. "Oedd hynny ddim digon drwg? Nid smalio rydw i."

"Na finnau chwaith," ebe Margaret. "Ond elli di ddim gwadu'r hyn sy'n rhan ohonot ti."

"Y cyfan a wn i yw'r hyn ddwedodd f'annwyl hen fodryb wrthyf," meddwn. "Gymaint a fedrwn i ei wneud wedyn oedd anghofio'r ffwlbri am fy mam ddrwg a fy nhad arwrol, enwog."

"Does gen ti ddim chwilfrydedd?"

"Does dim rhaid i mi edrych ymhellach na modryb," meddwn. "Rhois y gorau i astudio'i niwrosis hi flynyddoedd yn ôl. Proto-swolegydd ydw i nid seicdreiddiwr. Mae gen i fy ngwaith i'w wneud. Gwaith defnyddiol. Mae hynny'n ddigon da i mi. Y cyfan sy arna i'i eisiau ydi cael llonydd i yrru 'mlaen ag e."

"Ond mae gen i'r chwilfrydedd," meddai hi. Gresyn iddi ei ddweud gyda'r fath falchter gwirion. Hynny ydi, rydw i am barchu deallusrwydd y ferch. "Rydw i'n ymwybodol o f'etifeddiaeth. F'euogrwydd etifeddol, mewn ffordd."

"Well i ti roi'r jin ac oren 'na i lawr, yntê," meddwn. "Rwyt ti'n debycach o etifeddu alcoholiaeth yr hen foi na'i bechodau."

"Mae'n ddrwg gen i, cariad," meddwn. "Mi ddylwn wybod yn well na smalio gyda thi, a thithau'n teimlo'n ddwys. Ond rhaid i ti gyfadde, mae'n anodd ei lyncu. *Fe* o bawb yn edliw fy nheulu i *mi*. Fi ddylai fod yn poeni."

"Philip," ebe hi.

"Ie, cariad?"

"Trïa 'i ddandwn e. Trïa chwilota rhywbeth am dy deulu i'w ddweud wrtho. Hynny ydi mae'n rhaid i ti ddysgu byw i ryw raddau gydag e, on'd oes? Sut mae'n mynd i fod arna i a chithe'n methu cytuno â'ch gilydd, dyna sy'n fy mhoeni i? Rhaid i ni feddwl am hynny."

"Paid â phoeni, cariad," meddwn. "Mi wna i beth bynnag ddwedi di. Llymaid arall?"

<h2 style="text-align:center">4</h2>

Brechdanau cucumber a choffi tun yn oeri. Druan â'r hen Annie Lewis yn gwthio'r troli i mewn, yn wyn, llwydaidd a cham. Llawforwyn ffyddlon Modryb Gwen. "Wedi bod gyda ni am flynyddoedd," meddai hi wrth yr ymwelwyr wedi i'r hen Annie gau'r drws yn araf ar ei hôl. "Hen beth annwyl. Y fath gymeriad. Duwiol iawn. Amlwg iawn yn ei chapel rwy'n deall. Capel Cymraeg wyddoch chi." Sieryd Modryb Gwen i lawr o'i huchelderau Anglicanaidd goleuedig.

"Be oedd hynna, 'machgen i?" meddai Annie. "Mi licwn i taet ti'n gallu gneud rhywbeth ynglŷn â'r glust dde 'ma."

"Ydych chi wedi bod ym Mhennant erioed, Annie?" meddwn. "Gadewch i mi gael ei gweld."

Cymeraf ei hen ben crynedig yn dyner rhwng fy nwylo oer. Tosturiaf wrthi, teimlaf gariad tuag at yr hen wraig a ddangosodd ryw fath o gariad ata i pan oedd ei angen arnaf.

"Ble mae e, Philip bach?—Yn y North, glywes i. Beth fyswn i'n 'neud yn y North? A'r seiatica 'ma arna i, Philip bach. Poenus iawn, wyddost ti."

"Cymerwch hoe, nawr, Annie. Mae arna i eisiau siarad â chi."

"Alla i ddim, 'machgen i," meddai. "Mae dy fodryb lan llofft. Beth sy'n bod arni, Philip?"

"Dim llawer," meddwn gyda gwên. "Tipyn o annwyd."

"Rown i'n meddwl hynny," meddai Annie. "Fi ddyle fod yn y gwely."

"Ydych chi'n cofio dweud wrtho i rywbryd am 'Nhad yn siarad yn eich capel chi?" meddwn.

"Odw, wy'n cofio," ebe Annie a nodio'i phen yn ddoeth. "Siaradwr da o'dd e. Cymrâg hyfryd. Cystal â Lloyd George, Philip bach. Dyn rhyfeddol o'dd dy dad. Cymro mowr."

"Fel fi," meddwn. "Meddwl oeddwn i, tybed oedd Modryb Gwen yno?"

"Wy' ddim yn credu, Philip bach. O'en nhw'n cadw'r peth yn ddistaw iawn, y ffrindie Plato 'ma, neu beth ma' nhw'n 'i alw fe. Do'n i ddim gyda hi bryd hynny wrth gwrs. Rown i'n cadw llaethdy bach yn Willoughby Road, a ro'dd Kitty ac

Alice byw amser hynny. A do'dd hi ddim yn brifathrawes amser hynny. Ddim agos mor bwysig ag yw hi nawr.''

'''Allwch chi ddim troi nôl mewn bywyd', dyna ddwedai hi,'' meddwn. ''Rydw i'n fwy o Lundeinwraig nag o Gymraes,'' meddai hi. '''Yma mae llafur fy mywyd i.''' ''

''Debyg bod hi'n dal i'w deimlo fe o hyd,'' ebe Annie. ''Do'dd hi ddim yn wraig iddo, chi'n gweld. Dyna'r drwg. Fyse hi'n neb yng Nghymru. A do'dd dim gobeth iddi fod byth. Trist iawn mewn ffordd. Rwyt ti'n ddoctor, Philip bach. Fe ddylet ti drïo deall.''

''Gorffwyswch chi dipyn rhagor, Annie,'' meddwn. ''Gwnewch iddi gael dynes i mewn yma i lanhau. Mi sonia i am y peth wrthi hi eto.''

''Na, paid Philip bach.''

''Mae'n talu digon bach i chi.''

''Dim ots am hynny, Philip bach. Mae'n gartre i fi, ti'n gweld. Dyna i gyd sy eisie arna i. Do's unman yn debyg i gartre.''

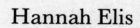
Hannah Elis

1

Wrth eistedd yma gwyliaf drwy ffenestr sgwâr f'ystafell wely ddyn yn aredig cae llechweddog. Os pwysaf yn ôl mae'r cae yn llenwi'r ffenestr i gyd ond am un gornel ar y dde yn y top lle mae gorwel pellach a chip ar y bae. Mae gwylanod gwynion yn troelli'n barhaus o gwmpas y tractor a'r aradr. Wrth gwrs, 'alla' i ddim clywed ond fe wn yn eitha' fod Idwal, yr arddwr ifanc â'r wyneb main, yn chwibanu wrth edrych yn ôl i edmygu'i waith ei hun.

Pan drowyd y cae hwn ddiwethaf roeddwn i'n ugain oed a Richard Davies yn dechrau gwynnu, ond bymtheng mlynedd yn iau bryd hynny nag yw heddiw ac heb ei wynegon. Richard Davies, "y pen wagnar" ydyw i ni hyd heddiw, er bod y stabal hir bron yn ddigeffylau bellach. Ef a droiodd y cae bryd hynny â'r wedd orau. Es i â bwyd allan iddo a stenaid o de poeth, a chwrcydodd yng nghysgod y gwrych, ei sgidiau'n bridd i gyd, yn suddo i'r gwelltglas ir, a oedd yn fwy newydd nag ugain gwanwyn yn ôl. Gwyliais ef, dyn yn bwyta ac yfed yn y cae lle'r oedd yn gweithio, a synnu at y pleser dwys, sacramentaidd a gâi yn y weithred.

Yn y dyddiau gwanwynol hynny roedd yr Idwal yma sy ar y tractor yn llanc. Ef fyddai'n glanhau'r stablau tra byddai Richard Davies yn cymysgu'r ebran i'r pum ceffyl mawr a'r ail was yn mynd yn ôl ac ymlaen o'r gadlas yn cario bwndeli o wair a gwellt gyda deheurwydd y gwladwr a thrwy help darn o hen raff wedi ei dyblu. Erbyn hyn Idwal yw'r prif yrrwr tractor, a does gan Richard Davies ddim ond un neu ddau geffyl yn y stabal sy'n sawru o unigrwydd—a rhes o stolion gweigion—a fe, heb help neb, sy'n gofalu amdanynt.

Bu llawer tro ar fyd. Ond yr un man wyf i. Rwy'n bymtheg ar hugain oed, a'r un yw fy sefyllfa'r funud hon â'r dydd y'm ganwyd.

Rwyf yn y stafell wely yma am ei bod hi'n rhy oer i mi fynd allan ar ôl pwl o fronceitis a'r fogfa, er bod heulwen Ebrill cynnar yn gwneud i ochrau'r cwysi ddisgleirio wrth gael eu troi. Byddai gwynt y dwyrain, sy'n sychu'r cilfachau yng nghanghennau noeth yr ynn, ac yn helpu'r heulwen lachar i wynnu'r rhisgl, yn blingo fy mrest denau waeth pa mor gynnes y gwisgwn.

Yn y goeden sgawen ddi-lun dan fy ffenestr mae rhyw aderyn bach yn canu. Mae gan ei frest fach ef well darpariaeth i wrthsefyll y gwynt na f'un i. Mae wrthi'n troi rhai o'r chwaon anghyfeillgar, oer yna'n gân.

Rhaid bwrw allan yr hunan-dosturi yma. Rhaid disgrifio fy sefyllfa mor wrthrychol ag y byddai ein hathro Bioleg yn archwilio corff cwningen. Hen ferch ydw i, pymtheg ar hugain oed, wedi 'nghyfyngu i'm hystafell wely, ac yn perthyn yn nes i'r papur wal gwywedig a'r carped treuliedig nag i'r pridd dihysbydd a'r canghennau llawn nodd cudd, y byd tu allan sy'n disgwyl am gofleidiad araf y Gwanwyn. Ffordd ddigon gwael, hunandosturiol o roi'r peth yw hyn'na hefyd. Pa ddiben cyrraedd yr oed o bymtheg ar hugain oni ellir yr un pryd lynu'n bwyllog wrth y gwir er ei fwyn ei hun a'r hyfrydwch sydd ynddo?

Hen ferch bymtheg ar hugain oed. Fy enw yw Hannah Felix Elis. Merch y diweddar Elis Felix Elis Ysw. A.S. a Mary Felix Elis. Mae fy mam yn dal yn fyw. Wedi treulio'r deng mlynedd ar hugain hyn a mwy yn Y Glyn, yn byw gyda fy mam a'm llystad, Vavasor Elis, Ysw., cefnder i'm diweddar dad: byw yn yr hen dŷ ffarm cerrig yma a fygythir gan leithder yn rhywle neu'i gilydd yn barhaus; byw ynghanol pedwar cant o erwau ffrwythlon—un o'r ffermydd gorau yn y sir.

Mae pethau yn dal yr un fath, am na fynnwn eu newid. Mae'n bosib y talai'r ffordd i droi Richard Davies o'r neilltu bellach a gwerthu hynny o geffylau sydd ar ôl. Ond mae'n gas gennym newid un dim, a'r hyn a barodd hynny o newid a fu oedd y rhyfel, y pwyllgorau amaeth, yr hyn a ddarllenem a'n hymlyniad naturiol wrth ddarbodaeth. Rydw i'n cynnwys fy hun i mewn yma oherwydd, fel fy Ewythr Vavasor a Mam, rydw innau'n perthyn i'r hen oruchwyliaeth. Yr unig wahaniaeth rhyngom yw eu bod hwy ddeng mlynedd ar hugain yn hŷn ac yn nes at ben talar nag ydw i, ac felly'n ymddwyn fel pe bai'r drefn hen-ffasiwn i bara byth, fel hwy eu hunain. I f'ewythr Vavasor a Mam mae pob argyfwng yn perthyn i'r gorffennol, a'r presennol a'r dyfodol yn ddim ond datrysiad tawel ohonynt; i mi mae'r argyfwng eto i ddod, datguddiad a fydd yn esbonio'r presennol, yn claddu'r gorffennol ac yn achub hynny sydd ar ôl o'r dyfodol.

Bûm erioed, mi wn, yn ymwybodol 'mod i mewn carchar yn fy sefyllfa bresennol, a hoffwn i rywun geisio deall hynny yn amyneddgar. Roeddwn i am i'r gweinidog ddeall, ond mae e'n rhy ifanc. Gymaint yn iau na'i oed. Bûm eisiau i'm brawd fy hun, nad wy'n ei adnabod, ddychwelyd a deall; ond rwy'n rhy hen bellach, yn hŷn na'm hoed, i freuddwydio mor aml ag y gwnawn gynt am euraid gân dychweliad fy mrawd hirgolledig.

Deall, er enghraifft, fel y caraf yr erwau hyn. Ac fel y mae fy mam a f'ewythr Vavasor yn eu gwerthfawrogi; ond gymaint mwy yw fy serch i at bob anifail, aderyn, coeden, mur, adeilad, ffos a llwyn na'u heiddo hwy. Mae eu cariad a'u hystyriaethau hwy bob amser yn rhanedig. Câr fy llystad ei siop, a thrysorfa'r capel. Roedd gan fy mam Dic, fy hanner brawd, ei mab ieuengaf, ar un adeg, a bu ganddi ei bywyd cyhoeddus wedi hynny. Er pan laddwyd Dic mae'n debyg mai'r ffarm sy agosaf at ei chalon. Ond mae ei chariad hi'n wahanol iawn i f'un i. Mae'n fwy meddiannol a gormesol—sut y gallai fyth fod fel arall? Rhywbeth i'w rheoli yw ffarm, rhywbeth i borthi ei chwant anniwall am awdurdod. (Fe sylwch ar unwaith fel y ceisiaf ddangos bod ei chariad hi yn rhywbeth israddol i f'un i, fel pe bawn yn genfigennus. Ond ein gofal am y ffarm yw'r gadwyn sy'n ein huno.)

Nyni yw'r teulu pwysicaf yn yr ardal, ond y mae'n dylanwad yn dirwyn i ben. Drwy fod yr hyn ydym, ni yw'r gwrthglawdd mwyaf rhag grym newid yn y gongl fach yma o Gymru. Bûm i ar hyd fy oes yn ymwybodol o'r wedd hon ar fy sefyllfa, ac y mae'r teimlad o gyfrifoldeb yn fy nghlymu, yn aml yn erbyn fy ewyllys, wrth y ddau oedrannus sy'n cynrychioli'n traddodiad ni.

Ond ni theimlant hwy yr awydd yma am adnewyddiad ac achubiaeth sy'n fy meddiannu i. Dydyn nhw'n malio dim am adnewyddiad. Yn eu myfïaeth dwp, maen nhw'n credu mai digon iddyn nhw yw bod yr hyn ydynt, a parhau i fod yr hyn ydynt, fel pe baent i ddal ati byth bythoedd i gyflawni eu rhan yn y byd.

A minnau, bûm yn dy ddisgwyl am oes i bob golwg. Disgwyl i ti ddod, dod i hawlio dy etifeddiaeth, yn hardd a pheryglus, i ddinistrio ac adfer. Rwy'n ofni dy weld yn dod, ac eto rwy'n hiraethu am hynny. A phan ddoi di, rhaid iti ddefnyddio'r holl eiriau hyn, a gwisgo fel mantell hud fy meddylfryd o wead garw i roi cyfeiriad i'th ddicter, i ddileu dy betruster a phuro dy weithredoedd. A rhaid i minnau, wrth wau'r fantell, atal fy nwydau fy hun; dy anghenion di ddylai lywio fy mhatrwm ac nid fy rhwystredigaeth i. Mae fy meddyliau'n ymestyn allan tuag atat ti rhag troi gormod o'm cwmpas fy hun. Cyfeiriaf fy meddyliau tuag atat ti yn fwy disgwylgar fyth gan i'r gweinidog fy siomi; er fy mod yn hen cyn fy amser, er fy mod yn lluddedig a chlaf a hyll, daliaf i freuddwydio fel glas hogen.

2

Nid yw f'ewythr Vavasor yn hollol ddall. Mae'n gweld ffurfiau'n symud fel mewn niwl trwchus. Mae ei synhwyrau eraill yn eithriadol graff ac nid hawdd ei dwyllo.

Yn aml, pan na fydd neb ond ni'n dau yn y siop, ynghanol tyrrau o ffisig parod a darpariaethau cosmetig, sydd mor ddiflas i edrych arnynt, ef yw'r unig beth byw o flaen fy llygaid chwilfrydig. Tybiaf fy mod yn ei nabod ef yn well na neb arall, yn well na Mam hyd yn oed, er ei bod hi ar lawer cyfrif yn fwy craff na mi.

Oherwydd ei olygon diffygiol, mae f'ewythr yn teimlo'r angen am ddiddordebau ehangach na'r cyffredin i lenwi ei amser, rhag i ryw feddyliau neu ddigwyddiadau annhymig fynd â'i sylw. Mae'n bod, felly mae'n gweithredu; mae'n gweithredu, felly, mae'n bod. Mae'n llenwi ei amser drwy fod yr hyn yr amcanodd fod amser maith yn ôl, a thrwy hynny mae'n fodlon ar fod yr hyn ydyw. Mae hyn yn nodweddiadol ohonom i gyd, fy llystad, fy mam a minnau, y tri ohonom yn byw yn yr un tŷ, yn eistedd wrth yr un bwrdd, ac yn yr un sedd yn y capel; mae pob un ohonom, yn ei ffordd ei hun, wedi derbyn cyfyngiadau'r bywyd hwn i'r fath raddau nes i hynny ddod yn amddiffynfa rhag unrhyw ymyrraeth niweidiol. Dirmygwn chit-chwatrwydd ac anghyfrifoldeb. Edrychir arnom fel rhai'n byw i ni'n hunain, ac yn ein rhan ni o'r byd ystyrir hynny'n rhyw fath o rinwedd wan—neu felly y tybiwn ni.

Mae f'ewythr Vavasor yn drigain a thair. Mae'n denau

iawn, ond mae'r dillad brethyn a wisga mor drwchus nes cuddio hyn i raddau, nes ichi sylwi ar lacrwydd croen ei wddw sy heb gyffwrdd â'r goler asgellog sy'n ei amgylchynu. Mae ganddo ben mawr, a hwnnw'n ddigon moel i ymddangos yn fflat ar y top. Mae'r aeliau uwchben ei lygaid gleision dwfn yn drwchus a choch, ac fel pe baent yn symud i fyny ac i lawr wrth iddo ddangos ei hen ddannedd gosod mewn gwên nerfus barhaus—o dan ei fwstas llydan, y bydd fy mam yn ei drimio ar ôl ei siafio. Y wên hon sy'n tynnu sylw oddi wrth ddwyster ei lygadrythu anobeithiol. Fi yn unig a ŵyr gyn lleied y mae'n medru ei weld. Pan fo'n sefyll y tu ôl i'w gownter a minnau y tu ôl i f'un i, gallaf gyrcydu'n araf, nes mynd yn llwyr o'r golwg pan fo'n siarad â mi ac yn syllu i'm cyfeiriad; neu gallaf godi fy llaw a dal i fyny ddau neu dri bys, gan eu plygu a'u hymestyn. Ni chaf arwydd ei fod yn gweld dim o'r campau hyn. Rwy'n argyhoeddedig, pan fo'n siarad ac yn dibynnu ar y llygaid yn unig, a'r synhwyrau eraill fwy neu lai ynghwsg, mai ychydig iawn a wêl.

Am ddeng mlynedd ar hugain bu f'ewythr yn drysorydd Capel Salem. (Un tro pan fethodd y goleuadau yn y capel ac yntau ar hanner adrodd y cyfrifon, aeth yn ei flaen i'r diwedd fel pe na bai dim byd wedi digwydd.) Am ddeng mlynedd ar hugain bu'n berchen ''*Parry & Ellis, Chemists & General Dealers*'', Stryd Fawr, Pennant: am ddeng mlynedd ar hugain bu'n briod â mam. Yn ystod yr amser hwn, yn ôl yr hyn a gofiaf, ni newidiodd ddim. Rydym ni yma yn gyson a digyfnewid; nyni yw'r Elisiaid, y dernyn olaf o hen dapestri sydd wedi goroesi'r deng mlynedd ar hugain diwethaf heb ôl gwyfyn amser arno. Yn ôl safonau'n cymdeithas fach ni rydym yn bobl gyfoethog a deallus, ond rydym yn byw mor ddigynnwrf a gofalus â phe bai'r ddaear yn frau a'r awyr o'n cwmpas mewn perygl o danio ped anedlid hi'n rhy gyflym neu'n rhy erwin. Heb amheuaeth ni yw'r teulu prysuraf yn yr ardal, ond bob amser yn brysur gyda'r un tasgau. Mae hen arfer wedi trefnu'n hamser i'r fath raddau, nes peri i rywun feddwl fod amser ei hun wedi ei ddofi a'i ddal, a ninnau'n defnyddio'r un eiliadau amhrisiadwy drosodd a throsodd gan gau allan y brif ffrwd.

Byddai dweud nad oes dim wedi digwydd yn ystod y deng mlynedd ar hugain diwethaf ymhell o'r gwir, bu llawer tro ar fyd, ond dim byd i siglo trefn ein hamser ni, lle y gallem wythnos ar ôl wythnos adnabod fframwaith y saith ystafell, a cherdded i mewn i bob un ohonynt yn eu tro, gyda'n meddwl yn aml ar rywbeth arall, ond y llaw byth yn methu dolen y drws.

Does dim byd sylfaenol wedi newid, ddim hyd yn oed ymddangosiad f'ewythr Vavasor, yn fy nghof i. Cafodd afiechyd yn ei dridegau cynnar, a adawodd rychau ar ei wyneb llawn brychni a theneuo'i wallt; ond mae'r un math o siwt frethyn, un ar ôl y llall—siwtiau o liw rhwd—yr un math o dei a choler wedi peri iddo aros yr un fath, fel petai'n gwisgo masg angau. (Mae ganddo siwt lwyd at y Sul a choler ryw fymryn bach gwahanol; ond 'wna hynny ddim ond pwysleisio cysondeb y darlun gwreiddiol.)

Ei dri diddordeb mawr yw'r siop, ei ffarm a'r capel. Waeth heb â cheisio dweud p'run o'r tri sy'n cael y flaenoriaeth. Mae f'ewythr yn drindodwr cadarn, a chanddo'r syniad beiblaidd o undod yr ymdrech ddynol.

Dylwn ychwanegu ei fod yn henadur ac yn llywodraethwr yr Ysgol Ramadeg, a'i fod wedi gwrthod ddwy waith bod yn faer y dref. Mae'n mynychu pob cyfarfod yn ffyddlon ac y mae'n wrandawr astud; ond dim ond yn y siop, yn y capel ac ar y ffarm y mae'n gallu bod yn fe'i hun mewn gwirionedd.

Mae pob un ohonom ni'n tri yn meithrin ei hunaniaeth ei hun. Efallai bod peryg inni gymysgu'n henaid a'n hunaniaeth weithiau, ond dyma'r hyn rydym yn ei drysori uwchlaw popeth. Ac nid yw'n ofid i ni fod ein cariad at ein heneidiau'n hunain yn annibynnol ar bob grym allanol. 'Fedra i ddim dweud 'mod i'n hoffi, heb sôn am garu, fy mam a'm llystad, a 'dwy' ddim yn disgwyl iddyn nhw fy ngharu i. Wn i ddim a ydyn nhw'n caru'i gilydd hyd yn oed. Ond rwy'n siŵr ein bod ein tri'n cytuno'n ddistaw bach y byddai dangos eithafion cariad neu gasineb yn anweddus. Mae dyletswydd yn ddigon o gwlwm rhyngom, ac felly mae pob un ohonom yn rhydd i feithrin mwy ar ei enaid ei hun. Dyna fyddai'n fersiwn ni o'r gwirionedd pe caem ein gorfodi i'w ddadlennu rywbryd.

3

Mae gan fy mam fwy o ddiddordeb mewn materion cymdeithasol nag sydd gan fy llystad. Mae ganddi hi Achosion y mae'n eu cefnogi,—yn bennaf Cenedlaetholdeb, Dirwest, Addysg, ac, er pan laddwyd fy hanner brawd Dic yn y rhyfel, Heddwch. Yn ei dull solet ei hun, er mor gyfyng a lleol, mae hi wedi cario 'mlaen y traddodiad teuluol mewn gwasanaeth cymdeithasol a gynrychiolwyd mor ddisglair gan fy nhad, ei gŵr cyntaf, y diweddar Elis Felix Elis, A.S. Hyd yn oed ar ôl deng mlynedd ar hugain mae Mam yn rhoi tipyn o bwys o hyd ar y ffaith mai fel Mrs. Felix Elis y cyfeirir ati o hyd; er bod ei safbwynt hi wedi symud ymhell oddi wrth Ryddfrydiaeth oleuedig fy nhad.

Cymer fy mam ei gwleidyddiaeth a'i chrefydd o ddifri, ond y ffarm yw ei chariad cyntaf. Hi yw gwir ffarmwr Y Glyn. Mae awdurdod f'ewythr Vavasor yn ddigon real, ond Mam sy'n ffarmio yn ei enw ef. Dim ond mewn materion o egwyddor gyffredinol neu rifyddeg-pen, ar ôl swper wrth dân y parlwr, y bydd ef yn ymyrryd. Mae ef yn ffarmio, nid yn gymaint ar bapur ond yn rhyw fan canol annelwig y mae ei lygaid glas yn syllu'n ddiysgog arno. Fy mam sy'n gofalu am y busnes o ddydd i ddydd, a fydda i byth yn ei hedmygu'n fwy na phan fydd ei chorff tal, esgyrnog, mewn côt frown laes a sgarff am ei het wedi ei chlymu o dan ei gên, yn brasgamu'n benderfynol ar draws cae i edrych tomen dail neu i ymgynghori ag un o'r dynion. Allan yn yr awyr agored, rywle ar ein tir ni, fe'i gwelwch ar dro yn gwenu a hyd yn oed yn cellwair, ond yn y tŷ, yn y dre, yn y siop, yn neuadd y Cyngor Sir, bydd golwg ddifrifol iawn ar ei hwyneb hir, a'r difrifwch hwnnw'n cael ei ddwysáu rywsut gan y blew sy'n tyfu'n flêr ar ei gwefus uchaf.

Anodd credu iddi fod yn hardd erioed, er iddi briodi ddwywaith. Mae'n rhaid mai rhyw gytundebau priodas oedden nhw, rhyw gyfamodau proffidiol wedi eu selio mewn gwaed oer. Roedd Mam yn unig ferch i rieni oedrannus, fy nhadcu a'm mamgu, a hwy oedd yn ffarmio'r Glyn. Roedd yn perthyn o bell i 'Nhad a f'ewythr Vavasor. Mae lle i gredu mai 'Nhad a helpodd fy nhadcu i dalu morgais drom, ond dwn i ddim faint o ddiddordeb mewn ffarmio oedd ganddo ef,—a ddaeth ef yn berchen ar y ffarm, neu faint o gredyd sy'n ddyledus iddo ef am roi'r Glyn ar y sylfaen gadarn, broffidiol sydd iddi heddiw.

Er fy mod i, Hannah Felix Elis, yn awr yn fy unfed blwydd ar bymtheg ar hugain, yn fychan, tenau, asmatig, ac aroglau powdwr asma yn hofran o'm cwmpas bob amser, pan feddyliaf am ddarlun fy nhad golygus sy'n hongian ar fur tywyll fy ystafell, byddaf yn cael ias oer wrth feddwl na fu erioed y rhamant arferol o gwmpas fy ngeni: go brin fod cyffro cynnes serch yn bresennol adeg y beichiogi. Fedra i ddim credu bod fy nhad erioed wedi caru fy mam, a fedra i ddim cofio unrhyw adeg yn y gorffennol pan gerais innau hi.

Rydym yn cydnabod ein dyletswydd, un at y llall: i'r byd tu allan rydym yn hollol unedig. Ond mae'r elyniaeth ddofn sydd rhyngom yn rhan hanfodol o'r sefyllfa rwyf i'n ceisio'i gosod mewn trefn, ac i'w hegluro rhaid i mi chwilota drwy hen galendrau un mlynedd ar bymtheg ar hugain a chasglu'r llwch oddi ar ddyddiau a munudau pan gynhyrfwyd y teimlad hwn rhyngom, rhywbeth tebyg i'r ystwyrian cyntefig a'r ymnyddu cyn ffurfio plisgyn y ddaear. Mae'r blynyddoedd wedi llyfnhau a cherflunio'r munudau o ddygyfor llosg hynny a rhoi rhyw stamp celfyddydol ar ein hymddangosiad a'n hymarweddiad. Myfi, yn fychan, fel aderyn, llwyd fy ngwallt, gwyliadwrus, asmatig, yn denau fel sgerbwd; fy mam, yn dal, urddasol, gyda'i gên gadarn, yn gorfforol gryf er yn tynnu at ei thrigain, a'i gwallt a fu unwaith yn ddu yn ddim llwytach na f'un i, a rhyw draha gwrywaidd fel mantell am ei hysgwyddau.

4

Mae'n amlwg fy mod yn ymfalchïo'n wirion yn fy ngallu i edrych yn oeraidd ar bethau. Rwy'n credu os myfyriaf yn ddigon hir ar ddigwyddiadau'r gorffennol sydd wedi creu'r sefyllfa bresennol a ystyriaf yn eiddo i mi—ond sydd mewn gwirionedd yn feis sy'n ein caethiwo ni i gyd, a phawb sy'n dibynnu arnom, yn fyw a marw—os myfyriaf yn ddigon hir fel pe'n gweddïo'n ddigyffro, a chydag onestrwydd sy'n barod i ddioddef a gweithredu, y caf ryw weledigaeth o fywyd a rydd ystyr lawn i lawer sydd hyd yn hyn yn ymddangos yn ddiystyr, a'm paratoi innau ar gyfer argyfwng y dadlennu. Gallaf weld ar unwaith fod 'na rywbeth hollol afresymol ynglŷn â hen ferch fel fi, sydd yn ei hunigrwydd mewnol yn treulio cymaint o amser yn meddwl am atgyfodi rhyw ddarlun disglair allan o domen o lwch. Ar rai munudau gostyngedig rwy'n methu â gweld unrhyw gyfiawnhad dros gymryd diddordeb yn yr hunan carpiog yma, ond esgusodaf fy hun drwy ddweud fy mod yn fy mharatoi fy hun ar gyfer rhyw fath o achubiaeth, neu o leiaf ar gyfer dychweliad fy mrawd. Myfi yw'r ffrâm druenus y mae'r atgofion hyn yn crogi arni fel carpiau, brigau a gwellt ar fwgan brain yn y gwynt: myfi yw'r morglawdd sy'n achub ychydig fodfeddi o'r traeth briw rhag y llanw barus.

Bu amser yn fy ieuenctid pan boenwn gymaint am fy nharddiad nes gwneud i hanes yr holl fyd droi ar golyn amser ac achlysur fy ngeni i. Yn y dyddiau hynny mynnwn chwilio am ffeithiau, er na lwyddais i ddod o hyd i fawr iawn. Yn awr rwy'n aros i'r ffeithiau ddod o hyd i mi. Yn awr rwy'n fy mharatoi fy hun, fel pan ddaw adeg y datguddiad, byddaf yn gwybod beth i'w wneud, sut i weithredu. Yn y dyddiau gynt, ar ôl ymdrechu i ddarganfod rhywbeth, wyddwn i ddim beth i'w wneud â'r wybodaeth newydd.

Rwy'n dychmygu fy mod yn treulio'r hwyrddydd hwn o Ebrill yn fy ystafell yn paratoi, nid yn unig am ymwelydd, ond am ymweliad: fy mharatoi fy hun, paratoi fy rhan, hyd yn oed baratoi amlinelliad o'r ddrama, y bydd modd dy berswadio di, y prif gymeriad, i'w chwarae yn dy benbleth a'th siom, os gorfodir di o'r diwedd i ddod. Does dim yn digwydd. Ond pan na fo dim yn digwydd, dyna pryd y dywedwn y gallai unrhyw beth ddigwydd.

5

Faint all plentyn dan bump oed ei gofio am ei thad enwog? Peth cymharol yw enwogrwydd wedi'r cyfan, a bu ef farw yn ddeugain oed—oed pan na ddichon neb gyrraedd unman yn wleidyddol. Does dim amheuaeth nad yw Westminster wedi ei hen anghofio. Pe bai rhyw berthynas (er na fyddem ni wrth gwrs byth yn gwneud peth mor ddi-chwaeth) yn awgrymu'n gynnil ei fod "wedi ei nodi ar gyfer swydd uchel," ychydig sy'n fyw heddiw fyddai â digon o ddiddordeb i gadarnhau neu wadu'r gosodiad. Mae fy mam yn ddi-hid iawn o'n Haelod Seneddol presennol, gŵr ifanc digon dymunol sy'n chwifio'r un faner ag a wnaeth fy nhad, a chanddo fwy o ddiddordeb yng ngyrfa fy nhad na'r rhan fwyaf o bobl. Ar un adeg roedd yn awyddus i ysgrifennu cofiant iddo, ond parodd diffyg cefnogaeth fy mam iddo roi'r gorau i'r syniad. O'm rhan fy hun buaswn wedi bod yn falch o'i gynorthwyo. Roeddwn yn hoff o'i gwmni, a fedra i ddim llai na beio fy mam am fy amddifadu i ohono. (Dyw hi ddim yn hoffi gweld neb yn cymryd ataf i. Pan ddaeth y gweinidog i de y tro cyntaf, clywais hi'n dweud wrtho, "Mae arna i ofn fod Hannah'n cael pyliau drwg o'r fogfa, Mr. Powel." Roedd hynny'n wir wrth gwrs. Ac roedd ganddi hawl i ddweud hynny. Mae'n rhyfedd gen i cyn lleied o ddrwgdeimlad sy gen i tuag ati.) Safbwynt cyhoeddus fy mam bob amser yw nad oedd fy nhad yn genedlaetholwr digon cadarn, ac mae'n gresynu at ddylanwad "Westminster", a "Pencadlys y Blaid", a "ffrindiau uchelgeisiol" ar ei ymdrechion gwladgarol dros "y famwlad". (Mae "mamwlad" yn air mae hi bob amser yn ei ddefnyddio gydag arddeliad.)

'Welais i erioed mo ysbryd fy nhad. 'Welais i mohono yn ei arch hyd yn oed. Bûm yn credu fod yna ryw oes aur ers talwm pan oeddwn i'n ferch fach lyfndew ac yn cael maldod ac yn rhydd o'r fogfa, ac rwyf i bob amser wedi priodoli'r maldodi hwnnw i'm diweddar dad (roedd yn cael y gair o fod yn serchus a llawen, yn wahanol i'w gefnder Vavasor a oedd yn "oer" a "sych") yn bennaf am nad oedd neb arall y medrwn ei briodoli iddo, os digwyddodd y fath beth o gwbl.

Mae gen i gof pendant amdanaf yn f'ystafell wely fach yn cael fy "nghadw draw" gan fy mam, a 'Nhad yn sefyll ar y grisiau tywyll yn ffraeo gyda hi. Cofiaf hynny'n glir, a chysgod pen fy mam ar y wal, a'r gannwyll yn gorffwys yn simsan ar ymyl y gadair siglo, gallai'n hawdd fod wedi rhoi'r tŷ ar dân. Bu arna' i arswyd rhag tân erioed.

Dychmygaf 'mod i'n cofio goglais ei fwstas wrth iddo fy nghusanu, a thusw o flew golau yn tyfu allan o'i glust chwith, a miwsig ei chwerthin yn wahanol i ddim a glywais byth wedyn. A chof cliriach am reid y tu mewn i fodur tywyll yn arogleuo o resin a phetrol, ar noson etholiad mae'n debyg, a'r gwrthgyferbyniad rhwng yr hynawsedd a'r cyfarchion cynnes pan arhosai'r car a'r distawrwydd llethol pan fyddai'n mynd. Dychmygaf y casineb yn eu trem wrth edrych ar ei gilydd yn nistawrwydd y tywyllwch hwnnw.

Prin yw'r dystiolaeth, gwaedd ar y grisiau, y distawrwydd chwerw yn y modur, rhyw ddarnau a glywyd, a'u cysylltu â'i gilydd, ond rwy'n argyhoeddedig eu bod yn casáu ei gilydd. Efallai fod pob rhieni rywdro neu'i gilydd yn gweiddi'n chwerw ar ei gilydd yng nghlyw eu plant; efallai fod casineb

rhwng rhieni, ynghudd neu yn yr amlwg, yn beth mwy cyff-
redin nag y tybiaf, gan fod fy mywyd unig wedi f'ynysu rhag
llawer o ddigwyddiadau cyffredin bywyd. Rwy'n dibynnu'n
llwyr ar fy mhrofiadau prin fy hunan: ac eto glynaf wrthynt fel
fy unig faen prawf. (Mae gen i arswyd rhag cael fy nghario i
ffwrdd gan don o hygoeledd, nes bod yn well gennyf gredu'r
gwaethaf am bopeth, ac os profir fi'n anghywir bydd hynny'n
peri syndod pleserus i mi.)

'Fydd fy mam a'm llystad byth yn sôn am fy nhad. Yn ifanc
iawn sylweddolais fod ei enw'n peri rhyw awyrgylch annifyr, a
dysgais yn fuan beidio â sôn amdano na holi cwestiynau nad
oedd arnynt awydd eu clywed, heb sôn am eu hateb: ac yn fy
arddegau dysgais gadw i mi fy hun fy niddordeb newydd yn fy
nhad.

6

Yn Y Glyn mae tri ohonom yn eistedd wrth y bwrdd bwyd
yn y parlwr bach, fy llystad, fy mam a minnau. Ond y mae
rhai o blith y meirw nad ydynt byth ymhell oddi wrthym. Fy
nhad, er enghraifft, nas enwir byth. Rhieni fy mam, y bydd eu
lluniau'n syllu'n sych i lawr arnom o gysgodion y mur. A Dic,
Dic fy hanner brawd.

Ganwyd ef pan oeddwn i bron yn saith ac eisoes yn myn-
ychu ysgol y pentref. Roeddwn i wrth fy modd yn yr ysgol, ac
roedd yn gas gennyf weld yr haul yn tywynnu ar ffenestri'r
gorllewin i ddynodi diwedd y prynhawn, a diflastod casglu'r
pensiliau, y rhwberau, y mwclis, y papurau a'r clai, a'r
allwedd dreuliedig yn troi yng nghlo'r hen gwpwrdd mawr.
Un diwrnod mi ddois adre'n newynog am fy nhe, a chael y
gegin yn lân ac yn wag heb un o'r morynion ar gyfyl y lle.

Roedd f'ewythr Vavasor yn twymo'i ddwylo mawr o flaen
tân y parlwr.

"Hannah?" Cododd ei ffroenau fel ci ar drywydd. "Ti sy
'na?"

"Ie, F'ewyrth."

"Cer i fyny i weld sut mae pethe, a dere lawr i ddweud
wrtho i."

"O'r gore, F'ewyrth."

Rhedais ar hyd y coridor tywyll ac i fyny'r grisiau. Roedd
drws ystafell fy mam ynghau. Oedais y tu allan. Nid oherwydd

41

'mod i'n synhwyro rhyw ddirgelwch mawr ac yn teimlo arswyd; merch fach ymarferol oeddwn i yn ystyried yn ofalus y cam nesaf i'w gymryd rhwng rhieni nad oedd ddim bob amser yn hawdd eu deall. Tra oeddwn yn aros yno, agorodd y drws a dyna lle'r oedd Miss Aster yn hofran uwch fy mhen yn llawn syndod ac anghymeradwyaeth. Roedd Miss Aster, a fu'n fetron mewn rhyw sefydliad yn Sir Gaerhirfryn, yn byw yn un o'r bythynnod ar ein tir, ac yn gyfaill ffyddlon i Mam ac yn edmygydd ohoni.

"Wel, 'merch i? Pam rŷch chi'n sefyllian fan yma? Cath fach fusneslyd, ie? Rydych chi'n un chwilfrydig iawn on'd ŷch chi? Wel, nawr mae gyda chi frawd bach newydd sbon."

Ymhell uwchlaw imi, troes ei phen bonetog yn ôl i gyfeiriad yr ystafell. (Does gen i ddim cof i mi erioed ei gweld heb ei bonet yn ein tŷ ni.) "Hoffech chi dderbyn ymwelydd bach, cariad?"

Cyfarchai Miss Aster fy mam fel "cariad" bob amser. Nid aeth erioed mor bell â defnyddio'i henw bedydd—hynny a hoffai ei wneud.

Pwysai fy mam yn ôl ar fynydd o obenyddiau. Taflodd Gwladys, y forwyn fawr, gadach dros fwced, ond nid cyn i mi weld y cynnwys gwaedlyd. Edrychais yn ddifrifol ar fy mam, ymddangosai'n llwyd a lluddedig, ac yn llawer mwynach na'i harfer. Fe wenodd arnaf hyd yn oed, a chodi'i llaw i dynnu fy sylw at y crud wrth ochr y gwely. Fe'm swynwyd gan ei mwynder tuag ataf. Ni chofiaf ddim am beth bynnag a welais yn y crud.

"Wyt ti'n hoffi dy frawd bach, Hannah?"

"Ydyn ni'n mynd i'w gadw fe, Mam, neu ydyn ni'n mynd i'w anfon e i ffwrdd fel y llall?"

Diflannodd y wên. Sylweddolais 'mod i wedi dweud rhywbeth na ddylwn i ddim, ond allwn i yn fy myw ddirnad beth oedd. Dechreuais glebran am yr ysgol, ond torrodd fy mam ar fy nhraws.

"Miss Aster, rhowch ei the iddi. Rwy' wedi blino braidd."

"Dewch o'na Hannah. Peidiwch chi â phoeni'ch mam nawr."

"'Y ngŵr, Miss Aster. Wnewch chi ofyn iddo fe ddod i fyny?"

"Mi ofala i am bopeth, cariad. Gorffwyswch chi nawr, a

pheidiwch â phoeni am ddim byd. Fe ofalith Gertie Aster am bob peth.''

7

Roedd hi'n talu i Miss Aster feithrin ffafr fy mam. Trigai mewn bwthyn a elwid Tŷ Porth ar ein tir ni, yn agos i'r môr, ac ni ofynnid byth iddi dalu'r ychydig rent a osodid arno. Fy mam a'i sefydlodd hi yno, a phrin y celai f'ewythr ei awydd i'w chael hi allan oddi yno. Teimlai ef mai un o'r gweision a ddylai fyw yno. Lawer gwaith y dywedodd, ''Mae'r fenyw yna'n cael gormod o laeth,'' neu ''Mae hi'n bwyta mwy na thri o ddynion,'' neu ''Gobeithio'ch bod chi'n cadw cyfri, Margaret, o'r holl fwyd mae honna'n ei gael am ddim.'' Ni chlywais fy mam erioed yn ceisio amddiffyn Miss Aster; i'r gwrthwyneb tueddai i ymuno ym meirniadaeth f'ewyrth ac ychwanegu tipyn o'i heiddo'i hun. Er hynny derbyniai holl ffyddlondeb Miss Aster, gan ofalu ei hun ei bod yn cael digon o laeth, wyau, llysiau gardd ac ymenyn, ond dim gormod. Yn yr ystafell fach a arweiniai i'r parlwr (a elwid yn ystafell frecwast, er nas defnyddid i hynny byth) fe welais fy mam yn aml yn troedio'r llwybr cul rhwng crintachrwydd a haelioni, gan ddewis yr wyau lleiaf a'u pacio'n ofalus â'i dwylo cyflym, medrus, a Miss Aster yn pwyso dros ei hysgwydd i'w gwylio â'i llygaid gludiog yn pelydru'n farus, clwstwr o ddannedd llac yn gwthio'i gwefus isaf grimp allan, a'i cheg ar agor i roi awyr i'r poer a ymgasglai yn ei cheg wrth fynegi'i diolchiadau brwd-frydig. ''Y nghariad i, rydych chi *mor* garedig, bendith arnoch. Rydych chi'n garedigrwydd i gyd, 'mlodyn i. Beth wnawn i oni bai fod f'anwylyd yn cymryd trugaredd ar yr hen Gertrude Aster, druan? Os oes rhywbeth fedra i'i wneud i chi, cariad, dim ond dweud y gair. Anfonwch rywun lawr. Unrhyw amser, ddydd neu nos. Rŷch chi'n gwybod y gallwch chi ddibynnu arna' i, cariad, rwy' mor awyddus i dalu'n ôl i chi.''

Roedden ni'n deulu oedd yn galw am nyrsio'n aml. Roedd f'ewythr a minnau yn dioddef oddi wrth y fogfa ac yn wanllyd, ac ar un adeg roeddwn i'n cael pyliau o rywbeth tebyg iawn i ffitiau epileptig. (Mynnai Miss Aster fy mod yn epileptig, ac fe gredir yn gyffredin yn yr ardal fy mod felly. Hi oedd yn gyfrifol am gychwyn y si honno.) Ar ben hynny, roedd y baban Dic i'w ymgeleddu.

Roedd hi'n hen wraig hynod o gryf ac iach. Cerddai'n llafurus dan ei baich i lawr y lôn gul tua'i bwthyn fel hen geffyl trwm ei droed, â'i bonet yn nodio rhwng y llwyni eithin oedd ar y cloddiau uchel fel y codai ac y gostyngai ei heglau hir. Fe'i gwelai ei hun fel cyfaill mynwesol fy mam, a'i chydymaith, ac yn y baban Dic, gwelodd ei chyfle i dynhau'r cwlwm. Mi wn mai Miss Aster a roes fod i'r syniad fy mod i'n eiddigeddus o'r baban newydd, ac na ddylid fy nghadael gydag ef ar fy mhen fy hun ar unrhyw gyfrif. Does dim amheuaeth nad oeddwn i'n awyddus i hawlio'r babi, a chwarae ag ef a helpu i'w warchod; ond doedd hynny ddim wrth fodd Miss Aster, ac ni fu'n anodd iddi ddarbwyllo fy mam nad oedd dim ond dwy yn yr holl fyd yn gymwys i edrych ar ei ôl,—"y trysor bychan, bendith arno"—sef hi a'm mam.

Gwnaeth Miss Aster lawer i wneud fy ffordd yn arw yn y blynyddoedd cynnar hynny; ond does gen i ddim cof i mi ei chasáu o gwbl, fel y gellid yn deg ddisgwyl i mi wneud. O'r dechrau edrychwn arni fel offeryn yn llaw fy mam. Ei phrif amcan yn amlwg oedd plesio fy mam, ac mewn rhyw ffordd neu'i gilydd, trwy gecru â mi, yn llwyddo i fynegi'r casineb tuag ataf i nad oedd fy mam, hyd yn oed yn ei meddyliau mwyaf dirgel, yn barod i'w addef. Yr oedd ei hawydd amlwg i ryngu bodd fel rheol yn codi rhyw ddicter ynof at fy mam, tarddle digariad fy modolaeth: y fam yr oedd yn ddrwg ganddi iddi erioed fy nwyn i'r byd.

Yr oedd terfynau i'r erledigaeth a ddioddefwn dan dafod miniog Miss Aster, ac mae'n rhaid imi beidio â gadael i hunandosturi beri i mi anghofio hynny! Yr oedd F'ewythr Vavasor yn rhoi mwy o sylw imi nag a wnâi nemor neb arall—parchai fy neallusrwydd—ond ni fedrai ddioddef Miss Aster. Pan glywai ei llais treiddgar, dechreuai gnoi blaen ei fwstas cochlyd, ac os byddai'r tywydd yn braf, ymbalfalai ar hyd y silff ar gefn uchel ei gadair freichiau am ei gap awyr agored, a'i wisgo yn lle'r cap teneuach a wisgai yn y tŷ. Weithiau fe ruthrai allan â'i ddwylo'n ymestyn o'i flaen, yn mwmian wrtho'i hun fel pe bai haid o wenyn ar ei ôl. Daliai Mam a Miss Aster i sgwrsio fel pe na bai dim byd anghyffredin wedi digwydd.

Yr oedd terfyn amser pendant i bob un o'i hymweliadau ac eithrio ei hymweliadau "proffesiynol". Gan fod f'ewythr bellach yn methu â darllen, yr oedd yn angerddol hoff o wrando ar y radio. Ni châi dim ymyrryd â'r newyddion, yn Gymraeg ac yn Saesneg, a gwrandawai ar bob bwletin gyda dwyster defosiynol. Byddai Miss Aster yn ymadael heb ddweud gair, ond heb ei gorchfygu, gan daflu cusan i gyfeiriad fy mam, tra byddai f'ewythr â'i glust wrth y corn radio, yn chwifio'i fraich fel pe bai'n ei gyrru i ffwrdd yn hytrach na ffarwelio.

Ni fedrai Miss Aster siarad Cymraeg, ond roedd f'ewythr yn rhyw gymryd arno y medrai, ac felly cafodd rhyw grap yn nhreigl y blynyddoedd. Ni fyddai f'ewythr bob amser yn cofio hyn (o fwriad efallai yn hytrach nag yn ddamweiniol) a dywedai ei farn yn groyw iawn ar ei hymddygiad a'i hopiniynau, a hynny yn ei chlyw. Byddai hi bob amser yn anwybyddu hyn mewn ysbryd uwchraddol.

Cael Miss Aster i weini arno pan oedd yn sâl oedd y groes drymaf a gafodd f'ewythr i'w chario. Mae'n rhaid bod fy mam wedi ei argyhoeddi fod derbyn y gwasanaeth ffyddlon, di-dâl yma yn beth darbodus, achos rydym fel teulu yn barod iawn i chwilio am ffyrdd o fod yn ddarbodus. Dioddefodd ei gwasanaeth gan wasgu'i ddannedd yn ddistaw, a bu'n rhaid i minnau hefyd ddysgu'r wers, er bod ei fyfyrdodau ar y manteision economaidd yn galondid yr oeddwn i'n rhy ifanc i'w werthfawrogi. "Nawr te, 'merch i . . ." meddai'r gyn-fetron yn ei llais dyfnaf, gan frasgamu at fy ngwely pres, a rhyw lond bowlen o'r trwyth mwyaf gwrthun yn ei llaw.

Roedd Miss Aster yn aelod rhan-amser o'n teulu ni; "ychydig is na'r angylion", roedd ei chartref ysbrydol rywle yn yr "ystafell frecwast" hir, rhwng y "parlwr bach" a chegin fawr y gweision, ond naw gwaith o bob deg fe'i ceid o fewn y cyffiniau ar gadair wnïo wedi'i throi ychydig tua'r ffenestr i gael gwell golau ar y nodwydd. Yn aml o'r gongl hon troai ei llygaid yn gyhuddgar i'm cyfeiriad i fel pe na bawn erioed wedi rhoi iddi esboniad boddhaol am fy modolaeth.

8

A minnau'n brwydro ar fy mhen fy hun am ffordd o'r ystafell wely lwydaidd yma, ar foment anffafriol mewn blwyddyn o gyffredinedd, drwy ddrysni digwyddiadau amherthnasol fy nghorffennol, i ddod o hyd i graidd fy sefyllfa;

neu'n gweithio'n orffwyll gyflym i ddal yr holl ddarnau o at-gofion a llunio ohonynt ryw batrwm deall7adwy, rhaid i mi rywsut gynhyrchu ohonof fy hun, fel y sidan-bryf diwyd, ryw edefyn i rwymo'r holl ddarnau wrth ei gilydd, neu i'm harwain yn ôl drwy labrinth hen ddigwyddiadau sydd fel boncyffion solet a rhyw rithiau ysgeler yn symud yn y tywyllwch y tu ôl iddynt.

Efallai y bydd brwdfrydedd fy siwrnai yn ddigon i wneud ohonof rywbeth amgen na'r truan tlawd a wêl pobl, yr Hannah Felix Elis hon, llysferch y fferyllydd, ysgerbwd o aderyn main a welir yn aml ar lwybrau'r fro hon, ffyddlon yn y capel, teyrngar i'r gweinidog, a phawb yn tosturio wrthi, ond neb yn ei charu. Ac os dychwelaf gyda'r gyfrinach, bydd y grym a gaf drwy hynny yn trawsnewid fy mhersonoliaeth nes peri i mi belydru barn a dod o hyd i ryw fesur o drugaredd.

9

Yr oedd fy ngenedigaeth i yn wahanol i un Dic.

Digwyddodd mewn tŷ uchel mewn rhes yn nhref Pennant, a dweud y gwir, gyferbyn â'n siop ni. Erbyn hynny buasai fy nhad yn Aelod Seneddol am bedair neu bum mlynedd, ac yr oedd yn bwysig iddo fyw yn y dref. Rhoddwyd ar ddeall i bawb y byddai'n anghyfleus iddo deithio yn y trap a merlyn y ddwy filltir o'r Glyn i ddal y trên ben bore i Lundain. Yr oedd pawb yn edmygu ymlyniad fy rhieni wrth fro'u mebyd; gwyddai pawb na hoffai fy mam Lundain, ac yr oedd fy nhad yn hapus i wynebu'r siwrnai bob yn ail wythnos, rhag cael ei alltudio'n llwyr i Fabilon. Bryd hynny roedd fy nhadcu a'm mamgu o ochr fy mam yn fyw. Gwell fuasai gan fy mam, eu hunig ferch, fyw ar y ffarm gyda nhw, ac anodd credu ei bod yn hapus mewn rhes o dai.

Pan anwyd fi, roedd fy mam yn bump ar hugain, o natur or-deimladwy a sensitif. Buasai'n briod ers tair blynedd. Roedd yn dal yn wraig ifanc gariadus. Fel blodyn ar gangen gam, cuddiai ei hieuengrwydd y llymder onglog, esgyrnog sydd wedi bod mor gyfarwydd i mi erioed.

Yr oedd yn enedigaeth nodedig o anodd. Roedd Miss Aster yn bresennol, a llwyddodd wedi hynny i argraffu pob moment arteithiol yn annileadwy ar fy nghof. Cymerodd yr esgor dair awr ar ddeg ar hugain. Roedd meddygon a nyrsus yn mynd a dod. Roedd Miss Aster newydd gyrraedd Pennant, ac yn lletya ychydig ddrysau i ffwrdd yn yr un rhes o dai. Arhosodd hi'n ffyddlon gyda Mam drwy'r amser, a thrwy hynny osod seiliau cyfeillgarwch hir. Anfonodd deligram i ddweud na allai ddychwelyd at ei swydd bwysig am dipyn, a theligram arall at fy nhad yn Llundain.

Yn fy nychymyg gwelaf fy nhad fel cymeriad dramatig iawn. Gwelaf ef yn derbyn y teligram, yn rhuthro o'r tŷ i ddal y trên nos a hwnnw'n cloncian ar ei ffordd, ac yntau'n syllu'n bryderus i'r tywyllwch sydd rhyngddo a Chymru.

Mae'n cyrraedd drws y tŷ a'i het sidan a'i fenig yn ei law, fel pe bai wedi ei wisgo ar gyfer priodas. "Gyrrwch e i ffwrdd!" Mae'n eistedd i fyny yn ei gwely yn sgrechian, ei gwallt hir dros ei hwyneb, llewys ei gŵn-nos yn bolio allan ac yn dynn wrth yr arddwrn, fel llewys esgob. "Dwy' ddim eisie'i weld e! Dwy' byth eisie'i weld e! Mae e am i fi farw."

Mae'r histeria hwn yn achosi mwy o boenau esgor. Mae'r hen ŵr ei thad yn rhoi ei fraich am ysgwyddau fy nhad a'i arwain i lawr y grisiau. Ffrydia heulwen y bore drwy'r gwydrau amryliw uwchben y drws ffrynt, gan oleuo'r cotiau sy'n gorlwytho'r stand yn y neuadd. Dyna fore fy ngeni, ac mae'n rhaid fod rhywfaint o farddoniaeth hyd yn oed yn y foment honno.

Bu llawer o golli gwaed. Cyfeiriodd Miss Aster yn gynnil ddirgelaidd at anghymhwyster y meddyg teulu. Bu genedigaeth arall mewn stryd arall dlotach, yn agos i'n tŷ ni. "Daeth yma'n syth oddi yno heb ddiheintio'i offer." Yr oedd fy mam yn wael iawn, ac yn ôl Miss Aster roedd "golwg ddychrynllyd" arna i. Dyna fy rhan i yn y ddrama—yr "olwg ddychrynllyd" a'r "talp cignoeth". "Fedren ni ddim dweud bod gyda chi lygaid, mae'n wyrth eich bod chi'n fyw o gwbl i adrodd yr hanes." (Dyna'r unig gyfiawnhad dros fy modolaeth—i adrodd yr hanes.)

Daeth arbenigwr i lawr o Lundain. Edrychai'r ystafell yn debycach i labordy. "*Test tubes* dros bob man," meddai Miss Aster. "Roeddwn i'n teimlo'n hollol gartrefol."

Deil fy mam i wrthod siarad â 'Nhad. Weithiau mae'n gorwedd ar y gwely wrth ei hochr, yn dal ac yn olygus, a'i law yn mwytho'i llaw hi a'i grudd, ond ni ddywed hi'r un gair. Mae'n gorwedd yn llonydd a distaw fel pe bai ei holl bersonoliaeth yn y broses boenus o gael ei gweddnewid. Mae'r wên gariadus, beth bynnag yw'r rheswm, wedi mynd am byth.

Un prynhawn yn ystod y salwch, daeth f'ewythr Vavasor, bryd hynny yn ŵr tenau, swil, gwalltgoch yn ei ugeiniau diweddar, a gweddïo wrth ymyl ei gwely. Edrychai Miss Aster yn anghyfforddus iawn. Safai wrth y ffenestr gan rwbio darn o'r llenni lês rhwng bys a bawd, yn methu gwybod i b'le i edrych. Gweddïodd yn uchel a gwrandawai fy mam arno gan syllu'n llygadrwth ar ei ben oedd yn gwyro'n ostyngedig. Bob tro yr ymwelai â hi byddai'n dweud,: ''Rŷch chi'n dal i weddïo drosto i, on'd ŷch, Vavasor?''

Fe'm rhoddwyd i famaeth i'm magu. Ond mae'n debyg fy mod yn faban anodd ei fagu, ac yn ôl tystiolaeth Miss Aster ni fuaswn wedi byw oni bai i'm mamgu o ochr fy mam ddarganfod bod rhyw fath arbennig o laeth tun yn cytuno â mi.

Mae fy nghof am amgylchiadau dy enedigaeth di, fy mrawd, braidd yn niwlog oherwydd marw fy nhad, a ddigwyddodd o leiaf ryw bedwar mis cyn hynny.

Roeddwn i yn yr angladd, yn llaw fy mamgu. Amdani hi ni fedraf gofio dim ond ei chroen ifori yn pelydru fel bysedd piano wedi troi'u lliw o'r tu ôl i blygion ei lês du. Doedd fy mam ddim yno.

Aeth yr orymdaith ddistaw o amgylch wal y fynwent fel plant Israel yn cario'r Arch o gwmpas muriau Jerico. Roedd yr arch o bren golau a'r dolenni pres gloyw yn hercian o'm blaen ar bedair ysgwydd gydnerth, ddu. Cafodd distawrwydd y cynulliad mawr hwn o bobl ddu eu gwisg gryn argraff arnaf ar brynhawn heulog, a cheisiwn ddyfalu o b'le y deuai'r sŵn wylo yn awr ac yn y man yn gymysg â siffrwd y gwisgoedd duon. Roeddwn i'n llygatsych a dryslyd fy meddwl, yn methu â dirnad bod y blwch hwnnw'n cynnwys dim byd tebyg i 'Nhad, oedd yn Llundain ac yn methu â dod yn ôl mewn pryd ar gyfer yr amgylchiad anghyffredin hwn.

Rhyw fath o ynys ynghanol un o'n caeau mwyaf yw Hen Eglwys y Groes. Fe gafodd ei sefydlu yn ôl yn y chweched ganrif. Erbyn heddiw dim ond un gwasanaeth y flwyddyn a gynhelir yno—digwyddiad lleol poblogaidd—ym mis Awst. Ac eithrio hynny ni ddefnyddir ei thu mewn llaith ond ar gyfer angladdau. Roedd canu ar lan y bedd, yn y cywair lleddf, yn gymysg â chri'r gwylanod, a wnaeth i mi edrych i fyny gan hanner cau fy llygaid rhag yr haul. Rhaid fy mod yn hapus cael bod yno, y fangre hoffusaf gennyf yn yr holl fyd. Yr hen gae mawr tonnog sy'n llwyddo i gynnwys o'i fewn eglwys a mynwent gyda llwyni o goed i'w gwarchod a'r eiddew dros y mur, nant fechan, llwybr troed a'r eithin ar ei ffiniau yn wynebu'r twyni tywod ac ehangder y traeth.

Pan oeddent yn gollwng yr arch i lawr y rhuthrodd rhyw wraig ymlaen. Baglodd ar draws twr o bridd yn ymyl y bedd nes bod gorchudd o bridd llwyd dros ei dillad parch duon. Roedd pridd hyd yn oed ar ei gruddiau cochion. Roedd galar wedi heneiddio ei hwynepryd, a'i llygaid wedi mynd yn fych-ain ac yn gwibio yma a thraw fel ffured ddychrynedig yn barod i frathu unrhyw law a gyffyrddai â hi. O'r diwedd fe'i harwein-iwyd i ffwrdd gan f'ewythr Vavasor, a dynnai'n ddiseremoni wrth ei hysgwydd, a rhyw berthynas arall oedd i bob golwg yn gorfod arwain y ddau. Roedd ei llefain gwyllt ac ymbilgar fel pe bai'n distewi pob wylo arall, ac yn trawsnewid yr holl olygfa. Gafaelodd fy mamgu yn dynnach yn fy llaw.

Ai rhyw argraff a dyfodd arnaf wedyn oedd fod yr holl gyn-ulleidfa wedi troi i ffwrdd, a brysio oddi wrth y bedd agored?

11

Ar ôl y digwyddiad prudd hwn y cefaist ti dy eni. Tybed a gawson ni, fi yn ferch fach a thithau'n fabi, erioed gyfarfod â'n gilydd? Does gen i ddim cof o hynny. A 'chofia i ddim am y perthynas neu'r ffrind—cyfoethog mae'n debyg—i Nhad a ddaeth i lawr o Lundain i'th gymryd di i ffwrdd. "Cyfnither fy nhad.'' Does dim amheuaeth nad oedd sibrydion yn yr ardal fod y diweddar Aelod Seneddol wedi torri calon dduwiol-frydig Mary 'Glyn', ac roedd cefnogaeth a chydymdeimlad yn y capel, yn yr ardal, yn y dre yn caniatáu i'm mam wneud ei threfniadau ei hun ynglŷn â'r gorffennol agos, i achub hynny o enw da fy nhad ag oedd yn angenrheidiol i'w bri hi ei hun, ac i dynnu llen o anghofrwydd dros ei bechodau a'i ffolinebau. Y dydd y cefaist ti dy gipio i ffwrdd, mae'n debyg i mi gael mynd am dro gydag un o'r morynion i rywle digon pell o'r tŷ.

Pam na ddihengais i o'r carchar hwn i chwilio amdanat? Oedd hi'n fwy cysurlon i mi goleddu a meithrin rhyw ddarlun lledrithiol? A oes arnaf i ofn y storom a all ganlyn dy ymyrraeth di? Ofni efallai na fedri di ddim gwahaniaethu rhyngof i a'r lleill yma yr wyf wedi fy rhwymo wrthynt—nid yn gwbl anfodlon chwaith? Ofni dy ddifaterwch, dy ddirmyg, dy gondemniad? Os wyt ti'n debyg i'n tad, yn olygus, yn llwyddiannus, diamynedd a soffistigedig fyddi di ddim eisiau chwaer glaf yn magu'i haflwydd a'i fwytho fel pe bai'n gath yn canu grwndi. Os nad un felly wyt ti hwyrach nad oes arna i ddim awydd dy weld.

Mor gymen yr wy'n cloriannu fy sefyllfa. A minnau'n un flwydd ar bymtheg ar hugain rwy'n aros, ac rwy'n hen gyfarwydd ag aros. Ond mae'n beth peryglus. Mae hi mor hawdd camgymryd dychweliad y marchog crwydrad am ddyfodiad yr Achubwr, ac weithiau fe'm gwelaf fy hun ymysg yr eilunaddolwyr yn taflu palmwydd o flaen camau byrion, nerfus yr asyn dychrynedig.

Efallai na ddatgelir cyfrinach fy sefyllfa nes iti ddod, ac efallai y bydd dy ddyfodiad yn fodd i ryddhau fy enaid o'i unigrwydd amheugar. Y tu hwnt i'r anialdir hallt rwy'n dychmygu gweld ffurfiau annelwig bryniau Gwlad yr Addewid.

1

Welais i erioed mohonot ti. Yn lle hynny fe roddwyd i mi Dic yn frawd.

Hwyrach ei fod yn fachgen bach digon normal, garw, hunanol, didostur, anfoesgar. Hyd yn oed heddiw 'fedra i ddim honni fod fy marn i amdano'n ddiduedd. Credwn i ei fod wedi'i ddifetha'n llwyr. Eisteddai fy mam, â'i dwylo ymhleth, i wylio'i gampau afresymol gan led-wenu. Rhyfeddai Miss Aster yn ddi-baid at ei ffraethineb a'i ddoethineb plentynnaidd, ei siarad "hen-ffasiwn", ei ymddygiad smala a'i ddireidi deniadol. Ni chaniateid i mi ei ddisgyblu: mewn gwirionedd fe'm ceryddwyd droeon am wneud dim mwy na'm hamddiffyn fy hun. Pan frathai fy llaw neu gicio fy nghoesau bregus, "Nawr Hannah," meddai Miss Aster, "peidiwch troi'n gas ato. Dim ond chwarae mae e." Neu "Dyw e ddim yn bwriadu'ch brifo chi. Dim ond babi yw e."

Un tro pan oedd e'n chwech oed a minnau'n dair ar ddeg, roeddwn i'n mynd i'r siop bapurau ym Mhennant i dalu bil dros fy mam. Doeddwn i ddim yn hoff o bobl y siop, ond yn yr oed hwnnw mae'n debyg 'mod i wedi ffalsio'n deg yn fy ymdrech i blesio. Mi wyddwn bryd hynny hyd yn oed nad oedden nhw ddim ar delerau da â'n teulu ni, a'u bod wrth eu bodd felly yn gwrando ar glebran diatal fy mrawd bach. Pwyntiodd ataf i mewn dull clownaidd, oedd yn ddigri iawn yn eu golwg hwy, ac meddai, "Dyw hon ddim yn chwaer iawn i fi. Fynnwn i mohoni. Rhyw greadures ddigon sychlyd yw hi. Mae pawb yn dweud taw creadures sychlyd yw hi."

Trywanwyd fi gan saethau o gywilydd, achos fe wyddwn mor aml y byddai'r siopwr a'i wraig yn ailadrodd y stori honno gyda blas. Ac mi wyddwn yn fy nigalondid fod gwirionedd yn yr hyn a ddywedodd Dic. Fy hanner-brawd bach, y dymunais lawer gwaith ei godi ar fy nglin, i'w fwytho, i'w gofleidio, i'w gusanu, hwnnw a gyhoeddai fy nhynged wrthun.

Doedd dim perygl i'm hewythr Vavasor ddifetha neb. Efallai pan oedd yn iau iddo roddi cynnig ar deimladau llednais, ond fel anwariad yn rhoi darn arian rhwng ei ddannedd a chael ei fod yn plygu, fe'u taflodd nhw i ffwrdd. Iddo ef darn arian diwerth oedd teimladrwydd. Credaf fod ganddo gymaint o olwg arnaf i ag ar neb, ond yr agosaf a ddaeth erioed at fynegi hoffter oedd "Ie, ie," neu "Da iawn" mewn goslef o gymeradwyaeth frysiog. Gallaf ei gofio pan oeddwn yn ferch ifanc, ac yntau yn un o'i funudau mwyaf hynaws, yn gwthio'i gap yn ôl ar ei wegil ac ymestyn ei goesau hir o flaen tân y parlwr, a gwneud rhyw gyfeiriadau anuniongyrchol at beryglon dangos teimladau'n rhy agored, yr hyn a wnâi i mi wenu.

'Welais i erioed mohono'n cymryd Dic ar ei lin. Dim ond unwaith y gwelais ef, pan oedd yn tybio nad oedd neb arall yn yr ystafell, yn cydio yn ei fab bychan —roedd Dic tua phedair oed ar y pryd—a'i ddal yn dynn yn ei freichiau, a'i lygaid gleision yn syllu i'w wyneb, a'i aeliau trymion yn codi a disgyn yn ddigon i ddychrynu unrhyw un. Am ychydig funudau roedd y plentyn wedi'i barlysu, ac yna'n ddisymwth dechreuodd wingo a nadu dros y lle. Daeth Miss Aster i lawr y grisiau ar ruthr gan roi hergwd i un o'r morynion o'i ffordd yn ddiseremoni. Erbyn iddi gyrraedd roedd Dic wedi ei ryddhau, a safai yno yn igian crio o hyd, gan sychu'i drwyn â'i lawes.

"Beth yn y byd sy'n bod?" gofynnodd Miss Aster.

Daliodd f'ewythr i dwymo'i ddwylo a syllu i'r tân gan anwybyddu'r cwestiwn.

"Be wnaethoch chi iddo?" meddai hi gan droi ei llid arnaf i. "Nawr, dwedwch be wnaethoch chi, groten?"

Yn sydyn, meddai f'ewythr yn siarp, "Gadewch lonydd i Hannah. Wnaeth hi ddim byd. A chan ein bod ni ar y pwnc, ceisiwch reoli'ch hunan a pheidio difetha'r plentyn yna."

Â'i hurddas wedi'i glwyfo'n arw, ciliodd y greadures chwe throedfedd o'r parlwr bach gan ddal ei phen yn uchel, a'i bonet fel coron arno. Roeddwn i'n poeni drosti braidd. (Efallai, bryd hynny hyd yn oed, fy mod yn ddigon ceidwadol i gredu mai gwell oedd peidio ag aflonyddu ar bethau, hyd yn oed pan oedden nhw'n ddrwg.) Doeddwn i ddim eto'n ddigon hen i ddeall mor hawdd y gall y rhai mwyaf mawreddog lyncu cerydd, neu hyd yn oed sarhad pan fo'r buddiannau agosaf at eu calon yn cael eu bygwth.

Rhaid i mi gofio hefyd mor llawen oedd y crwt, a rhywfaint o naws y bor disglair yn ei floeddiadau a'i chwerthin. Doedd y chwerthin a'r bloeddio hwnnw ddim yn elfen ddibwys ymysg synau arferol y tŷ ffarm ar wahanol adegau o'r dydd.

Sŵn trwm carnau'r gwartheg, sŵn eu cynffonnau'n chwifio; clindarddach stenau a bwcedi a thraed mewn clocsiau ac esgidiau hoelion, ergydio mawreddog traed y ceffylau, rhuglo'r peiriannau, trwst y certi; isel glwcian yr ieir, a miwsig arallfydol yr adar; ac ar ben hyn oll lleisiau pobl, weithiau mewn brys, weithiau'n oddefol, ond uwchlaw'r cyfan chwerthin plentyn yn trawsnewid ein holl fyd. Neu felly y tybiaf heddiw. Ond hwyrach bod yr holl fiwsig yno o hyd ac mai ychydig o wahaniaeth a wna absenoldeb llais Dic. 'Fedra i mo'i glywed e nawr achos 'mod i'r ochr bellaf i fryncyn canol oed ac allan o glyw ieuenctid.

2

Pan oedd Dic tua naw oed, un prynhawn Iau a'r siop ynghau, a f'ewythr Vavasor yn mwynhau cyntun yn ei gadair o flaen tân y parlwr bach, sgriwiodd y crwt ddau fach rhydlyd i ffrâm drws y parlwr bach ryw droedfedd a hanner oddi wrth y llawr, ac yna clymodd ddarn o gortyn beinder ar draws mynedfa'r drws. Yna rhedodd allan ac agor y llidiart rhwng y cae wrth y tŷ lle'r oedd bustych yn pori a'r cae nesaf a gedwid yn wair. Rhuthrodd yn ôl i'r tŷ a gweiddi wrth ddrws y parlwr bach, "'Nhad! Mae'r da bach yn Cae Dafydd!"

Deffrodd f'ewythr yn wyllt, newid ei gapiau'n ddeheuig a chychwyn yn drwsgl am y drws gan ymestyn ei freichiau o'i flaen yn ôl ei arfer, a syrthio yn ei hyd gyda chri o ddicter fel pe bai'n gwybod iddo gael ei dwyllo. Tarawodd ei ben yn galed ar y llawr carreg a gorweddodd yn llonydd.

Roedd yn dal i orwedd ar y llawr pan ddois i mewn a dal Dic wrthi'n brysur yn dadsgriwio'r bachau a'i gefn at gorff diymadferth ei dad. Fi a redodd at f'ewythr a chodi ei ben, a chyn i mi sylwi'n iawn ar ysgwyd pen Dic â'i fys wrth ei wefusau, roeddwn yn cyhoeddi'n groch fy nghyhuddiadau yn erbyn fy hanner-brawd maldodus. Cofiwn bryd hynny y diddordeb a gymerai Dic y Sul blaenorol yn stori Isaac a Jacob, a'r ddadl a fu rhyngddo ef a Henry Thomas o'r un dosbarth a oedd Jacob mewn gwirionedd wedi twyllo Isaac neu beidio—Dic yn haeru ei fod yn dweud y gallai brofi'r peth, a Henry Thomas yn dal na fedrai.

Doedd fy mam na Miss Aster ddim o gwmpas. Un o'r morynion a ymddangosodd gyntaf yn ateb i'm gweiddi a'm cyhuddiadau, aeth hithau i sterics a rhedeg allan gan weiddi, "Mae Mistir wedi marw! Mae Mistir wedi marw!" Cafodd Dic fraw a'i gwadnu hi, a chan 'mod i'n dal pen f'ewythr 'fedrwn i mo'i rwystro. O'r diwedd cafodd y forwyn afael ar Richard Davies, y gwas mawr, a daeth hwnnw, â'i gerddediad trwm, i mewn ar ei hôl. Roedd hyn yn anffodus i Dic achos roedd Richard Davies yn deyrngar iawn i f'ewythr ac yn casáu Miss Aster—gan y teimlai y dylai'r bwthyn lle'r oedd hi'n byw fod yn gartref i'w ferch a'i fab-yng-nghyfraith—a hefyd yn casáu Dic am mai ef oedd yr allwedd i'w dylanwad hi.

Cododd Richard Davies gorff hir, bregus f'ewythr Vavasor. Roedd un goes denau mewn hosan wlân drwchus yn ymwthio allan yn bell o'i drowsus a'r esgid frown loyw fel pe bai'n pwysleisio eiddilwch y dyn diymadferth. Gan ddal f'ewythr yn ei freichiau sychodd Richard Davies ei draed lawer gwaith drosodd cyn dringo'r grisiau a gosod corff ei feistr yn dyner ar y gwely. Roedd y forwyn a minnau'n crynu yn y drws heb wybod beth i'w wneud.

"Cadwch e'n gynnes," meddai Richard Davies, ac yna rhoddodd garthen drwchus drosto a diosg ei goler stiff a'r ffrynt oedd yn cuddio'i grys gwlanen trwchus. "Fe ddylwn dynnu'i ddannedd e hefyd, ond dwy ddim yn lico gneud," meddai gan edrych yn amheus ar ei ddwylo budron. "A halwch i moyn y doctor."

Camodd at y ffenestr a'i hagor, rhoes ei ben allan a bloeddio, "Gruffydd," ddwywaith neu dair. Fe anfonodd y gwas bach (un bychan a fu farw o'r darfodedigaeth wedi hynny) i ffwrdd ar ffrwst ar ei feic i nôl y doctor.

"Nawr, mi ddala i'r diawl bach yna," meddai'n araf, gan syllu ar f'ewythr Vavasor fel pe bai'n rhoi ei farn ar ryw fater perthynol i'r ffarm, "ac fe ro' i eitha crasfa iddo cyn daw neb i gadw'i ochr e, y diawl bach. Cythrel bach drwg, dyna beth yw e!"

Aeth yn ddi-feth i guddfan Dic yn y sied wair. Gallwn ddychmygu Dic yn ei gwrcwd yn y tywyllwch i fyny dan y to sinc yn gwrando ar gamre trwm Richard Davies ar ffyn yr ysgol, a'i anadlu llafurus fel y dôi yn nes ato a'i ben wedi'i blygu ymlaen a'i lygaid yn melltennu yn y tywyllwch.

Bu f'ewythr yn ei wely am wythnosau. Pan anfonwyd Dic i fyny ato i ymddiheuro a chyffesu, roedd fy llystad yn eistedd i fyny yn ei wely yn anadlu mwg rhyw bowdwr asma, cap nos gwyrdd yn cuddio'i ben. Baglodd Dic ymlaen o un frawddeg anorffenedig i'r llall, fel rhywun yn cerdded yn erbyn gwynt cryf, a throi ei ben i lyncu anadl yn awr ac yn y man. Doedd f'ewythr ddim fel pe bai'n gwrando. Pan oedd Dic ar fin gadael galwodd ef yn ôl.

"Bant i'r ysgol!" meddai'n chwyrn, gan godi'r tun a'r powdwr yn nes at ei drwyn. "Bant i'r ysgol â thi, 'machgen i. Fe wnaiff les i ti."

Bu'r penderfyniad yma i anfon Dic i ffwrdd i ysgol breswyl yn asgwrn y gynnen rhwng f'ewythr a fy mam tra parhaodd dyddiau ysgol Dic. Roedd popeth a ddigwyddodd yn ystod y blynyddoedd hynny yn cynyddu ffydd f'ewythr yn effeithiolrwydd y driniaeth a argymhellodd ef. Fy mam a orfu, fel y gellid disgwyl i fam benderfynol wneud, yn enwedig yn erbyn gŵr dan y fath anfantais. Ond effaith hyn oedd gwthio'r ddau ymhellach oddi wrth ei gilydd. Ni ffrwydrodd y gynnen, hyd y gwn i; ond yr oedd y tyndra yno'n ddi-baid.

Fuon nhw erioed yn agos iawn at ei gilydd. Dim erioed ar dir "ti a tithau" gyda'i gilydd yn ôl dull arferol gŵr a gwraig, ond bob amser yn ffurfiol foesgar, a phob un yn dilyn ei gwrs ei hun fel bod y naill yn edrych ar y llall, nid fel person, ond fel dodrefnyn cynefin.

Cyn i'r frwydr fud ynglŷn â rhoi ysgol i Dic godi ei phen, cofiaf awyrgylch dipyn fwy gwresog yn y parlwr bach. Jôc fach weithiau; ynghylch capiau f'ewythr Vavasor a'i lestr poeri o waith cartref, am dlysau clust duon fy mam ("cerrig terfyn" oedd enw f'ewythr arnynt), yr angen am set radio newydd, ac am Miss Aster. Ond sychodd pob ffynhonnell digrifwch un ar ôl y llall. Y set radio newydd a Miss Aster oedd yr olaf i fynd.

Roedd yn gas gan Dic y tyndra yma yn y parlwr bach, ac nid oedd fel petai'n sylweddoli mai ef ei hun oedd ei achos. Llyncai ei brydau bwyd ar frys a dianc allan cyn gynted ag yr oedd ei fol yn llawn; doedd ganddo ddim sgwrs a rhaid oedd llusgo unrhyw wybodaeth allan ohono.

Doedd fawr o gariad rhwng y bachgen a'i dad, a'r cyfan o gyfathrebu a geid rhyngddynt oedd gorchymynion garw, atebion cwta a distawrwydd ystyfnig. Gwyddai Dic na fedrai ei dad weld yr olwg haerllug oedd ar ei wyneb; roedd yn ddigon beiddgar i edrych fel hyn heb unrhyw ofn bellach. Gwyddai'n well na mi faint yn union yr oedd ei dad yn gallu'i weld. Gwyddai hefyd y byddai ei fam—fel rhyw fath o ymddiheuriad dros beidio â'i amddiffyn pan gosbid ef—yn gwthio chwecheiniog, neu hyd yn oed swllt, yn llechwraidd i'w law, ac roedd hynny'n ei blesio'n iawn ac yn tanseilio datganiad f'ewythr, "Wel, os na halwn ni e bant i'r ysgol, rhaid ei gadw fe'n brin o arian a chadw disgyblaeth iawn arno." Pan ddechreuodd Dic fynd i Ysgol Ramadeg Derwen, i'r Dosbarth Cyntaf, roedd yn cael mwy o arian poced mewn wythnos nag a gawn i am fis pan oeddwn yn y Chweched Dosbarth. Rhyw fanion dibwys yw'r pethau yma, ond mae'n rhaid eu dweud achos gyda'i gilydd maen nhw'n golygu rhywbeth.

Byddaf yn meddwl weithiau tybed a fyddai Dic wedi dangos rhyw hoffter tuag ataf i petai Mam heb ddangos mor eglur ac mor aml iddo nad oeddwn i'n deilwng o serch neb. Gallwn yn hawdd fod wedi ei hoffi a maddau llawer iddo petai wedi dangos yr arwydd lleiaf o serch tuag ataf. Ond 'wnaeth e mo hynny erioed. Miss Aster a ddangosodd iddo sut i edrych arnaf i: ond gwyddwn yn eithaf da mai i blesio Mam y chwipiodd honno ei difaterwch cynhenid yn gasineb. O'r dydd y'm ganed, y fam a'm dygodd i'r byd a fu'n brif elyn fy hapusrwydd, a hi sy'n eistedd gyferbyn â mi bob pryd bwyd. Neithiwr daeth i mewn i'm hystafell yn dwyn fy swper ar hambwrdd, ac meddai, gyda rhyw ffug sancteiddrwydd, "Ydi dy frest ti'n fwy rhydd, Hannah? Mae brest d'ewyrth yn gaeth iawn heddiw."

3

Cofiaf noson o aeaf yn y gegin fawr, a'r llu wynebau chwilfrydig, wedi eu goleuo gan fflamau'r tân, yn gwrando ar lais cras Owen Owens. Rwy'n dewis cofio noson o'r fath a'r stori a adroddid pan oedd Dic yn grwt anfoesgar deuddeg oed, a minnau'n ferch bedair ar bymtheg hunanymwybodol ac awyddus, pan oedd gennym ddwy forwyn, sef Gwladys—yr orau a fu gyda ni erioed, ac sy'n dal i ddod yma i'n helpu ar adegau arbennig megis cynhaeaf a chneifio a dyrnu—a Meinir, a briododd â Morus Ddwl a chael pump o blant ganddo, tri yn fyw a dau yn farwanedig. Eisteddwn yno rhyngddynt yn gwrando a'm dwylo wedi'u plethu'n wylaidd yn fy nghôl. Swatiai Dic wrth ben y bwrdd hir, weithiau â'i

fraich am ysgwydd Wil. Wil oedd y gwas bach, tua phedair ar
ddeg oed, a'i ben sgwâr, a'i wyneb fflat, gwelw; byddai'n
gwlychu'r gwely, er i f'ewythr Vavasor roi cynnig ar lawer
meddyginiaeth, ond doedd dim yn tycio, a Gwladys yn ddig
bob bore y byddai'n gorfod llusgo'r matras gwlyb i lawr y
grisiau cerrig o'r llofft stabal. Ond crwtyn serchog oedd Wil a
phawb yn ei hoffi a chael blas ar ei ffraethineb annisgwyl, ac
yr oedd yn ffefryn mawr gan Dic.

Roedd llais cras, haerllug Owen Owens yn swyno pawb
ohonom. Oni bai am ei ddawn adrodd stori byddai pawb
ohonom yn ei gasáu ac eithrio f'ewythr Vavasor, oedd yn rhoi
pris uchel ar ei waith fel bugail, ac nid oedd ei well am dewhau
bustych, gwyddai i'r dim pryd i'w symud i'r tir pori gorau.
Creadur sur, hir ei drwyn, llym ei dafod oedd Owen Owens, a
chanddo draed drwg a barai iddo ddefnyddio'i ffon hir fel
rhwyf. Er ei fod yn briod ac yn dad i blant, dim ond rhyw
unwaith y mis yr âi adre; roedd yn amhoblogaidd ymysg y
dynion eraill oherwydd ei falchder, a hoffent ddweud mewn
smaldod na fedrai oddef gadael ei ddefaid.

Roeddem yn gyfarwydd â'r rhan fwyaf o'i straeon. Roedden
nhw bob amser yn wir, a byddid yn gofyn amdanyn nhw gyda
rhyw foesgarwch parchus, ac roedden nhw bob amser yn drist.

Byddai'n dechrau fel hyn:—''Pan o'wn i'n was bach, dim
mwy na rhyw dair ar ddeg, ond yn gweithio yn galetach o beth
gythrel na'r diogyn yna . . .'', gan gyfeirio at Wil, a phawb yn
chwerthin a chyfrannu mymryn o ffraethineb at y sgwrs, a Dic
yn rhoi hergwd i ysgwydd Wil, a hwnnw'n gwenu heb falio
dim. Yna, pawb yn setlo i lawr i wrando.

''Roedd y ffarm yma'n uchel yn y mynyddoedd ar fin llyn.
Lle caled i weithio ynddo, mynydd uchel hir, ac ychydig o dir
gwaelod, ond lle da i ddefed. Y feistres oedd y mistir yn y lle
yma.'' (Rhyw chwerthin isel fan yma a rhai sylwadau, a barai
i Meinir grawcian rhyw air o wrthwynebiad. Gwyddai'r
gwrandawyr cyfarwydd i'r dim b'le i dorri ar draws ac i ba
raddau.) ''Roedd y fenyw yma'n wyllt ac awdurdodol iawn,
a'i gŵr, oedd yn ddyn tawel, gonest a swil iawn, yn methu â'i
thrafod hi. Nid achos ei fod e'n ffŵl nac yn wan na'i hofan hi.
Roedd e'n foi digon smart, yn barchus gan bawb yn yr ardal,
yn feirniad da ar ddefed a thipyn go lew gydag e yn y banc. Y
trwbwl oedd i fod e'n caru'i wraig yn ormod.''

(Rhuthrai'r gwynt drwy'r buarth caregog tu allan i'r ffenestr hir, a fflamau'r tân llydan yn ymestyn i fyny ceg y simnai fawr. Roedd y bwrdd wedi ei osod yn barod ar gyfer brecwast drannoeth, bowliau bara llaeth wyneb i wared mewn rhyw wyth neu naw o lefydd, ar wahân i lle'r oedd Dic yn eistedd, y lamp baraffin ar y wal uwch ei ben wedi ei throi i lawr rhag iddi fygu yn y drafft.)

"Roedd hi'n bert iawn, gwraig y ffarmwr yma. Yn cerdded fel brenhines. Roedd hi'n llawn balchder, ac yn credu fod pob dyn ar 'i hôl hi. Menyw galed oedd hi. Ond yn waeth na dim roedd hi'n gomon. Roedd hynny'n amlwg i bawb ond i'r sawl oedd mewn cariad â hi. Fe alle rhyw grwt fel fi, hyd yn oed, weld hynny. Roedd ei stamp e fel nam arni; yn y bore pan oedd ei gwyneb heb ei wneud lan â phowdwr a phaent roedd e i weld fel ail wyneb dan yr un cynta; pan oedd hi wedi pinco'i hunan lan gyda'r nos roedd yn rhaid i chi edrych am y gwyneb cynta dan yr ail.

"Roedd rhywbeth ynglŷn â'i gŵr hi yn mynd ar ei nyrfs hi. 'Wy'n credu taw ei ffordd amyneddgar, fonheddig e oedd yn ei dangos hi lan, hyd yn oed iddi hi ei hunan, yn dangos yn gwmws beth oedd hi. Falle bod 'na resyme erill, ond gwreiddyn y mater oedd ei fod e'n gymint gwell na hi.

"Y gaeaf hwnnw fe ddechreuodd hi fflyrtan gyda'r cowmon newydd, bachan ifanc digon teidi o'r North 'na rywle, bachgen cryf, yn eitha golygus, ac yn weithwr da. Doedd e'n golygu dim drwg cofiwch, ond roedd e'n brin o sens, a heb gael ei hyfforddi ym mhen ei ffordd, gallwn i feddwl. Roedd e'n ifanc ac yn ddigon penwan i feddwl bod yn rhaid iddo dderbyn pob gwahoddiad. Hen aeaf hir, tywyll, caled oedd hwnnw.

"Un prynhawn fe ddaeth y ffarmwr adre o'r farchnad yn gynnar, yn gynharach nag arfer. Fe sylwodd fod y tŷ'n dawel iawn. Gan fod ei sgidie fe'n frwnt fe'u tynnodd nhw cyn mynd lan y staer, a wir i chi fe ddalodd ei wraig yn y gwely gyda'r cowmon. Fe safodd fan'ny yn y drws fel tase fe wedi'i droi'n garreg, a dim gair o'i ene fe. Dechreuodd y wraig lefen, a fe droiodd y ffarmwr a rhuthro allan o'r tŷ heb ddweud gair.

"Mi weles i e'n mynd drwy'r clos pan o'wn i'n dod allan o'r tylcie moch, a sgidie tŷ am ei draed e a'i got ar agor yn hedfan

58

yn y gwynt a rhyw olwg arno fel tase fe'n ddiweddar i ryw gwrdd.

"Ddaeth e ddim 'nôl y noson honno, na bore trannoeth. Tuag amser cino, roedd hi madam wedi dod at ei hunan dipyn yn ei ffordd galed, gomon i hunan. Fe ddechreuodd roi ordors i bawb a sbortian a siarad yn gwrs."

"Bob yn ail ddiwrnod," ebe Owen Owens, gan aros i boeri i'r tân, "'y ngwaith i oedd mynd lan ar hyd llwybr y mynydd i ryw hen dŷ allan tua milltir o'r tŷ ffarm, a llanw'r rhastal â gwair o'r dowlad, a rhoi gwellt glân o dan y bustych ac edrych 'u bod nhw'n iawn. Trannoeth, ar ôl i'r mistir fynd mor ddisymwth, allwn i ddim mynd lan nes bo' i 'n hwyr y prynhawn. Mi es i â lamp gen i, achos roedd hi'n dywyll yn y dowlad, a hefyd mi fyse wedi hen dywyllu cyn bo fi 'nôl.

"Roedd yr eira wedi dadleth, a doedd hi ddim yn bleserus iawn i gerdded siwc-siac drwy'r llaca. Er mowr syndod i fi, pan gyrhaeddes i roedd y bustych yn byta'n braf ar wair ffres, a'r rhastal yn hanner llawn. Ond doedd dim gwellt glân o tanyn nhw. Mi gyneues i'r lamp a lan â fi i'r dowlad gan feddwl towlu tipyn o wellt lawr.

"Y peth cynta weles i oedd cysgod dwy goes yn hongian mor llonydd â phendil cloc wedi stopo. Yn crynu ac yn chwys i gyd, mi edryches lan, a dyna lle'r oedd mistir yn hongian wrth drawst, a'i dafod allan a'i ddou lygad ar agor yn rhythu arna i.

"Doeddwn i fowr mwy na chrwt, a rown i eisie rhedeg, rhedeg bant i rywle, yn gweiddi, yn sgrechen. Ond mi stopes 'yn hunan. Roedd hi'n rhy ddiweddar i 'neud dim byd. Ond allwn i mo'i adel e fan'ny. Fe godes yr ysgol oedd e wedi gico bant, a dringo lan nes bo fi gyferbyn â'r corff. Heb edrych ar ei wyneb e, fe dynnes fy nghylleth boced allan, roedd wastad awch fel raser ar honno gen i, a chydag un ergyd mi dorres y y rhaff. Fe gwympodd y corff lawr blwmp i'r gwair oedd ar y llawr."

Roedd Gwladys a Meinir eisoes, yn ôl y drefn, wedi rhoi eu dwylo wrth eu cegau crynion, ac wedi dal eu hanadl a sgrechian, ac erfyn am gael peidio â chlywed y manylion gwaethaf. Yna byddai rhywun yn gofyn beth ddigwyddodd wedyn, achos fe fyddai'r stori'n gorffen yn swyddogol pan fyddai Owen yn dweud nad anghofiodd e ddim rhoi gwellt o dan y bustych cyn

59

rhuthro'n ôl am y tŷ â'r lamp yn ei law grynedig, i gyhoeddi'r newyddion ysgeler.

Weithiau, wedi gwasgu arno, fe adroddai ran ddilynol y stori; a rhywsut roedd gyda ni—fi yn arbennig—fwy o ddiddiordeb yn y rhan hon o'r stori nag oedd ganddo ef. Sut y priododd y fenyw yma â'r cowmon amharod ymhen deng mis, a thrwy hynny dynnu atgasedd yr holl ardal am eu pen; nes bod rhaid iddyn nhw fyw mewn unigrwydd anghymdeithasol. Fel y caent drafferth i gadw gweision a morynion, ac yn y diwedd gorfod gwerthu'r ffarm, a'r modd y bu iddynt gweryla'n chwerw, a hynny yng ngŵydd pawb, ar ddydd yr arwerthiant. Roedd pawb yn disgwyl y byddai'r cowmon ryw ddiwrnod yn colli'i dymer a churo'r fenyw annioddefol i farwolaeth. Ond y cyfan a ddigwyddodd oedd iddynt brynu tyddyn bach mewn sir arall, lle'r oeddent—hyd y gwyddai ac y maliai Owen Owens—yn dal i gecru fel dwy afr gythreulig wedi eu stancio yn uffern.

Byddai'r rhan ddilynol yma o'r stori yn aros ar fy meddwl i ar ôl i bawb arall anghofio amdani. Tybed a oedd yna mewn bywyd ryw ddeddf anhyblyg ar waith oedd yn pennu cosb ar gyfer pob drwgweithredwr? A ellid cymryd y stori fach hon fel rhoi diferyn o waed ar sleid, i'w harchwilio yn fy meddwl, fel y medrwn yn y diwedd, drwy weithio arno'n ddigon caled ac yn ddigon hir, weld Deddf y Bydysawd ei hun, a chael cipolwg ar fyd y sêr yn crynu yn eu lleoliad, fel breichledau ar fraich ddidostur Duw ei hun?

Un hwyrnos, pan oedd Owen Owens yn dod i derfyn yr un stori, daeth fy mam a Miss Aster i mewn i'r gegin, a bu distawrwydd parchus tra gofynnodd fy mam i mi a awn i hebrwng Miss Aster adref, a dod 'nôl â rhyw waith gwnio roedd ei angen arnom drannoeth. Dwy oferôl wen ar gyfer y siop. Roedd hi'n noson olau leuad dawel, dyner a dywedodd fy mam os lapiwn fy hun yn ddigon cynnes y gwnâi'r cerdded les i mi.

Doedd arna' i ddim awydd mynd, ond roeddwn i wedi hen arfer ufuddhau, ac felly mynd wnes i. Roedd traed Miss Aster yn camu'n drwm wrth fy ochr (roedd ei sgidiau bob amser yn pwyso braidd i'r ochr dde) a syllai yn ei blaen, mewn distawrwydd, fel peilot â'i holl feddwl ar lywio'i long. Doedd gen i ddim byd i'w wneud ond dal i fyfyrio ar stori Owen Owens.

Arhosais i ddim yn Nhŷ Porth. Doedd gan Miss Aster a minnau fawr iawn i'w ddweud wrth ein gilydd.

Pan gaeodd y drws arni, rhedais yn ddistaw i lawr drwy'r twyni tywod i ymyl y dŵr i edmygu'r lloergan yn dawnsio ar wyneb y llanw a gwrando ar y tonnau bach yn llepian yn esmwyth ar y lan. Roedd aroglau'r gwymon yn codi eisiau bwyd arnaf.

A minnau'n ymfalchïo nad oedd gen i ddim ofn, ac yn mwynhau'r daith yn ôl, clywais sŵn rhywun yn rhedeg i'm cyfarfod. Daeth Wil ataf â'i wynt yn ei ddwrn. Cydiodd yn fy llawes, gan bwyntio â gwneud ystumiau, a'm llusgo ar ei ôl i'r Ysgubor Ganol ryw hanner canllath i ffwrdd. Gwelwn fod golau yn llofft y sgubor. Dringodd Wil yr ysgol cyn gynted ag y gallai.

Yng ngolau'r lamp gwelais beth dybiwn i oedd corff Dic yn hongian wrth raff gyda'i gefn atom. Sgrechais a sgrechais yn fy arswyd. Ymddangosai hwn y pranc mwyaf anfad eto, dyma'r helbul a'r trallod roedd fy mywyd i gyd wedi bod yn baratoad ar ei gyfer, mwy dychrynllyd na marwolaeth gyffredin . Os llewygu wnes i, pharhaodd e ddim yn hir, os ffit ydoedd—ac mae'n gas gen i ei ddweud—wnes i ddim cnoi fy nhafod. Pan ddadebrais roedd Dic a Wil yn plygu trosof. Ar unwaith dechreuodd Dic chwerthin.

"Wyt ti'n iawn, Hann?" Doedd dim gwir bryder yn ei lais—fy nyletswydd i oedd bod yn iawn rhag amharu ar ei jôc ddisglair ef. "Dim gronyn gwaeth, Hann?"

Mewn pang o gynddaredd anarferol, troes fy llaw yn grafanc, a thynnais f'ewinedd ar draws ei wyneb. Unrhyw beth i ddifetha'r grechwen hunanol a chreulon. Sgrechiodd yn ei boen a'i syndod, a dawnsio ar hyd y llawr â'i ddwy law ar ei foch. "Welest ti hynna, Wil bach? Dyna'r fath chwaer sy gen i. Hen bits frwnt o chwaer. Welest ti hynna, Wil bach?" Roedd e'n ei ailadrodd wrth imi eu gadael a brysio i lawr yr ysgol.

1

Frankie Cwm oedd cyfaill mynwesol Dic. Erbyn hyn rwy'n dyfalu tybed a wyddai Dic—pryd bynnag y cychwynnodd y cyfeillgarwch, rywbryd rhwng chwech a deg oed—bod f'ewythr Vavasor a Mam yn ystyried teulu Frankie yn adar brith na haeddent ddim byd gwell na chael eu hanwybyddu fel pe na baent yn bod. Roedd hi'n nodweddiadol ohonynt y medrent lwyr anwybyddu unrhyw beth na hoffent ei fodolaeth. Ar y llaw arall, os oedd Dic wedi ymserchu yn Frankie, doedd hi ddim yn debyg y byddai'n barod i ymwrthod â'i gwmni o barch i ddymuniadau ei rieni. Doedd ynddo ddim o'r parch ofnus oedd gen i at gymeradwyaeth neu anghymeradwyaeth rhieni. Efallai na ddewisodd wybod yr hyn a wyddwn i mor dda.

Gwyddwn fod "hiliogaeth Seth Cwm" yn wehilion condemniedig, a'u bwythyn bach ar fin yr afon ym mhentref Sarn, rhyw ddwy filltir o'n tŷ ni, yn ymddangos i mi fel y porth tywyll i annwn.

Fi gafodd gip ar Dic yn mynd i mewn i'r bwthyn hwn ryw brynhawn braf pan safwn ar y bont yn gwylio dŵr isel yr afon yn ymdroelli rhwng y cerrig yr arferai lifo drostynt y rhan fwyaf o'r flwyddyn. Curai fy nghalon o'i weld yn cyflawni'r fath weithred anfad mor ysgafnfryd. A gwelais ef yn croesi'r afon gyda Frankie, yn cael eu dilyn gan Ada, chwaer Frankie, oedd ddwy neu dair blynedd yn hŷn; ond credaf mai merch unig iawn oedd hi, ac yn falch o chwarae gyda'r ddau fachgen. A fi a ddywedodd yr hanes wrth f'ewythr yng nghlyw Miss Aster pan ofynnodd, "B'le ar y ddaear fuost ti, fachgen?"

2

Dysgodd Dic fod yn llechwraidd iawn. I'r rhan fwyaf o bobl, ac eithrio'i dad, Richard Davies, a minnau efallai, roedd yn fachgen llon, agored, didwyll, golygus. Gallai wenu yn y modd mwyaf deniadol, a gallai ei lygaid gloyw, tywyll chwilio'ch llygaid chwi a denu ohonoch gydymdeimlad a serch hyd yn oed, a hynny yn erbyn eich ewyllys.

Rwy'n argyhoeddedig fod Miss Aster yn gwybod yn iawn mai Frankie Cwm oedd cyfaill mynwesol Dic drwy gydol ei ddyddiau ysgol. A gwyddai'n well na neb na allai'r gyfathrach hon ddwyn dim byd ond niwed i Dic. Ond gadawodd i Dic ddylanwadu arni. O dan y caledwch allanol a feithrinodd pan oedd yn yr ysbyty, dynes wan, unig oedd hi. Bron na allaf ei chlywed yn awr yn siarad â hi ei hun yn ystod oriau ei halltudiaeth ym mharlwr bach Tŷ Porth, ac o'i chwmpas holl greiriau'r gorffennol na ddeuai'n ôl—lluniau o'r ymweliad Brenhinol â'r ysbyty, cardiau post o Cannes ddechrau'r ganrif, ac yn melynu yn ei ffrâm y dysteb oddi wrth ryw glaf o dras uchel y bu'n gweini arno, medalau, swfenirau, jygiau a hambyrddau i ddathlu'r coroni—darnau o'r hen fywyd a ddug gyda hi i fyd tywyll ei hymddeoliad; gallaf ei chlywed yn dweud, "Mae tipyn bach o ddrygioni'n naturiol i grwtyn iach, ac fe ddylse fod gydag e ffrind bach arbennig, felly pwy ddrwg sy yn y peth, hoffwn i wybod? A dwedwch chi beth fynnoch chi am Frankie, rhaid dweud ei fod e'n deyrngar. Mae e mor ffyddlon â chi defed. Ac mae hynny'n rhinwedd fowr beth bynnag ddwêd neb." Wedi gwisgo arfogaeth ei hopiniynau asbestos medrai Miss Aster bob amser droedio'n ddianaf drwy'r llynnoedd llosg.

Tŷ isel, hir a chul yw Tŷ Porth, ag un ffenestr fechan yn y cefn gwyngalchog a wyneba'r ffordd sy'n dilyn glan y foryd. Mae'r drws ffrynt a dwy ffenestr fwy o faint yn wynebu'r de a'n caeau ni, ac mae wal gerrig uchel yn amgau'r ardd helaeth. Yr unig adeilad a welir o'r drws ffrynt yw'r Sgubor Ganol, lle y chwaraeodd Wil bach a Dic y tric creulon hwnnw arna i.

Erbyn hyn nid yw Miss Aster yn Nhŷ Porth, yn herio'r ugeinfed ganrif. Am y saith mlynedd diwethaf, nai Richard Davies a'i wraig sy'n byw yno, ar ôl aros yn hir amdano. Ond pan oeddwn i'n ifanc tybiwn fod bwthyn Miss Aster a'r wlad o'i gwmpas, gan gynnwys y Sgubor Ganol, yn perthyn yn llwyr i'r ganrif o'r blaen. Dyma dir y pruddglwyf sefydlog, dyma sgubor myfyr y dylluan, lle'r oedd prynhawnau'n hir, a melys a thrist; dyma'r parlwr gorlawn lle'r oedd y cyfnos yn oedi, gan araf ddiffodd y pelydryn olaf ar jygiau'r seld, ac wedi goleuo'r lamp byddai honno'n creu ei chysgodion ei hun, a thrwy ffenestr fach y cefn gwelid coch y machlud tu hwnt i'r goleudy yn ildio i fioled y nos. Drwy gydol blynyddoedd ieuenctid roeddwn i'n caru'r rhan yma o'r traeth, a phan ddymunwn unigedd byddwn yn aml yn llechu yn rhywle'n agos. Yn ystod fy mlwyddyn olaf yn yr ysgol deuwn yma â'm llyfrau i adolygu, naill ai wrth yr hen eglwys neu gerllaw Tŷ Porth neu'r Sgubor Ganol. A phan benderfynais, oherwydd fy iechyd ansicr, mai 'nghymhwyso fy hun i fod yn fferyllydd a wnawn, gan roi heibio'r syniad mwy uchelgeisiol o fod yn feddyg, a phan grebachodd fy oriau hamdden i hanner diwrnod yr wythnos, yma o gwmpas y Sgubor Ganol roedd fy hoff le i freuddwydio.

Ychydig o ddefnydd a wneid o'r adeiladau hyn yn yr haf, ac eithrio adeg cynhaeaf. Yr oedd yno lawr dyrnu a ffustiau llychlyd yn crogi yn y gwe pry cop ar y mur, a stabl lle'r oedd harnais gwrthodedig yn hongian mor drist yr olwg â hen faneri carpiog o drawstiau hen eglwys. Roedd y twmpath gwellt yn y gornel yn rhywbeth oedd wedi goroesi o'r cynhaeaf cyn y diwethaf. (O ffrwyth y ddaear does dim yn hŷn na'r hyn sy wedi goroesi o'r cynhaeaf cyn y diwethaf, yn hŷn hyd yn oed na'r dail crin sy'n llechu mewn cilfach wrth droed y goeden ynghanol Cae Llwyn, ac yn pydru yn ystod yr haf canlynol.)

Roedd hi'n fis Gorffennaf. Yn brynhawn Iau a'r siop ynghau. Roedd hi'n adeg troi. Am ryw reswm doedd Miss Aster ddim gartre. Roedd cymylau'n bygwth yr haul, a'r awyr yn boeth a mwll, a'r gwymon du yn arogleuo'n gryf yn y distawrwydd llethol. Roedd fel pe bai'r awyr o gwmpas y llwyni eithin ar ymyl y traeth yn teimlo'r persawr yn rhy drwm i'w ddwyn. Gwelwn fod storm yn agosáu, a phenderfynais symud yn nes at y Sgubor Ganol.

Yn anesmwyth a nerfus, gan fy mod yn ofni taranau, gyrrodd rhyw awydd dirgel fi i fyny'r ysgol i'r gwair uwchben. Pan gyrhaeddais yno gwelais lanc yn cysgu. Mae'n rhaid fy mod yn ddistaw iawn achos 'wnaeth e ddim deffro. Dechreuodd fy nghalon guro gan gyffro a chywilydd. Roedd y llanc yn gorwedd ar ei gefn, ei freichiau wedi'u taflu allan yn ddiofal a dim ond crys agored amdano. Frankie Cwm ydoedd.

Roedd yn tresmasu wrth gwrs, y gelyn hwn nad oeddwn erioed wedi siarad ag ef. Roedd yn sicr o fod ar ryw berwyl drwg, mewn cynghrair â'm brawd, fwy na thebyg, yr estron digywilydd hwn nad oedd ganddo ddim parch at ein teulu ni na'n meddiannau. Ond sefais yn stond yno heb yngan gair.

Roeddwn ar goll mewn llesmair poenus gan mor hardd yr edrychai. Daeth cryndod i'm dwylo ar yr ysgol, ac awydd cyffwrdd ag ef. Dim ond cyffwrdd â'i forddwydydd llyfn heb ei ddeffro na tharfu arno, cyffyrddiad a fyddai'n torri'r swyn y'm daliwyd mor arteithiol ynddo, a rhoi i mi nerth newydd.

A minnau bron â chael digon o nerth i symud, yn sydyn edrychais ar ei wyneb a gweld, gydag arswyd ysgytiol, fod ei lygaid culion ar agor ac yn fy ngwylio, fel anifail, ond yn berffaith ddigyffro. Â'i lygaid ar agor cofiais pwy ydoedd. Wyneb un yr oeddwn i wedi'i ystyried erioed yn berson dichellgar.

"Helô," meddai'n dawel. Dwn i ddim am ba hyd y bu'n fy ngwylio yn syllu ar ei noethni. Ai fy anadlu llafurus a'i deffrodd?

"Mae'n dwym, on'd yw hi?" Roedd yn mwynhau'r sefyllfa. Cadwai ei lais yn isel a deniadol ac fel llais dyn mewn oed.

"Ŷch chi eisie 'nghyffwrdd i? Fe gewch os ŷch chi eisie."

Gwyddai'n iawn am fy awydd; gwelai'r cyfan yn fy wyneb main, digalon.

"Fe gewch os ŷch chi eisie." Symudodd fymryn ar ei goesau'n wahoddgar, nes fy mharlysu ag ofn, ac edrychais ar ei wyneb. Roedd ei wên yn rhy lydan. Er ei ieuengrwydd—rhyw bymtheg oed, fwy neu lai—roedd am ennill goruchafiaeth, goruchafiaeth arnaf i. Yn fy nychymyg poeth ymddangosai ei harddwch fel harddwch sarff.

Eto ni symudais, nes iddo flino ar fy llonyddwch, a chydag ystum anweddus dechreuodd chwerthin. Roedd ei geg yn hir a'i lygaid yn hanner cau. Y foment honno torrodd y storm, y glaw yn sïo ar y to, a phan ddaeth y daran, i mi roedd fel dicter Duw. Baglais i lawr yr ysgol gan ollwng y llyfr oedd yn fy llaw yn fy mrys lletchwith, a rhedeg allan i'r glaw heb weld yn iawn lle'r oeddwn yn mynd.

3

Pan gyrhaeddais ddrws y gegin roeddwn ar fin syrthio. Treuliais y gweddill o'r Gorffennaf hwnnw yn y gwely. Ni welwn fod neb yn cydymdeimlo rhyw lawer â mi. Gadawyd fi ar fy mhen fy hun y rhan fwyaf o'r dydd. Mewn tair wythnos o amser dim ond unwaith y daeth Dic i ymweld â mi. Doedd gennym ni ddim i'w ddweud wrth ein gilydd. Safai wrth droed y gwely, yn dalach na neb yn y teulu, ac yn parhau i dyfu. Am fod arnaf gymaint o awydd siarad am Frankie, a'i rybuddio rhagddo, 'fedrwn i ddweud dim. Dim un gair. Roedd yntau'n anghyfforddus—cyflwr anarferol iddo ef, oedd bob amser mor fywiog a hunanfeddiannol; eisoes, mor ifanc ag un ar bymtheg, wedi hen ddysgu defnyddio'i swyn—fel pe bai'n credu nad oeddwn i ddim yn ei hoffi, a dyna un peth na fedrai ei ddioddef. Yr oedd ei wên lydan fel pe bai'n dweud, "Edrych, rwy'n gwneud ymdrech i fod yn ddymunol, i wneud bywyd yn fwy diddorol, felly treia ddangos rhywfaint o anwyldeb, yn dâl am hynny.'' Rwy'n credu ei fod yn teimlo'n anghysurus dan fy edrychiad craff, oedd yn ymddangos yn drist ar fy ngwaethaf. Doedd dim posib ei fod yn gwybod 'mod i'n ceisio dyfalu sut i'w gynorthwyo. Roeddwn am ei achub, hyd yn oed bryd hynny, ond sut roedd gwneud hynny? 'Wnâi e byth wrando arna i.

4

Yn bedair ar hugain oed cerddwn fy llwybr unig, gan ddyheu am gymundeb â'r byd yng nghynhesrwydd ei amrywiaeth ddiderfyn. Roedd yr adar yn canu yn yr haul, yr anifeiliaid yn pori'r borfa felys; ond roedd mwy o gysylltiad rhwng Owen Owens a'i ddefaid, neu'r gwas ceffylau a'i geffylau mawr trwm y llwyddai i'w harwain a'u hanwybyddu'r un pryd, nag oedd rhyngof i ag unrhyw beth byw. Roeddwn am fod yn gyfeillgar â Dic, ei helpu, bod mewn cynghrair ag ef, ond roedd yn ymddwyn tuag ataf fel pe bawn yn estron oedd am ymyrryd, yn rhywun i'w gadw hyd braich. Gwyddwn, er enghraifft, am ei gyfathrach â chwaer Frankie, Ada, merch ddwy flynedd yn hŷn nag ef, a sylweddolais mai ei lwyddiant yn y cyfeiriad hwnnw a roddai iddo'i hyder hunanfeddiannol. Ond nid ymddangosai byth fod arno angen fy help i.

Fe'm cenhedlwyd i mewn casineb ac felly roedd gennyf gymhwyster arbennig i syllu i'r cysgodion a gweld y ffurfiau mud oedd yn ymnyddu yno tra bo eraill yn rhodio yn yr haul. Neu felly y dychmygwn i fy hun yn nyddiau'r haf cynnar a'r ehedydd yn canu uwchben y dolydd, ac awel y de yn cyffrói dail tynner y coed masarn a blannwyd yn gysgod i'r eglwys rhag y gwynt, ac yn cwynfan drwy'r coed yw oedd o bobtu i borth y fynwent. Y tu fewn i'r eglwys yr oedd fy lle i, lle cynhelid gwasanaeth brysiog unwaith y flwyddyn a lle'r oedd y muriau a'u plastr yn llaith, y corau cefn-uchel di-liw yn eu gwe pry cop, yr allor garreg noeth yn llychlyd, a lle, hyd yn oed ar y diwrnod poethaf o Fehefin, a'r byswellt hir yn ysgwyd ei hadau yn ofer ar y beddau gwastad, roedd yno bob amser gnewyllyn caled o oerfel hynafol.

Dychmygwch fi, tua'r adeg yma, ar un o'm hymweliadau rhamantaidd defosiynol â bedd fy nhad. Gwelais feic merch yn pwyso ar wal orllewinol y fynwent gerllaw'r coed. Peth anghyffredin oedd i neb ddod â beic mor bell, er bod gan bawb yn y plwyf hawl i groesi'n tir ni i'r eglwys. Syllais dros y darn o'r wal oedd yn dadfeilio, a gweld Dic gydag Ada, chwaer Frankie Cwm.

Roedd Ada'n gorwedd ar ei hyd ar Dic, yn cusanu blaen ei drwyn, a'r ddau'n gwenu. Roedd eu gwenu yn fy hudo. Yn gwenu gyda rhyw ymwybyddiaeth fewnol a rhyw fodlonrwydd mewnol na fedrwn i byth mo'i amgyffred na chyfranogi ohono. Roedd yn ei gwisg ysgol, a rhwng ei sgert a'i sanau duon, hir, gwelwn gnawd gwyn noeth ei chluniau ifanc, cryf.

Dim ond cipolwg arnynt a gefais, ond arhosodd manylion yr olygfa yn fyw a hynod o gyson yn fy nghof. 'Fedra i mo'u dychmygu'n symud, yn dod at ei gilydd a gwahanu, y ddwy ffurf lonydd yma, un yn gorwedd ar y llall, yn gwenu i lygaid ei gilydd fel pe i dragwyddoldeb. Gallwn synied amdano fel darlun o Ardd Eden, ond mai fi oedd y trydydd person yng nghornel isaf, chwith y darlun.

5

Rhowch y syniad lleiaf yn wlych y tu mewn i amser ac yn fuan bydd wedi chwyddo i faintioli byd. Felly cyn mynd ati i archwilio'r syniad lleiaf dylech ymbaratoi ar gyfer siwrnai faith. Rwyf i'n flinedig eisoes ar ôl taith mor fer. Mae'r gwely mor agos ac mor groesawus. Heno byddwn yn croesawu'r gweinidog, ac os wyf i am fod ar fy ngorau—fel yr wyf am fod—rhaid i mi orffwyso. Rwy'n dal i obeithio, yn dal i ddisgwyl iddo fy achub ymhell ar ôl i'm rheswm ddweud wrthyf nad yw'n ystyried fod angen help arnaf; nid yw hynny'n ddim ond rhan o ffolineb merch a'r unigrwydd sy'n rhan o'm sefyllfa. Am fy mod yn credu ei fod yn ddyn da, byddwn yn barod i'm hymddiried fy hun iddo, er nad oes arno mo f'eisiau; ond pe bawn ond yn medru gwneud i'r gweinidog ifanc weld fy angen affwysol, efallai y medrai greu o ddim y serch sy'n rhaid i mi ei gael. Gorffwysaf bellach, er lles fy meddwl, fel y medraf droi unrhyw air neu weithred i'm mantais fy hun. Rhaid imi geisio ennill hapusrwydd trwy fy nghlyfrwch, yr un mor benderfynol â phetawn yn mynnu pasio arholiad.

Idris Powel

1

Pe bai Vavasor Elis yn fy nabod yn iawn, tybed a fuasai'n
fy nghyfarch mor barchus, yn gwrando arnaf mor astud, yn
fy nghroesawu mor gynnes? Yn fy sefyllfa bresennol rwy'n
ddyledus iawn i'r parch mae e'n ei ddangos tuag ataf. Yn
sefyll y tu ôl iddo mae ei wraig gefnsyth, a wna i mi deimlo'n
annifyr pan fo'n syllu arnaf mor ddifater. Iddi hi mae fy
ieuengrwydd a'm hawydd i blesio, fy ngwên orbarod, a
symud aflonydd fy nwylo, oll yn arwyddion o wendid. Gwn
mai ei chythruddo a wnaf yn anad dim arall, a chodi ynddi
ryw awydd anynad i roi trefn ar fy ngwallt afreolus. Sylwais
lawer gwaith arni'n rhythu arno.

Nid anfoesgarwch ar eu rhan nac unrhyw amcan i'm
bychanu sy'n peri eu bod yn fy ngadael ar fy mhen fy hun yn
y parlwr canol fel hyn. Fy mai i ydyw am alw'n rhy gynnar.
(Buasai'n chwerthinllyd i mi gyfaddef bod fy wats hanner awr
yn gyflym. Wrth Mr. a Mrs. Elis o bawb. Neu yn wir wrth
unrhyw un o'm praidd. Yma ym Mhennant nid fy musnes i
yw ymddwyn yn naturiol fel fi fy hun. ''Y gweinidog'' ydw
i—dyna fy swydd. Dyw pobl ddim yn hoffi clywed dim byd
sy'n awgrymu na ŵyr eu gweinidog beth i'w wneud â'r holl
amser sy ganddo ar ei ddwylo.)

Hen stafell ddigalon yw hon, achos mae'r unig ffenestr yn
wynebu'r ardd sy wedi'i chau i fewn; mae dail y goeden
ffigys, nad yw byth yn aeddfedu, yn cau allan lawer o'r
golau. Gallwn feddwl nas defnyddir i ddim ond i groesawu
gweinidogion. Yma yn y gwyll gwyrdd yr eisteddodd fy holl
ragflaenwyr er pan sefydlwyd Bethania. A gwrandawsant fel
y gwrandawaf innau ar yr hen gloc mawr yn diddymu'r
amser a dreuliwyd â'i dician diflino. (Ond prin y gadewid
hwy i aros yma ar eu pennau'u hunain mor hir.)

Ystafell dywyll mewn tŷ tywyll. Pe bawn yn chwerthin yn
uchel, fel yr wyf bob amser yn barod i wneud, hyd yn oed yn
awr, er 'mod i'n gwybod nad oes gen i ddim achos i wneud
hynny, byddai'n swnio'n fwy arswydus na chwerthin mewn
capel. Mae gan fy nghyfaill, Emrys Wyn, yr ysgolfeistr,
syniadau hynod iawn am y tŷ hwn. Mae'n sôn am ryw

awyrgylch o dynged. Gan nad wyf i'n fardd, dwyf i ddim yn ei deimlo. Wrth ddisgwyl, taflaf gipolwg gobeithiol yn y drych, a chyda rhyw falchder llencynnaidd, yn ddeg ar hugain oed, fe'm bodlonir gan y darlun aneglur a welaf. Yn euog frysiog tynnaf grib drwy fy ngwallt tonnog. Ar y foment teimlaf nad oes ynof ddim sy'n awgrymu awdurdod, yr awdurdod a gydnabyddir gan ddynion a phlant. Rwy'n fwy cymeradwy gan y menywod. Gyda rhai menywod gallaf honni fy mod yn llwyddiant. Maen nhw'n hoffi fy llygaid mawr gwinau, fy ngwên atyniadol, a braidd yn gam, fy nhrwyn meddal, fel trwyn ci neu fabi. Maen nhw'n fodlon ar fy nghorff hir, main, a'r traed sy'n rhy fawr a heb ddawn i gicio pêl. Gyda'r menywod tyner galon mae fy ffaeleddau yn gaffaeliad.

Pe bawn am roi straen ar fy llygaid yn y golau gwan yma, mae yna ddwy gyfrol fawr wedi eu rhwymo mewn lledr ar gwrlid coch plwsh y bwrdd mahogani wrth y ffenest. Y Beibl yw un, a'r llall y *Book of Martyrs* gan Fox. Arwyddion o'r gyfraith ddigyfnewid. Mae'n rhyfedd bod yn weinidog i'r fath bobl sy'n cofleidio'r uniongrededd y gwrthryfelodd rhydd-frydiaeth yn ei herbyn, y rhyddfrydiaeth yr ydym ni heddiw yn gwrthryfela yn ei herbyn hithau. Rwyf mor anaddas.

Difater a diddrwg. Idris Powel a fu'n uchel ei lais fel cefnogwr tîm y coleg, a'r un mor uchel ei lais yn canu ar y daith adre. Yn awyddus i ryngu bodd Duw a'i famgu, a'i magodd yn annwyl, wedi ei gyflwyno'i hun i'r eglwys, a honno ddim yn awyddus iawn i'w dderbyn. Myfyriwr uchelgeisiol, yn ddiffygiol mewn ymroddiad a dyfalbarhad. Darpar M.A. Gwaith ymchwil anorffenedig. Wedi rhoi'r gorau i'r cwrs B.D. Mor wahanol i 'nghyfaill Lambert. Ni allaf lai nag eiddigeddu wrth ei gymwysterau academig ef. Y Doctor Lambert Owen. Ac awdurdod fel gordd hyd yn oed yn ei enw. Y gweinidog delfrydol. A minnau ar y llaw arall yn llurguniad.

2

Does dim i'w glywed o'r stafell yma. Beth maen nhw'n ei wneud yn yr hen dŷ tywyll yma? Fy nhrafod i? Cynllunio sut i'm diwygio? Neu anwybyddu fy modolaeth, sy'n waeth. Rhaid cydnabod bod Vavasor Elis, Elis y Cemist, yn asgwrn cefn yr achos, neu yn hytrach yn asgwrn cefn i mi. Mae pobl yn barod i 'mharchu i pan welan nhw Vavasor yn fy mharchu. Mae ei gefnogaeth gyson yn fy achub rhag cael fy sathru dan draed y diaconiaid eraill. Weithiau yn llygad chwyddedig, pŵl Mari Elis Jones gwelaf awydd cryf i'm gormesu, a'r un awydd ym mrefiad ffug-dduwiol Parri *Castle Stores*, y siarad sy'n llifo'n ddi-baid o'i geg fawr fel rholyn papur tŷ-bach. Petaen nhw'n ymuno â'i gilydd fe wyddant yn iawn pa mor hawdd y gallwn i syrthio'n ysglyfaeth iddyn nhw. Dim ond y gŵr llonydd hanner dall yng nghornel y sêt fawr, sy'n gwrando ar fy mhregethau gan ostwng ei ben, ac y carent hwy ei dynnu'n ddarnau, dim ond hwnnw sy'n eu hatal.

Nid yw'n hawdd ymserchu yn Elis y Cemist. Ond rwy'n ei edmygu a'i barchu. Yn ystod tair blynedd fy ngweinidogaeth gwnaeth fwy na neb arall i'm cynorthwyo. Rhaid inni ffeindio'n ffrindiau yn ôl ein hangen. Pan fo'n gweddïo'n gyhoeddus mae'r hiraeth yn ei galon yn rhoi min gonestrwydd ar ei lais cras. Pan fo'n sôn am bechod gwn mai ei feiau ei hun sy ganddo mewn golwg ac nid beiau pobl eraill. Gymaint mwy diffuant na deisyfiad triag_laidd Mani am sylw'r Tragwyddol: Edrych, O Arglwydd, y gwaith da a wnaethost ar Emanuel Elis Jones. 'Fedra i ddim peidio coleddu'r syniadau anghristionogol yma; er fy ngorfodi fy hun i weithredu fel pe bawn yn caru â gras arbennig y bobl hynny y mae fy modolaeth yn gas ganddynt.

3

Hoffwn pe bai Lambert yn gweld rhinweddau Vavasor Elis. (Rwy'n un o'r bobl awyddus hynny sy'n hoffi gweld ei ffrindiau i gyd yn ffrindiau â'i gilydd hefyd.) Ond dyw Lambert yn gweld dim da o gwbl ym Mhennant. "Dim y math iawn o le i ti, Idris," meddai wrth gerdded yn fawreddog wrth fy ochr i lawr y Stryd Fawr. P'un a yw'n ymwybodol ai peidio o'r bobl sy'n ei wylio, mae'n ei gario'i hun fel brenin. Tal, llydan, gwallt-golau, fy nghyfaill gorau (er na fedraf honni mai fi yw ei gyfaill gorau ef: Mae ganddo gymaint o gyfeillion). Gŵr â'r holl nodweddion yr hoffwn i eu cael fy hun; awdurdod, ehofndra, dewrder, huodledd sy'n cyffroi dynion, poblogrwydd. Yn Athro coleg yn ddeuddeg ar hugain, eisoes ar fin bod yn ffigur cenedlaethol, a'i ysgwyddau llydain yn barod i wisgo mantell y proffwyd. Popeth roeddwn i wedi dymuno bod rwy'n ofni, gyda'r uchelgais anobeithiol honno sy'n fwy poenus na chariad anobeithiol. Rhyw uchelgais annelwig a'm dug i i'r alwedigaeth hon, cariad na fedrwn i mo'i roi na'i dderbyn a'm gwthiodd i i'r eglwys hon.

Mae Lambert yn edrych o'i gwmpas, gan nodio, efallai ar Mr. Parri sy wedi ei lapio yn ei ffedog wen yn nrws *Castle Stores.* "Dydw i ddim yn hoffi'r lle," murmura, gan godi'i law mewn cyfarchiad brenhinol. "Marw, hollol farw. Corff mewn cwter. Dwy' ddim yn deall sut y doist ti yma, Idris. Yn wir iti! Rwy'n teimlo'n euog hefyd. Teimlo mai dyma'r math o eglwys y dylwn i orfod ei thrin. A'r Elisiaid sy'n cadw'r lle'n farw. Nhw yw craidd y broblem; a dwn i ddim sut y buaswn i'n eu trafod nhw, yn onest iti. Dwn i ddim sut wyt ti'n diodde yma. Pam yn y byd y doist ti yma?"

4

'Fedrwn i ddim dweud wrtho mai o achos ei wraig y dois i yma. Ac os teimlais ryw arlliw o oruchafiaeth am fod Enid wedi gweld ynof rywbeth gwerth ei garu, boddwyd hynny'n fuan dan don o ddryswch meddwl ac atgasedd ataf fy hun. Nid am i ni wneud dim byd o'i le. Dyw cariad ddim yn bechod ynddo'i hun. Roeddem mor ofalus, ac yntau â chymaint ar ei feddwl, byddai'n hawdd inni odinebu. Peth hawdd yw twyllo dyn sy wedi ymgladdu yn ei waith. Doedd dim byd yn ei boeni. Ni fu raid inni ddefnyddio'r esgusion oedd gennym wrth gefn. Gwyddai ein bod wedi'n hynysu gyda'n gilydd y rhan fwyaf o'r amser mewn gwesty ym Mro'r Llynnoedd. Ond ei wraig oedd Enid. Ei gyfaill oeddwn innau. Pam y dylai ef boeni? Roedd ei ddistawrwydd yn her na fedrem mo'i hanwybyddu.

Hyd yn oed yn awr pan wyf ar fynd ymhellach fyth oddi wrthi, fe'm poenir gan yr hapusrwydd y gallem fod wedi ei greu a'i gydfwynhau, gan y sicrwydd na welai'r byd byth bâr o gariadon mwy llawen. Roedd y tywydd stormus a welsom yn y llynnoedd yn ddarlun o'r storm yn ein calonnau ni. Gall hanes nwydau pobl eraill swnio'n ffiaidd a gwrthun ond rhamant pur oedd ein perthynas ni. Tawelwch sydyn ynghanol y blanhigfa goed pîn, yr heulwen oriog yn saethu pelydrau atom, ninnau'n plygu'n pennau, yn crynu gan ofid a chwant. Y ddealltwriaeth berffaith, cymundeb dau enaid a fedr greu tragwyddoldeb o foment, yno yn nhawelwch diflas lolfa'r gwesty, a ninnau'n gorfod gollwng dwylo oherwydd fod y porthor yn pasio. Yn hwyr y nos â'i dwylo'n dynn yn ei gilydd, yn gostwng ei phen a'i gwallt byr tywyll yn disgyn dros ei hwyneb. Yna cwyd ei llygaid tywyll ymholgar, ei gwefusau llawn mynegiant, ei gên benderfynol â'r pant bach ynddi; gwena ac rwy'n afresymol o hapus. Y noson honno mewn siersi las, sgert bletiog ddu, gwddfdorch a breichled o'r un defnydd. Mor ifanc. Ugain—nid wyth ar hugain. Roedd yn anodd meddwl amdani fel gwraig Lambert.

Pa bryd y dechreuodd y peth? Oedd e'n anochel? Beth oedd ei ystyr? Gallai un ohonom ddweud beth a fynnai heb i'r llall fod yn feirniadol. Dyna natur y cariad roeddem ni'n ei droi heibio, hyd yn oed yn yr act o'i greu, cariad i iacháu, nid i niweidio. Fel cariadon chwedlonol, ar ymyl fforest ganoloesol, yn rhy dlawd i boeni am nac amser na lle, cerddem yng ngardd y gwesty wedi nos fel pe bai'n gastell y goludog, na chaniatâi o'i fewn ddim ond ein breuddwydion puraf. A chwarddem yn aml. Mor ysgafnfryd y gwnaem ein haberth, gan wybod am y tristwch a arhosai gyda ni weddill ein hoes. Roeddem am elwa'n llawn ar ein hawr fer o ddatguddiad cyn ei sgubo i ffwrdd ar lanw Amser a'n cariai'n ôl i'n priod leoedd. A'r fath ffydd oedd gennym y byddai'n cariad, na chaem ei gyflwyno i'n gilydd, yn gwneud lles i eraill. Nid er mwyn ein gilydd, ond er mwyn eraill, meddem.

Hyd yn oed yn awr ar ôl tair blynedd, yn awr yn y gwyll hwn, neu ar unrhyw foment arbennig o unig, teimlaf fel pe bai Duw wedi fy morthwylio i mewn i'r lle hwn fel plwg i mewn i wal.

5

"F'annwyl frodyr a chwiorydd yng Nghrist, nid y ffŵl anniben, gwirion y tybiwch fy mod ydw i mewn gwirionedd. Pan fyddaf yn ffidlan y tu ôl i'r ddysgl flodau a roddwyd mor garedig gan Mrs. Aston Jones, Pretoria Villa, pan fyddaf yn darllen y cyhoeddiadau yn yr eglwys ac yn cydymdeimlo â'r aelodau sy mewn afiechyd, mae 'na bethau eraill ar fy meddwl y byddai'n ddiddorol i chi eu clywed. Peidiwch â'm dibrisio; peidiwch â chredu mai rhyw greadur gwan rhy barod i wenu a chytuno ydw i, un a ddeil i wenu a chytuno nes bydd fy ngwallt afreolus yn wyn, nes llwyddo yn y diwedd, ar ôl rhyw ddeng mlynedd ar hugain, i gael rhyw fymryn o barch yn wobr gysur am ddal ati hyd y diwedd. Mi fûm i, Idris Powel, gweinidog yr Efengyl, bugail yr eglwys hon, Bethania—yr eglwys yr ydym mor falch ohoni, ac nid heb reswm—mi fûm i yn caru â gwraig fy nghyfaill gorau; y gŵr a glywsoch yn pregethu o'r pulpud hwn, ac o'i glywed mae'n debyg i chi ddyfalu pa werth tybed a welsai ynof i—ac roedd hi—'alla i ddim disgwyl i chi gredu hyn—roedd hi'n fy ngharu i. Iddi hi, roeddwn i'n deilwng o'i chariad. Fe fynegsom ein cariad i'n gilydd, ac yna ymwrthod ag ef. Mewn tri diwrnod fe dynnwyd i lawr ac fe ailadeiladwyd ein bywyd i gyd, a 'fu dim yr un fath byth wedyn.

Fe wyddoch nad oes gan Gristion ddim dewis ond ymwrthod â serch gwraig ei frawd. Mae hynny'n ddiamheuol wir, ond nid yw'n hawdd. Hyd yn oed yn awr, gall y serch hwn loywi neu chwerwi. Dyma ffynhonnell fy ngallu i garu ac i gasáu.

Annwyl frodyr a chwiorydd yng Nghrist, fe ddes i yma fel pe bai hi wedi fy anfon, yn benderfynol o'ch caru, yn eiddgar i'ch gwasanaethu. Roedd y cariad hwn gennyf i'w roi i chi, yn dod yn syth o ffynhonnell pob cariad. Fe gofiwch eiriau ein Harglwydd am y wraig a ddaliwyd mewn godineb. Rydych chi bob amser wedi dangos beth yw 'nyletswydd. Rydych wedi awgrymu wrthyf b'le a phryd i ymweld; wedi awgrymu gwelliannau i'm pregethau; wedi dangos imi b'le mae mwyaf o'm hangen (y dyn arall bob amser, byth chi eich hun), beth i'w gymeradwyo a beth i'w gondemnio. Rydych wedi dangos gyda manylder pa fodd yr hoffech i mi ymddwyn. Mae llawer ohonoch wedi dangos diddordeb yn fy mywyd personol. Er enghraifft rydych wedi dweud yn blaen (Mr. a Mrs. Emanuel Elis Jones, Mr. a Mrs. Parri, Castle Stores, Mr. a Mrs. Emrys Wynne, a llawer o gyfeillion caredig eraill)—mai peth gresynus yw fy mod yn dal yn ŵr sengl. A gresyn fy mod yn byw yn y Mans ar fy mhen fy hun. A bod ar eglwys sydd â'r fath draddodiadau gwych â Bethania angen gweinidog o fri a gwraig swynol i'w gynorthwyo. Amdanaf i, y fath un ag ydwyf, rhoesoch ar ddeall i mi mai o'r braidd y mae'n werth ceisio dylanwadu arnaf: a chan fy mod yn dystiolaeth barhaus o'ch methiant i ddewis yn ddoeth, go brin y dof ag unrhyw deimlad o sicrwydd a diogelwch i chi.

Ni roesoch erioed gyfle i mi ddefnyddio'r stôr o gariad a ddygais yma gyda mi. Rydych wedi 'nghadw i o hyd braich; nid pellter parchus, ond fel gwraig tŷ a droes yn erbyn rhyw ornament a brynodd ar awr wan, a thalu gormod amdano, rydych bellach am i mi sefyll mewn rhyw gornel dywyll o'r ystafell. Ac oherwydd hynny, annwyl frodyr a chwiorydd yng Nghrist, myfi, eich gweinidog, apostol efengyl heddwch, yw'r awdurdod pennaf yn y byd ar fanylion mwyaf anhyfryd eich cymeriadau.

Efallai erbyn hyn ei bod wedi fy ngollwng dros gof, nad oes dim ohonof ar ôl iddi, wedi fy ngholli neu fy nhroi heibio, fel yr wyf innau'n raddol wedi colli neu droi heibio'r weledigaeth oedd gennyf pan ddois i yma. Does gen i ddim hawl i'ch beio, annwyl frodyr a chwiorydd, dim ond i'm beio fy hun. Gofynnaf i chi fy helpu. Byddaf yn gofyn i chi fod yn barod i dderbyn merch roeddech chi wedi ei gwrthod amser maith yn ôl: merch leol. Peidiwch ag edrych i ffwrdd yn eich annifyrrwch a'ch dicter. Peidiwch â throi oddi wrthyf, gan sgwrsio'n gwrtais â phobl eraill am y tywydd a chyflwr eich iechyd. O leiaf arhoswch i edrych arnaf gyda diddordeb chwilfrydig, pa mor oer bynnag y bo hwnnw.''

Cleber gwamal, anweddus gan un am ei ddangos ei hun, yn dwyn anfri ar ei alwedigaeth ac ar yr eglwys. Pa hawl sydd gennyf i i wthio fy myfyrdodau ingol ar bobl na fedr byth ddeall? Un anerchiad fel yna, a byddai ganddyn nhw bob cyfiawnhad dros fy nhaflu allan; ac o ran hynny 'fyddwn innau ddim yn debyg o'i thraddodi ond yn anialdir fy mreuddwydion fy hun.

1

Mi arhosaf i swper. Yn naturiol byddant am fy nghynghori, a waeth i mi gyfaddef mai eu cynghorion nhw yw'r unig rai gwerth eu cael ym Mhennant. Bydd y Cemist, yn ôl ei arfer, yn siarad yn gyffredinol am egwyddorion cyffredinol. Bydd ei wraig yn sôn am effaith fy ymddygiad ar foesoldeb y gymdeithas. A bydd y ferch yn coleddu'r un syniadau—sut y gall hi fod yn wahanol, druan?—ond yn llai amyneddgar, achos byddaf bob amser yn teimlo 'mod i wedi'i siomi hi mewn rhyw ffordd arbennig. Bûm yn meddwl y dylwn i fy nghynnig fy hun i rywun fel Hannah Elis, un sy'n amlwg mewn angen am gariad; syniad digon chwerthinllyd, gan y gwn y byddai'n edrych ar y fath gynnig fel pechod marwol. Rwy'n gorbrisio fy llwyddiant gyda merched, efallai achos bod Enid, y ddoethaf a'r dyneraf o ferched a nabyddais i erioed, wedi cyfaddef ei bod yn fy ngharu. Y gwir yw fy mod yn flinder i lawer o ferched, ac i Hannah a'i mam mae'n rhaid ei fod yn waeth na blinder pan ystyriant fy mherthynas ag Ada Evans.

2

Roeddwn i'n gweithio yn yr ardd, yn bur aneffeithiol, ond mae'n rhaid dangos fy mod yn barod i wneud gwaith corfforol rhag imi ennyn dirmyg y gweithwyr yn fy nghynulleidfa. Roedd dail yr hen goeden afalau wedi dechrau syrthio, a chath Miss Morris yn cysgu wrth droed y wal yng nghynhesrwydd heulwen mis Hydref. Roedd y lleithder yn codi'n ager o'r pridd roeddwn yn ei droi â'r bâl. Clywn rywun yn curo ar y drws cefn, ac roeddwn yn falch o gael unioni fy nghefn i weld pwy oedd yno. Chwifiais fy llaw yn y modd cyfeillgar hwnnw rwy'n ceisio'i feithrin fel ail natur.

Roedd llanc gwallt golau mewn oferôl garej yn cerdded yn araf i fyny llwybr yr ardd. Roedd yn smocio, a'i sigaret yn marw-losgi y tu mewn i'w ddwrn hanner-cau. Roeddwn yn ei nabod o ran ei weld, Frankie Evans, neu fel yr adwaenid ef yn gyffredin, Frankie Cwm. Doedd y teulu hwn, yn ôl fy ngwybodaeth i bryd hynny, ddim yn gymeradwy gan yr

Elisiaid, ac felly roedd hi'n anodd i mi gyfeillachu â nhw. O weld fy hynawsedd anghyfforddus, gochelgar, wnaethon nhw ddim ymgais i wneud pethau'n haws i mi. Byddai ei dad-yng-nghyfraith, Wali Francis y Garej, yn gwenu o glust i glust pan awn heibio, fel pe bawn i'n rhywbeth digri iawn.

Nodiodd Frankie ei ben, yn lletchwith a swil, yn ymwybodol o orfod cyfarfod â mi ar fy nhir fy hun.

"Diwrnod braf, Mr. Powel."

"Braf iawn." Pe bawn i'n gymeriad mor wan ag y dychmygai ef fy mod, byddai'n canlyn y llinellau yna am ryw ugain munud cyn dod at ei bwnc.

"Y wraig 'co sy wedi'n hala i yma." Rhoes bedol haearn ei esgid oeliog ar y stwmpyn sigaret. "Gofyn a 'newch chi alw, Mr. Powel, fel ffafar. Ma'i thad yn wael iawn, chi'n gweld. Dwy' ddim yn credu bod gwella i fod iddo fe."

Gwyddwn fod Wali Francis yn ddifrifol wael, ond doeddwn i ddim yn poeni gronyn am na welwn ef eto, gyda'i wyneb coch a'i gorff boldew yn gwisgo cot ysgafn a throwsus llwyd, a chrys trwsiadus, ar ben drws y garej neu yn y sgwâr ar ddiwrnod marchnad. Roedd yn nesu at ei drigain, ond roedd 'na bob amser blyg perffaith yn ei drowsus a'i wallt tywyll yn sgleinio a phob blewyn yn ei le. Wali'r Geg Fawr a'i chwerthin mawr yn rhan anhepgor o'r dre, yn elyn i Elis y Cemist a Mrs. Felix Elis. Roedd wedi prynu plas y Bronllwyn pan ddaeth yn wag, y tu allan i'r dre, a bwriadai ei droi'n glwb yfed. Roedd Wali'r Geg Fawr yn gorwedd yn ei fyngalo yn annaturiol o dawel a llonydd, fel petai'n ceisio osgoi rhybudd Angau.

Wrth i ni fynd i lawr y Stryd Fawr, roedd Parri Castle Stores fel arfer yn hofran yn ei wyn ar stepen y drws, ac yn ein gwylio mewn syndod a braidd yn ddigofus (am fy mod i'n mynd i rywle, nid yn unig heb ganiatâd, ond heb roi gwybod iddo ef i b'le.) Roedd gwragedd tŷ yn synnu gweld traed chwarter-i-dri Frankie yn cydsymud gyda'm camre clogyrnaidd i, a'u dychymyg yn prysur greu chwedl o'r cynghrair annisgwyl.

Safai garej Wali Francis—roedd *"Britannia Garage"* wedi'i argraffu mewn llythrennau breision du ar gefndir gwyn uwchben y brif fynedfa—ar ael y bryn bychan ar gyrion y dre ar y ffordd tua'r dwyrain. Yn nesaf ati roedd *"Britannia*

Cafe", rhyw gaban pren hir gyda feranda'n rhoi rhyw urddas ychwanegol iddo. Ac yn nesaf at y caffe, byngalo newydd Wali y pen draw i ribin o ardd dwt.

Roedd y caffe'n wag. Cerddasom drwy'r stafell filiards i'r gegin orlawn, lle'r oedd Sylvia May, gwraig Frankie, wrthi'n glanhau'r cyllyll a ffyrc. Pan welodd fi cododd ddyrnaid o gyllyll a sychu'i llygaid â chefn ei llaw. Y tu allan i'r ffenestr roedd babi'n eistedd yn ei bram, a 'fedrwn i ddim cofio p'un ai tri phlentyn ai pedwar oedd ganddi. Roedd hi'n ifanc ond o'r braidd y gellid ei galw'n osgeiddig; roedd ei gwallt yn gudynnau cyrliog bychain yn glwstwr o gylch ei hwyneb bychan. Gollyngodd y cyllyll o'i llaw yn swnllyd.

"Mae 'nhad yn marw, Mr. Powel." Crynodd ei gwefus isaf wrth siarad.

"Beth mae'r doctor yn ddweud? Pwy yw'ch doctor chi?"

"Doctor Pritchard. Mae e wedi bod yn dda iawn. Galw ddwywaith bob dydd. Tair ambell waith."

"Beth mae Dr. Pritchard yn ddweud?"

"Mae e wedi 'neud i ore i 'Nhad, Mr. Powel. Mi dd'weda i hynny amdano. Hen ffrindie, chi'n diall. Mae e wedi 'neud popeth all e, on'd yw e Frank?"

"Doctor yn gweud nad oes dim llawer o obeth," ebe'i gŵr. Ac fel pe bai wedi blino edrych ar ei wraig a gwrando arni, agorodd y ffenest a gwneud rhyw sŵn i dynnu sylw'r babi.

"Ychydig iawn o obeth dd'wedodd e wrtho' i," meddai Sylvia May. "Mae'n ergyd iddo fe hefyd. O'en nhw shwd ffrindie."

Roeddwn i'n dychmygu eu bod. Roedd ganddyn nhw whisgi'n gyffredin beth bynnag. 'Pennant Rangers'. A biliards. A cheir. Yn arbennig prynu a gwerthu ceir.

"Hoffech chi i fi fynd i'w olwg e, Mrs. Evans?"

Sychodd ei dwylo a nodio'n eiddgar.

"Licwn wir, os 'newch chi Mr. Powel. Dŷn ni ddim llawer o bobol capel, fel chi'n gwbod. Rŷn ni'n gaeth iawn fan hyn rhwng y garej, y caffe, a'r plant—saith diwrnod yr wythnos Mr. Powel. Ond am 'Nhad—falle na wyddoch chi ddim—ond fe gas e'i godi yn Bethania. Oedd e'n meddwl y byd o Bethania pan oedd e'n grwt. Fe aeth e i'r eglwys wedyn achos Elis y Cemist. Ond yn Bethania oedd 'i galon e. Fyse fe byth wedi gadel Bethania on'bai am yr hen weinidog ac Elis y Cemist. Mi glywes i e'n gweud hynny lawer gwaith . . .''

Troes Frankie ei ben. "Cer â Mr. Powel i weld dy dad, Sylvia May.''

"Wy'n mynd, on'd ydw i?''

Y tu allan arhosodd ar y llwybr concrit oedd yn arwain at ddrws cefn y byngalo. "Mae'n chwaer-yng-nghyfraith yn edrych ar 'i ôl e, Mr. Powel. Fynnith e neb arall.''

Ceisiais edrych fel pe na bawn yn gwybod yr hyn a wyddai pawb, mai gordderch Wali Francis oedd Ada Evans.

"Mae e wedi troi yn erbyn Frank ers pan aeth e'n sâl.''

Petrusodd ychydig, ac yna, fel pe bai wedi egluro cymaint ag a fedrai am y tro, curodd ar y drws cefn.

Pan agorodd Ada'r drws fe'm trawyd ar unwaith gan ei harddwch o'i chymharu â'r rhan fwyaf o ferched Pennant, a'i gwisg gymaint yn fwy chwaethus. Roedd yn chwerthinllyd meddwl am hon yn ordderch i'r hen ddyn. Roedd ei gwallt wedi ei glymu'n ôl, ac fe'm trawyd ar unwaith gan harddwch ei chlust fechan, gain, lefn. Credaf, a barnu wrth ein cyfarchiad cyntaf, fod y ddau ohonom wedi gwerthfawrogi'n gilydd.

Ar ôl hynny bûm yn ei chymharu ag Enid. Harddwch tywyll, patrymol oedd i Enid, destlus, tyner, myfyriol, serchus. Doedd harddwch Ada ddim yn dyner, ei gên yn rhy fawr, a'i llygaid gleision yn rhy wyliadwrus. Roedd hi'n dalach nag Enid, a'i bron yn llawnach. Doedd ganddi mo'r un chwaeth mewn dillad, ond roedd hi'n fwy hunanfeddiannol ac yn fwy dyrys. Roedd hi'n hawdd gweld fod ar Sylvia May ei hofn braidd. Ond i mi doedd hi ddim yn edrych yn ymosodol. Gwelais fod arni angen cysur a chariad gymaint â minnau, a gwelais hefyd ei bod yn falch 'mod i'n cymryd sylw ohoni. Gadawodd ni i aros yn yr ystafell eistedd oer, lân oedd yn arogleuo o gŵyr. Doedd Sylvia May ddim yn gartrefol yn nhŷ ei thad.

"Mr. Powel.''

"Ie, Mrs. Evans.''

"Os cewch chi gyfle i siarad â 'Nhad, cyfle i siarad ag e wrtho'i hunan, chi'n gwbod, falle bysech chi'n folon 'i atgoffa fe o'i ddyletswydd at 'i deulu. Sdim cymint o ots am Bili 'mrawd achos mae e wedi mynd bant. 'Nhad halodd e bant.

81

Do'en nhw ddim yn dod mlaen o gwbwl. 'Nhad oedd yn jelos. Fi a'r plant dw i'n feddwl, Mr. Powel. Mae gyda fi dri o blant a dyw hi ddim yn hawdd y dyddie hyn . . .''

Ataliwyd y ffrwd yn sydyn pan glywodd hi Ada'n dynesu.

''Shwd mae e, Ada?'' Fel petai'n ddim ond cymydog wedi dod i ddangos ei chydymdeimlad.

''Run fath.'' Edrychodd Ada arna i. ''Mae'n dweud nag oes arno ddim eisie gweld gweinidog.''

Roedd Sylvia May'n syllu'n erfyniol arnaf.

''Ydych chi'n meddwl y dylwn i 'i weld e?'' meddwn. Mae'n rhaid 'mod i wedi gwenu achos fe wenodd Ada 'nôl arnaf.

''A bod yn onest, nadw. Mae e'n cyffroi gormod.''

Anodd oedd meddwl amdani fel chwaer i Frankie Cwm. Naill ai roedd e wedi gadael iddo'i hunan ddirywio neu roedd hi wedi gwella'i hunan a chodi uwchlaw ei magwraeth. Efallai bod dioddefaint wedi ei dysgu i'w rheoli'i hunan. Wrth fynd drwy'r fynedfa gwelais y claf yn ei wely destlus yn gorwedd yn ddisymud a'i lygaid mawr yn rhythu arnaf.

Yn sydyn galwodd, ''Mr. Powel.''

Sefais yn nrws ei ystafell.

''Pwy ofynnodd i chi alw?''

''Eich merch, Mr. Francis.''

''Chi'n gwbod beth mae hi eisie? Fe ddweda i wrthoch chi.''

Symudodd Ada at ben y gwely yn orhunanfeddiannol rywsut.

''Nawr, peidiwch cyffroi'ch hunan, Wali.''

''Dwy ddim yn cyffroi'n hunan. Wyddoch chi beth rwy i'n eich galw chi bob amser, Mr. Powel? Ci bach Elis y Cemist.''

Symudodd ei wefusau trwchus yn ei wyneb llonydd nes awgrymu rhyw fath o wên.

''Peidiwch ypsetio'ch hunan, Wali. Gwell i chi fynd, Mr. Powel.''

''Taech chi'n gwybod hanner beth dw i'n wbod am Elis y Cemist, mi fysech yn 'i baglu hi oddi wrtho. Os yw Duw'n gwbod be sy ore iddo, fe gadwith e griw Bethania 'na allan o'r nefoedd, ne chaiff e ddim heddwch gyda nhw . . .''

Fe'i symbylwyd gan ei ffraethineb ei hunan i geisio eistedd i fyny yn ei wely, ond roedd yr ymdrech yn ormod iddo, a syrthiodd yn ôl ar ei obenyddiau, gan besychu'n ddilywodraeth, a'i wyneb yn mynd yn gochach bob munud.

"Mr. Powel, plîs ffonwch y doctor." Roedd hi'n hunanfeddiannol, yn ddeheuig, ond yn ofnus. "Ar unwaith, plîs. 653. 653."

Tra oeddwn i'n ffonio, petrusai Sylvia May yn y drws cefn, ac yna rhedodd yn ôl i'r caffe. Pan ddeuthum yn ôl i'r ystafell cefais ysgytwad o weld ei wyneb coch yn troi'n felynwyn a'r amrannau trymion yn cau dros y llygaid cecrus, ac yn edrych fel pe nad agorent byth eto. Dim ond rhyw fwrlwm llesg o anadl a ddôi drwy'r gwefusau llac.

Roedd Ada wedi newid hefyd. Ei hunanfeddiant wedi ffoi. Ei breichiau'n hongian yn llipa, a'i hwyneb yn hyll gan ôl llefain.

"Mae wedi mynd i goma. Mae'n mynd i farw."

Edrychodd arnaf mewn penbleth ddiymadferth.

"Mae'n mynd i farw. Dwy' ddim eisie iddo farw. Mae f'angen i arno."

Rhois fy mreichiau amdani a 'symudodd hi ddim. Gwyliais ei hysgwyddau crwm yn ysgwyd, ac wrth gyffwrdd â'i gwallt â'm gwefusau daeth rhyw dynerwch drosof, na phrofais ei debyg o'r blaen, yn don o gynhesrwydd. Teimlwn fel petawn yn codi o farw'n fyw. Roeddwn am roi iddi bob cynhorthwy oedd yn fy ngallu. Symudodd oddi wrthyf i sychu'i hwyneb. Nid edrychodd arnaf, ac ni fu gair pellach rhyngom.

3

Gadewais pan ddaeth y meddyg. Ar fy ffordd adref ceisiais grynhoi yn fy meddwl beth oedd gen i fel gweinidog i'w gynnig. "Does gen i ddim sacramentau, dwyf i ddim yn feddyg. Does gen i ond myfi fy hun i'w roi." Ond wedi dod adre, yng ngwacter y Mans, doedd hynny ddim yn ymddangos mor glyfar. Doedd gweinidog ddim yn werth ei gael onid oedd yn dyst byw i'r Crist. Ni fynnai Wali Francis wrando arnaf yn sôn am Dduw a'r Iesu. Gwyddai'r ffeithiau eisoes, a doedd yr hyn oedd gen i i ychwanegu atynt ddim yn werth ei gael. Rwy'n tybio fod arno fwy o'm hangen i nag oedd ar Ada; ond fe'i cofleidiais hi am fod arnaf i ei hangen hi.

Bu farw Wali yn gynnar yn y bore. Pan elwais roedd

cynorthwywr Williams y Saer newydd fod yno'n mesur. Pan gyfarfu â mi yn y drws cefais nod nawddogol ganddo, roedd yn fwy cynefin ag achlysuron o'r fath nag oeddwn i. A heblaw hynny roedd yn dueddol i'm beio i am na chafodd ei ethol yn ddiacon.

"Trwbwl ynglŷn â'r ewyllys. Cadwch draw, Powel bach. Tacle rŷff ŷn nhw."

Roedden nhw yn yr ystafell orau. Roedd Sylvia May yn gwneud ymdrech i fod yn urddasol ac yn drallodus yr un pryd. Roedd Ada'n edrych yn bur hunanfeddiannol, a rhoes hynny ryw frath o siom imi. Safai wrth y ffenestr yn smocio.

Ebe Sylvia May, "Fe ddylen ni hala i moyn Bil. Fe ddyle fod yma. Dŷch chi ddim wedi rhoi gwbod iddo, Ada?"

"Eich brawd chi yw e, Sylvia May."

"A beth ydw i eisie'i wbod yw . . . o diar!" arhosodd i igian wylo, "oes 'na wyllys. Mae'n rhaid gwynebu'r pethe hyn. Oes 'na wyllys, Ada? Dyna i gyd dw i eisie'i wbod."

"Dim hyd y gwn i. A dyna'r ail waith rwy wedi gweud wrthoch chi."

"Ŷch chi'n gweld ein point ni, Mr. Powel? Rhaid ystyried y plant, a dyna'r garej a'r caffe a'r rhes dai, a Bronllwyn. Mae'n ofid i fi, cofiwch."

"Ydych chi'n gwbod, Mr. Powel," ebe Frankie, "beth sy i ddigwydd os nad oes 'na wyllys? Onid cael 'i rannu rhwng y perthnase agosa?"

"Bil a fi yw'r rheiny."

"Ie, dyna fe. Ei rannu'n gyfartal."

"Falle taw hynny fydde ore," ebe Sylvia May, gan ostwng ei phen i guddio'i gollyngdod.

"Falle bod 'na wyllys nad yw Ada'n gwbod dim byd amdani. Well i ni ofyn i Dr. Pritchard. Rhaid bod yn ofalus. Pryd gewn ni wbod? Pryd maen nhw'n arfer setlo'r pethe hyn, Mr. Powel?"

"Ar ôl yr angladd fel rheol. Bron yn ddieithriad ar ôl yr angladd."

4

Angladd anghyffredin o ddigalon. Ar waetha'i sŵn a'i radlondeb, ychydig o ffrindiau oedd gan Wali. Roedd yno dwr bychan o berthnasau o Benygraig lle y ganwyd Wali. Chwarelwyr distaw, wyneb-galed a'u gwragedd, a edrychai o gwmpas y byngalo fel dieithriaid nad oedd erioed wedi bod yno o'r blaen. Roedd Winnie Evans, mam Frank—haws meddwl amdani fel mam Frank nag fel mam Ada—er yn wywedig a chrwm, yn gweithredu fel arweinyddes a gwesteiwraig, gyda'r fath ddiffyg chwaeth nes cywilyddio Ada, er ei bod yn benderfynol o beidio â dangos cywilydd. Daeth Parri Castle Stores yno i gynrychioli'r Cyngor Tref, fel yr eglurodd i mi ar ôl hynny, a pharodd fy mhresenoldeb i yno gryn syndod iddo. Roedd yn amlwg ei fod e'n credu y dylwn i adael yr holl fusnes yn nwylo'r Ficer. Oni bai am Ada byddwn yn barod iawn i wneud hynny. Er bod Sylvia May am i mi fynd i weddi cyn i'r arch adael y tŷ. Dyna'i syniad hi o ad-dalu i mi am fod mor barod i ateb ei chais am help.

Roedd Dr. Pritchard yn bresennol, mewn du, yn ddestlus fel arfer, yn dawedog, bychan, llyfndew, ei wallt yn llwydo a lliw haul ar ei wyneb, a'i ddiffyg amynedd yn wynias y tu ôl i'w lonyddwch. Gwelswn ef yr un fath mewn gêm bêl-droed yn sefyll ar y llinell ystlys drwy gydol y gêm, ei ddwylo ym mhocedi ei got fawr, heb ddweud gair wrth neb. Mae'n debyg ei fod yn ddigon cymeradwy fel meddyg. Tawedog ac oeraidd oedd yn ei waith fel yn ei ddiddordebau eraill, biliards, pêl-droed, ceir newydd, whisgi. Fe'm hystyriai i yn ffŵl diniwed, na ellid yn iawn benderfynu i ba ddiben y'm crewyd.

Bil oedd y mab yr oedd Wali wedi ei yrru oddi cartref. Cyrhaeddodd yntau y fynwent pan oedd y gwasanaeth drosodd a'r arch wedi ei gollwng i'r bedd, a'r galarwyr yn dechrau symud i ffwrdd. Safai ar ymyl y bedd yn syllu'n hurt i lawr iddo, â'i geg yn agored fel creadur mewn syndod. Yna troes i syllu'n syn ar y Ficer a minnau ac aelodau'r teulu oedd yn parhau i sefyllian o gwmpas; ymddangosai fel pe bai am redeg i ffwrdd â'i wynt yn ei ddwrn yn yr un modd ag y daethai yno. Troes y Ficer ato, yn fawreddog-hynaws, yn dawel (byddai bob amser yn fy nghyfarch i fel "Fy annwyl Powel". Buasai'n gaplan yn y fyddin ym Mhersia, ac roedd y Ficerdy yn llawn o lestri Persiaidd. Ei hobi oedd gwaith coed, ac nid oedd dim yn ei boeni. Ddim hyd yn oed gynulleidfa o bump neu chwech ar fore Sul); gafaelodd ym mraich Bil, murmurodd eiriau o gysur mewn llais dwfn, a rhoi gwasgiad cyfeillgar i'r fraich cyn ei gollwng. Roeddwn i'n fwy lletchwith, a syllai'r gŵr ifanc byrdew arnaf, yn amlwg yn methu â phenderfynu pwy oeddwn a beth oeddwn i'n ei wneud yno.

Wedi cyrraedd yn ôl i'r byngalo gwnaeth y Ficer esgusodion celfydd a diflannu'n fuan. Arhosais i am fy mod am gael sgwrs ag Ada eto. Rhyw ddyhead mud oedd yn fy nghlymu wrth y fan, dim ond er mwyn bod yn agos ati. Arhosodd y meddyg hefyd, pan allasai'n hawdd fod wedi dianc.

Golwg creadur gwirion oedd ar Bil Francis. Roedd gwên ar ei wyneb fel pe bai'r cwmni wedi ymgynnull i ddathlu ei ben-blwydd. Gwrandawai ar Frankie, a chyda Frankie'n gefn iddo roedd wedi ennill rhyw hunanhyder swnllyd newydd.

"Iawn i fi gysgu 'ma heno, Syl?" meddai'n uchel. "Iawn gyda ti, Ada?"

Bu distawrwydd annifyr.

Gwyrai Winnie Cwm uwchben ei gwydraid o sieri, a phlygu ymlaen i bawb ei chlywed. "Gall Ada ddod adre at ei hen fam. Mae bob amser groeso iddi hi, mae'n gwbod hynny."

Murmurai'r perthnasau benywaidd o Benygraig eu cym-eradwyaeth. Doedd dim i ddod iddynt hwy ond doedd dim rheswm pam na allent fynegi barn, a hyd yn oed fod yn ganol-wyr neu'n farnwyr.

"Fe ddown ni i ben rywffordd, on'd down ni Ada?" Gwyl-iai Winnie ei merch yn bryderus: yn methu'n lân â gwybod beth a wnâi hi nesa, ac yn synnu ei gweld mor hunanfedd-iannol.

Meddai Ada: "Mae gen i dŷ fy hunan nawr. Fe gysga i fan'no."

"Tŷ dy hunan, cariad? B'le?"

"Bronllwyn. Fi bia Bronllwyn nawr gan fod Wali wedi marw."

"A dyna fel mae pethe!" Symudodd Frankie at ei chwaer. Am foment ofnwn ei fod am ei tharo.

"Ie, fel'na'n gwmws. Roedd Wali a fi'n gyd-berchnogion. Nawr fi yw'r unig berchennog. Fi pia fe."

Edmygwn ei thawelwch. Roedden nhw'n deulu oedd yn arfer ymgecru, ac fe'u gwelech yn awr yn cymryd eu safleoedd i'r frwydr fel pobl yn cerdded yn eu cwsg.

Roedd llais Sylvia May yn crynu gan ddicter cyfiawn, ond nerfus braidd. "Ti wnaeth iddo'i brynu fe! Gwneud iddo roi peder mil a hanner amdano! Dyna beth dalodd e, ontefe? Am hen blasdy bron mynd â'i ben iddo. A ti wnaeth iddo wneud hynny!''

"Chware teg!'' ebe Bil, gan geisio swnio'n ddoeth. "Be sy ar ôl i ni?''

"Y rest i gyd, Bil,'' ebe Ada. "Y cwbwl lot.'' Troes i ofyn i'r meddyg, oedd yn sefyll wrth ei hochr, am sigaret. Cynigiodd un iddi o'i gâs arian, a'i chynnau gyda chyflymder a medrusrwydd clinigol.

"Faint oedd arno fe i'r banc?'' ebe Frankie.

"Wn i ddim,'' ebe hi. "Rhaid i ti ffeindio hynny allan.''

"Wyt ti wedi gofalu am dy hunan on'd wyt ti? Fel arfer. Does dim eisie i ti boeni.''

"Dwy' ddim yn poeni.''

Sgrechiodd Sylvia May yn histeraidd. "Gwrandwch arni! Gwrandwch arni! Faint mae hi'n fecso 'tai 'mhlant i'n clemio? Mae wedi troi 'Nhad druan yn erbyn 'i deulu'i hunan. Roedd e'n ddyn teidi cyn iddi hi gael gafael arno. Hen hwren gomon, 'na beth yw hi! Mae pawb yn gwbod amdani. Dyle gael ei chloi fyny.''

Gafaelodd y meddyg ynddi'n gadarn wrth ei hysgwyddau a'i llywio tua'r setî wrth y ffenestr. Roedd hi'n anadlu'n drwm erbyn hyn.

"Rhowch ddŵr iddi,'' meddai. "Thâl peth fel hyn ddim. Rhaid setlo'r pethe hyn yn dawel a synhwyrol. Rwy'n digwydd gwybod pam y gwnaeth Wali Ada yn gydberchennog Bronllwyn.''

"Shwd ŷch chi'n gwbod?'' Roedd pryder Frankie yn ei wneud yn llai gwyliadwrus nag arfer.

"Treth Incwm,'' ebe'r meddyg. "Roedd Wali'n poeni am y Dreth Incwm. Ac mae arna i ofn fod gyda chithe achos i boeni hefyd. Nawr, ar ôl i Wali fynd fe fyddan nhw ar ôl y stâd.''

Roedd ceg Bil ar agor eto. Niwlog iawn oedd ei syniad am yr hyn oedd yn digwydd.

"Os dewch chi, Bil, adre, a chithe a Frankie i redeg y garej 'ma gyda'ch gilydd, a gweithio'n gythrel o galed, mi fyddwch chi'n iawn,'' ebe'r meddyg. "Falle bydd rhaid i chi werthu'r rhes tai a hyd yn oed y byngalo 'ma.''

"I beth?'' ebe Bil.

"I dalu'r Dreth Incwm. Mae'ch tad wedi osgoi talu am bron ddeng mlynedd. Dyma pryd maen nhw'n eich dal chi.

Dyma pryd maen nhw'n dal pawb. Ar ôl i chi farw.''
Gwenodd y doctor, ond roedd min ar ei wên. Rhyfeddais fel yr
oedd pawb yn derbyn ei awdurdod. Sylwais fod pawb ond
Ada'n gwrando arno'n astud barchus. Roedd hi'n edrych arna
i. Tybed oedd hi'n ceisio dyfalu beth oedd ar fy meddwl i?
Roeddwn i am wenu arni a dangos iddi gymaint roeddwn i am
ei chysuro. Teimlwn mai fi oedd y dyn a ddylai ei dal yn fy
mreichiau.

1

Un o'm gwendidau fel gweinidog, gredaf i, yw mai dim ond
ar brydiau y byddaf yn poeni ynghylch cyflwr y bobl o'm
cwmpas. Nid yn unig byddaf yn brysio heibio i bobl yn gwbl
ddifeddwl, heb gymryd fawr sylw ohonynt, gan eu brifo a'u
siomi; ond byddaf yn anghofio fy mod yn symbol o'r efengyl,
a'i bod yn ddyletswydd arnaf i ddangos i bobl fod gan yr
efengyl ddiddordeb ymhob un ohonyn nhw'n bersonol. Ym-
ddengys mai fy unig amcan i yw sicrhau cariad ac iachawdwr-
iaeth i mi fy hun yn hytrach na rhannu'r elfennau hyn i eraill.
(Ac eto sut y gallaf rannu i eraill yr hyn nad yw gennyf?) Ac er
eglured y gwelaf gyfrinach fy methiant, rwy'n gwbl anabl i
wneud dim i newid fy ffyrdd. Roeddwn yn rhy wan i ddal
gafael ar y weledigaeth fer o gariad a ddatguddiwyd i mi gydag
Enid. Gallwn gymharu fy hun â Sisiffos, ond fod y garreg
yn fy achos i yn fy ngwthio ymhellach i lawr y rhiw wrth i mi
fynd yn hŷn mewn munudau o ddiogi ac anobaith, a rhag-
welaf y dydd y bydd y garreg wedi treiglo dros fy mhen ac aros
yno'n gofadail i mi.

Rwy'n bodloni'r Elisiaid am nad wyf yn ymyrryd gormod
ac yn cydymffurfio â'u dymuniadau. Byddaf yn meddwl
weithiau mai nhw sy garedicaf am mai arnyn nhw mae leiaf o
f'angen, ac felly fod eu siom yn llai. Mae hyd yn oed Hannah,
er cymaint ei hangen am gwmni deallus, wedi f'adnabod fel yr
wyf, a'm cael yn brin. Dyma'r defnydd a wnânt ohonof: fy
ngadael i aros yn yr ystafell ddigalon yma, a hwythau'n mynd
ymlaen â'u gwaith. Byddai lawn cystal i mi eistedd gartref yn y
Mans: yn wir gallai hon fod yn ystafell yn fy nhŷ i. Mae'n rhoi
i mi'r un teimlad o unigrwydd ac anesmwythyd.

Hoffais i erioed mo'r Mans. I mi mae fel petai'n perthyn i
rywun arall er i mi fyw yno ar fy mhen fy hun am bron i dair
blynedd. Gan nad oeddwn i'n briod ni thrafferthwyd i'w
beintio a'i bapuro i mi. Mae papur wal f'ystafell wely fel pe bai
wedi'i drwytho â hen anadl a breuddwydion brau fy rhag-
flaenydd Edwardaidd yr olwg y mae darlun mawr ohono yn
gorwedd â'i wyneb i fyny ar lawr y llofft gefn. Ar y dechrau
credent fy mod â'm bryd ar briodi'n fuan, neu fy mod yn osgoi

dewis lletty rhag tarfu ar yr heddwch eglwysig; ond erbyn hyn mae pawb yn credu mai am fy mod yn greadur od rwy'n byw ar fy mhen fy hun. Myfi yw'r groes y mae'n rhaid iddynt, nid yn unig ei chario, ond dalu amdani hefyd.

Mae dwy o'r ystafelloedd segur yn llawn o lanastr fy rhagflaenydd, heb eu symud ac yn casglu llwch ar y llawr noeth: ffiolau, darluniau mewn fframiau sy'n llawn o dyllau pryfed, a thwr o ddyddiaduron enwadol. Doedd fy rhagflaenydd ddim yn ddyddiadurwr difyr iawn. Cofnodi ei ymweliadau, testunau ei bregethau, ei gyhoeddiadau, angladdau, priodasau, bedyddiadau ac ymyrraeth Duw ar brydiau mewn deng mlynedd ar hugain o weinidogaeth. Mae eu darllen yn fy nigalonni. Mae gen i drueni dros fy rhagflaenydd. Ond pam, ac yntau'n weithiwr mor ffyddlon a chydwybodol yng ngwinllan yr Arglwydd? Yn ôl a glywaf roedd ei ddiaconiaid yn gan gwaeth na'r rhai sy gen i. Tad-yng-nghyfraith Mani, John Rhydderch, Stephens yr hen ysgolfeistr, a Peter Tudno Williams, pregethwr cynorthwyol a thrafeiliwr mewn bwydydd anifeiliaid. Vavasor Elis oedd ei gyfaill ffyddlonaf. Roedd ei wraig yn fethedig a bu farw flynyddoedd o'i flaen ef. Ond daliodd ati hyd y diwedd. Dyna'i oruchafiaeth. Byddai'n fwy addas i mi gymryd trueni drosof fy hun.

Mae yma lyfrgell, ac ef oedd piau'r rhan fwyaf o'r llyfrau sydd yma. Doedd dim byd arall y gellid ei wneud â nhw ond eu gadael yma. Ond dwyf i ddim yn ddarllenwr mawr. Does gen i ddim llawer o ddiddordeb mewn Diwinyddiaeth, er i mi geisio ymddiddori yn y pwnc. Mewn gwirionedd darllenaf storïau ditectif, i'm gyrru i gysgu. Fedra i ddim darllen mwy na hanner tudalen o Ddiwinyddiaeth ar y tro. Does gen i ddim safbwynt pendant. Rwy'n credu mewn cariad a phob math o ddelfrydau. A'r Gwirionedd. Dweud y gwir wrthyf fy hun yw'r unig rinwedd sydd ynof. Credaf mai dyna yr oedd Enid yn ei hoffi fwyaf ynof. O leiaf rwy'n gobeithio hynny.

Gallaf eistedd yn fy nghadair a llyfr agored ar fy nglin yn meddwl drosodd a throsodd am ryw ddigwyddiad bychan, fel pe bawn yn disgwyl datguddiad arbennig. Un o'r prif bethau sy'n f'ysgogi mewn bywyd yw'r awydd parhaus yma i weld rhyw ystyr mewn digwyddiadau: yn groes i bob rheswm mae gen i ryw argyhoeddiad emosiynol fy mod yn symud tuag at ryw ddatguddiad syfrdanol a fydd yn egluro popeth i mi a chyfiawnhau crynswth fy modolaeth. Ac rwy'n argyhoeddedig nad gyda marwolaeth, o angenrheidrwydd, y daw'r datguddiad hwnnw, er y bydd ei ddyfod yn gwneud marwolaeth yn ysgariad mwy derbyniol.

2

Yn llesmair y myfyrdodau hyn fe'm darbwyllwyd fwyfwy fod ar Ada fy angen. Dan gyffro'r syniad o'i helpu hi teimlais yn gynhesach at fy nghynulleidfa. Roedd pobl yn sylwi ar y gwelliant yn fy ngweddïau a'm pregethau. Minnau'n dyfalu tybed a oedden nhw o'r diwedd wedi dechrau gwrando arnaf, a oeddwn i wedi cyrraedd y trobwynt hwnnw yn fy ngyrfa y disgwylir i bob gweinidog ifanc ei gyrraedd. Gorweddwn yn fy ngwely wedi fy ngwefreiddio gan gynhesrwydd llwyddiant, yn clywed lleisiau'r Henaduriaeth yn dweud, "Mae'r llanc Powel yna wedi gwneud gwaith rhyfeddol ym Methania, Pennant. Rhoi bywyd newydd yn y lle . . ." A Lambert yn dweud yng nghlyw Enid, "Mae Idris wedi bod yn aruthrol . . ."

Yn heulwen y bore Sul cyntaf yn Nhachwedd safai Robert Ifan Williams, dyn y ffordd, wrth yr ywen, gan bwyso ar ei ffon.

"Rown i'n hoffi'r syniad 'na yn eich pregeth chi, Mr. Powel. Wedi meddwl am y peth lawer gwaith fy hunan."

"Pa syniad, Robert Ifan Willaims?"

"Am y bydysawd yn adlewyrchu cymaint o Dduw ag mae perlyn gwlith yn adlewyrchu o'r cymyle a'r brynie. Mi feddylies i hynny lawer gwaith pan own i'n mynd allan i weithio yn y bore bach. Y bregeth ore roisoch chi i ni erioed."

Mae'n rhaid fy mod yn cael y math o ddatguddiad a gedwir ar gyfer y bobl gyffredin, meddyliais wrth ei wylio yn cerdded yn drwm hyd y llwybr graeanog am y llidiart haearn.

Roedd yn y capel eto yn yr hwyr. Gwyliwn ef yn canu'r ail emyn. Ei hoff emyn ac roedd yn curo'r amser yn anghywir â'i lyfr emynau. Roedd ei werthfawrogiad hen yn dwyn dagrau i'm llygaid. Ar y foment honno gwelwn wyneb pob un o'r cantorion fel wyneb plentyn, hyderus, hiraethus, diniwed, ac unol, teulu'r Crist. Plant Duw yn derbyn y Trugaredd Tragwyddol. Pan bregethais fe'm symbylwyd i huodledd anarferol a chynhesrwydd, heb ddim o'r carthu gwddw, y petruso, ailadrodd, cyfyngiadau a chymalau amodol arferol. Roedd hi'n anhygoel meddwl i mi erioed ddychmygu mai rhyw gre-aduriaid dychrynllyd oeddynt: Parri Castle Stores, Mani Elis Jones, Mrs. Emrys Wynne, Mrs. Felix Elis, Mrs. Dr. Bleese, Mrs. Mari Jones: teimlwn fel cerdded o gwmpas y capel a moesymgrymu i bob un gan erfyn eu maddeuant am i mi synied amdanynt fel poenydwyr. Y rhain oedd etifeddion cariad Duw yng Nghrist.

Ymddangosai fel pe bawn, yn fy awydd i gysuro a rhoi fy serch ar Ada, wedi cael y gallu i gysuro a rhoi fy serch ar eraill. Dechreuais fwynhau fy ngwaith, a fedrwn i ddim deall eto hyd yn oed pam roedd nabod Ada wedi gwneud y fath wahaniaeth. Tybed ai adnewyddiad ydoedd o'r weledigaeth a gefais gyntaf gydag Enid? Ond roeddwn i'n rhy brysur yn canlyn fy seren i feddwl am ddadansoddi fy nghynnydd. Yr unig beth a wyddwn oedd fod unrhyw fath o Gariad yn gwneud y byd yn ehangach lle.

3

Yr adeg yma cefais nerth i oresgyn y gwrthwynebiad olaf i'r Clwb Ieuenctid yn gysylltiedig â'r eglwys. Roeddwn am ddangos i'r bobl ifainc nad rhywbeth di-liw, hen-ffasiwn a digalon oedd crefydd. Roeddwn am i Bennant ddod yn rhan o brif ffrwd y bywyd cyfoes. Roeddwn am fod yn fugail egnïol, effeithiol. Cytunodd Emrys Wynne i gymryd dosbarth drama. Roedd hynny'n rhoi boddhad mawr iddo, achos credai mai ei ysbryd gweithgar ef a'm symbylodd i wneud hyn. Plesiwyd Parri Castle Stores yn fawr pan ofynnais iddo gymryd gofal o'r Côr Ieuenctid. Darbwyllais Elis y Cemist, gyda chefnogaeth Miss Hannah Elis, drwy bwysleisio'r peryglon moesol i do o bobl ifainc yn cael eu gadael i sefyllian ar gorneli strydoedd. Fe'm synnwyd gan yr effaith a gafodd fy nadleuon arno. Pan oeddwn yn ymadael daeth gyda mi at y drws â'i law ar fy mraich. "Fe ddweda i wrthoch chi, Mr. Powel," meddai, "rhywbeth fel hyn oedd eisiau ar Dic, fy mab. Bendith ar eich gwaith chi, ddweda i." Addawodd Miss Hannah drefnu'r llyfrgell a gweithredu fel trysorydd. Rhoddodd bob cefnogaeth i mi, bu'n gadarn ac yn deyrngar y tu ôl i mi. Roedd hi'n ddigon o ryfeddod.

Ond y fuddugoliaeth ddiplomatig fwyaf fu gwahodd Mrs. Emanuel Elis Jones i gymryd dosbarth dawnsio gwerin. Bu hyn yn ddigon i ddymchwel gwrthwynebiad Mani Elis Jones, achos roedd yn meddwl y byd o'i wraig.

Gwisgai ddillad oedd yn gweddu i'r ifanc ryw ugain mlynedd yn ôl. Roedd lliw gwinau ei gwallt yn edwino braidd, a threfnai ef yn gylchau un bob ochr i'w hwyneb yn y dull a fedyddiwyd yn *"ear-phones"*. Roedd trwch o bowdwr ar ei hwyneb. Llwyddai i fod yn chwareus ac yn llednais yr un pryd. Bu'n dysgu'r dosbarth babanod ar un adeg, ond pan fu farw ei mam bu raid iddi ddod adre i gadw tŷ i'w thad, y gŵr braw-ychus, barfog, John Rhydderch, y gŵr y sibrydid fod hyd yn oed Vavasor Elis yn ei ofni. (Mae Pennant y math o dre fach Gymreig sy'n gwerthfawrogi dyn felly). Roeddwn i wrth y piano tra byddai Mrs. Mani yn prancio o gwmpas gyda'r bechgyn ifainc a'r merched, yn dysgu "Robin Ddiog" iddyn nhw, yn cwafrio'r dôn allan mewn llais main, ar golli ei gwynt, gan geisio celu gymaint roedd hi'n ei mwynhau ei hun.

Ar gyfer cyfarfodydd fel hyn byddai'r clwb yn llogi'r Neuadd. Roedd cryn ddiddordeb lleol yn ein gweithgareddau, ac am y tro cyntaf teimlais fy mod yn dod yn boblogaidd. Dim ond i mi roi rhyw reswm da i'm cynulleidfa dros fy edmygu, ni fyddent ym amharod i wneud hynny: ac yna byddai fy lle ym mywyd y cyhoedd yn ddiogel.

4

Ymddangosai dechrau'r gaeaf diwethaf yn gyfnod o obaith newydd. Teimlwn ar adegau fod gennyf ryw rym newydd. Yn yr Ysgol Sul roeddwn yn dechrau gwneud rhyw argraff ar lanciau a llancesi diymateb fy nosbarth, ac roedd eu gweld yn gwenu'n awr ac yn y man yn codi fy nghalon fel cân y gog ar ddiwrnod cymylog. Roedd cyfarfodydd yr wythnos, er na fyddai byth fwy na phymtheg yn bresennol, wedi ennill rhyw guriad ysbrydol cyflymach. Dechreuais oddef pobl oeddwn i gynt yn eu hystyried yn annioddefol. Gwelais rinweddau yng ngwybodaeth Ysgrythurol fanwl Mani Elis Jones, yng ngwedd-iau maith Parri Castle Stores, rhinweddau nad oeddwn i erioed wedi sylwi arnynt o'r blaen. Roedd hi'n haws ymweld. Roeddwn i'n curo wrth ddrysau heb ofni pa fath groeso a gawn.

Dwn i ddim a fyddwn wedi gallu cadw'r brwdfrydedd hwn heb y posibilrwydd dyddiol o gyfarfod ag Ada a'm pender-

93

fyniad i'w helpu. Rhyw benderfyniad annelwig iawn, achos doedd gen i ddim syniad beth fedrwn i 'i wneud.

Roedd hi wedi symud i fyw i Fronllwyn. Rhoddwyd y rhes tai ar werth. Roedd Frankie Cwm a Bil Francis yn rhedeg y garej rhyngddynt. Yn ôl yr hanes roedden nhw wedi cweryla ag Ada. Bob dydd penderfynwn ymweld â Bronllwyn, a phob dydd digwyddai rhywbeth a roddai esgus imi ohirio'r ymweliad. Roedd hi'n daith gerdded go hir o'r dre, ac yng ngolwg pawb. Pryd fyddai'r amser gorau i alw? Roeddwn i'n brysurach nag y bûm erioed er pan ddeuthum i Bennant. Hyd yn hyn doedd fy awydd i anwylo Ada ddim wedi arwain i unrhyw weithredu pendant a sylweddol.

Un prynhawn ym mis Tachwedd es ar fy ymweliad cyntaf. Roedd dail y coed ffawydd ar y llawr yn suddo i'r ddaear dan bwys y tymor. Gyda'm calon yn curo cerddais i fyny'r dreif anniben at y tŷ. Arwyddion o esgeulustod oedd ar y tir o gwmpas, y lawntiau'n tyfu'n wyllt a'r eiddew'n tyfu dros waliau'r tŷ. Y tu ôl i'r tŷ a'r tai-allan ymestynnai'r tir coediog am gryn ddeg erw a thrigain, yn wyllt, mwsoglyd a rhamantus. Ac ar hyd y llechwedd coediog rhedai'r dreif oedd yn arwain i'r Lodj Orllewinol oedd yn awr yn wag. Doedd yna'r un lodj ar y fynedfa nesaf i Bennant. Yno yr oedd y llidiart haearn bob amser ar agor ac wedi'i thynnu oddi ar ei cholyn.

Roedd y drws ffrynt ar agor. Dywedid ym Mhennant fod Wali Francis wedi bwriadu troi'r hen blas yn westy. Mae'n siŵr fod Ada'n benderfynol o wireddu'i freuddwyd. Roedd Sylvia May wedi cyhuddo Ada o ddylanwadu ar Wali i brynu'r lle. O'r lle y safwn gallwn weld fod y neuadd heb ei dodrefnu eto. Roedd y tŷ gwydr ar yr ochr ddeheuol mewn cyflwr gwael. Ceisiwn ddyfalu faint fyddai'r gost o adnewyddu lle felly ac adfer y gerddi, pan ymddangosodd Mrs. Winnie Evans yn y drws.

Doeddwn i ddim wedi disgwyl ei gweld hi. Doeddwn i ddim hyd yn oed wedi paratoi yn fy meddwl sut i egluro wrth Ada pam roeddwn i yno. Fe'm cythruddwyd braidd pan welais nad oedd f'ymweliad yn peri dim syndod i Mrs. Evans. Roedd y wên wasaidd arferol ar ei hwyneb.

"Falch iawn, iawn o'ch gweld chi, Mr. Powel. Ddim wedi'ch gweld chi ers yr angladd. Tipyn o gawdel sy 'ma o hyd fel gallech chi ddisgwl. Oech chi'n moyn gweld Ada ni?''

Ymdrechais yn galed i beidio â'm bradychu fy hun, i beidio â gwrido, i beidio â checian wrth siarad. Beth oedd y fenyw yma'n ei wneud ar y grisiau fan hyn uwch fy mhen? Fel rhyw widdon erchyll, warcheidiol, wasaidd â'i gwên ffals a'i hagosatrwydd rhy barod, yn barod i ddigio, a phetai'n teimlo felly, yn barod i sgrechian a chripio. Eisiau'i hanghofio hi oedd arna i, nid ei chyfarfod fel hyn. Ymgnawdoliad o bopeth oedd yn atgas yng nghefndir Ada; arwydd drwg yn dod i darfu arnaf a minnau'n llawn breuddwydion.

"Neis ych gweld chi yn yr angladd, Mr. Powel. Doedd rhen Wali ddim cynddrwg wedi'r cwbwl. Fe fyse'n falch iawn meddwl fod gweinidog Bethania wedi dod i'w hebrwng e fel tae. Roedd gydag e dipyn o olwg arnoch chi. Yr hen rai oedd e ddim yn lico. Roedd Wali'n lico cael pobol ifenc rownd iddo. Roedden ni'n hen ffrindie, Mr. Powel, Wali a fi. Mae'n biti gweld ein hen ffrindie ni'n mynd o'n blaen ni, un ar ôl y llall.''

Ocheneidiodd yn ddwys. Dywedais fod yn rhaid i mi ei throi hi.

"Sori nad yw Ada ddim o gwmpas, Mr. Powel. Fe fyse'n falch ych gweld chi. Rŷn ni'n dwy wedi cymryd atoch chi'n fowr yn yr angladd. Dewch yma eto, newch chi? Bob amser yn falch o'ch gweld chi. Yn falch o'ch croesawu chi.''

5

Roedd yr ymweliad â Bronllwyn wedi fy siomi, a rhoi mwy o boen meddwl imi nag oeddwn i'n barod i gyfaddef. Roeddwn i wedi gobeithio mai ffoi yno a wnaeth Ada am loches rhag ei theulu annymunol; ac roeddwn yn falch o glywed mai Frankie oedd ffefryn ei fam. Roeddwn yn barod i'w helpu a'i hamddiffyn rhag y giwed wancus. Ond pan gyrhaeddais yno cefais mai'r fam oedd yng ngofal y lle. Roedd Ada wedi'i chlymu'n glosiach at ei theulu nag y meiddiwn i gydnabod, a faint bynnag yr hoffwn i gyfeillachu â hi, neu hi â minnau, rhaid oedd cofio eu bod yn deulu nodedig o baganaidd, a minnau'n weinidog yr efengyl. Doeddem ni ddim ar yr un ochr.

Cyn y Nadolig roedd y dosbarth drama wedi perfformio dwy ddrama fer, wedi eu cyfieithu a'u cynhyrchu gan Emrys Wynne. Gwnaeth Mrs. Wynne fywyd yn faich i mi am ddyddiau cyn y perfformiad gan y llu o fân swyddi y bu'n rhaid i mi eu gwneud mewn cysylltiad â'r dramâu. Beiai fi am bopeth bach a âi o chwith, a dirywiodd ei sgwrs i fod yn ddim byd ond un ensyniad diderfyn nad oeddwn i'n gwerthfawrogi'r hyn roedd ei gŵr yn ei wneud er fy mwyn i, ac os byddai'r dramâu yn fethiant, arnaf i y byddai'r bai am fy mod yn rhy wangalon i roi cefnogaeth frwdfrydig iddyn nhw. Ar y cyntaf roedd Emrys yn cymryd arno mai siarad drosti'i hun yn unig a wnâi ei wraig gan awgrymu na ddylwn gymryd gormod o sylw o'r hyn a ddywedai, ond ar noson y perfformiad, a'r dyn coluro heb gyrraedd, collodd ei ben yn lân, a dechrau fy meio i yn union fel y gwnâi ei wraig, gan wneud yn amlwg i mi ei fod wedi bod yn cwyno wrthi ar hyd yr amser. Yna fe darfwyd ar y perfformiad yn y Neuadd gan Jonathan Adoniah Jones yn cael ffit. Gwelid ei gorffyn tal yn amlinell ddu o flaen golau godre'r llwyfan, yn gwegian fel coeden mewn storm (roedd yn eistedd yn y rhes flaen) a bu'r demtasiwn yn ormod i'r mab ffarm, oedd ar y pryd yn chwarae rhan Saul yn marw; fe stopiodd siarad a chysgodi'i lygaid â'i law i syllu i gael gweld beth oedd yn digwydd. Difethwyd uchafbwynt y ddrama. Roedd y dosbarth drama yn farw gelain.

Roedd y côr eisoes wedi dod i ben. Ar ôl y brwdfrydedd cyntaf dechreuodd Parri Castle Stores gwyno nad oedd gan "Yr Ienctid" (ym Mhennant cyfeirid at aelodau'r Clwb yn eu crynswth fel "Yr Ienctid") ddim gwir ddiddordeb mewn cerddoriaeth aruchel, ac roedd y tenoriaid yn brin, ac ar ben hynny roedd yntau wedi cael gwahoddiad i arwain côr meibion bychan ym Mhenygraig.

Y Dawnsio Gwerin oedd yr unig beth a lwyddodd. Ond am gyfnod maith ni wyddai Mrs. Mani ei hun y gwir reswm dros lwyddiant hwnnw. Ar ôl iddi hi droi am adref, yn tywynnu gan gynhesrwydd goruchafiaeth arall, ac yn gwenu arnaf i mewn ffordd na wnaethai erioed cyn hynny, y dechreuodd y bobl ifanc mwyaf mentrus droi at ddawnsio modern. Rhaid cyfaddef mai fi a roes gychwyn i'r peth; ond buan y gwelais 'mod i wedi cychwyn rhywbeth oedd yn rhy gryf i mi ei atal. Y cynllun gwreiddiol oedd cael hanner awr o drafod llyfrau ar ôl y dawnsio, ond yn raslon iawn bodlonodd Miss Hannah Elis i roi'r gorau i'r syniad hwnnw. Doedd hi ddim yn dawnsio'i hun, a dechreuodd gadw draw ond pan ofynnwn iddi gymryd fy lle i wrth y piano. Doedd fy nawn i wrth y piano ddim yn addas ar gyfer y dawnsiau modern, a chymerwyd fy lle gan Norman Parri Castle Stores, oedd (yn ôl ei dad) wedi gwyrdroi dawn gerddorol y teulu nes ei fod yn gallu curo cymaint o sŵn o'r piano fel y gallech gredu fod dau neu dri o offerynnau swnfawr yn cael eu chwarae. Roedd ei wyneb y tu ôl i'w sbectol yn ddisglair gan chwys ei ymdrechion, a chan fod twr o ferched edmygol o'i gwmpas bob amser, dyblai yntau ei weithgarwch. Y cyfan y gallwn i ei wneud oedd aros yno "i gadw llygad ar bethau" nes y llusgai gofalwr y Neuadd ei draed yno am chwarter i ddeg. Weithiau arhosai Miss Hannah Elis yno gyda mi, ond roedd y sŵn yn ormod iddi braidd, ac anaml y cawn ei chwmni.

Cyn y Nadolig roedd cwestiwn y "gwesteion" wedi dod yn broblem anodd. Daeth bechgyn a merched, "Ienctid" nad oedd yn perthyn i gapel Bethania, yno i ofyn am gael ymuno â'r dosbarth dawnsio, a dod yn aelodau o'r Clwb. Ar y dechrau ystyriwn hyn yn arwydd o lwyddiant, a chefais fy siomi gan wrthwynebiad Miss Hannah Elis i'm hawgrym y gellid caniatáu i bob aelod wahodd un gwestai i'r cyfarfodydd a gynhelid yn y Neuadd. Gwrthwynebodd hefyd gynnig oddi wrth "yr Ienctid" y dylai pob aelod gyfrannu chwecheiniog yr wythnos at Gronfa Cyfarpar, er fy mod i yn tueddu i fod o'i blaid. Bryd hynny roeddwn i'n awyddus i beidio â gwneud dim i roi dŵr oer ar y brwdfrydedd. Roedden nhw'n awchus am gael band: prynu eu hofferynnau eu hunain a chael dosbarthiadau i ddysgu sut i'w chwarae. Rhaid i mi gyfaddef 'mod i'n hoffi'r syniad. Roeddwn i'n dal i gredu fod gen i ddigon o nerth i ddal yn arweinydd ar fudiad a oedd, wedi'r cyfan, wedi'i gychwyn gen i. Ond rwy'n gweld erbyn hyn mai hi oedd yn iawn. Carreg sy'n methu â dal ei thir ac yn cychwyn tirlithriad—dyna ydw i, nid argae fawr sy'n ffrwyno'r llifeiriant i amcanion defnyddiol.

Cythruddwyd Mrs. Mani, oedd gynt mor falch o lwyddiant ei dosbarthiadau dawnsio, gan y twr annosbarthus o ieuenctid wynepgoch, amharod oedd yn heidio yn y drws, yn disgwyl iddi orffen, ac yn gwrthod ymuno yn "Robin Ddiog". Roedden nhw'n ei chythruddo'n fwy drwy grwydro i mewn ac allan o'r ystafell filiards a gadael y drysau ar agor nes bod dynion hŷn yn edrych i mewn yn llydan eu gwên, a gwneud sylwadau bachog yn ei chlyw. Anghofiodd wenu arnaf i, aeth yn fyr ei thymer a dweud na wnawn i byth ennill fy mara fel porthor, a datgan ymhellach nad oedd hi ddim o blaid y "dawnsio answyddogol", ac y bwriadai ddwyn y peth gerbron y diaconiaid.

6

Roedd y diaconiaid yn ansicr beth i'w wneud. Yr oedd Elis y Cemist yn hynod o dawedog, yn un peth, er bod pawb wedi disgwyl iddo arswydo rhag y syniad fod yr eglwys yn noddi dawnsio. Yr oedd gen i syniad y gwyddai lawer am y pwnc oddi wrth yr hyn a glywsai gan Miss Hannah, a'i fod wedi cael mwy o amser i feddwl dros y peth na'i gyd-ddiaconiaid. Pan roes Parri Castle Stores y mater gerbron synnwyd pawb pan wnaeth Elis y sylw fod yr Hen Destament yn llawn o foliant i ddawnsio, a'i fod, o dan ofal iawn, yn ymarfer digon iachus. Roedd yn gwenu yn ei ffordd ddall ei hun pan ddywedodd hynny, ond arferai wenu wrth siarad, gyda'r canlyniad fod pobl yn anghofio fod ganddo synnwyr digrifwch. Cymerodd Mani Elis Jones hyn fel teyrnged i'w wraig.

"Mae'n siŵr fod ar y bobl ifenc angen rhywbeth . . ." murmurodd yn ddoeth.

"Oes," ebe Parri Castle Stores. "Mae angen rhywbeth arnyn nhw. Rhywbeth er 'u lles nhw. Yn y ffordd iawn."

"Mae'n iawn inni edrych ar y peth yn ei gyfanrwydd," ebe Emrys Wynne yn null gwladweinydd pwysig. "Mae'n broblem fawr mewn tre fel Pennant. Rwy'n dueddol i feddwl fy hun taw problem i Bwyllgor Trefol yw hi, ar sail anenwadol. Ond rwy'n gweld yn iawn nad hynny yw pwnc ein trafodaeth ni ar hyn o bryd."

"Beth ddigwyddodd i'r côr?" ebe Elis yn sydyn.

"Does gan bobol ifenc heddi ddim diddordeb mewn cerddoriaeth," ebe Parri Castle Stores. "Dim gronyn! Mae'n digalonni dyn."

"Pan o'wn i'n llanc," ebe Elis y Cemist, "roedd gyda ni Gymdeithas Ddirwestol yr Ifanc yn perthyn i Bethania. Gwnaeth hwnnw les mowr. Roedd e'n ymosodol. Yn cyflawni rhywbeth. Fe orfododd y tai tafarne yn yr ardal i gau ar y Sul. Ro'en ni'n cael gorymdeithie. Ydych chi'n meddwl cael gorymdeithie, Mr. Powel?"

"Doeddwn i ddim wedi meddwl am y peth, Mr. Elis. Ond diolch i chi am yr awgrym."

"Ond y pwnc i ni ei setlo nawr yw a ddylen ni fel eglwys dderbyn rhai o'r tu allan fewn i'r gweithgaredde hyn. Ydyn ni'n caniatáu iddyn nhw ddod mewn?'' Roedd Parri Castle Stores bob amser yn bybyr dros ddiffinio beth a ganiateid neu beidio.

"Does dim ond un ateb, fel y gwela i e,'' ebe Emrys Wynne. "Rhaid rhoi'r holl fusnes ar sylfaen ehangach. Mae'n fater i'r holl dre, fel y dwedes i o'r blaen.''

"Ond nid dyna'r pwynt rŷn ni'n ei drafod,'' meddai Parri Castle Stores mewn llais oedd wedi mynd yn beryglus o fain. "Mae rhai o'r tu allan yn cael dod i fewn. Dw i yn erbyn hynny.''

"A finne,'' meddai Mani. "A mi licwn i ddweud dros y wraig 'co, ei bod hithe hefyd.''

"Beth mae'r gweinidog yn ei feddwl?'' meddai Elis y Cemist gan edrych i'm cyfeiriad i.

"Yn hollol,'' ebe Emrys Wynne, "y dyn ar y sbot wrth gwrs.'' Rhoddodd wên oedd yn golygu popeth i bawb; cellweirus i mi, ond beirniadol ac amharchus i'r lleill oedd yn gweld.

"Fedra i ddim ond dweud beth mae'r clwb ei hunan wedi'i benderfynu . . .''

"Pwy roddodd hawl iddyn nhw benderfynu?'' meddai Parri Castle Stores yn ddicllon.

"Gadewch i'r gweinidog ddibennu,'' ebe Elis y Cemist. "Beth benderfynson nhw, Mr. Powel?''

"Maen nhw am gyfethol aelodau drwy bleidlais y mwyafrif.''

"Y cwestiwn yw,'' meddai Parri, "a ddylen ni ganiatáu i blant mor ifenc wneud fel mynnan nhw? Dw i ddim yn credu hynny.''

Daeth i'm meddwl i mai rhyw helbul ar yr aelwyd gartref oedd yn gyfrifol am ddicter Parri. Crwtyn ei fam oedd Norman, ac wedi ei ddifetha ganddi; ac roedd y dawnsio yma wedi mynd yn asgwrn y gynnen yn yr ystafell fyw y tu cefn i siop Castle Stores. Yn yr ystafell honno ceid llawer o gig oer a dadlau poeth, a saws siop i roi blas ar un fel y llall. Yn ôl ei dad roedd Norman am fynd i'r weinidogaeth. Roedd ei dad yn awyddus iawn i hynny ddigwydd, ac yn teimlo y dylai Norman ei baratoi ei hun at oes o fyw'n barchus; ond am ei fam, oedd yn honni bod yn eangfrydig, doedd hi'n gweld dim byd o'i le iddo guro miwsig dawns allan o biano nes bod hwnnw'n tasgu.

Ebe Mani, "Poeni am 'y ngwraig ydw i. Mae gyda hi ddigon i'w wneud yn barod."

"Dŷn nhw ddim digon hen i benderfynu'r fath bethe," ebe Parri, gan roi nod gyfeillgar i gyfeiriad Mani, fel pe baen nhw mewn cytundeb llawn, er eu bod yn siarad am ddau beth gwahanol.

"Fy marn i yw," meddwn i, "y dylai'r Clwb Ieuenctid fod mor hunanlywodraethol ag sy'n bosib, ond y dylai'r gadwyn rhyngddo a'r eglwys fod yn un gref. Rhaid iddyn nhw ddysgu trefnu eu bywyde'u hunain, achos mae hynny'n cyd-fynd â'n syniadau ni am lywodraeth eglwys; ond ar yr un pryd rhaid iddyn nhw gofio i ba eglwys mae eu clwb yn perthyn. Rhaid eu dysgu nhw i wneud penderfyniadau a glynu wrthyn nhw . . ."

"Delfrydiaeth!" Ynganodd Parri'r gair fel pe bai'n air budr.

Roedd Emrys Wynne yn ysgwyd ei ben mewn amheuaeth. "Rhaid inni beidio â bod yn rhy gul ac enwadol," murmurodd. "Mae hon yn broblem gyffredinol."

Roedd Elis y Cemist wedi cael hen ddigon ar ddadlau. "Mae Mr. Powel yn iawn," meddai. "Ond os taw un o weithgaredde'r eglwys yw'r Clwb yma, yna mae'n gyfrifol i'r Cyfarfod Eglwys. Mae'r peth yn syml. Yr hyn sy raid ei wneud yw rhoi hwn o flaen y Cyfarfod Eglwys nesa."

7

Cynhaliwyd Cyfarfod Eglwys ar ôl yr oedfa nos Sul bytheinos yn ddiweddarach. Ar ôl canu emyn ychwanegol mi ddes lawr o'r pulpud i gymryd y gadair. Mae wastad ryw awyrgylch ddisgwylgar o gwmpas Cyfarfod Eglwys; nid disgwyl am dywalltiad yr Ysbryd, erbyn hyn, mae arnaf ofn, ond disgwyl i ryw un o'r aelodau dorri dros y tresi. Er mai anaml iawn y digwydd hynny.

Roedd yn rhaid i mi roi safbwynt y Clwb Ieuenctid; roedd y bobl ifainc ar wasgar yn eu histeddleoedd teuluol a'r achlysur yn codi gormod o fraw arnynt i agor eu cegau. Yn y munudau sobr, tawel hynny roedd hi'n anodd iawn i mi ddwyn i gof y nerth a ddaethai i mi oddi wrthynt pan wyliwn hwynt yn dawnsio. Roeddwn wedi gofyn i Norman Parri siarad ar ran y bobl ifainc. Buasai'n ddadleuwr huawdl dros hunanlywod-raeth gyflawn yn y Clwb Ieuenctid. Ond roedd newydd fod yn agor ei galon i mi ac addef mai ei uchelgais oedd bod yn wein-idog, ac am rai dyddiau ef oedd f'ymwelydd mwyaf cyson yn y Mans. Byddai'n benthyca llyfrau o'm llyfrgell ac yn casglu defnydd ar gyfer ei bregethau. Yn y Cyfarfod Eglwys dilynol fe'i cadarnhawyd fel pregethwr cynorthwyol ar brawf. Y cyfan a wnaeth yn y cyfarfod yma oedd datgan yn ei ddull rhyfedd, gor-henaidd fy mod i wedi gosod safbwynt y bobl ifainc yn deg iawn ac nad oedd ganddo ddim i'w ychwanegu. Gan dynnu ei law drwy ei wallt tywyll, tonnog, a chan sbïo'n ofnus ar gefn cul ei dad yn y sêt fawr, eisteddodd i lawr.

Y peth agosaf i dorri dros y tresi oedd araith annisgwyl oddi wrth Mrs. Mani, gan afael yn dynn yng nghefn y sedd o'i blaen fel pe bai hynny'n mynd i atal ei llais rhag crynu. "Dw i ddim eisie siarad, ond rwy'n teimlo bod rhaid i fi. Roedd y dosbarth dawnsio 'ma'n beth da i'r bobol ifenc, a roedd e'n llwyddiant, ond dwy ddim yn credu y dyle pobol o'r tu allan ddod miwn a'i sbwylo fe. Rwy . . .'' Petrusodd, a chan snwff-ian fel petai'n atal deigryn, eisteddodd i lawr.

Gofynnwyd i aelodau'r Clwb Ieuenctid fynd â'r neges yn ôl i'w ffrindiau, mewn ysbryd caredig, Cristnogol, mai pender-fyniad y Cyfarfod Eglwys oedd y dylid cyfyngu'r Clwb i aelodau o'r eglwys yn unig.

8

Yng nghyfarfod nesaf y dosbarth dawnsio roedd Mrs. Mani yn ei hwyliau gorau. Roedd hi'n teimlo bod ei haraith yn y capel wedi ennill cydymdeimlad a bri iddi, ac ni sylwodd fod ''y Ienctid'' o'i chwmpas yn anarferol o dawel. Ar ôl mynd trwy fersiwn seml o ''Ddawns Llanofer'', daeth carreg a chwil-friwio'r ffenest. Yn ffodus roedd y dawnswyr wedi symud o ganol y llawr ar y pryd ac felly nid anafwyd neb.

Rhedodd Mrs. Mani yn wyllt yn ôl a blaen oddi wrth y piano, lle'r oeddwn i'n eistedd, i ganol yr ystafell, lle roedd y garreg wedi glanio.

''Cadwch oddi wrth y gwydr! Gwyliwch eich traed! Steddwch lawr, bawb! Peidwch gwylltu!''

Doedd neb yn gwylltu ond Mrs. Mani: yn wir ymddangosai

i mi fod yr "Ienctid" yn rhy ddigyffro a heb ddangos digon o syndod.

"Galwch y gofalwr, Mr. Powel! Rhaid sgubo'r gwydr. Cyn i neb symud! Galle rhywun fod wedi cael ei ladd gyda'r garreg 'na. Ewch i nôl y polîs Mr. Powel. Meddyliwch! Galle unrhyw un ohonon ni fod wedi cael niwed ofnadw!"

Daeth Vaughan y gofalwr gan lusgo'i draed â brws a bwced a rhaw. Roedd ei geg ddiddannedd ar agor, yn disgwyl i lifeiriant Mrs. Mani dawelu, iddo ef gael mynegi un o'i ddywediadau diarhebol, ond caeodd hi drachefn ac aeth i sgubo'r gwydr heb ddweud gair.

"Cadwch y garreg i'r polîs," ebe Mrs. Mani. "Fe alle fod yn gliw."

Gadawyd i'r aelodau i fynd adre, heb y dawnsio modern, ac am unwaith roedden nhw'n barod iawn i fynd. Pan ddaeth y plismon roedd e'n gresynu eu bod wedi mynd cyn iddo gael cyfle i'w holi.

"Fe alla i ateb unrhyw gwestiyne i chi, on' galla i?" ebe Mrs. Mani. "A mae Mr. Powel yn dyst bo fi'n gweud y gwir."

9

Yn wahanol i'r Ddrama a'r Côr ni fu'r Dosbarth Dawnsio farw'n dawel nac yn rhwydd. Ar ôl digwyddiad y garreg, lleihau a wnaeth nifer y dawnswyr. Ond pan gyfarfu'r dosbarth eto ar ôl gwyliau'r Nadolig, yn gynnar yn y flwyddyn newydd, daeth nifer go dda ynghyd. Bu ychydig o dorri ar yr heddwch ond dim byd o bwys nes daeth y drydedd wythnos yn Ionawr. Gwthiwyd y drysau ar agor gan wŷr ifainc haerllug, a safasant yn y drws yn smocio a mynegi barn ar y dawnsio gwerin. Wynebodd Mrs. Mani hwy'n hyf, gan sgrifennu eu henwau i lawr a dweud wrthyn nhw y byddai gan y polîs ddiddordeb yn y rhestr enwau. Yna caeodd y drws yn eu hwynebau yn fuddugoliaethus.

Daeth yr ymyrraeth nesaf oddi wrth blant bach. Ar y dechrau ymlidiwyd hwy ymaith gan Norman a'i gyfeillion, ond un noson agorwyd y drysau pan oedd y dawnswyr yn cael seibiant, a gwthiwyd dau blentyn bach i mewn: Gerald a Violet Whimsey. Roedd y bobl leol yn ystyried mai sipsi oedd Jack Whimsey eu tad, ond haerai ef mai Sais ydoedd. Dawnsiodd y plant yn ôl y cyfarwyddyd a gawsant, a safai twr o ddynion yn y drws yn eu gwylio. Gwelais fod Frankie Cwm a Bil Francis yn eu plith. Canai Gerald a Violet wrth ddawnsio a hawdd oedd nabod mai "Robin Ddiog" oedd y gân. Gwelais Frankie Cwm yn plygu i siarad ag un arall o blant Jack Whimsey, hŷn na'r lleill, yn pwyntio at y piano a chael hwyl wrth fy nynwared i. Ond doedd y plentyn hŷn ddim mor barod i ymateb, a rhyw ddal yn ôl a wnâi, efallai yn poeni rhywfaint am dynged ei frawd a'i chwaer oedd erbyn hyn yn mynd ymlaen yn eofn tua chanol yr ystafell.

Ceisiais eu gyrru allan, ond roedden nhw'n f'osgoi i yn hawdd. Cydiodd rhai o'r aelodau hynaf ynddyn nhw a'u gwthio tua'r drws, ond safodd y dynion yn y drws, Frankie a Bil Francis yn eu plith, gan eu rhwystro rhag mynd allan a chwerthin yn braf.

"Selwyn," meddwn i wrth un o'r bechgyn mwyaf yn y clwb. "Selwyn. Ewch lawr i Orsaf yr Heddlu a gofynnwch i Sarjant Roberts ddod yma. Dwedwch wrtho be sy'n digwydd."

Fe rwystrodd y dynion yn y drws yntau rhag mynd allan. Roedd y rhan fwyaf ohonyn nhw dan ddylanwad diod.

"Gadwch iddo fynd heibio!" gan roi cymaint o awdurdod yn fy llais ag y gallwn.

Ni symudodd yr un ohonyn nhw. Gwegiodd Bil Francis ar ei draed gan gymryd arno fod yn feddw. Roedd y lleill yn meddwl bod hyn yn ddigri iawn.

"Rwy'n dweud wrthoch chi am adael iddo fynd heibio." Gafaelais yn ysgwydd Bil a cheisio'i dynnu o'r ffordd. Gyda braw ac anobaith teimlais y cyhyrau cadarn, caled o dan fy llaw eiddil, aneffeithiol. Roedd wyneb llwyd, hurt Bil yn rhoi syniad cwbl gyfeiliornus am nerth anarferol ei gorff.

"Be sy'n bod ar y blydi brân 'ma?" meddai, wrtho'i hun fwy neu lai, ac yna gan frwsio fy llaw ymaith fel pe bai'n bryfyn bach, trawodd fi â'i holl nerth, a syrthiais innau'n ôl yn swp afrosgo ar y llawr.

Pan godais ar fy eistedd roedd y terfysgwyr wedi diflannu i'r nos. Dim ond y gofalwr oedd yn sefyll ar y grisiau ffrynt, yn ei slipars meddal fel arfer, yn syllu allan i'r tywyllwch llaith. Roedd gwaed yn fy ngheg, ond teimlwn y gwaradwydd yn fwy na'r boen. Myfi fyddai'r gweinidog efengyl cyntaf ym

103

Mhennant i gael ei daro i lawr gan ddihiryn lleol,—na, nid dihiryn chwaith, y gweithiwr dyfal, gwirion Bil Francis. Dyna fesur y parch oedd yn ddyledus i mi. Doedd neb yn rhuthro i'm cynorthwyo'n bryderus. Roedd y bechgyn oedd wedi aros yn y neuadd yn syllu arnaf gyda'r diddordeb oer hwnnw a gymer yr ifanc yn y gorchfygedig. Safai'r merched yn dwr o gwmpas y piano lle'r eisteddai Mrs. Mani â'i hances wrth ei llygaid.

Roedd y plismon ifanc yn awyddus i gael y manylion. Rhoddodd Mrs. Mani adroddiad llawn iddo am y digwyddiadau. Edrychai hi ar yr hyn a ddigwyddodd fel ymgais fwriadol i ddwyn anfri ar Fethania ac arni hithau, a hyd yn oed ar grefydd yn gyffredinol, ac enwodd Bil Francis fel y prif derfysgwr. Roedd y plismon yn frwd ac yn llawn cydymdeimlad.

"Battery and assault," meddai'r plismon, yn llawn gobaith. "Fyddech chi'n barod i ddwyn cyhuddiad pendant, Mr. Powel?"

Fedrai Mrs. Mani ddim aros i mi dynnu fy hances i ffwrdd oddi wrth fy ngheg.

"Wrth gwrs y gwnaiff e," meddai. "Mae'n ddyletswydd arnon ni i gosbi hwliganied."

Roedden nhw'n aros i mi siarad. "Na," meddwn, "dw i ddim am fynd i gyfraith ynglŷn â'r peth. Mae'n well gen i beidio gwneud cyhuddiad. Diolch i chi."

"Ond mae'n rhaid i chi!" Troes Mrs. Mani ei hwyneb powdrog tuag ataf. Roedd y darnau o gwmpas ei llygaid, lle'r oedd y dagrau wedi sychu, yn rhoi golwg ffyrnicach fyth iddi. Doedd hi ddim yn edrych fel "cariad bach" Mani ar hyn o bryd. "Mae'n ddyletswydd arnoch chi. Ddyle pobol fel'na ddim cael eu traed yn rhydd. Os llwyddan nhw i osgoi cosb nawr fe fyddan nhw'n dal ymlaen i wneud hyn o hyd ac o hyd."

"Dw i ddim yn credu y gwnân nhw'r peth eto. Mae hyn yn ddigon o rybudd iddyn nhw."

"Rwy'n dweud wrthoch chi, os dôn nhw'n rhydd y tro yma, y nhw fydd arwyr y lle. Bydd y bobol ifenc yn edrych fyny arnyn nhw, ac nid arnon ni."

Beth a roes y syniad yn ei phen fod y bobl ifainc yn edrych i fyny arni? Doeddwn i ddim dan y fath gamargraff fy hun. Roedd llwyddiant "Robin Ddiog" wedi codi i'w phen.

"Rwy'n golchi 'nwylo o'r dosbarth 'ma a'r Clwb os na cheith rheina fynd o flaen 'u gwell. I beth mae'r gyfreth dda os yw'r siort yna'n gallu dod yn rhydd yn groeniach? Fe fyddan nhw'n dal ati i wneud drygioni o hyd ac o hyd."

Dywedais 'mod i eisiau amser i feddwl dros y peth, ochneidiodd y plismon a dweud y dôi i'm gweld eto drannoeth.

Mani Elis Jones a alwodd arnaf gyntaf. Mae'n anodd iawn derbyn tymer ddrwg a dicllonedd dilyffethair oddi wrth un fel ef, sy wedi gorfod meithrin rhadlonrwydd a chwrteisi dyn busnes ar hyd ei oes.

"Dyma beth mae hi'n ei gael, Mr. Powel, am roi ei donie mor barod at wasanaeth y cyhoedd. Heb feddwl am un ystyriaeth enwadol. Ienctid yr holl ardal. A dyma'r diolch mae hi'n ei gael, dyma'i gwobor! Waeth i fi ddweud yn blaen wrthoch chi, cheith hyn ddim mynd ymlaen ddim pellach. Dw i ddim yn mynd i sefyll naill du a'i gweld hi'n cael ei cham-drin fel hyn."

Oedd e'n disgwyl i mi gredu mai ei wraig oedd wedi'i tharo i lawr ac nid fi? Gad fi'n llonydd! Dyna oeddwn i am weiddi arno ac yntau'n dal i faldorddi am anrhydedd ei wraig, gad fi'n llonydd, ddyn bach! Gad fi'n llonydd!

Efallai y dylwn fod wedi dwyn yr achos i'r llys. Neu o leiaf fynnu cael ymddiheuriad. Ymddiheuriad cyhoeddus. Yn lle hynny wnes i ddim byd. Mae'n anodd gen i benderfynu'n iawn pam. Yn rhannol efallai er mwyn cymryd fy llorio mewn ysbryd graslon. O leiaf gallwn fethu'n anrhydeddus. Ond gwn beth oedd fy nghymelliad pennaf. Doeddwn i ddim eisiau lledu'r bwlch oedd rhyngof i ac Ada drwy ddwyn achos yn erbyn Frankie Cwm a Bil Francis.

1

Gelwais ym Mronllwyn yn y bore. Roedd Ada'n rhoi dillad ar y lein mewn cae bach oedd rhwng cytiau'r cŵn a'r gegin gefn. Roedd hi'n ddiwrnod gwyntog ac edmygwn y ffordd yr ymladdai'r ferch gref osgeiddig â'r cynfasau oedd yn cyhwfan yn wyllt, a'u pegio ar y lein sigledig. Pan welodd fi chwifiodd ei llaw arnaf. Cynigiais dynnu'r lein drom i fyny ar ôl iddi orffen. Cydiodd y ddau ohonom yn y rhaff a thynnu gyda'n gilydd. Roedd ei dwylo'n wlyb ac oer. Cymerais hwy yn fy nwylo fy hun a'u rhwbio i'w cynhesu. Am ychydig safodd yn llonydd, yn drwsgl, gydag amynedd nad oedd yn naturiol iddi; ac yna, fel pe bai'n ailafael yn ei hen arfer o benderfynu pethau drosti ei hun a hynny'n gyflym, tynnodd ei dwylo o'm gafael gyda gwên fach. Pan wahoddodd fi i mewn am goffi cydiais yn y fasged ddillad wag a'i chanlyn i'r tŷ.

Roedd y gegin yn eang ac yn rhyfeddol o lân. Edrychwn o gwmpas yn edmygol tra arllwysai Ada'r coffi. Dywedais ei bod yn gegin a oedd yn cyfuno rhinweddau'r hen a'r newydd. Roedd yn brofiad cyffrous i ni fod gyda'n gilydd fel hyn heb neb arall gyda ni, ac mae'n rhaid 'mod i wedi siarad gormod fel rhyw arbenigwr gorawyddus.

Chwarddodd Ada. ''Rhyfedd gymint wyddoch chi am geginau.''

''Am 'mod i'n byw ar 'y mhen fy hun.''

''Pam nad ŷch chi'n briod?'' Wrth ofyn hyn eisteddodd, a meddyliais mor welw yr edrychai heb y coluro, a'i gwallt i fyny o dan y sgarff. Cyn felyned â lemwn, bron iawn. Ymddangosai ei llygaid yn fwy, yn lasach, yn olau a phryderus. Sylwais hefyd ei bod yn gofyn ymdrech ar ei rhan i aros yn llonydd. Roedd ei bysedd hir yn gafael yn dynn am ei chwpan goffi.

''Meddyliais lawer am ofyn yr un cwestiwn i chi,'' meddwn, ac yna fy rhegi fy hun am roi ateb mor gellweirus anystyriol.

''Wedi bod yn gwrando ar glonc y pentre, Mr. Powel?'' Taniodd sigaret a llyncu'r mwg mor ddwfn nes crafu ar fy nerfau. ''Dyna brif ddiwydiant Pennant. Clonc. Taen nhw'n rhoi cymint o ymdrech yn 'u gwaith mi fysen nhw i gyd yn filionêrs, taen nhw'n gweithio mor galed â'u dwylo ag maen nhw'n neud â'u cege.''

"Tawn i'n gwrando ar hanner y glonc ym Mhennant mi fyswn wedi mynd yn wallgo mewn llai nag wythnos."

"Mae'r rhan fwya o'r glonc yn wir."

"Dw i ddim yn meddwl hynny."

Trodd arnaf braidd yn ffyrnig. "Wel, mae e. Ac os ŷch chi'n dod yma i feirniadu, ga i weud wrthoch chi nad oes arna i ddim cwilydd o ddim dw i wedi'i neud. Rwy'n gneud diwrnod caletach o waith na'r rhan fwya, ac wedi arfer gneud hynny . . ."

"Mi ddes i yma achos 'mod i'n eich hoffi chi."

"Rŷch chi'n garedig iawn i weud hynny. Rwy'n credu 'mod i'n ddigon ffond ohonoch chi hefyd. Fel dyn, ta beth. Ond dw i ddim yn lico'ch job chi, na'r bobl rŷch chi'n gweithio iddyn nhw."

"Dros bwy ydych chi'n meddwl rwy'n gweithio?"

"Yr Elisied wrth gwrs. A cystal i fi weud wrthoch chi, alla i ddim godde'r lot yna. Mae'n gas gen i'r hen fenyw 'na sy wedi rhewi. Mae hi wedi gneud mwy o ddrwg i fi na neb arall yn y byd, eich bòs chi. Rwy'n ei chasáu. Mi liciwn ei lladd hi a dawnsio ar ei bedd."

Eisteddodd eto, yn herfeiddiol ac ansicr.

"Fe lice hi 'ngweld i'n farw hefyd. Fe lice 'nghael i allan o'r tŷ 'ma. All hi ddim godde 'ngweld i mewn tŷ fel hyn. Mae hi'n ysu am i fi fethu. Fe lice hi weld 'y nghefen i. Ond 'chaiff hi ddim. Rw i'n setlo 'ma. Rw i'n mynd i neud llwyddiant o'r lle 'ma reit dan 'i thrwyn hi. Os taw arian sy'n cyfri yn yr ardal 'ma, rw i'n mynd i ofalu bod gen i fwy na sy gyda hi! 'Na fe i chi! Dyna fi, a dyna 'musnes i. Rhowch hwnna gyda'r rest o'r glonc a does gyda chi ddim llawer o newid, oes e?"

Roeddwn i'n gweld trwy ei hymdrech i fod mor galed ag y gallai, ac yn falch ei bod yn siarad â mi yn y fath fodd. Bob tro y llefarai roeddwn i'n ymhyfrydu yn yr ymwybyddiaeth newydd yma o'm nerth fy hun wrth sylweddoli nad oedd dim a ddywedai yn ddigon i'm troi yn ôl.

"Dŷn ni ddim ar yr un ochor, Mr. Powel."

"Dw i ddim ar un ochr na'r llall."

"Rŷch chi'n lico meddwl hynny, on'd ŷch chi? Mae pawb yn sownd wrth reffyn. Dim ond rhedeg rownd a rownd i'r post rŷn ni wedi'n clymu wrtho, dyna i gyd allwn ni'i neud."

"Rŷch chi'n ddiwinydd." Ceisiwn swnio'n anghlerigol,

107

ond doedd defnyddio'r gair "diwinydd" ddim y ffordd orau i fynd o'i chwmpas hi.

"Wn i ddim am hynny. Dim ond am fywyd dw i'n gwbod. A rwy'n siŵr 'mod i'n gwbod mwy am hwnnw na chi, Mr. Powel."

Safwn uwchben y gadair roedd hi'n eistedd ynddi. Rhois fy llaw ar ei hysgwydd.

"Nawr, rŷch chi'n mynd i weud wrtho i 'mod i'n lodes fach unig, ac eisie rhywun i'n amddiffyn i. Wel, peidiwch chi credu hynny, Mr. Powel. A 'mwyn Duw peidiwch â meddwl am gusanu top 'y mhen i eto. Fe fyse hynny'n eich gneud chi'r trydydd dyn i dreio 'nghusanu i yn erbyn f'ewyllys yn y peder awr ar hugen ddiwetha. Ac mae hynny'n fwy na alla i, hyd yn oed, 'i ddiodde. Yn enwedig oddi wrth weinidog."

"Ada."

Edrychodd hi ddim i fyny.

Ysgydwodd ei phen yn araf.

"Ada. Rwy am i chi 'mhriodi i."

Edrychodd i fyny ataf â'i cheg ar agor mewn syndod. Tynnodd ei hysgwydd o'm gafael, a phlygu ei phen mewn distawrwydd.

"Yr Hen Wlanen," meddai'n dawel, bron na ddywedech mai siarad â hi ei hun yr oedd. "Dyna enw Wali arnoch chi. Yr Hen Wlanen. Beth ddwede fe tybed 'tai e'n gwbod bod Yr Hen Wlanen wedi gofyn i fi ei briodi fe?"

Am fod fy nghot bob amser ar agor, oherwydd fy nghamre brysiog, fy nghlustiau mawr, fy null cyffrous, oherwydd—beth? Roeddwn mor groendenau nes bod y sylw lleiaf, boed hwnnw'n ysgafnach na gwybedyn, yn gwneud i'm croen grynu drosto i gyd, ac roedd chwithdod cywilydd yn awr yn peri rhyw ysfa drwyddo. Eisteddais o flaen y stôf a syllu ar fflamau'r tân drwy'r bwlch tân agored. Roeddem ar ein pennau'n hunain mewn anialwch o ddistawrwydd, ond ar wahân. Roeddwn i wedi credu ein bod am ddod at ein gilydd, ein bod ni'n dau yn hiraethu am yr un cysur; ond croes i hynny roedd pethau, dau ffigur mewn tirlun gwag, ymhell oddi wrth ei gilydd. Pam roedd hi mor anodd peidio â gwangalonni?

"Peidiwch ag edrych mor ddigalon." Gwenodd arnaf a gwenais innau'n ôl. Cododd a daeth i eistedd ar fraich fy nghadair. "Peidiwch ag edrych mor ddolurus, 'machgen bach i. Gallwch roi cusan i fi os bydd hynny o ryw les. B'le bwrodd yr hen epa Bil Francis chi?"

Anwybyddais ei chwestiwn. "Rwy'n meddwl hynny o ddifri, Ada. Fe wn y bydd hi'n anodd. Mae'n swnio'n anymarferol i chi, falle." Sefais ar fy nhraed i roi mwy o bwys ar fy ngeiriau. "Ond rwy'n ei olygu o ddifri."

Cyffyrddodd â'r clais ar fy ngrudd.

"Rhaid i chi fod yn fwy penderfynol. Peidiwch â gadael iddyn nhw gael y trecha arnoch chi."

"Dwy' ddim mor wan â 'ngolwg," meddwn i. "Fe alla i ddiodde llawer. Falle 'mod i'n edrych yn llipryn gwan, ond fe alla i odde llawer."

"Rŷch chi'n neis," ebe Ada. "Ond dŷch chi ddim yn deall pethe. Dŷch chi ddim wedi dysgu edrych ar ôl ych hunan."

Cymerais hi yn fy mreichiau, ac ochneidiodd, a theimlwn ei chorff yn ymlacio yn erbyn f'un i. Ar y cychwyn sibrydais yn ei chlust am fy serch, a dweud wrthi nad oeddem ni ddim ar ein pennau ein hunain mwyach, ein bod wedi dod o hyd i'n gilydd, a ffeindio cariad a heddwch a dealltwriaeth a hapusrwydd—yna'r ddau ohonom yn glynu wrth ein gilydd mewn distawrwydd nwydus.

Roedd Ada'n wylo. "Beth ŷch chi'n weld yno' i, cariad? Beth ŷch chi'n weld yno' i? Wyddwn i ddim fod dyn fel chi yn bod. Rŷch chi'n ffŵl, wyddoch chi. Rw inne'n ffŵl. Weithith e ddim. Mi wedes i wrtho' fi'n hunan ddiwrnod yr angladd. Dw i ddim yn mynd i adael i fi'n hunan gwmpo mewn cariad eto. Does dim lles yn y busnes. Menyw fusnes ydw i. Be sy mor wych ynoch chi, Yr Hen Wlanen? Alla i mo'i weld e. Rown i'n arfer wherthin am ych pen chi. Daliwch fi'n dynn, cariad. Gwasgwch fi i farwolaeth, cariad. Fe licwn i farw."

Yn ddiweddarach aethom i fyny'r grisiau i'w hystafell wely. Os oedd e'n bechod, rwy'n cofio meddwl ei fod yn bechod angenrheidiol ac y caem faddeuant yn ein dioddefaint. Doedd dim atal ar y fath orfoledd. Doedd dim diwedd iddo ond y diwedd roeddem ni'n cyrchu tuag ato. Pan oeddem ar wahân am ychydig eiliadau cadwem ein llygaid ar ein gilydd rhag torri'r cyswllt, a hefyd mewn rhyw fath o sialens anodd ei diffinio. Ond pan ddeuem at ein gilydd doedd dim rhwystr rhyngom, ac yn ein penrhyddid cawsom ein buddugoliaeth; a

109

phob moment yn loyw gan oleuni diderfyn, nad oedd amser ddim yn cyfrif iddo.

2

Teimlwn fy mod wedi ymrwymo'n ddi-droi'n-ôl, ac yn dawel fy meddwl ac yn sicr mewn ffordd na phrofaswn erioed o'r blaen. Gwyddwn beth roeddwn yn ei wneud, ac o hyn allan byddwn yn sicr beth fyddai'n rhaid i mi ei wneud, a byddai'r cariad hwn, yr ymrwymiad hwn, yn rhoi nerth i mi i'w gyflawni. Ni fyddai'r un broblem yn rhy ddyrys i mi byth mwy. Ddim gyda'r cariad hwn, yr ymrwymiad hwn i gariad, y tu mewn i mi. Allan o'm gwendid fy hun y tyfai'r nerth a'm cariai at dynged uwchlaw'r cyffredin, a thyfu'n gyflymach gan mor affwysol oedd cyflwr fy ngwendid cyn hynny.

Edrychai Ada fel petai'n cysgu. Syllais arni ond fynnwn i ddim aflonyddu arni, cyffyrddais yn ysgafn â'i grudd welw â'm gwefusau. Roedd hi wedi murmur nad oedd hi byth eisiau deffro eto, a'i bod am i'r awr hon o heddwch a chyflawniad barhau hyd ddiwedd amser. Gallwn ddweud oddi wrth y golau'n dod drwy'r ffenest ei bod erbyn hyn yn hwyr brynhawn. Am foment meddyliais am holl fywyd yr ardal o'n cwmpas, y garej lle'r arferai Ada weithio, y Mans gwag, Capel Bethania yn disgwyl mewn distawrwydd am y Sul, Siop y Fferyllydd, Castle Stores, fy nghynulleidfa wedi'u gwasgaru wrth eu tasgau beunyddiol o draeth Ffarm y Glyn hyd y ffordd i'r bryniau. Roedd Bronllwyn yn ynys yn y môr hwn o fywyd, lle'r oedd Ada a minnau ar ein pennau'n hunain. Gosodais fy llaw dan ei bron i glywed ei chalon yn curo.

Torrwyd ar yr heddwch gan gloch y drws ffrynt yn canu'n groch yn y neuadd wag.

"Dduw Mowr!" Eisteddodd Ada i fyny'n sydyn. "Y Mowredd! Rhaid i chi fynd allan ar unwaith. Gwnewch hast! Ar unwaith! Fe ddangosa i'r ffordd i chi lawr y stâr gefen. Beth o'r gloch yw hi? Bron yn hanner awr wedi tri! O, gnewch hast, plîs!"

Rhedodd allan i'r landin yn ei gŵn wisgo. Dilynais hi cyn gynted ag y gallwn gan gario fy sgidiau.

"Be ddwedwch chi?" meddwn i'n frysiog.

"'Mod i'n gorffwys, wrth gwrs," meddai hi.

"Rhaid i ni gael sgwrs, Ada. Pryd?"

"Wn i ddim. Gawn ni weld. Gnewch hast, plîs!"

Cefais roi cusan brysiog iddi, ac yna anfonodd fi ar ffrwst i lawr grisiau cul y morynion. Roedd y gloch yn canu eto. Euthum allan drwy'r drws cefn a thrwy iard y stablau i fan y tu ôl i'r llwyni rhododendron, lle y gallwn weld ffrynt y tŷ. Roedd car y meddyg yn aros ar y dreif, ond roedd y meddyg ei hun wedi mynd i mewn a'r drws ffrynt wedi'i gau.

3

Drannoeth, roedd Mani wrtho'i hun yn y siop, ac felly'n teimlo'n rhydd i godi ei lais wrth ofyn i mi a glywswn i fod Ada Evans—"neu Ada Cwm fel mae pawb ffor hyn yn 'i nabod hi"—wedi meiddio gwneud cais arall i'r ynadon am drwydded i werthu diodydd meddwol ym Mronllwyn. Roedd hi'n glawio tu allan a Mani'n ystyried ei bod yn rhan o'm dyletswydd fugeiliol i'w helpu ef i dreulio oriau'r prynhawn diflas yn y siop wag.

"Dyna i chi fadam fach," meddai, mor chwerw ei lais nes gwneud i mi gasáu'r creadur llyffantaidd, cenfigennus. "Chaiff hi mohoni. Ddim am lawer i flwyddyn faith. Fe ofalith Mrs. Felix Elis am hynny. Fe allwn i ddweud llawer wrthoch chi am giwed y Cwm 'na." Casawn yr arswyd ffug ar ei wyneb. Ond curai fy nghalon â rhyw chwilfrydedd oedd yn gwneud i mi fy ffieiddio fy hun. "Does 'run o blant Winnie Cwm yn nabod ei dad ei hunan, Mr. Powel, a welodd run ohonyn nhw y tu mewn i Ysgol Sul. Rwy'n cofio Winnie Cwm yn forwyn gyda Mrs. Felix Elis. Pan oedd Felix Elis yr M.P. yn fyw a nhwythe'n byw yn y tŷ 'na ar draws y ffordd. A'r Ada 'ma lawn cynddrwg â'i mam. Does gan 'run o'r ddwy ddim hawl i ddim byd ond cwilydd ohonyn nhw'u hunen. O, maen nhw wedi achosi digon o drwbwl, yn enwedig i ni.

"Dic, druan, fe ddaeth e i drwbwl achos yr Ada 'na. Eu hunig fachgen, Mr. Powel, mae'n drist meddwl. Roedd hi ddwy flynedd yn henach nag e. Slei oedd hi. 'I ddenu fe wnaeth hi. Roedd gyda nhw lefydd dirgel i gwrdd â'i gilydd. Lodj Gorllewin Bronllwyn oedd un ohonyn nhw. Mae'n dal yn wag o hyd, gyda llaw. Fan'ny roedden nhw'n cwrdd. Fe ddales i nhw un tro pan o'wn i'n mynd am wâc un prynhawn. O, hen fusnes cas oedd hwnnw."

Gwthiodd Mani ei ben dros y cownter mewn agwedd gyfrin-achol iawn, a gwrandawn innau mewn llesmair o atgasedd. Roeddwn i am glywed popeth ac am iddo stopio'r un pryd. Roedd yn llifo drosof i, y newydd poeth, berw yma. Dywedwn wrthyf fy hun, na, paid â mynd. Gwrando. Dyma'r Gwirionedd. Gwrando. Rwyt yn dweud dy fod yn caru'r Gwirionedd, dy fod yn abl i'w dderbyn. Wel, llynca hwn, p'un a yw'n gwneud lles i ti ai peidio.

"Gorfod i Dic 'i baglu hi. Roedd e'n falch cael mynd i'r Armi. Wali Francis helpodd Ada i gael gwared â'r babi. Wrth gwrs roedd Mrs. Felix Elis yn gwadu bod gan 'i mab hi ddim byd i neud ag Ada'n cael babi. Maen nhw'n dweud bod Wali wedi mynd â hi i Lerpwl mewn car. Busnes ofnadw oedd e. Ond dŷn nhw'n malio dim. Maen nhw'n dala'u penne'n uwch na neb ym Mhennant. Mae'n edrych mor falch a diniwed, yn whare'r ladi fowr yn Bronllwyn os gwelwch chi'n dda. A does gyda hi ddim hawl i ddim byd, ond bod cwilydd ohoni'i hun-an. Mae'n warth cyhoeddus. Ond beth allwn ni'i neud? Maen nhw'n wherthin yn ein wynebe ni. A maen nhw'n dod yn 'u blaene hefyd. Er na alla i ddim gweld y pwdryn Frankie 'na yn gneud llawer o lwyddiant o'r garej. Dyw e ddim cystal gweith-iwr â'i chwaer. Chware teg iddi, mae hi'n weithreg dda. Roedd 'i mam o'i blaen hi hefyd. Rwy'n meddwl weithe y bydde pobol fel'na'n iawn 'taen nhw'n cael eu rhoi dan reoleth iawn. Disgybleth ontefe? Mae tipyn o hynny'n dda i ni gyd, Mr. Powel.

"A roedd hi dan fawd y Wali Francis 'na. Ar ôl y busnes Lerpwl 'na, mae'n debyg. Ei drysorydd-sgrifennydd oedd e'n ei galw hi. Ond erbyn meddwl mae'n rhaid 'i fod e dan 'i bawd hi cyn diwedd. Hi oedd eisie prynu'r tŷ mowr 'na. Fyse Wali byth wedi meddwl am hynny. Hyd yn oed os oedd e'n mynd yn rhad. O, mae hi'n smart, reit i wala, Mr. Powel. Mae'n gwbod sut mae edrych ar ôl 'i hunan. Ond mae'n bechod gweld y drygionus yn llwyddo, dŷch chi ddim yn meddwl?"

Sylweddolais 'mod i'n gwenu fy nghydsyniad. Gan f'esgusodi fy hun yn sydyn, brysiais allan i'r glaw.

4

Pa lwybr arall oedd yn agored iddi? Pan es i allan, sylwedd-olais fod gan bob wyneb ar y stryd wybodaeth amdani nad oedd ddim gen i. Roedd Amser wedi ei rannu'n ddau, nid oherwydd fy mhoeni gan synnwyr o euogrwydd a phechod. Ni fu fy synnwyr o bechod erioed yn ddigon cryf. Ond oherwydd fod ei gweithred wedi f'ymrwymo mor gyflawn a dwfn wrth rywun arall mewn ffordd roeddwn i bob amser wedi dyheu amdani ac eto wedi'i hofni. Yn y cyfarfyddiad hwn, damweiniol bron, y dechreuodd yr alwedigaeth oedd yn fy arfaeth, y dechreuodd fy nhynged, fy ngorchwyl o ymroddiad.

Yr unig beth oedd ar fy meddwl oedd y ffeithiau a'i gwnaeth hi'n orfodol i mi ei charu. Merch mewn enbydrwydd, heb dad, a'i mam a'i brawd yn ddiwerth, wedi'i gwneud yn feichiog gan lanc difater am iddi grafangio amdano yn ei hangen, a'r hen ddyn boliog yna yn mynd â hi am erthyliad—hwnnw a arferai yrru mewn ceir mawr i drefi pell i giniawa, i ddawnsio ar fin ei fedd agored, hithau'n cael ei gadael yn ei gwendid yng nghrafangau hen ddyn penwan felly. Sut y gallwn fod yn eiddigeddus ohono ef, neu o Dic Elis? Sut y gallwn edliw dim iddi hi?

Nid fy musnes i oedd beirniadu ei chymeriad, er y cawn ryw bleser wrth ddadansoddi pobl eraill a'u beirniadu fel arfer. Hiraethwn am ei nabod er mwyn gwybod y ffordd orau i ddefnyddio fy serch fel ennaint at hen glwyfau oedd yn aros am wellhad. Mewn rhyw ystyr, nad oeddwn i'n ei llawn ddeall, credwn fod fy nghariad i yn rhywbeth hanfodol i sicrhau ei hiachawdwriaeth.

Roeddwn i'n barod i ddadlau'n angerddol mai ein priodas fyddai'r cam cyntaf y dylem ei gymryd, pa mor annerbyniol bynnag y byddai hynny i'r ardal. Roedd gen i ymadrodd arall hefyd i'n calonogi ar lwybr bywyd, mai gweithredu oedd yn cyfrif, a bod pob rheswm da yn haeddu gweithredu'n ddi-oed.

5

Doedd hi ddim yn hawdd i ni gwrdd â'n gilydd. Roedd yn rhaid bod yn hollol ddirgel, achos roedd gyda ni gymaint i'w drafod oedd yn ymwneud â ni'n unig a neb arall. Roedd yn rhaid i Ada osgoi ei mam a phawb arall oedd ag unrhyw hawl arni. Roedd yn rhaid i minnau osgoi pawb oedd yn teimlo y dylent gyfarwyddo neu o leiaf feirniadu fy ymddygiad.

Roedd y Lodj Orllewinol yn wag, yn oer ac yn ddiramant. Y prynhawn cyntaf i ni gyfarfod yno roedd hi'n bwrw eira. Daeth Dic i'm meddwl. I mi roedd rhyw dristwch dwys yn

113

perthyn i'r lle. Eisteddem ar sil wag y ffenest, neu gerdded i fyny ac i lawr yr ystafell i gadw'n gynnes. Chwarddai Ada'n aml a gofynnais iddi a oedd hi'n mwynhau'r antur.

"Nid hynny yw e," meddai hi. "Dim ond meddwl taw fi biau'r tŷ mowr 'na i gyd. Yr holl stafelloedd a'r holl welyau. A dyma ni'n rhynnu yn y twll yma."

"Welwch chi'r cwpwrdd 'na?" meddai. "Fe adawa i negeseuon i chi fan'na. I weud wrthoch chi pryd i ddod, cariad. Fe roia i'r allwedd i chi. Mae gen i un arall yn y tŷ."

"Down i ddim eisie cwmpo mewn cariad eto. Fe ddwedes i wrtho' fi'n hunan amser maith yn ôl bo fi wedi cael digon," meddai hi gan gydio yn fy nwylo. "Ond chi. Chi. Gweinidog yr holl bobol. A finne mewn cariad â chi. Esgusodwch fi." Rhoddodd ei dwylo wrth ei cheg, a chwerthin eto fel croten ddireidus. Safwn yno mor ddifrifol yn ei gwylio. Cododd ei llaw a gwasgu ei bysedd yn erbyn fy nhrwyn meddal. "Oer," meddai. "Mae'ch trwyn bach chi'n oer, cariad!" Yna byddem yn cusanu, ein gwefusau'n dwym ac aflonydd yn yr awyr oer.

"Ada," meddwn.

"Peidiwch â siarad, cariad. Cofiwch taw croten anwybodus ydw i. Dim ond 'y nghusanu i. Dim ond 'y ngharu i."

Cyfarfyddem mor aml ag y gallem. Gadawn i Ada benderfynu pryd. Bron wastad yn yr hwyr, ar ôl iddi dywyllu. Pan alwn yn y Lodj a chael nad oedd dim neges i mi yn y cwpwrdd llychlyd teimlwn yn anhapus, yn unig, yn wrthodedig, wedi'm condemnio a'm carcharu yn y Lodj fechan, laith. Os byddai yno neges—wedi ei sgrifennu'n frysiog ar gefn câs llythyr fel rheol, *Dim cyn dydd Gwener ar ôl chwech*, neu *Nos Fawrth ar ôl wyth*, dim llofnod, dim gair o anwyldeb—byddai bywyd ar unwaith yn gynnes a chyffrous, a gobaith heb derfyn. Bûm yn byw dan y drefn yma am gyfnod, tua chwe wythnos mae'n siŵr, byw mewn dull nad oedd fy nghydwybod yn ei gymeradwyo, ond yn ei esgusodi ar y tir ei fod yn gynhorthwy i mi ddod i adnabod Ada'n well, a'm rhwymo innau'n dynnach wrthi, a'm gwneud i, fy nghwmni i, yn fwy anhepgorol iddi. Rhaid i gariadon yn aml wneud llawer o bethau yn groes i'w hewyllys.

"Dewch i weld y Stafell Gerddoriaeth, Idris. Dewch ymlaen. Rwy am gael eich barn chi. Gallwch helpu i ddewis papur wal newydd. Newch chi'n helpu i i symud y wardrob yn

Stafell y Rhos? Ffeindies y llyfre 'ma yn yr atic ddoe. Rown i'n meddwl y gallech chi weud wrtho' i ydyn nhw'n werth rhywbeth. Chi'n gwbod mor anwybodus dw i. Diolch i Dduw, mae'n fantes i fenyw-fusnes fod yn brin o addysg. (Safai o flaen y lle tân, yn smocio, yn ceisio edrych fel croesawraig mewn gwesty ffasiynol, ei braich wedi'i hymestyn, ei harddwrn wedi'i phlygu fel bod ei breichled yn dod i lawr dros ei llaw). Rwy wedi hysbysebu, Idris. Dim ond y bobol ore dw i eisie; dyna pam rwy'n codi prisie uchel. Mae gen i gymint o gynllunie ar gyfer y lle 'ma, cariad. Mi wna i hwn y gwesty enwoca yn y wlad. Mae gen i ddigon o syniade. Digon o gynllunie. Rwy'n gwbod sut i edrych ar ôl 'yn hunan. A wneith ych ffrindie chi, yr Elisied, mo'm stopo i. Hanner dwsin o ymholiade bore heddi, Idris—am y Pasg a'r Sulgwyn. Mae cymint i 'neud . . . Mae'n rhaid bo fi'n ych blino chi drwy siarad am y tŷ o hyd. Gyda llaw, ŷch chi wedi ffeindo allan am y Llwydied hynny yn yr unfed ganrif ar bymtheg? Rwy am brinto llyfryn bach, hanes y tŷ. Mae gan bobol ddiddordeb mewn peth fel'ny, pobol o'r siort iawn rwy'n feddwl. Rwy wedi meddwl lot am y pethe 'ma . . . Alla i ddim gweud wrthoch chi faint mae'r lle 'ma'n olygu i fi . . . Rwy eisie symud y cwpwrdd cornel 'na.''

''Rhaid inni briodi, Ada. Plîs. Rhaid inni briodi. Dyna i gyd a wn i.''

''Ydi e'n rhoi poen i chi i bechu, cariad?''

''Rhaid inni briodi, Ada. Dyna'r cychwyn iawn.''

''Ydi e'n ych poeni chi, cariad, yr holl garu 'ma? Dyw e'n poeni dim arna i. Does dim un rhaid arna i i fod yn dda.''

''Rhaid inni briodi, Ada.''

''Dylech chi fod wedi meddwl am hynny ynghynt, cariad. Rhaid bod yn ddiolchgar am y mân fendithion . . . cymryd beth allwn ni tra gallwn ni. Dyna'n arwyddair i, cariad. A dysgwch ofalu ar ôl ych hunan. Rhaid i chi ddysgu hynny.''

''Priodwch fi. Priodwch fi.''

''Dyw e ddim yn ymarferol iawn, cariad. Yn enwedig nawr. Dwedwch mewn deng mlynedd. Dyma'r gore allwn ni'i neud ar hyn o bryd. Tipyn o gawdel fydde priodi, gneud niwed i'r ddau ohonon ni. Rwy'n gwbod mwy am fywyd na chi. Does gan briodas ddim byd i neud â chariad . . . Mae'n well fel hyn. Peidwch bod mewn cymint o hast . . .''

Ceisiais beidio â gofyn mor aml, ond ni pheidiais â gofyn. Pan oedden ni'n trafod y peth yn bwyllog a difrifol un noson tra'n eistedd o flaen y tân yn yr Ystafell Dderw, taflodd Ada ei sigaret i'r tân yn sydyn a throi'r radio ymlaen. Safodd yno'n gwrando ar y miwsig o ryw orsaf estron, ei phen a'i bysedd o hyd ar y nobyn.

Codais, ac meddwn, "Byw er mwyn y funud," a gwenodd y ddau ohonom fel y bydd cariadon yn gwneud wrth ailadrodd eu hystrydebau eu hunain.

"Allwch chi ddawnsio, y Parchedig Powel? Dewch i ddawnsio gyda fi."

Gwthiais rai cadeiriau o'r neilltu, a chymerais hi yn fy mreichiau.

"Ond rŷch chi'n dawnsio'n hyfryd," meddai hi. "Cariad, b'le dysgoch chi?" Gwenais arni mewn hunanfoddhad, a meddwl am ddawnsiau'r coleg y bûm ynddynt, ar ôl cael cyfarwyddyd llafurus gan Ken, a hoffai baffio a dawnsio. Mor chwerthinllyd o anaeddfed oeddwn i'r adeg honno. Fy ngwallt yn fy llygaid, a'm gwynt yn fy nwrn yn fy awydd i blesio, yn barod i roi cynnig ar unrhyw beth. Idris Powel yn rhuthro ar hyd mân ffyrdd bywyd—at y cyfarfyddiad hwn.

"Mae'n dod yn naturiol i fi," meddwn.

"Idris, y dawnsiwr-weinidog." Dechreuodd chwerthin am ben ei ddigrifwch ei hun.

"Rŷch chi'n 'y ngweld i'n ddigri iawn."

Nodiodd, gan wasgu'i gwefusau ynghyd, ac yna cydiodd yn fy nhrwyn.

"Gadewch lonydd i 'nhrwyn i," meddwn.

"Nawr, peidiwch â bod yn grac, cariad," ebe Ada, gan adael i'w llaw lithro i lawr fy wyneb.

"Dŷch chi ddim yn fy nghymryd i o ddifri, ŷch chi?"

"Rwy'n eich caru," meddai. Cydiodd yn fy llaw a'i rhoi wrth ei gwefusau. Roeddwn dan deimlad dwys, a'r dagrau'n llosgi fy llygaid.

"Dewch i eistedd ar y setî."

"Rhaid i chi dreio deall, Ada. Rwy eisie'ch priodi chi. Rwy eisie hynny'n fwy na dim."

"Meddyliwch am ych dyfodol ych hunan, Idris. Mae'n rhy anymarferol."

"Dwy' ddim am feddwl amdana i'n hunan."

116

"Peth ffôl yw gweud hynny. Fe ddaw â chi, a phobol erill, i drwbwl. Pobol sy'n hoff ohonoch chi."

"Os dowch chi'n wraig i fi, rwy'n addo meddwl amdanon ni'n dau am byth."

"Allwch chi 'nychmygu i'n wraig gweinidog? Meddyliwch am y peth!"

"Does dim rhaid i ni aros yma. Mae eglwysi eraill i'w cael. Fe allen ni fynd i America. Rwy wedi meddwl am hynny'n amal yn ddiweddar."

Roedd Ada'n ysgwyd ei phen. Yn ddiamynedd codais ac agor y ffenest Ffrengig.

"Hist!"

Clywais ryw sŵn yn yr estyniad gwydr tu allan.

"Mae rhywun yma!"

Camais allan i'r stafell wydr ddrafftog heb feddwl, gan adael y ffenest Ffrengig ar agor. Cododd y fflam yn y lamp yn yr Ystafell Dderw, a rhuthrodd Ada i droi'r pabwyr i lawr.

"Arhoswch funud," ebe Ada, "fe ddo i â'r fflachlamp. Dyma hi."

Syrthiodd y goleuni ar Norman Parri, Castle Stores yn ei gwrcwd yn y gornel. Roedd coler ei got wedi ei throi i fyny ac edrychai ei wyneb fflat fel wyneb ffured.

"Norman, beth ŷch chi'n neud yma?" gwaeddais.

"Mae'n ddigon amlwg," medd Ada. "Sbïwr yw e."

Â'i lygaid yn hanner cau yn y golau, edrychai'r llanc yn annifyr.

"Rŷch chi'n tresmasu, wyddoch chi," ebe Ada'n oeraidd. "Mewn gwirionedd mae'n waeth na hynny. Fe allen ni weud ych bod chi wedi torri i mewn yma."

"Doedd y drws ddim ynghlo," ebe Norman.

"Hanner munud, Ada, os gwelwch yn dda. Fy nilyn i yma wnaethoch chi, Norman."

Nid atebodd y llanc.

"Pwy ddwedodd wrthoch chi am fy nilyn i? Nid eich tad?"

"Ei fam, mwy na thebyg," ebe Ada. "Hi yw'r un sy'n gweddïo'n gyhoeddus, ontefe?"

"Ie. Mam wnaeth," ebe Norman. "Ac roedd hi'n iawn hefyd. Mae hawl gan bobol i wbod beth mae'u gweinidog nhw'n neud. Fe ddyle fe fod uwchlaw drwgdybieth."

"On'd yw e'n hen greadur bach ffiedd?" meddai Ada. "Yn waeth na'i dad."

"Rhoswch funud, Ada. Mae'n ifanc iawn. Dyw e ddim yn gwybod beth mae e'n wneud."

"Ydw, rwy'n gwbod beth wy'n neud," meddai Norman. Roedd yn ceisio sychu'i sbectol â'i ddwylo crynedig. "Falle'i fod e'n edrych yn ddrwg, ond mae'r hyn dw i'n neud yn iawn. Rwy'n siŵr o hynny."

"Wnawn ni ddim dadle am hynny nawr, Norman. Falle'ch bod chi'n iawn. Beth bynnag, mae gyda chi newyddion i fynd adre. Gallwch ddweud wrth eich mam, ac unrhyw un arall sy â diddordeb, fod Miss Evans a minne'n mynd i briodi."

6

Mae'n rhaid eu bod wedi clywed. Nhw yw'r olaf i glywed bob amser, ond maen nhw wastad yn clywed yn y diwedd, ac oddi wrthyn nhw y daw'r farn sy'n cyfrif, y ddedfryd sy'n effeithiol ac yn medru llunio cwrs digwyddiadau. I Mrs. Elis mae mynegi barn yn rhan o ymarfer awdurdod: ac ymhlith fy mhobl mae rhyw rym brenhinol yn ei gair hi bob amser. Yr hyn y maen nhw'n ei benderfynu sy'n cael ei weithredu. Eu gair hwy sy'n troi barn yn weithred. Eu dedfryd arnaf i. Eu dedfryd ar Norman.

Dechreuaf feddwl yn fy ffordd araf fy hun pam tybed maen nhw wedi fy nghadw i aros cyhyd yn y parlwr canol yma, a hynny'n tarfu ar fy mreuddwyd ddymunol, fel gwawr stormus yn chwalu'r nos. Techneg anymwybodol pobl yn gynefin ag ymarfer grym, meddalu'r dioddefwyr â phestl eu nerfau eu hunain, eu cadw i aros ar bigau'r drain, fel pan ddelo'r wŷs, does dim ysbryd i wrthsefyll, maen nhw'n hyblyg, ac yn hawdd i'w gwthio, neu hyd yn oed eu tywallt, i fold clwm ffurfiau newydd o gaethiwed.

Ddaeth Hannah ddim yma i sgwrsio â mi, fel y bydd yn gwneud yn aml, pan fyddaf yn gorfod aros. Mae hi bob amser wedi bod yn garedig yn ei ffordd gwta, ddiamynedd ei hun. Hi oedd yn fy nghefnogi fwyaf brwd gyda gwaith y Clwb ieuenctid. Bûm bob amser yn ei hystyried hi yn gyfaill, yn onest a theyrngar, yn wydn a heb fod yn hawdd ei throseddu. Bu ei beirniadaeth bob amser yn adeiladol, a rhaid cyfaddef ei bod bob amser yn caru fy lles, ac yn aml fe fyddai wedi talu i mi pe bawn wedi gwrando ar ei chynghorion hi yn hytrach na dilyn fy ngreddf fy hun.

Ond nid yn yr achos hwn.

Ar ôl cyfarfod yr wythnos yn y festri, ac ychydig iawn yn bresennol, a dim ond ni'n dau ar ôl yn yr ystafell, caeodd Miss Elis yr harmoniwm yn araf, ac meddwn i, er mwyn creu sgwrs yn fwy na dim arall, gan fod fy meddwl ar Ada a'r gwahaniaethau oedd rhyngom, y gwahaniaethau roeddwn i'n mynd i'w gwastatáu.

"Ychydig iawn oedd yma heno, Miss Elis."

"Rŷch chi'n gwbod pam, Mr. Powel. Mae'r rheswm yn ddigon eglur."

"Na, dwy' ddim yn credu 'mod i."

"Y stori yma amdanoch chi ac Ada Evans. Dyna'r rheswm."

Ceisiais wenu i ddangos fy mod yn feistr ar y sefyllfa. Am ryw reswm, gyda Hannah Elis, teimlwn bob amser ryw reidrwydd i actio'r gŵr doeth na fedrai dim byd ei synnu. Efallai nad oedd hynny'n ddim byd ond rhyw amddiffyniad yn erbyn yr ymwybyddiaeth anghysurus fy mod mewn rhyw ffordd, oedd yn ddirgelwch i mi, bob amser yn ei siomi. Dylwn fod wedi rhoi mwy o ystyriaeth i'r hyn a ddisgwyliai hi oddi wrthyf.

"Dyma'r math o achlysur pan fydd pobl yn dangos eu gwir werth, Miss Elis."

"Ydi e'n wir?"

"Ydi. Mae e'n wir. Rwy am briodi Ada os cymer hi fi. Dwn i ddim a yw hi'n barod i 'nghymryd i."

Arhosais i glywed beth oedd ganddi i'w ddweud tra rhoddai hi rai o'r llyfrau emynau i gadw, ond ni ddywedodd air. Gwyliais hi'n gwisgo'i menyg.

"Dwy'n malio fawr beth mae pobol yn feddwl, Miss Elis. Ond mi hoffwn wybod beth rŷch chi'n feddwl."

"Dwy ddim yn eich credu chi, Mr. Powel. Ddim o gwbwl." Dechreuodd gerdded i gyfeiriad drws y festri.

"Fydd dim byd dd'wedwch chi yn fy mrifo i, Miss Elis. Rwy'n gwybod eich bod chi'n gyfaill i fi."

Ysgydwodd ei phen. "Hyd y gwela i does gyda chi fawr o

119

syniad pwy yw'ch ffrindie chi a phwy yw'ch gelynion chi. Dyna ran o'ch trwbwl chi.''

Safodd i edrych arnaf fel pe na bai wedi edrych yn iawn arnaf erioed o'r blaen. Roedd mwy o straen nag arfer i'w weld yn ei hwyneb gwelw. Roedd hi'n ymdrechu i ddal y dagrau'n ôl.

''Rhaid cyfadde na ddaeth e ddim i'm meddwl i y gallech chi neud peth mor ffôl.''

Mi allwn eich caru chi i gyd, dyna roeddwn i am ei ddweud. I gyd. Ond roedd hi wedi mynd, a minnau wrthyf fy hun.

7

Mae ''ffolineb'' yn air anghymwys i ddynodi gwyrth. Ein canig ni.

Fy nghariad, ebe hi, *beth ydych chi'n ei ddysgu i mi? Rydych chi'n fy ngwneud i'n well. Yn fy arwain ar siwrneion pell, ymaith oddi wrthyf fy hun. Ni biau hyn. Fyddai neb arall byth yn deall. Gallwn garu lle bynnag y bo heulwen, a lle bynnag y byddwn yn caru byddwn yn ei oleuo â'n haul ein hunain.*

Rwy'n addolgar a dwn i ddim beth rwy'n ei ddweud.

Un cyfanrwydd iachusol, meddwn. *Un cymundeb gwyn, un dyn ac un fenyw, fy nghariad, rwy'n eich addoli. Crwydraf dros un tirlun gwyn o gariad heb ynddo na ddoe nac yfory, un byd euraid mewn un munudyn helaeth. Un . . .*

Rhoes ei llaw dros fy ngenau.

Gwaith, meddai hi. *Nawr. Ie. Rhowch eich hunan i fi, yn ddall, yn wyllt. Ie. Y cyfan. Y cyfan. Y cyfan. Peidwch â meddwl am y byd. Heb eiriau. Ie. Ie. Y cyfan.*

Dôi canmoliaeth a chondemniad ohoni heb eiriau. Cyffyrddiadau a allai ddifa neu fendithio. *Dwy' ddim yn defnyddio geiriau*, ebe hi. *Dwy'n rhoi dim pwys ar eiriau. Rhaid i gariad fod yn gryf mewn gweithred, yn rymus, yn·feistrolgar. Os oes gwendid ynoch chi fe ddaw i'r golwg mewn cariad.*

Ydw, meddai hi. *Ydw. Rwy'n hardd. Rwy'n ddwy ar bymtheg heno. Ydych. Ydych. Rydych yn fy ngwneud i'n ifanc. Yn gwneud i'r byd wenu eto. Mae nerth mawr ynoch chi.*

Gallwch, meddai hi. *Gallwch roi i mi'r cyfan sy gennych a mwy. Byddwch yn dyner heno. Deallwch fi. Rhaid i chi fy neall. Mae cariad yn deall.*

Rhaid i mi ei deall. Mae cariad yn deall.

Nid yw'n fodlon i mi ei gweld. Ond rhaid i mi fod yn amyn-eddgar, a deall.

8

Wedi i Norman Parri fynd taniodd sigaret a smocio yn y ffordd ddiamynedd, salw honno oedd yn gas gennyf. Bu distawrwydd rhyngom. Euthum innau'n bryderus. Aeth yr ystafell yn oer i gyd, efallai oherwydd agor y ffenest Ffrengig, a'r tân wedi colli ei ddisgleirdeb. Mae pob tân yn diffodd, meddwn yn ddwl wrthyf fy hun, oni wneir rhywbeth i'w gadw ynghyn. Fe gofir Pantycelyn—curwch y tabyrddau—am nas anghofir byth!

Pwy oedd i siarad gyntaf? A fyddai siarad gyntaf yn gyfaddefiad o fai? Hawdd gweld ei bod o'i cho. Roedd yn naturiol. Roeddwn i wedi cymryd y gyfraith i'm dwylo fy hun. Efallai 'mod i wedi ymyrryd â'i chynlluniau hi mewn ffordd nad oeddwn i ddim yn ei hamgyffred.

Yn lle siarad symudais at ei hochr, ond ysgydwodd fy mreichiau i ffwrdd pan geisiais ei chofleidio.

"Na," meddai. "Hunanol ŷch chi. Dŷch chi ddim gwell na'r lleill ohonyn nhw. Rhaid i chi gael ych ffordd ych hunan. Chi â'ch hen grefydd bwdwr. Rŷch chi'n waeth na Wali. Doedd dim rhagrith yn Wali, ta beth."

"Cariad," meddwn. "Dwy' i ddim yn deall."

"Cariad. Dwy' i ddim yn deall," gan ddynwared fy llais yn blentynnaidd. "Dŷch chi ddim yn deall ych bod chi wedi sbwylo popeth. Dŷch chi ddim yn deall fod popeth ar ben. Dyna faint o werth sy ynddo fe i chi."

"Ond f'anwylyd, rwy eisie'ch priodi chi. Ydi hynny ddim yn glir?"

"O, stopwch weud 'na. Yr hen ffŵl â chi. Cerwch adre, a peidiwch â dod 'ma eto. Mae popeth ar ben. Ar ben."

Torrodd allan i wylo a phan geisiais ei chofleidio'r ail dro wnaeth hi ddim gwrthwynebu. Rhois hi i orffwys â'i thraed i fyny ar y setî. Fedrai hi ddim siarad a bûm innau'n ddigon call i fod yn ddistaw, ond doedd dim hedd yn y distawrwydd. Dim ond crynhoad anferth o anesmwythyd.

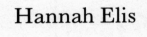

Hannah Elis

1

Roedd y ddwy forwyn wedi ymgolli gymaint yn eu cleber eu hunain fel na chlywsant fi'n dod i mewn. Mae Katie a Doris, er yn medru darllen ac ysgrifennu, eto'n echrydus o dwp. Mae Katie yn denau a danheddog, wastad yn symud ar ffrwst o gwmpas y tŷ, yn rhy frysiog i wneud unrhyw beth yn iawn, a rhyw gap llipa, di-lun ar ei phen bychan, a phan fo'n siarad daw rhyw synau aneglur, gwichlyd o'i cheg fel pe bai ei dannedd yn rhy finiog. Mae Doris yn dew. Mae'n dyheu am anturiaethau rhywiol gydag unrhyw un a ddaw, a'i chwerthin mewn cywair uchel sgrechlyd yn ddirdynnol i'r nerfau. Mae'r ddwy'n ddigon anodd byw gyda nhw. Mae'r rhan fwyaf o'r dynion yn eu casáu, ond maent hwythau'n deall na fyddem fyth yn eu cadw pe caem afael ar eu gwell.

"Mae'r hen ferch 'run fath â nhw," meddai Doris. "Ond yn waeth. Yn oer fel corff marw."

"Eisie dyn sy arni," ebe Katie gan boeri'r geiriau allan mor gyflym fel na fyddwn i wedi eu deall oni bai iddi eu hailadrodd. "Eisie dyn sy arni."

"Powel y gweinidog. Fe fydd e yma heno. Well i ni sôn wrtho."

Roedd hynny'n destun chwerthin mawr. Yna syrthiodd eu llygaid arna i. Ond ar ôl y foment gyntaf fi oedd yr un a giliodd wedi gwneud rhyw esgus gwan 'mod i'n chwilio am rywbeth ac yn methu â'i gael. Ac ar ôl hyn oll bydd raid i mi ymddwyn atynt fel pe baen nhw'n fy marchu.

Mi ddes i fyny'r grisiau ar unwaith. I'm hystafell fy hun. Mae'r cyfnos yn adeg i feithrin hunandosturi. Dwy'n malio dim fy mod yn hen ferch ddiffrwyth. Rwy'n gwybod na ddaw pleserau rhywiol i greadur sâl, diolwg fel fi. Yn fy meddwl y bydda i'n ymhyfrydu, nid yn fy nghorff: os na fedraf i garu fy nghorff, ni allaf ddisgwyl i neb arall wneud, chwaith. Nid fy nghorff roeddwn i am i Idris ei garu.

Ond rwy'n oer. Dyna'r condemniad arnaf. Roedd gwirionedd yn eu cleber. *Yr un fath â nhw. Ond yn waeth. Yn oer fel corff marw.* Rwyf wedi fy rhwymo wrth fy mam a f'ewythr gan debygrwydd gwaedoliaeth. Cefais eu hoerni, eu rhesymeg, eu rhagrith disgybledig, eu diflastod parhaus, eu heuogrwydd anghymodlon. Pan fyddant farw, y dyn tenau, bregus gyda'r pen mawr yn ei siwt drwchus, a'r wraig dal, lydan, rymus a'i chlust-dlysau duon yn hongian fel cynffonnau wrth ei chlustiau tyllog, byddaf i ar ôl fel cofadail frau, byddaf yn cario 'mlaen eu harferion, a thrwy ymarfer eu grym byddaf yn dwyn mentyll eu tristwch dadfeiliedig hyd fy medd.

Y talp wynepgoch blysiog yna a ddeliais unwaith yn ymlusgo allan o'r gwellt gyda'i chariad o gowmon, yn cablu dan ei hanadl yn ei hymdrech i wylo'n fwy argyhoeddiadol, hi yw'r unig broffwyd sy gan Dduw at ei wasanaeth i gyhoeddi fy nhynged ddistadl. Rwyf wedi tyfu'r un fath â'm hewythr a'm mam yn fy ymdrech barhaus i fyw gyda nhw. Derbyniais eu rheolaeth, a fi bellach fydd eu haeres i gario 'mlaen hyd ddiwedd fy oes brif nodweddion eu hawdurdod. Iddyn nhw mae'r diolch am fy ngwneud i'n warden mor hyblyg ac effeithiol ar fy ngharchar fy hun.

Pe bawn i am achub fy enaid fy hun byddwn wedi cychwyn ymhell cyn hyn i chwilio am fy mrawd a gollwyd. Ond yn lle hynny rwyf wedi dygymod â phopeth: wedi gadael i'm hesgusodion fy hun fy nghadw i lawr: a dyma fy ngwobr, geiriau'r groten boeth yma—*Yr un fath â'r lleill. Yn oer fel corff marw. Ond yn waeth.*

2

Pam y dylwn i synnu fod yn well gan Idris Powel briodi Ada Cwm? Mae Katie a Doris, y llygoden a'r hwch, wedi rhoi'r ateb imi. Does gen i ddim hawl ar neb, yn oer fel yr ydwyf, yn oerach na chelain.

Ond pam Ada o bawb? Dyna'r cwestiwn sy'n dal i guro yn fy meddwl. A oes rhaid i mi gredu ei fod, nid yn unig yn wirion, yn annoeth, yn wan, yn analluog, ond hefyd yn methu â gwrthsefyll chwantau'r cnawd? Faint mae e'n wybod am Ada? Faint o'i hanes hi mae'r creadur ffôl yn barod i'w dderbyn? A pham na ddywedais i wrtho cyn hyn y cyfan a wn i amdani? Balchder? Rhag iddo gredu 'mod i'n "rhedeg ar ei ôl"? Neu'r oerfelgarwch yna y soniodd y llygoden a'r hwch amdano? Y parodrwydd yma i wylio pobl yn dioddef oherwydd eu ffolineb eu hunain, sy'n fwy na dim arall yn fy ngwneud i'n ddidostur ac yn ferch deilwng o'r fam y'm ganed ohoni.

Rhois iddo bob cefnogaeth a chydymdeimlad. Credai f'ewythr Vavasor fi a gwrandawai arnaf pan ddywedwn wrtho ei fod yn ŵr ifanc addawol iawn er gwaethaf anfantais ei ddiniweidrwydd Cristnogol a'i ddiffyg profiad. Ond doedd dim lle i mi yn ei fywyd ef—doeddwn i'n ddim ond ffigur benywaidd distadl ond defnyddiol ar brydiau mewn rhyw gefndir dibwys. Yn cael fy llonni weithiau gan wobr o wên fach sydyn.

Pam, o pam? Pam troi ati hi? Oes rhyw ddeddf anfad wedi ei phenodi hi i'w ddinistrio fel y dinistriodd hi Dic? Ydi ei chasineb oer hi at y tŷ hwn yn rhoi iddi'r gallu i ddinistrio? Rhaid i mi ddweud wrtho. Ond sut y gwn i faint mae e'n wybod eisoes? Fe droir pob gwybodaeth yn y meddwl yn rhyw fath o feirniadaeth. Mae ganddo gymaint o resymau dros fy ngwrthod i.

3

A rwydwyd fi i gymryd eu hochr hwy? Yn sicr gwelais eu mab yn eu cosbi a chredaf mai ar ôl marwolaeth Dic y caledodd fy nghydymdeimlad anfodlon innau ac oeri, a'm carcharu yn y meddylfryd yma o amynedd oeraidd. Dan ddylanwad ac anogaeth Ada aeth ei fywyd yn anniben gan rwygo'r gorchudd trefnus, amddiffynnol y mynnent hwy ei lapio amdano.

Ar y Suliau eisteddai yng nghefn y capel ymhlith y bechgyn mwyaf anystywallt, yn tynnu wynebau i ddynwared dull llafurus ac anfelodaidd ei dad o ganu, a' fedrai ei fam, oedd yn sefyll yn y côr mawr gyda'r diaconiaid eraill, ddim llai na gweld hyn i gyd; a gwaeth na hynny, gweld fod pawb arall yn gweld.

Soniodd hi ddim byd wrth ei dad am ei gamymddwyn yn y capel. Efallai ei bod yn gobeithio mai mynd trwy ryw gyfnod ffôl yr oedd ac y byddai'n callio'n fuan a'i anghofio. Gwelai ei agwedd ddirmygus, y cwmni a ddewisai, a gwelodd ef hyd yn oed yn mynd i garej Wali Francis. Ei esgus oedd prynu tiwb i olwyn ei feic. Roedd Dic bob amser yn barod â'i esgusion.

Ceisiodd ei ddenu ag anrhegion ei serch gyda'r amcan o daflu'r ffrwyn dros ei ben gwyllt. Aethant yn wyliadwrus a gochelgar y naill at y llall. Ni allwn ddioddef yr anesmwythyd

127

a barai fy nhosturi i mi wrth weld rhwymau eu cariad yn ymddatod, er imi lwyddo i ymddangos yn ddifater, gan na fyddai'r un ohonyn nhw'n rhoi unrhyw bwys ar fy nheimladau i. Er mor ddiserch oedd hi ataf i, ni chawn ddim pleser o weld y broses araf yma o gosbedigaeth arni.

Mynnodd Dic dynnu sylw ei dad ato'i hun drwy fethu ei arholiadau. Bu raid cael gwersi arbennig iddo, a dechreuodd f'ewythr Vavasor drefnu gwaith i Dic. Ar brynhawniau Sadwrn, ac weithiau o bump hyd saith yn yr hwyr, gofynnid i Richard Davies ddod i'r parlwr canol i gadw llygad ar Dic tra byddai'n astudio. Dic ar un pen i'r bwrdd gyda'r gorchudd plwsh, yn eistedd o flaen twr anniben o lyfrau, yn rhedeg ei fysedd drwy ei wallt cyrliog; ac ar y pen arall, y "gwas mowr ceffyle", â'i gap ar ei ben-glin, un benelin fawr ar y bwrdd, a'r llaid wedi sychu ar ei legins; gwyliai Richard Davies bob symudiad pen a llygad o eiddo'i wrthwynebydd; cath wyliadwrus, yn barod i neidio arno ar yr arwydd cyntaf o ddiffyg ymroddiad.

Cyn hynny cawsai Dic fwy na digon o arian poced gan ei fam. Yn y stafell frecwast, lle y byddai hi'n rhannu o'i haelioni i Miss Aster, gofynnai i honno dystio ei fod wedi bod yn fachgen da. Byddai Miss Aster yn arfer ateb drwy wincio, pesychu a nodio gan gadarnhau ei fod ar y cyfan yn fachgen da. Yna byddai hi'n rhoi'r arian i Miss Aster a honno'n ei drosglwyddo i Dic oedd yn gwenu'n ddiamynedd. Lawer tro bûm yn dyst i'r seremoni hon. Ond ar yr union adeg pan oedd arian wedi dod yn rhywbeth hanfodol iddo fe ostyngwyd y tâl, ac amharwyd ar y seremoni gan ryw deimlad o chwerwder nas deallwyd yn iawn gan Miss Aster erioed. Ambell dro ceid colli tymer sydyn ar un ochr neu'r llall, gan adael Miss Aster mewn dryswch cegrwth.

Roeddwn i'n methu â deall yn y dyddiau hynny pam nad oedd fy mam yn gwybod yn well beth oedd yn digwydd. Efallai pan fo crwt yn un ar bymtheg fod ei fam yn amharod i briodoli iddo ddim mwy na chwantau plentyn. Roedd hi wedi dod yn gynghorwr sir tua'r adeg honno a materion y Pwyllgor Addysg lawer iawn ar ei meddwl. Roedd hyn yn help iddi beidio â gweld yr hyn na fynnai mo'i weld. Fel petai'r cynghorwyr yn tramwyo ar y ffordd fawr gan osgoi'r strydoedd cefn lle'r oedd yr ardalwyr yn byw eu bywyd beunyddiol. Mae hi a f'ewythr wedi ceisio, ac yn dal i geisio, bod yn rhyw lun o arweinyddion yn yr ardal. Mae'n anodd dweud pryd y mae'r mygydau tyn yn brifo'r wynebau gwydn.

Roedd Dic yn cynllunio'i gyndynrwydd. Roedd ganddo'i gyfeillion yn Nerwen, yn arbennig Ossie Rowlands mab y cigydd; roedd ganddo Frankie Cwm oedd yn gweithio yng ngarej Wali Francis, ac roedd ganddo Ada. Roedd wastad yn brin o arian, ar gyfer sigarets, biliards, y sinema, ar gyfer pechodau na thâl eu henwi, ar gyfer Ada.

"Hann!" Dôi ataf gan wisgo rhyw gyfeillgarwch deniadol, ond garw, gan y gallai ei ddiosg yn haws, ac oherwydd ei bod yn gas ganddo orfod ei fabwysiadu o gwbl. "Hann! Rho fenthyg hanner coron i fi, Hann."

"At beth?"

"Ossie Rowlands. Mae arna i ddau swllt iddo. Am chware biliards."

"Well i ti ofyn i dy fam."

"O, dere 'mlaen, Hann. Bydd yn sbort."

"Mi fydda i 'i eisie fe 'nôl."

"Wrth gwrs fe gei di e 'nôl."

llygad ar y darn arian yn ei law. "Diolch. So-long, Hann."

Ac fe'm poenodd i ganiatáu iddo yrru'r car. Pan oedd yn ddwy ar bymtheg honnai ei fod yn medru gyrru. Buasai'r Awstin Deg gyda ni ers rhyw ddwy neu dair blynedd, a'm mam neu fi fyddai'n ei yrru bob amser. Fe fynnodd f'ewythr 'mod i'n dysgu gyrru er mwyn ei yrru ef yn ôl ac ymlaen i'r siop. Roedd Dic yn wyllt eisiau trwydded yrru. Aeth â'r car allan ac ymarfer ar hyd lonydd cul y ffarm, nes iddo dorri coes bustach oedd yn amharod i symud o'i ffordd, gan falu lamp yr ochr chwith i'r car. Pan ddygwyd y newydd hwn i f'ewythr fe'i gwaharddwyd rhag cyffwrdd â'r car ar unrhyw amgylchiad; ond daliodd i ymarfer gyrru gydag Ossie Rowlands. Clywais amdanynt yn gyrru'n wyllt ar y briffordd o Dderwen i Bennant, Dic, Ossie Rowlands, Ada, Frankie ac eraill, yn un o hen faniau'r cigydd, yn gweiddi a chanu ar uchaf eu lleisiau, gyda Dic wrth y llyw yn igam-ogamu o un ochr y ffordd i'r llall, ac yn ceisio meddwl pa gast newydd a wnâi i ddenu rhagor o edmygedd o gyfeiriad Ada.

Rhyfedd y trychinebau, rhai mawr a rhai bach, a ddaeth i ran Dic. Ar y pryd ymddangosai'n un o'r rhai mwyaf ffodus, yn gryf ac iach, yn olygus a phoblogaidd, a chanddo ddawn arbennig i wneud i bob eiliad flodeuo gan bleser oedd yn arbennig iddi hi ei hun; ymddangosai fel yr heulwen ei hun, yn rym elfennaidd nad oedd na moesol nac anfoesol, ac yn cael bodlonrwydd llwyr mewn bod, a dim ond hynny. Ond yn awr, o edrych yn ôl, ymddengys fod rhyw dynged arno, a'i fywyd yn ddim byd ond trasiedi bitw, leol, ac mae'n anodd cysoni'r naill syniad â'r llall, er bod y ddau yn cyd-fyw yn fy meddwl, y digwyddiad a'r cof am y digwyddiad, myfi fel yr oeddwn, a myfi fel yr wyf.

4

Buom heb gynorthwywr trwyddedig yn y siop am wythnos bron, a bu raid i f'ewythr a minnau fod yno'n barhaus. Yn ffodus roedd y tywydd yn ffafriol a f'ewythr a minnau'n rhydd o'r fogfa: ond roedd ef yn awyddus i fod ar y ffarm i helpu i yrru ymlaen â'r cynhaeaf gwair oedd ar ôl ei amser, ac felly roedd yn waeth ei dymer nag arfer. Petai Mani wedi pasio'n gemist, fyddai'n presenoldeb ni ddim mor angenrheidiol: ni cheisiodd f'ewythr guddio'r ffaith honno, ac felly roedd Mani'n cael ei atgofio'n ddyddiol o brif ofid ei fywyd. Roedd ei wên lydan, a grewyd gan y set enfawr o ddannedd gosod oedd yn gwthio'i wefusau allan nes ei bod yn anodd eu cau, mor llachar ag erioed; ond, fel y dywedodd yn gyfrinachol wrthyf pan oedd f'ewythr Vavasor allan o glyw, doedd ei groen e ddim fel croen eliffant, a gallai ei gefnder Vavasor fod yn anodd iawn ar brydiau, yn waeth nag anodd . . . (Mewn deng mlynedd ar hugain yn y siop bu Mani'n ymdrechu i'w argyhoeddi ei hun ei fod yn anhepgorol er gwaetha'i ddiffyg cymwysterau ffurfiol i gymysgu moddion.)

Mani oedd yn cadw'r allweddi, ac agorai'r siop am ddeng munud i naw. Hiraethai am gael y teitl o reolwr, ond ni phetrusai f'ewythr egluro iddo na fyddai'r un fferyllydd trwyddedig yn barod i weithio o dan ddyn heb gymwysterau: a gallaf ddychmygu Mani'n brasgamu'n dywysogaidd fawreddog ar hyd y siop yn y deng munud hynny cyn naw o'r gloch. Roedd yn fawreddog iawn yn ei ymddygiad at y fenyw oedd yn glanhau a golchi'r lloriau, ac at y crwtyn rhan-amser oedd yn rhedeg negeseuon, ac, mi dybiaf hefyd, gyda Idris Powel y gweinidog yn ogystal. (Mae'n gas gen i'r dull rhwysgfawr sy ganddo wrth annerch Idris: ac rwy'n credu bod f'ewythr yn teimlo'r un peth.) Pan oeddem yn blant felly y siaradai â Dic a minnau hefyd. Ond roedd Dic eisoes wedi cyhoeddi rhyfel yn ei erbyn cyn cyrraedd oed ysgol. Rwy'n credu i hynny ddechrau pan adawai fy mam Dic yn y siop ar ddiwrnod gwlyb a hithau ar ei ffordd i gyfarfod o'r Cyngor. Goddefai Mani awdurdod f'ewythr Vavasor yn ufudd, ond teimlai'n ddig pan wnâi fy mam ddefnydd ohono. Cymerai hi ei gwrteisi gochelgar tuag ati fel arwydd o'i ymostyngiad, ond bwriadai ef iddo fod yn gyfuniad o hunanamddiffyn a datganiad o'i anni-byniaeth.

Ar hanner dydd âi Mani adre "at y wraig 'na sy gydag e", fel y cyfeiriai f'ewythr ati. Câi dri chwarter awr gan f'ewythr ar gyfer cael cinio. Awn i fy hun i gaffe cyfleus neu fwyta brechdanau gyda f'ewythr yn yr ystafell gefn. Ar y dydd arbennig hwn, pan oedd y cymylau'n cael eu gyrru tua'r bryniau fel defaid i'r gorlan, wrth gerdded yn ôl o ginio sylwais ar dwr o lanciau o'r un oed â Dic ar y palmant gyferbyn â'n siop ni. Sylwais fod beic Dic yno â'i gyrn isel fel cyrn hwrdd. Roedd Frankie Cwm yno. Brysiais tua'r siop fel pe am noddfa. Cefais amser i sylwi eu bod oll yn syllu ar ddrws y siop gydag wynebau anarferol o ddifrifol, fel pe'n disgwyl i arch ddod allan.

Roedd Mani'n sefyll yn nrws yr ystafell gefn: roedd hyd yn oed ei gefn yn fyw gan gyffro. Roedd f'ewythr Vavasor yn sefyll wrth y lle tân bychan, a drws y sêff drom ar ei stand haearn ar agor. Roedd un olwg ar wyneb truenus Dic yn ddigon i brofi ei fod wedi ei ddal wrth y gwaith.

"Yn cysgu, oeddwn i?" meddai f'ewythr wrth Mani.

"O'ech, roeddech chi'n cysgu. Fe ddois i fewn yn dawel bach achos y gwadne rwber 'ma. Mi weles i e'n agor y sêff. Mi weles i e â'n llyged yn hun."

"Ble cas e'r allwedd?"

"Yn y man arferol."

"Ydi e wedi mynd â rhywbeth?"

"Wn i ddim. Wyt ti wedi dwyn rhywbeth?" meddai wrth Dic gan edrych i fyny ato'n gyhuddgar. Dic oedd y talaf yn yr ystafell.

"Nadw." Roeddwn i am gydymdeimlo ag ef, wedi ei ddal wrth y gwaith, y tro cyntaf mae'n debyg: roedd e'n ddichell-

131

gar, ond ddim yn ddigon llechwraidd, yn rhy ryfygus i fod yn lleidr: ond ni roesai ddiolch am fy nghydymdeimlad i.

Cliriodd f'ewythr ei wddw fel pe bai am annerch yr Henaduriaeth.

"Ewch drwy ei bocedi, Emmanuel."

Symudodd Dic gam i ffwrdd.

"Newch chi ddim cymryd 'y ngair i? Ddwedes i na ddyges i ddim."

"Do, wrth gwrs. Emmanuel!"

"Cheith e ddim cwrdd â fi," ebe Dic.

"Dim angen iddo gwrdd â ti," ebe f'ewythr. "Ewch drwy ei bocedi, Emmanuel."

Gwthiwyd dwylo llyfndew y dyn bach i bocedi siaced y crwtyn tal.

"Pedwar papur punt," ebe Emmanuel. "A dau arall fan yma."

"Fi pia nhw," ebe Dic.

"Roeddwn i'n meddwl." Cododd a gostyngodd yr aeliau cochion, trwchus ddwywaith. "Emmanuel, galwch y polîs."

"Ffonio?" ebe Mani.

"Ffoniwch," ebe f'ewythr.

"F'ewyrth," meddwn i.

"Hannah! Ŷch chi 'ma hefyd? Welsoch chi fe wrthi?"

"Peidiwch hala am y polîs, f'ewyrth. Does bosib eich bod chi eisie iddo ddod o flaen y cwrt? O flaen 'i fam 'i hunan? Peidiwch galw'r polîs."

Roedd Mani wedi ffrwyno'i awydd cyntaf i drosglwyddo'r gelyn ifanc, dibarch, ffortunus hwn i'r polîs, i awdurdod y byddai'n rhaid iddo ufuddhau iddo. Pan ddeallodd Dic fod ein gofal am enw da'r teulu yn peri i ni ymatal dechreuodd ymwroli. Rhoddodd ei ddwylo yn ei bocedi.

"Falle'ch bod chi'n iawn," ebe f'ewythr Vavasor o'r diwedd. "Er mwyn enw da'r teulu."

Ceisiodd Dic daflu winc i'm cyfeiriad i.

"Ga i fynd, 'te?" meddai'n ddigon didaro.

Gwthiodd f'ewythr ei ben ymlaen yn ei ddicter, gan lygadrythu i'r cyfeiriad lle dychmygai ef yr oedd Dic yn sefyll, a methu'r nod o gryn dipyn.

"I b'le rwyt ti'n meddwl yr ei di? Dwed hynny wrtho' i. Fyse ryw wahaniaeth gyda ti ddweud pam y dygest ti'r arian 'na, a

132

beth o'et ti'n meddwl neud â nhw? Alli di esbonio i fi pam y cynlluniest ti'r lladrad 'ma?''

Gwastraff anadl oedd y cyfan. Pa obaith oedd ganddo bellach i ddylanwadu ar ei fab? Doedd Dic ddim yn gwrando. Roedd yn troi ei ben yma ac acw, yn gwenu'n ddigywilydd ar Mani, ac yn dal ati i wincio arnaf i, fel pe bai dicter ei dad a'i ddallineb yn ddigri iawn iddo. Er hynny bu'n rhaid mynd drwy'r broses. Roedd yn rhaid i'r mab wrando a rhaid i'r tad orffen yr hyn oedd ganddo i'w ddweud.

"Unwaith y cychwyni di ar y ffordd yma, 'machgen i, fedri di ddim stopo. Bydd yn rhan ohonot ti, ac yn y carchar y byddi di cyn diwedd. Pam wyt ti'n gneud hyn? Fe gest ti bob mantes. Rwyt ti'n dod o deulu da. A fe ddôi di ryw ddiwrnod i etifeddiaeth dda. Ar hyd dy oes dwyt ti ddim wedi cael dim byd ond cariad a gofal a phob mantais. Rŷn ni wedi afradu pob peth sy gyda ni arnat ti, a dyma'r ffordd rwyt ti'n talu 'nôl i ni . . .''

Roedd f'ewythr Vavasor y foment honno wedi dod yn ymwybodol iawn o broblem roedd ef wedi ei hanwybyddu am gymaint o flynyddoedd.

"Paid â meddwl, 'machgen i, nad oes gen i feddyginiaeth ar dy gyfer di. Dwyt ti ddim yn mynd i gario'r dydd. Gwaith yw'r feddyginiaeth. Digon o waith. Ewch ag e i'r stocrwm, Emmanuel. Rhowch oferôl iddo. Rhowch offer glanhau iddo. Mae digon o waith fan'na am rai dyddie. Dim byd fel gwaith i gadw ffylied ifenc allan o ddrygioni.''

Yn ystod y prynhawn ymgasglodd rhagor o gymheiriaid Dic ar y palmant gyferbyn. Roedden nhw'n cael hwyl fawr wrth wylio rhyw gampau oedd yn mynd ymlaen yn ffenestr yr ystafell storio ar y llawr uchaf. I mi y rhain oedd y gelyn; ac os oedd hi'n frwydr rhwng yr ifanc a'r hen (pump ar hugain oeddwn i bryd hynny) roeddwn i ar ochr yr hen: os brwydr rhwng Trefn a Phenrhyddid, dros Drefn y byddwn i. Roeddwn i bob amser wedi dyheu am achubydd, am ddiwygiad, am adferiad a'm gosodai i eto yn fy lle priodol; ond doedd ffolindeb Dic yn gwneud dim byd i wella pethau, a'i wrthryfel yn gwneud dim ond dinistrio'r rhannau hynny o'n hadeilad roeddwn i am eu diogelu fwyaf.

1

Mae'n ymddangos na all Idris Powel ddim gwahaniaethu rhwng Penrhyddid a Threfn, ac mai rhinwedd yn ei olwg ef yw anwybyddu confensiwn, a chwalu trefn sefydlog ein cymdeithas a'n ffordd draddodiadol o fyw. Mae ei weithredoedd anghyfrifol yn profi nad yw'n rhoi dim gwerth ar y traddodiadau y credaf i mai dyletswydd ein teulu ni yw eu cynnal hyd eithaf ein gallu, o droed y mynyddoedd hyd lan y môr. Gwelaf erbyn hyn ei bod yn chwerthinllyd i mi erioed feddwl amdano fel y dyn a roddai ystyr newydd i'm bywyd, y gwaredwr y bûm yn disgwyl amdano ar hyd fy oes. Roeddwn yn tybied ei fod yn well gennyf y gŵr a adwaenwn, gan gredu fy mod yn gweld nodweddion rhagorol y tu ôl i'w wendidau ymddangosiadol, na'r gŵr nad wyf yn ei adnabod ac a ddaw efallai ryw ddydd i chwalu'r freuddwyd a fu gennyf drwy fy oes. Gwelwn ddelfrydiaeth yn ei gynlluniau annerbyniol, didwylledd yn ei ddiffyg tact a synnwyr cymdeithasol, gonestrwydd yn ei benderfyniad i fyw ar ei ben ei hun, gostyngeiddrwydd yn ei bregethau petrusgar, ac yn ei lygaid erfyniol ryw hiraeth am gariad ac ymroddiad.

Fy ffolineb i, er gwaethaf fy amynedd oeraidd, a'm blas at y gwirionedd, oedd dychmygu, am fwy o amser nag y carwn gyfaddef, mai rhywbeth ar fy nghyfer i oedd ei gariad a'i ymroddiad. Hwn oedd fy achubydd dewr i'm dwyn allan o dŷ unigedd yn nyffryn anobaith; un a greai heulwen a chwerthin a dwyn iechyd a llawenydd i'm corff crwm a'm henaid caethiwus, a'm dysgu i lawenhau'n rhwydd a byw'n rhydd heb euogrwydd.

Ond drwy'r amser roedd ef yn paratoi i'w roi ei hun yn nwylo'r gelynion. A ddywedaf i wrtho am Ada? Sut y medra i ddangos iddo, heb fy mradychu fy hun, y modd yr oedd hi'n gyfrifol am lwyr ddinistrio Dic? Ac O, fel yr ofnaf yn awr ei bod am ei ddinistrio yntau yn yr un modd. Sut y gall ef ddechrau gwrando ar y tonnau dwys o ddealltwriaeth sy'n mynnu chwyddo o'm henaid i i gyrraedd ei enaid ef?

2

Wedyn dyna gwymp Miss Aster o'i safle o awdurdod ansicr. Un foment roedd y ddelw fechan tsieni o fugeiles yn pelydru ar y silff-ben-tân uchel, a'r foment nesaf roedd yn deilchion ar y llawr. Dic a'i gosododd hi yno, a fe a'i bwrodd i lawr. Y diwrnod ar ôl lladrad Dic, roedd hi wedi bod yn treulio'r prynhawn yn ystafell y teulu i fyny'r grisiau, a daeth i lawr am bedwar o'r gloch yn awchus am yr hyn a alwai'n bryd da o de. Y prynhawn hwnnw, ar orchymyn ei dad, roedd Dic yn torri ysgall a danadl mewn cae gryn bellter o'r tŷ. Gwyddai Miss Aster, fel y gwyddai pawb arall, fod helynt wedi bod. Ond niwlog ac ansicr oedd ei gwybodaeth.

"Ga i moyn cwpan de ar gyfer Dic, 'te, cariad?" ebe hi wrth fy mam oedd yn gweinyddu uwchben y te, ac un llaw yn gorffwys ar y cap tebot. Gwnaeth Miss Aster ryw symudiadau rhinweddol, gan symud ei chadair, i awgrymu na allai ddioddef cymryd mymryn o fwyd nes bod yr anwylyd wedi ei ddigoni. "Ga i osod lle ar ei gyfer e?"

"Eisteddwch lawr," ebe f'ewythr Vavasor.

"Mae Dic yn torri ysgall yng Nghae Llwyd." Teimlwn reidrwydd i egluro. "Bydd yn cael te yn y cae."

"Beth?" Troes Miss Aster ei phen i wylio'r diferion glaw yn rhedeg i lawr y ffenestr. "Yn y tywydd hyn! Fe fydd yn ddigon am 'i fywyd e. Dyw bechgyn fel'na yn meddwl dim ar ôl 'u hiechyd. Mi a' i â'i de iddo fe gynta, a mi ddo i 'nôl i gael 'y nhe i wedyn, a mi a' i â chot law iddo hefyd. Mae'n siŵr nad oes dim un gydag e os dw i'n 'i nabod e."

Roedd f'ewythr yn canolbwyntio ar dorri pen ei ŵy oedd wedi'i ferwi'n ysgafn. Troai fy mam ei the gyda rhyw arafwch prudd oedd yn dangos bod ei meddwl ar bethau eraill. Dechreuodd Miss Aster ymdrechu i godi o'i lle eto.

"Fydda i fawr o dro. Pwy gae wedsoch chi, Hannah?"

"Steddwch lawr, fenyw." A'r crac yn ei lais yn dangos yr ymdrech i'w gadw dan reolaeth. "Rŷch chi eisoes wedi gneud eich gore i ddifetha'r llanc. Gorffennwch eich te. Dyma'r te diwetha gewch chi wrth 'y mwrdd i."

Edrychodd Miss Aster yn gegagored, a'i phen yn gwegian braidd ar ei hysgwyddau llydain. Taflodd olwg fud o apêl at fy mam, ond daliodd honno i droi ei the a syllu ar y lliain bwrdd o'i blaen.

"Dŷch chi ddim yn meddwl hynny o ddifri, Mr. Elis?" ebe Miss Aster o'r diwedd.

"Wrth gwrs 'mod i'n 'i feddwl e. Glywsoch chi fi erioed yn dweud rhywbeth nad oeddwn i ddim yn 'i feddwl?"

"Mae'n 'i feddwl e, 'nghariad i." Edrychodd ar fy mam a chododd un llaw, fel pe bai am ei chyffwrdd i dynnu ei sylw; ond yn ei hansicrwydd gollyngodd ei llaw unwaith eto. Dechreuodd ei hwyneb grebachu, nes ei fod yn grychiadau i gyd. Daeth sŵn yn ei gwddw fel pe bai'n tagu ar gegaid o de poeth. Dechreuodd lefain, ei gên yn gwthio allan, a'i dwylo'n chwilio'n ffwndrus yn ei phocedi am hancesi. Doedd un bychan ddim yn ddigon.

"Gorffennwch eich te, Miss Aster," meddai f'ewythr. "Dw i ddim eisie dim rhagor o hyn."

Roedd ei orchymyn yn bendant, ddiamod. Gorffennodd ei the. Ac roedd hi'n amlwg na chafodd tristwch ddim effaith ar ei harchwaeth. A hwnnw oedd ei phryd olaf wrth fwrdd f'ewythr Vavasor. O ddiffyg cefnogaeth o gyfeiriad fy mam, dirywiodd ei statws ar unwaith. Ar y dechrau âi i fyny'r grisiau i'r stafell wnïo, a chymryd ei the yn y gegin. Ond aeth y gwaith gwnïo yn llai ac yn llai a'i hymweliadau hithau'n anamlach. Dywedai'r forwyn ei bod yn rhyfeddod sut y medrai Miss Aster wneud i hanner peint o laeth bara tridiau.

Am ddyddiau buom yn bwyta'n prydau mewn distawrwydd. Roedd Dic yn llwyr dan awdurdod f'ewythr, ac ymddangosai fod fy mam wedi ei drosglwyddo'n gyfangwbl i ofal ei dad. Dechreuodd f'ewythr a'm mam dreulio mwy o amser yng nghwmni ei gilydd. Ers pan rwyf i'n cofio byddai fy mam yn darllen yr esboniad ar y darn priodol o'r Ysgrythur i baratoi f'ewythr at yr Ysgol Sul. Ond yr adeg yma, bob nos cyn mynd i'r gwely, darllenai iddo yn ei llais cras undonog.

Rwy'n cofio f'ewythr yn dweud wrth fy mam, "Mae peth fel hyn," (cyfeirio yr oedd at ymgais Dic i ladrata) "mae peth fel hyn yn farnedigaeth, Mary. Yn farnedigaeth."

Nid atebodd hi achos 'mod i'n bresennol. Ond roedd ei distawrwydd a'i gwefusau tynn yn awgrymu i mi ei bod yn anghytuno. Eisteddai ef gan syllu i'r tân ac ochneidio'n ddwys yn awr ac yn y man: eisteddai fy mam yn gefnsyth ar ei chadair galed gan syllu ar y llyfr agored ar ei glin. Roedd eu mab wedi cyhoeddi dyfodiad eu henaint a therfyn ar eu balchder. Fel yn y chwedl roedd y llyffant blwydd wedi dechrau cnoi ymysgaroedd ei hynafiaid.

3

Cyn i ganlyniadau Tystysgrif yr *Higher* gyhoeddi ei fethiant, roedd Dic wedi dechrau gwneud enw iddo'i hun ar y ffarm fel gweithiwr caled a chodwr bore. Roedd bob amser yn ffefryn gyda Tomos John yr hwsmon, gwas ffyddlonaf fy mam (yn union fel yr oedd Richard Davies i'm tad a Sam Daniels am i mi edrych arno yntau fel fy ngwas arbennig i). Gweithiwr dyfal, gonest oedd Tomos John, un a garai ddigrifwch syml ac a arswydai rhag pregeth hir. Roedd wrth ei fodd yn cael Dic i gydweithio ag ef ar yr helmydd ŷd, a hwnnw'n edmygu ei grefftwaith wrth godi helm, gan ofyn cwestiynau'n gwrtais a dweud ambell jôc. Roedd Dic yn boblogaidd gan y rhan fwyaf o'n pobl ni, yn enwedig wrth chwarae'i ran fel yr etifedd llawen, di-lol, a gwnâi aml jôc fach ar gorn yr hen ddyn heb olygu dim niwed nac amarch. Yn ôl eu syniadau arwynebol ond annwyl a digyfnewid hwy o drefn pethau, roedd iddo ef ei le. A buasai'r morynion yn falch o'r cyfle i wrthsefyll ei swynion, ond ni wnaeth ond rhoi winc yma ac acw a rhyw bryfocio ysgafn. Ond cytunai pawb y byddai'r Glyn yn lle llawer mwy diflas hebddo.

Fe benderfynwyd, heb unrhyw drafodaeth hyd y gwn i, bod Dic i fod yn "ffarmwr ymarferol"—"*practical*" oedd gair f'ewythr. Roedd hi'n amlwg sut roedd yr olyniaeth wedi ei threfnu ym meddwl f'ewythr. Fi oedd i etifeddu'r siop a Dic y ffarm. Yn ifanc a gobeithiol fel yr oeddwn i bryd hynny ni roddais fy meddwl ar bethau fel etifeddiaeth ond mewn cysylltiad rhamantus â'm brawd coll, hwnnw a roddwyd i ffwrdd mor fuan ar ôl marwolaeth fy nhad. Fy nymuniad i oedd iddo ef gael y cyfan, fel etifedd fy nhad, a'm dyletswydd i oedd ei helpu i adennill ei etifeddiaeth.

Roedd Dic yn cymryd golwg fwy ymarferol ar bethau, gredaf i. Roedd ef yn debyg iawn i'w fam yn ei hunanoldeb. Roedd ganddo'r un penderfyniad i fynnu ei ffordd ei hun, a'r un agwedd feddiannol, ormesol at yr hyn a ystyriai yn eiddo iddo ef ei hun. Ond yr oedd yn llawer gwannach cymeriad na hi. Roedd yn barod i grafangu pethau cymharol ddibwys i'w gysuro ei hun, am na fedrai ddioddef cael ei siomi mewn dim.

Er gwaetha'i sŵn, ei gorff hardd, cryf a'i swyn (efe oedd yr unig un o'r teulu oedd yn feddiannol ar swyn), eto cymeriad gwan ydoedd.

Oherwydd ei fod yn weithiwr da ac yn dangos diddordeb deallus yn y ffarm, ac oherwydd ei fod mor barod i ufuddhau i orchmynion ei dad, dechreuodd fy mam eto ddangos ei serch tuag ato, a darbwyllo'i gŵr fod Dic yn dechrau diwygio. "Mae'n destun diolch, Vavasor," meddai, ac, er yn amharod braidd, tueddai yntau i gytuno â hi. Sylwodd y ddau gyda chryn bleser fod Dic yn dechrau darllen llyfrau ar Amaethyddiaeth, ac yn dangos diddordeb mewn Garddio Masnachol. Daeth y sgwrs wrth y bwrdd bwyd yn fywiocach. Dysgodd Dic ddadlau ei achos gyda'i dad, a byddai yntau'n distewi i roi cyfle i Dic ddatblygu ei ddadl.

"Mae digon o ddwylo gyda ni," fyddai dadl Dic, "ac mae'r farchnad yma. Mewn cylch o ddeng milltir ar hugain mae 'na boblogaeth o bron hanner can mil. Does 'na'r un o'r ffermydd erill wedi meddwl am y peth eto. Mae e i gyd yn nwylo'r garddwyr bach. Y cyfan sy eisie arnon ni yw ychydig o dai gwydyr a fan i fynd i'r farchnad—i ddechre . . ."

Roedd Dic yn llawn o'i syniad newydd. Aeth mor bell â dechrau codi tŷ gwydr ei hun. Roedd f'ewythr yn dal yn amheus ond dywedai fy mam y dylai gael pob anogaeth. Haerai Dic y byddai fan yn ddefnyddiol i bob math o amcanion—nid yn unig i farchnata llysiau. Rhoes fy mam fenthyg ugain punt iddo brynu hen Forris. Bu llawer o drafod amcangyfrifon uwchben y prydau bwyd, a phrofodd Dic y medrai ddosbarthu moron, bresych a thatws ym Mhennant a Derwen ac ymhellach na hynny hyd yn oed yn yr amser a gymerai i Richard Davies fynd ag un llwyth i Bennant, a dychwelyd i'r ffarm i wneud dwyawr o waith tra byddai Richard Davies yn dod am adre, lincyn-loncyn mewn cart gwag, â'i ddwylo'n segur.

Roedd gweithgareddau masnachol newydd Dic yn caniatáu iddo wneud arian iddo ef ei hun. Ni fu erioed yn arbennig o onest, a phan oedd eisiau arian arno, fe'i cymerai. Roedd Tomos John, a ymhyfrydai fod mab y misus mor hoff ohono (dim ond i Dic roi ei fraich am yr ysgwyddau llydain byddai'r mwstas gwyn yn lledu mewn gwên o foddhad), roedd e yn fwy na pharod i adael i Dic gael tragwyddol heol gyda'r

"hen ffigure 'na". Athronyddu oedd hoffter Tomos John—
gorau oll os câi bwyso'i gefn ar un o'i deisi crefftus, ei hen hat
ffelt dros ei lygaid—athronyddu yn ei lais dwfn am ansawdd y
cnydau a'r anifeiliaid, a'r modd yr oedd amser yn diflannu;
ond doedd ganddo ddim hoffter at yr "hen syms 'na", ac
roedd yn falch o gael Dic i'w weithio allan mor gyflym.

Cadwai Dic y fan mewn hen sied wrth dalcen y tŷ gwair.
Roedd hwn yn lle delfrydol achos, os nad oedd y gwynt o'r
dwyrain, prin y gellid clywed o'r tŷ pan fyddai'r fan yn mynd i
mewn ac allan, hyd yn oed yn y nos. Gyda'r fan gallai Dic
dreulio'i nosweithiau lle y mynnai.

Doedd dim llawer i'w gadw gartref. Yn y parlwr bach ar
nosweithiau o aeaf eisteddai ei dad a'i fam mewn distawrwydd
llethol, un o bobtu i'r tân, fel petai eu hysbrydion wedi eu
gadael a mynd gyda'i gilydd i farchogaeth y chwaon sy'n
gadael y byd hwn. Roeddwn innau hefyd yn ddigon digysur,
yn eistedd gyda'm llyfr yn ymyl y lamp ar y bwrdd. Am y
cwmni oedd wedi ymgynnull ar noson o'r fath wrth dân y
gegin, byddai ef yn ymuno â nhw weithiau; ond roedden
nhw'n rhy ddof iddo bellach, ac yn anfodlon, neu efallai'n rhy
dwp, i ddilyn ei dueddiadau ef.

Tybid ei fod yn ymweld â Miss Aster yn bur aml. Pan alwai
i gasglu ei llaeth hoffai ddweud cymaint o gysur oedd hyn iddi.
"O, mae'r crwt yn hoffi ei hen Anti o hyd. Mae e'n dda i fi, a
fynna i ddim clywed 'run gair yn 'i erbyn e. Mae e'n edrych
amdana i a rhoi lot o gysur i fi, a mae hynny'n llawer iawn yn
yr hen fyd 'ma."

4

Roeddwn i wedi mynd i fyny'r grisiau cerrig i'r granari i
gael grawn i'r ieir. Roedd hi'n ddiwrnod oer o Chwefror, a
Sam Daniels wrthi'n malu'r grawn. Drwy'r prynhawn bu'r
hen dractor, nad oedd neb ond Sam yn ei ddeall, wrthi'n
rhygnu ac yn rhuo a mygu yn ei sied, gan yrru'r belt oedd yn
troi'r malwr yn y granari. Am ddwy awr buasai Sam yn
edrych ar ôl y ddau beiriant; gan gerdded i lawr y grisiau
cerrig yn ofalus ar ei goesau praff i dywallt oel i ymysgaroedd y
tractor, a bwcedeidiau o ddŵr iddo yn achlysurol gan fod ei
reiddiadur yn gollwng. Y diwrnod hwnnw roedd y gwas bach
yn ei gynorthwyo, yn gwylio'r sachau yn llenwi o flawd bras,

a'u clymu'n barod i'w llwytho drwy ddrws ochr y granari i'r cart roedd yr ail was ceffylau wedi'i facio yn erbyn y wal odditanodd.

Pan ddois i i mewn i'r granari roedd Sam yn dwyn y gwaith i ben. Anfonodd ei was bach i ddiffodd y tractor. Roedd Sam a'i gynorthwywr yn wyn gan lwch blawd.

"Diwrnod oer, Miss Hannah."

Cytunais ei bod.

"Eisie digon o rawn ar ieir yn y tywydd oer 'ma, neu bydd 'u nerth nhw i gyd yn mynd i gadw'n dwym yn lle dodwy." Teimlai Sam fod yna bethau y dylwn i eu gwybod, a'i ddyletswydd ef oedd fy ngoleuo. Roedd am i mi ddysgu gwerthfawrogi ei wybodaeth a'i gyngor.

"Sut mae'ch ieir chi'n gneud, Sam?" Roedd gan Sam dyddyn bach ei hun.

"Alla i ddim achwyn, Miss Hannah. Maen nhw'n gneud 'u gore, greda i."

Roedd Richard Davis a'r lleill yn aml yn sibrwd bod Sam yn dod i'r Glyn i orffwys yn ystod y dydd iddo gael nerth i weithio gartre yn yr hwyr. Roeddwn i'n hoffi Sam. Roedd e'n fawr ac yn gyfeillgar, ac yn wastad ei dymer. Talai sylw arbennig i mi, a byddai bob amser yn fy nghysuro os gallai.

"Glywsoch chi fod Winnie Cwm wedi cael tŷ ym Mhennant, Miss Hannah? Tŷ bach neis medden nhw wrtho fi. Mae pobol yn ffaelu deall shwd gallodd hi gael y fath beth. Ond ŷch chi'n gwbod beth rw i'n gredu?" Symudodd ei joe baco yn ei geg a phoerodd drwy'r drws agored heb godi oddi ar y sach flawd lle'r oedd yn eistedd.

"Y Frankie 'na. Mae e wedi dechre gweithio yn garej Wali Francis on'd yw e? Fyswn i ddim yn synnu clywed taw Wali Francis bia'r tŷ bach 'na . . ."

Flynyddoedd yn ôl roedd Wali Francis wedi anfon bil i f'ewythr yr ail waith am fendio aradr. Ond roedd derbynneb y bil cyntaf wedi mynd ar goll, a wnâi Wali ddim credu f'ewythr fod y bil wedi ei dalu mewn arian parod, er bod Richard Davies yn sicrhau ei fod wedi mynd â'r arian i'r garej ei hun. Bu raid i f'ewythr dalu'r eilwaith. Aeth i'r garej ei hun ac meddai: "Ga i ddweud wrthoch chi, Wali Francis, ddaw dim daioni i chi o hyn. Dyw'r Bod Mawr ddim yn cysgu." Roedd Wali'n dew hyd yn oed bryd hynny, a safai yno'n ysgwyd gan

140

chwerthin distaw, â'r siec rhwng ei fysedd seimlyd, yn gwylio f'ewythr yn ymbalfalu'n ôl am ei siop gyda'r cyflymdra sbonciog llygadrwth oedd yn nodweddiadol ohono.

Ond roedd Wali Francis wedi dod yn ei flaen. Ei garej ef oedd y fwyaf ym Mhennant, ac ar un adeg bu'n rhedeg gwasanaeth bws. Nid oedd mwyach yn mynd i orwedd o dan geir, daeth yn Mr. Francis a chafodd sedd ar y Cyngor. Yn ei ddyddiau cynnar byddai'n mynychu'n capel ni, ond gan na allai gystadlu yno â dylanwad f'ewythr aeth ei uchelgais yn gwbl secwlar. Chwenychai fod yn Faer Pennant ond ychydig o obaith am hynny oedd ganddo tra oedd fy llystad a'm mam yn fyw. Troes ei sylw at y Cyngor Sir ond nis etholwyd; a beiai fy rhieni am hynny hefyd. Ymddangosai mai Wali bellach oedd canolbwynt pob gwrthwynebiad i'n hawdurdod ni fel teulu yn yr ardal hon; ac roedd Sam Daniels yn rhoi'r wybodaeth hon i mi gyda hynny mewn golwg. Roedd Sam mor ymwybodol o newidiadau mewn dylanwad ac awurdod yn yr ardal ag unrhyw sylwedydd gwleidyddol.

"Naturiol, on'd yw e," ebe Sam, "i Wali fynd yn ffrindie gyda phobol y Cwm 'na, a fynte'n gwbod gymint mae'ch ewyrth a'ch mam a'u herbyn nhw."

Wrth siarad chwiliai ei lygaid fy wyneb am yr ymateb lleiaf. Doedd hynny'n poeni dim arnaf, gan fy mod yn credu mai ei awydd i blesio oedd wrth wraidd y peth; a beth bynnag roeddwn i'n hoffi ei lygaid. Roedden nhw'n fywiog iawn mewn wyneb tew, trymaidd.

"Rwy'n credu bod Wali'n barod i neud unrhyw beth i sbeito'ch ewyrth."

Byddai Sam bob amser yn cyfeirio at fy llystad fel "eich ewyrth". Galwai Richard Davies ef "eich tad" wastad, a Tomos John "y mishtir". Mi hoffwn roi ar ddeall i bobl gymaint o afael sydd gan y gyfundrefn yma arnaf i, lle mae pawb yn gwybod ei le, a lle mae gan bob un ohonom ei ddilynwr ffyddlon ei hun, lle mae pawb mewn undeb yn gwasanaethu'r ystâd, ein mamwlad fach ni. Mi hoffwn i i'r dull yma o fyw barhau am byth er i ni oll farw, un ar ôl y llall, heb genhedlaeth i gymryd ein lle. Mi hoffwn alw ar fy mrawd allan o gefnfor dynoliaeth i ddod i hawlio'i etifeddiaeth. Ni charodd Dic erioed y lle hwn fel yr hoffwn i iddo wneud, hyd yn oed pan oedd fwyaf gweithgar. Ond pa obaith sydd y daw fy

141

mrawd yn arfog gan gariad at dreftadaeth na welodd mohoni erioed? Llai o obaith hyd yn oed nag sydd gennyf o weld Idris Powel yn deall beth mae hyn oll yn ei olygu i mi.

"Mae rhaid i chi gadw llygad ar ych brawd, Dic, Miss Hannah."

"Pam?"

"Mae pobol yn gweud 'i fod e'n mynd i dŷ Winnie Cwm ym Mhennant. Un noson fe weles i'n hunan y fan wedi'i pharco tu allan. Mae pobol yn gweud 'i fod e'n cael 'i "gynnwys" 'na. Dw i ddim yn lico clywed hynny. 'Fe all olygu trwbwl difrifol, Miss Hannah."

Prin ddeunaw oed oedd Dic bryd hynny a doeddwn i erioed wedi meddwl amdano'n priodi. Ond pan ddwedodd Sam Daniels ei fod yn cael ei groesawu yn nhŷ Winnie Cwm rhoes hynny fraw i mi. Roedd e'n agosáu at oed dyn. Ei blant ef fyddai f'etifeddion i. Roedd hi'n ddyletswydd arnaf i gadw llygad arno ac ymgynghori â'm rhieni.

Anodd oedd torri ar draws yr awyrgylch o lesmair prudd-glwyfus o flaen y tân. Roedd hyn yn rhan o'u defod ac arfer, ac iddynt hwy roedd yn gyfystyr ag ymostyngiad doeth. Ar ôl ymghynghori â Tomos John a Richard Davies, ar ôl darllen y Beibl, ar ôl trafod y siop, y pwyllgorau, cyfarfodydd y capel, ar ôl swper y distawrwydd trist yma a'r ochneidiau a ollyngid weithiau. Roedd hyn oll yn rhyw fath o amddiffynfa wedi'i chynllunio i wrthsefyll unrhyw sioc, fel bod bywyd yn mynd yn ei flaen fel pe na bai dim byd wedi digwydd beth bynnag, pa drychineb bynnag a ddeuai i'w rhan: er efallai mai "disgwyl wrth yr Arglwydd" y galwent hwy ef.

Roedd Sam wedi dweud llawer wrthyf am Winnie Cwm a'i theulu. Plentyn gordderch oedd Ada, a anwyd ar ôl i Winnie adael gwasanaeth fy mam. Yn fuan wedyn priododd Winnie â gwas ffarm, creadur gwirion o'r enw Jacob Evans. Dywedodd Sam nad Jacob Evans oedd tad Frankie chwaith. Credai ef mai rhyw Mr. Mathers oedd tad Frankie, casglwr dyledion drwg, oedd yn byw gerllaw bwthyn Seth Cwm yn union ar ôl y rhyfel byd cyntaf, tua'r amser y cafodd Sam wynegon yn ei gefn gyntaf, ar ôl cario ŷd gwlyb ar ei gefn yn Rhyd-y-Maes. Roedd y Mathers yma'n ddyn pwysig yn yr ardal am ychydig. Credai Sam mai ef a gychwynnodd y Gyrfeydd Chwist ym Mhennant. Roedd hi'n ymddangos mai dyledion Mathers ei hun oedd y rhan fwyaf o'r dyledion drwg, ac fe ddiflannodd yn sydyn dan gysgod nos. Pe bai rhywun yn gofyn iddo, fe fentrai Sam ddweud mai hwnnw oedd gwir dad Frankie.

Pharhaodd Jacob, druan, ddim yn hir iawn, meddai Sam. Fe gafodd y dicléin, a rhywbeth arall, ac fe aeth yn wan yn ei ben; bu farw gan adael ar ôl i'w wraig yr unig beth roedd hi'i eisiau, sef cael ei galw'n Mrs. Evans. Bellach roedd hi'n cael y teitl Mrs. Evans, Hyfrydle yn ei thŷ newydd. Roedd Winnie Cwm, neu Winnie Seth Cwm wedi datblygu'n Mrs. Evans, Hyfrydle, teitl parchus iawn.

5

Pan fyddai Dic yn aros allan yn hwyr arferwn adael y drws cefn heb ei gloi, fel y gallai ef ei gloi wrth ddod i mewn. Pan sylweddolais ble'r oedd e'n treulio'i nosweithiau penderfynais aros ar fy nhraed i gael gair ag ef. Am chwarter i ddeg aeth f'ewythr Vavasor i'w wely yn llwythog gyda'r gannwyll, y llestr poeri a'r powdwr asma, gan symud yn gyflym ar hyd llwybr cynefin. Roedden nhw'n cymryd yn ganiataol mai fi fyddai'r olaf i fynd i'r gwely, a'm dyletswydd i fyddai diffodd y lamp yn y parlwr bach a bolltio'r drws cefn.

Wrth eistedd o flaen tanllwyth o dân es i bendwmpian, a phan edrychais ar fy wats roedd hi'n hanner awr wedi un-ar-ddeg. Roedd hi'n noson wyntog ac wrth i mi gerdded ar hyd y pasej dawnsiai'r fflam yn wyllt yn y gannwyll. (Does gennym ni ddim trydan yn Y Glyn. Er iddyn nhw ddweud lawer gwaith mor ddefnyddiol fyddai, ac er holl ddylanwad f'ewythr a'm mam ni wnaethant un ymdrech i gael trydan i'r tŷ.) Gwelais fod y drws wedi ei gloi a theimlais yn esmwythach o wybod fod Dic eisoes wedi mynd i'r gwely. Byddai'r sgwrs rhyngom yn un anodd ac roeddwn i'n ddigon parod i'w gohirio.

Pan oeddwn ar fy ffordd i'r gwely clywn ryw glecian yn y llaethdy. Gan feddwl fod un o'r cathod wedi ei gadael yn y tŷ a'i bod ar ôl yr hufen, trois yn fy ôl i'w throi allan. Sefais yn y llaethdy gan ddal y gannwyll uwch fy mhen pan deimlais fod rhywun yn sefyll y tu ôl i mi, ond cyn i mi fedru symud chwythwyd y gannwyll allan a rhoddwyd llaw fawr, arw dros fy ngheg. Sibrydodd Dic yn ysgafn yn fy nghlust.

''Dim ond fi sy 'ma, Hannah fach. Yn moyn glasied o laeth. Paid dihuno'r babi.''

"Rwyt ti wedi bod yn dwyn hufen eto. Dylwn fod yn gwbod mai ti oedd 'na. Rwyt ti wedi bod gyda lot Winnie Cwm 'na heno eto. Does gyda ti ddim hunan-barch na sens. Rwyt ti'n tynnu'n henw ni trwy'r baw. Wyt ti ddim yn gwbod y siort o bobol ŷn nhw?''

"Dyna snob wyt ti, Hannah.'' Roedd yn siarad yn hollol hunanfeddiannol. Doeddwn i'n neb i'm hofni, pa mor ddig bynnag oeddwn i.

"Dwy' ddim yn snob. Fyse'n well gen i dy weld ti'n mynd allan gydag un o'r morynion na gydag Ada. Rwy'n meddwl hynny o ddifri. Maen nhw'n cynllwynio drwg. Alli di ddim gweld hynny? Y cwbwl maen nhw eisie yw gneud iws ohonot ti. Dyna pam maen nhw'n rhoi croeso iti. I niweidio'n teulu ni. Plant siawns yw'r ddau yna. Wyt ti ddim yn gwbod hynny?''

"Rwy'n gwbod lot mwy nag wyt ti'n wbod, Hannah. Lot mwy. A mae 'na bethe gwaeth na bod yn anghyfreithlon.''

Wnaeth e ddim hyd yn oed ddiolch i mi am adael y drws ar agor iddo. Wnaeth e erioed gydnabod fy nghydymdeimlad i. Beth allwn i'i wneud ond dweud wrth Mam . . .?

6

Codais fy llygaid oddi wrth y llyfr oedd yn fy llaw mor ddi-daro ag y medrwn. Hyd yn oed cyn i mi siarad roedd gen i ryw deimlad mai gorau oedd gadael pethau fel yr oeddynt.

"Dw i ddim yn credu y daw Dic i fewn cyn hanner nos.''

Syllodd fy mam arnaf, a golau'r gannwyll oedd yn ei llaw yn goleuo'i hwyneb hir, difrifol.

"Pam rwyt ti'n dweud hynny?''

"Mae'n digwydd yn bur amal. Ond dw i ddim yn mynd i aros ar 'y nhraed heno. A rwy'n mynd i gloi cyn mynd i'r gwely.''

"Sut mae e'n mynd i ddod fewn?''

"Neithiwr fe gas e ysgol fer o'r sgubor a'i rhoi yn erbyn wal yr ardd. Oddi yno fe ddringodd i ben to sied yr ardd, ac i fewn drwy ffenest y bathrwm.''

Gwrandawodd yn astud, yn ddrwgdybus, fel pe bai rhyw ystyr hud i'r hyn roeddwn i'n ei ddweud.

"I b'le mae e'n mynd—mor hwyr?''

Roeddwn i wedi cynllunio iddi hi a minnau fod wrth law i'w

144

dderbyn pan ddôi i fewn drwy ffenestr y bathrwm. Tybiwn y byddai hynny'n creu mwy o argraff arni nag unrhyw eiriau ar fy rhan i. O ddyddiau plentyndod argraffodd arnaf mor ddibwys oedd fy ngweithredoedd a'm geiriau i.

"B'le mae e? B'le wyt ti'n meddwl mae e'n mynd?''

"Hyfrydle.''

"Hyfrydle? Pwy Hyfrydle?''

"Lle mae teulu'r Cwm yn byw. Mae e'n ffrindie â nhw. Gyda Frankie ac Ada. Maen nhw'n dweud 'i fod e'n cael ei "gynnwys'' yno.''

"Ers pryd wyt ti'n gwbod? Pam na ddwedest ti wrtho i o'r blaen?''

"Do'wn i ddim yn siŵr. Mae e'n glos iawn. Ro'wn i'n meddwl eich bod chi'n gwbod mwy am 'i symudiade fe na fi.''

Symudodd hi ddim, dim ond dal i syllu arnaf.

"Wyt ti wedi dweud rhywbeth wrth d'ewyrth?''

"Dim eto.''

Roedd hi'n gwbod 'mod i am roi'r cyfle cyntaf iddi hi i wneud hynny: ac fe wyddai hefyd 'mod i'n disgwyl iddi wneud rhywbeth ynglŷn â'r peth.

"Ddoi di yno gyda fi nawr? Rwyt ti'n well am yrru wedi nos na fi.''

Roedd angen sbectol arni ond wnâi hi ddim gwisgo'r un: rhyw falchder hynod mewn menyw na cholurodd erioed mo'i hwyneb. Doeddwn i fy hun ddim yn hoffi mynd allan mor hwyr y nos. Doedd e ddim yn lles i 'mrest i.

"Mynd i'w tŷ nhw? Ŷch chi'n meddwl . . .?''

"Ie, dyna ydw i'n feddwl. Gwisga dy got.''

"Os ŷch chi'n meddwl taw hynny yw'r ffordd ore . . .''

"Dyna'r unig ffordd.''

Bu bron i mi godi llyfr emynau o ben y biwrô, achos fydden ni byth yn mynd allan gyda'n gilydd yn yr hwyr ond i'r capel. Gwnaeth y car ormod o dwrw wrth i mi gychwyn a'i facio i'r buarth. Gyrrais yn ofalus i lawr lôn y ffarm, gan aros i agor a chau'r llidiart wrth y Beudy Mawr, lle y gallwn glywed anadlu dwfn y gwartheg godro, a sŵn rhuglo'r cadwyni.

Wnaethom ni ddim gyrru'n wyllt. Allan o gyrraedd y ffarm doedd hi ddim yn hawdd cynnal sgwrs. Y tu allan i'n tiriog-aeth sylfaenol roeddem ni'n colli'n ffurf gynefin, ac yn colli nabyddiaeth ar ein gilydd.

Roedd tân yn llosgi yn ystafell ffrynt y bwthyn bach gwyngalchog ond doedd dim golau yno. Roedd hi tua deg o'r gloch a'r stryd dan ei golau gwan yn dawelach na maes yn y wlad. Meddyliem fod y teulu wedi ymgynnull yn y gegin gefn, a sibrydodd fy mam y byddai'n well i ni fynd i'r drws cefn. Cyfarthodd ci yn ei gut yn yr ardd gefn wrth i ni ddynesu. Curodd Mam ar y drws. Clywsom rywun yn symud ac agorwyd y drws gan wraig oedd yn iau na fy mam er nad oedd hi ddim wedi cadw'i hoed gystal. Roedd hi'n dal lamp i fyny ac yn gwenu. Roedd Winnie Cwm wastad â gwên ar ei hwyneb.

"Pwy sy 'na, plîs? Pwy sy 'na?" Roedd cryndod yn ei llais, bob amser yn barod i dorri allan i grïo neu i chwerthin.

"Dier annwyl, Mrs. Elis, Y Glyn, Mrs. Felix Elis. Ie, wrth gwrs, a Miss Elis. Rhoswch funud nawr. Hanner munud. Wali. Mr. Francis! Frankie, 'machgen i. Mrs. Elis sy 'ma, Mrs. Elis Y Glyn, a Miss Elis."

"Wel damo! Mrs. Evans Hyfrydle, galwch nhw mewn."

Clywn Wali Francis yn chwerthin yn y gegin.

"Wel, ie wir. Dewch miwn y ddwy ohonoch chi."

Aethom i fewn. Gwelwn Frankie yn cribo'i wallt, yn lled-orwedd wrth ochr y tân yn y gegin gyfyng. Roedd Wali Francis yn eistedd yn y gongl bellaf oddi wrth y tân, yn gwenu'n llydan, a'i wallt du, wedi ei frwsio'n ôl, yn edrych gymaint yn iau na'i wyneb. Roedd ffurflen pyllau pêl-droed ar y bwrdd, potel o inc a phin ysgrifennu. Frankie oedd wedi bod yn llenwi'r ffurflen. Ar y seld roedd hat feddal werdd Wali, a phluen ffesant ynddi. Yn ôl pob golwg doedd Wali ddim wedi bod yno'n hir.

Safasom ein dwy yn y cyntedd. Ceisiwn osgói llygad Frankie ac yntau'n ceisio dal fy llygad i.

"Ydi Dic fy mab yma, Winifred?"

"Peidiwch wherthin nawr, Wali Francis. Mae Mrs. Elis wastad wedi 'ngalw i'n Winifred. Mae'n enw neis, ta beth."

"Ydi Dic fy mab yma?"

"Wyt ti wedi gweld Dic heno, Frankie?" Roedd Winnie'n crynu mwy nag arfer. "Mae nhw'n ffrindie mowr, Mrs. Elis. Rhyfedd ontefe? Ych mab chi a'n mab inne." Edrychodd Wali ar Frankie a phwyntio dan y bwrdd.

146

"Dwedwch ble mae e, Winifred. Os na 'newch chi, fe fydda i'n galw'r polîs."

Chwibanodd Wali'n ddramatig.

"Ydi e'n y tŷ 'ma, Winifred?"

Yn y distawrwydd gallwn ddychmygu'r holl dŷ yn anadlu'n drwm.

"Dic!" Ni waeddodd fy mam, ond roedd ei llais yn treiddio trwy'r tŷ bychan.

Bu distawrwydd. Efallai fod Frankie erbyn hyn yn gobeithio bod Dic wedi dianc, drwy ryw ffenest. Yna yn ddistaw agorodd drws y parlwr a safai Dic yno, a golau ansefydlog y tân yn chwarae tu ôl iddo.

Gwibiodd llygaid bach Wali yn graff o'r fam i'r mab. Roedd eisoes yn paratoi stori flasus i gwmni'r dafarn.

"Dere adre, Dic," meddai fy mam.

Ymddangosodd Ada y tu ôl i Dic, yn droednoeth, ac felly'n fyrrach, yn wahanol, yn fwy meddal wrth ochr y llanc tal, oedd yn fwy hunanfeddiannol na'i fam. Roedd Ada'n edrych yn dyner yno'n droednoeth, a'i gwallt hir yn hardd yn y cysgodion: yn pelydru gan harddwch, a hawdd oedd deall pam roedd Dic yn ei chwennych ac am ei chadw'n fythol yn ei feddwl ifanc.

"Dere ar unwaith. Ar unwaith rwy'n dweud. ADRE!"

"Pam na adewch chi lonydd i fi? Yn fy nilyn i ffor' hyn. Rwy eisie llonydd. Fe ddo i adre pan fydda i'n barod."

"Fe gei di wneud beth fynni di, Dic. Fe wn i dy fod ti'n tyfu fyny. Yn naturiol rwyt ti am fynd dy ffordd dy hunan. Mae gyda ti gymeriad cryf, fel fi. Ond rhaid i ti beidio dod yma. Mae'r lle yma'n bechadurus a menyw ddrwg yw honna. Maen nhw'n treio dy ddenu di i wneud drwg i dy dad a finne. Roedd y fenyw yma'n arfer gweithio i fi . . ."

"Fe wn i hynny," ebe Dic.

"Fe ddwedodd hi wrthot ti?" ebe fy mam. "Alli di ddim credu beth mae hi'n ei ddweud. Mae'n anonest ac yn anfoesol."

"Gan bwyll!" ebe Wali.

"Fe alla i brofi hynny, a mae hi'n gwbod hynny. Fe ddygodd hi gloc bach o'r tŷ 'co. Anrheg briodas oedd e. Ond fe faddeues iddi. Gadawes iddi fynd yn rhydd."

147

"Hen stori yw honna, Mam," ebe Dic. "Rwy'n gwbod mwy nag ŷch chi'n feddwl. Hen hanes yw hwnna i gyd. Dyw e'n gneud dim gwahaniaeth i fi."

"Dere adre, Dic. Alla i ddim esbonio pethe fan hyn. Pethe y dylwn i fod wedi'u dweud nhw wrthot ti ers amser. Rwyt ti wedi tyfu mor gyflym."

"Does dim llawer allwch chi'i weud wrtho fi. Rwy'n gwbod mwy nag ŷch chi'n feddwl. A dwy ddim eisie gwbod dim rhagor."

"Alli di ddim credu beth maen nhw'n ddweud wrthot ti. Mae'r fenyw yma'n gelwyddog. Fe alla i brofi hynny fel y gŵyr hi'n iawn. Menyw gelwyddog, a lleidir a gwaeth na hynny . . ."

"Hold on! Gan bwyll!" ebe Wali.

Roedd Winnie Cwm yn sychu'i llygaid â'i ffedog.

"Dyna ddigon, Mam," ebe Dic. "Fe allen nhw alw enwe arnoch chi hefyd. Dyw peth fel hyn yn gneud dim lles. Mae'n bryd anghofio'r hen bethe 'na."

"Alla i ddim â'i anghofio." Roedd llais Ada'n benderfynol a ffyrnig, yn barod i frwydr. "A dwy' ddim yn golygu'i anghofio fe."

Edrychodd Dic arni. Roedd hi'n codi ofn arno. Ni fedrai edrych arni heb gyffroi drwyddo.

"Rhaid inni ddysgu byw gyda'n gilydd. Bob un ohonon ni. Rwy wedi cael hen ddigon ar yr elynieth 'ma. Gwrandwch, Mam. Rwy'n mynd i briodi Ada. Fydd hynny ddim wrth eich bodd chi, ond bydd rhaid i chi gynefino ag e."

Cydiodd rhyw arswyd oer yn fy mam.

"Busnes deuluol," ebe Wali. "Well i fi'i adel e rhyngoch chi. Nos da, bawb."

Nid atebodd neb. Cerddodd i lawr y cyntedd a'i ollwng ei hun allan drwy'r drws ffrynt.

"Chei di ddim gwneud gan dy dad. Neith e ddim gadel i ti 'neud ffŵl o dy hunan. Dwyt ti ddim mewn oed eto. Alli di ddim priodi. Y ferch yna. Rwyt ti'n gwbod beth yw hi. Wyt ti'n gwbod beth yw 'i mam? Rwyt ti wedi colli dy synnwyr. Cheith hyn ddim digwydd tra bydda i byw. Dim byth! Dim byth!"

"Cer adre, Dic," ebe Ada, "i chi gael dadle'r peth

rhyngoch chi, ti a dy fam. Galla i ffeindo digon o rai erill i 'mhriodi i, os bydda i eisie priodi.''

"Paid â siarad fel'na, Ada, plîs." Fe glywodd bob gair a ddywedodd. Doedd dim angen iddi godi ei llais, roedd pob sill yn ei daro fel ergyd.

"Mae hi'n iawn wyddoch chi," ebe Winnie. "Mae'n lodes smart, fe all hi ddewis pwy fynnith hi."

"Dere adre," ebe fy mam. "Mae'r lle 'ma'n codi cyfog arna i. Wyt ti ddim yn gwbod beth ydyn nhw? Alli di mo'i glywed e yn 'u lleisie nhw?"

"Mae digon o feie arna i," ebe Winnie, "ond does dim marwoleth neb ar 'y nwylo i chwaith. Roedd yn well ganddo fi na hi, dyna beth all hi mo'i ddiodde. All hi mo'i odde fe hyd heddi."

Am ryw reswm wrthyf i y dywedodd hi hyn.

"Eich tad chi oedd tad Ada. Oeddech chi ddim yn gwbod hynny, oeddech chi? Gan bo' chi yma nawr, cystal i chi gael gwbod."

"Paid â gwrando ar ei chelwydd, Hannah. Mae pawb yn gwbod ei bod hi'n dweud celwydd. Wedi gneud erioed," meddai fy mam. "Mae hi bob amser wedi bod yn dweud celwyddau a lladrata, a gwaeth na hynny."

"Ond does dim marwoleth neb ar 'y nwylo i." Gwthiodd ei hwyneb ymlaen. "Fel chi." Tarawodd fy mam hi gyda'i holl rym ar draws ei cheg. Torrodd ei modrwy briodas wefus Winnie, a chododd honno'i dwylo at ei cheg gan ysgwyd ôl a blaen ac wylo. Ai hwn oedd yr wyneb a welswn wrth y bedd agored? A oedd cymaint o wir yn yr hyn a glywais ac a welais?

"Nawr, wyt ti'n barod i ddod?"

"Mae'r fan gyda fi. Pam rhoisoch chi ergyd iddi?"

"Am 'i bod hi'n gweud y gwir," ebe Ada. Syllodd yn eofn ar fy mam gan anwybyddu wylo'i mam ei hun.

"Celwyddgwn ydyn nhw. Hwrod, celwyddgwn a lladron."

"Mae'n bryd iddi gael gwbod y gwir. Mae'n bryd i bawb gael gwbod y gwir," meddai Ada. "Wedyn fe fydd pawb yn synnu 'mod i'n dy briodi di."

"Ddoi di, Dic? Nawr. Ar unwaith."

"Mae'r fan gen i. Gwrando, Ada. All cweryl fel hyn ddim mynd ymlaen am byth. Rhaid iddi ddod i ben gyda ni."

149

"Bydda i'n disgwyl amdanat ti gartre, Dic," meddai fy mam.

Aethom i'r car. Ni chychwynnai'r peiriant ar unwaith. Gollyngais y brêc a dechreuodd y car symud yn araf. Wrth i ni symud clywais sŵn rhywbeth trwm a meddal yn taro cefn y car. Roedd Frankie'n sefyll ar yr heol. Roedd yn taflu tyweirch o ardd ffrynt Hyfrydle at y car. Yn fy nerfusrwydd gwesgais y brêc. Roedden nhw gymaint yn fy erbyn i ag yn erbyn fy mam, achos roeddwn i ar ei hochr hi. Ac roeddwn i'n ceisio ystyried faint o hawl oedd ganddyn nhw i'w chasáu. Gymaint ag oedd gennyf i?

Meddai fy mam, gan edrych yn syth o'i blaen, "Pam rwyt ti'n aros? Rwyt ti wedi achosi'r holl drwbwl wyt ti eisie, wyt ti ddim?"

7

Roeddwn i wedi clywed fan Dic yn dod i lawr y lôn cyn i mi gloi'r garej. Roedd golau yn ystafell wely f'ewythr Vavasor. Roedd fy mam wedi mynd yn syth i fyny ato. Arhosais i am Dic. Mae'n debyg 'mod i am ei helpu. Doedd e ddim llawn deunaw oed eto. Ond pan wynebais i ef wrth y drws cefn roedd yn edrych yn llawer hŷn a mwy profiadol na mi. Roeddwn i wedi cael bywyd cysgodol, ac yn gwybod dim.

"Dic," meddwn.

"Be wyt ti eisie?" meddai. "Rwyt ti wedi achosi digon o drwbwl on'd wyt ti?"

Cerddodd heibio i mi i'r tŷ. Clywodd fy mam ef yn dod i mewn. Gwaeddodd arno cyn iddo gyrraedd y grisiau. Dilynais innau ef.

"Mae dy dad eisie dy weld ti."

"Dim heno, Mam. Rwy wedi blino. Mae'n hwyr. Ydyn ni ddim wedi cael digon am un noson, dywedwch?"

"Dere 'ma, fachgen." F'ewythr Vavasor yn galw o'i wely. Roedd fy mam wedi rhoi gobenyddiau y tu ôl iddo; roedd yn anadlu'n drwm fel pe bai ar fin cael pwl o'r fogfa. Arllwysodd fy mam bowdwr asma i ddûn a'i danio iddo fudlosgi. Plyciodd f'ewythr yn nerfus wrth yr ŵn wisgo roedd fy mam wedi ei thaflu dros ei ysgwyddau. Yno yr oedd yn farnwr gorweiddiog yng ngolau gwan y lamp. Roedd yn dod i wybod pethau oedd wedi cael eu cadw oddi wrtho, rhag ofn ei

150

ddicter, am wn i; ond y foment honno deuthum innau i wybod nad dicter oedd ymateb cyntaf rhywun i wirioneddau oedd wedi eu celu oddi wrtho am amser hir.

"Faint o ffŵl wyt ti, dywed? Rwyt ti siŵr o fod yn meddwl dy fod ti'n glyfer yn twyllo dy fam a finne. Wel, dwyt ti ddim yn glyfer. Rhyw ffŵl ifanc wyt ti, dyna i gyd. Ddwedest ti fod Wali Francis yn y tŷ 'na, Mary?"

"Do, roedd e yno."

"Mae e tu ôl i'r felltith yma hefyd. Eisie'n niweidio ni maen nhw. Wyt ti'n ormod o ffŵl i weld hynny?"

Nid atebodd Dic.

"Ac rwyt ti am briodi'r plentyn siawns 'na. Ga i ofyn ffor' wyt ti'n mynd i'w chadw hi? Neu falle taw hi sy'n mynd i dy gadw di?"

"Fe alla i weithio," ebe Dic.

"Falle galli di," meddai ei dad, "ond ddim yn y lle yma, gyda'r plentyn siawns 'na. Chei di ddim dod â hi yma. Ond beth bynnag, mae'r gyfreth yn dweud dy fod ti'n rhy ifanc i briodi. Rwy'n dweud wrthot ti nawr, anghofia'r peth. Rwyt ti wedi'i gweld hi am y tro diwetha."

Ni ddywedodd Dic yr un gair.

"Wyt ti'n deall? Y tro diwetha."

Oedodd am atebiad, ond cadwodd Dic yn ddistaw.

"Y tro diwetha. Beth wyt ti'n ddweud am hynny?"

"Nid chi bia'r lle 'ma," meddai Dic, yn llawn cyffro o glywed sŵn ei lais ei hun.

"Beth!"

"Peidiwch meddwl nad w i'n gwbod. Fe gawsoch chi wared o dad Hannah, a'i brawd—i gael y lle 'ma. Rwy'n gwbod y cyfan am hynny. A wyddet ti, Hannah, bod Ada Cwm yn chwaer i ti? Maen nhw wedi dy gadw di yn y tywyllwch. Ond alla nhw mo 'nghadw i yn y twllwch. Dim ond cyfyrdres yw hi i fi ond mae'n hanner-chwaer i ti."

"Maen nhw wedi dy stwffio di â'u celwydde, y ffŵl â ti," meddai fy mam. "Celwydd. Celwydd. Celwydd."

Gorweddodd f'ewythr yn ôl ar ei obenyddiau yn ymladd am ei anadl.

"Ie, celwydd," meddai. "Celwydd melltigedig. Fe setlon ni hwnna, flynyddoedd yn ôl. A nawr mae'n codi'i ben eto. Gyda ti."

Chwifiodd ei law yn wanllyd i anfon Dic allan. Arhosais rhag ofn y byddai fy angen.

"Celwydd," meddai. "Sut mae'u stopo nhw? Mae Duw'n gwbod y gwirionedd, Mary. Fe yw ein barnwr."

Troes fy mam i edrych arnaf i.

"Mae Hannah'n gwrando," meddai. "Cer i'r gwely, Hannah. Dwy' ddim am dreulio'r mis nesa 'ma'n dy nyrso di. Cer i'r gwely."

1

Mae hen ferched yn geidwaid hanes teuluol, dyna'u swydd a'u tynged. Maent yn gwau rhwydwaith byd amser â gwaed eu calonnau hwy eu hunain. Wnes i ddim chwarae teg â Dic. Ar ôl iddo dyfu i fyny a dod yn rhydd dylwn fod wedi ceisio'i gyfeillgarwch. Byddai fy nghyfeillgarwch wedi ei achub ef rhag ei ffolinebau gwaethaf, a'm hachub innau rhag f'ynysu yn yr unigrwydd oer yma. Ond fe'm brifwyd gan ei ddirmyg. Byddwn yn gorwedd yn effro yn fy ngwely yn ceisio dyfalu tybed a oeddwn i mewn gwirionedd yn wrthrych mor wrthun ag yr ymddangoswn iddo ef: yn wan, yn hyll, yn ffug-dduwiol, heb gydymdeimlad, yn sefyll yn ei ffordd, yn difetha'i archwaeth a mynd ar ei nerfau. Roeddwn i wedi cynefino â chael fy anwybyddu a'm cymryd yn ganiataol: roedd yn beth newydd i mi gael fy nghasáu gan y crwt caeth hwn oedd yn fy nghasáu i yn fwy na cheidwaid ei garchar. Roedd hyn yn fy mrifo a'm gwneud yn fwy mewnblyg. A phan feddyliaf amdano'n awr nid y ffaith i mi gael fy nghasáu sy'n peri'r loes fwyaf i mi, ond y profiad oesol o fod yn fethiant llwyr.

Cysur pennaf fy nychymyg rhamantaidd oedd y darlun o'm tad, Elis Felix Elis, o barchus goffadwriaeth, a fu farw'n bell bell yn ôl, a'm brawd a fu ar goll cyhyd, na fu sôn amdano byth wedyn; y gwir etifedd y gallwn drosglwyddo'i holl ystâd iddo, yn gryno, yn llewyrchus ac mewn cyflwr da. Ymwelais â bedd fy nhad yn yr hen fynwent. Cedwais y bedd yn daclus a bwydo fy malchder ar ei yrfa ddisglair ef. *Wedi ei fwriadu ar gyfer Swydd Uchel. Swyddi Uchel.* Ei fri ef oedd fy nghymynrodd i. Cedwais ddelwedd fy nhad yn ddilychwin ac eisteddwn ar lan ei fedd ar brynhawniau braf gan freuddwydio am fy mrawd a ddôi i adfer yr hapusrwydd a gollais hyd yn oed cyn colli fy niniweidrwydd. Ni allwn gredu bod lle i Ada Cwm yn y darlun. Gwrthodwn ei derbyn hi. Os oedd y peth yn wir, ar ei mam hi'r oedd y bai. Ond hyd y gwelwn i doedd dim prawf, ac ni welwn fod rhaid ei derbyn hi. I mi y perthynai fy nhad a'm brawd.

Roedd fy mam yn ymarfer ei hawdurdod. Hoffai feddwl ei

153

bod wedi achub Dic. Ysgydwodd f'ewythr allan o'i syfrdandod pruddglwyfus. Llwyddodd i rwystro ymgais egnïol i ethol Wali Francis yn Faer Pennant.

Tua'r adeg yma clywsom fod Frankie Cwm wedi priodi â Sylvia May, merch Wali Francis. Roedd Sylvia May, fel ei thad, yn rhy dew, a'i hwyneb bach fel botwm gloyw hunanfodlon mewn wig aflonydd: hawdd credu bod Frankie wedi ei phriodi i gael bod yn fab-yng-nghyfraith i'w feistr. Teulu drwg oedden nhw, yn cynllwynio i godi yn y byd. Tref fach yw Pennant, ac roedd gen i benderfyniad i beidio byth â mynd heibio'r *Britannia Garage* ar droed. Ar un achlysur, pan na fedrwn osgoi'r peth, roedd Frankie a Bil Francis ac un arall o'r gweithwyr yn sefyll wrth y pympiau petrol. Chwibanodd Frankie ar fy ôl a gwneud rhyw sylwadau a barodd i'r lleill chwerthin. Sut y medrwn i dderbyn ei chwaer ef fel fy chwaer i: neu ganiatáu i enw da'r teulu gael ei faeddu gan wehilion fel Winnie Cwm a Frankie Cwm?

Byddai'n drychineb pe bai Dic yn priodi Ada. Rwy'n dal i gredu hynny. Roeddwn i'n dal o hyd i gadw llygad arno.

2

"Mae Dic yn gweld y ferch 'na o hyd," meddwn.

Cawodydd. Cymylau isel. F'ewythr Vavasor yn ei wely. Blwyddyn dda am fwyar. Gyda chymhorthwy ffon, llwyddo i gasglu chwart mewn ychydig funudau. Y ceffylau, yn rhydd o'u gwaith, yn carlamu o gylch y pyllau heli yn y caeau ar fin y môr. Mwg o simdde Miss Aster yn cael ei chwythu i bob cyfeiriad. Ysgubau gwlyb allan o hyd, yn ludiog wrth eu cyffwrdd. Cynhaeaf medi araf.

"B'le?" Cododd fy mam ei phen yn sydyn nes bod y clustdlysau duon yn crynu. "Pwy ddwedodd wrthot ti?"

"Falle 'i fod e'n 'i gweld hi'r p'nawn 'ma."

"B'le? Pwy ddwedodd wrthot ti?"

"Mae'n seiclo ar hyd ffordd y glanne: weithie i'r hen eglwys. Weithie i'r Sgubor Bella. Weithie i Tŷ Porth. Mae'n dibynnu lle mae Dic yn gweithio."

"Tŷ Porth? Ydi Miss Aster yn gwbod?"

"Siŵr o fod."

"Pwy ddwedodd wrthot ti?"

Gofynnodd hyn pan oeddwn ar y lôn sy'n arwain at Dŷ Porth.

"Sam Daniel."

Yn eistedd ar ei gart, yn pwyso ymlaen, ei benelinoedd ar ei benliniau, ei gap yn isel a'i big yn cysgodi ei lygaid, yn cnoi, a'i gorff trwm yn ysgwyd gan symudiad y cart, a chrwper disgleirddu'r ceffyl yn codi a gostwng rhwng y llorpiau : a'i lygaid tywyll yn craffu ar yr erwau gleision gyda chwilfrydedd diflino.

"'Tai e'n gweithio'n galetach, fydde gydag e ddim amser i edrych o gwmpas," meddai fy mam. (Gallai'r geiriau fod wedi eu llefaru gan Tomos John).

Curodd yn ddiamynedd. Yn y drws cyfyng plygai Miss Aster yn ôl mewn syndod.

"Gwarchod ni! Dyma syndod. Dewch fewn, cariad. Mae'n neis ych gweld chi. Ydi wir. Pleser annisgwyl. Sut rŷch chi'n cadw? Nawr, tynnwch eich cot ac eisteddwch. Dwedwch dipyn o'r hanes wrtho' i."

Meddai fy mam, gan eistedd ar ymyl un o gadeiriau rhawn Miss Aster, "Ydi Dic yn dod yma'n amal, Miss Aster?"

"Dyw e ddim wedi anghofio 'i hen anti, cariad. Fe ddweda i hynny amdano. Llanc ardderchog, a gweithiwr da. Ac mor debyg i chi, fel y dwedes i bob amser, yr un sbit â chi. Fe fydd yn gredyd i chi ryw ddiwrnod."

"Pwy mor amal, Miss Aster?"

"O, reit amal. Mae'n gwbod 'mod i'n unig. Mae'n gwbod 'mod i'n falch o'i weld e . . ."

"Beth ydw i eisie'i wbod yw—ydi e'n cwrdd â'r groten 'na yma?"

"Pwy groten, cariad?"

"Ada Evans. Ada Cwm fel maen nhw'n 'i galw hi."

"Wrth gwrs nag yw e, cariad. Fyswn i byth yn meddwl gadel i beth fel'na ddigwydd. Hi yw'r groten bert 'na rwy'n weld yn yr eglwys weithie, ontefe? Mae hi'n serchog iawn. Rhaid gweud. Dim byd yn debyg i'r fam ofnadw 'na sy gyda hi."

"Dyw Dic ddim i'w gweld hi. Os yw hi'n dod yma, bydd rhaid i chi fynd." Cododd fy mam. "Dyna i gyd sydd gen i i'w ddweud. Dewch, Hannah."

"O'wn i'n mynd i ofyn i chi gymryd cwpaned o de Tseina

gyda fi. Rwy'n gwbod mor hoff ŷch chi o Tseina. Fe edrycha
i os oes gen i beth . . .''

"Peidiwch trafferthu, Miss Aster. Rŷn ni'n mynd.''

Curodd rhywun ar y drws.

"Oedd rhywun yn cnoco? Rwy'n cael lot o ymwelwyr
mewn un p'nawn. Fysech chi ddim yn meddwl 'mod i am
ddyddie heb weld ened byw, fysech chi?''

"Well i chi ateb y drws, Miss Aster,'' meddai fy mam.

"Ar ben 'yn hunan am ddiwrnode. Dim iws i neb. Rhy
hen.'' Agorodd y drws.

Safai Ada yno, blodau coch ac euraid yn ei breichiau, yn
llygatlas a destlus mewn cot law a belt. Syllais arni. Tybed a
oedd yna ryw debygrwydd rhyngom? Sut yr edrychai hi pe
bai afiechyd wedi ei theneuo? Ei hwynepryd yn noeth heb
wres a gwrid ieuenctid? Ei breichiau yn denau a heb y blodau?

"Crysanths!'' meddai Miss Aster. "I fi ddaethoch chi â
nhw, 'merch i? Dŷch chi ddim yn mynd, cariad? Safwch chi
ddim i gael paned o de? Er mwyn yr hen amser, fel maen
nhw'n gweud . . .''

Heb yngan gair, cerddodd fy mam heibio i Ada tra oedd
honno'n rhoi'r blodau ym mreichiau estynedig Miss Aster.
Roedd beic Ada â'i bwys ar wal yr ardd. I mi â'm brest gaeth
a gwanllyd roedd hwnnw fel ategiad i nerth ifanc, gloyw y
ferch. Ai fy chwaer i oedd hi mewn gwirionedd? Roedd hi'n
hardd ac fe wylodd ei mam uwchben bedd agored fy nhad.

3

"Pwy sy 'na?'' Syllodd f'ewythr yn ansicr i'r gwyll. Roedd
Mani wedi cloi drws y siop a diffodd y rhan fwyaf o'r
goleuadau. Roedd f'ewythr wrthi yn gwthio'i freichiau i
lewys ei got fawr laes.

"Fi sy 'ma, Vavasor Elis,'' meddai Wali Francis. Roedd
wedi ei wisgo'n daclus fel arfer: y ffasiwn ddiweddaraf—o'r
braidd ei bod yn gweddu i ddyn tew ymhell dros ei hanner
cant.

"Roeddwn i'n meddwl i fi ddweud wrthoch chi
flynyddoedd yn ôl am beido rhoi troed y tu mewn i'r siop
yma byth eto. Safwch lle galla i'ch gweld chi.''

"Rw i wedi dod 'ma er ych lles chi, Vavasor Elis,'' meddai
Wali. Safodd o dan y bwlb trydan noeth ar ganol yr ystafell

gefn, a gwthiodd ei hat feddal yn ôl ar ei wegil, nes bod y golau'n disgleirio ar liw mefus ei dalcen.

"Beth ŷch chi moyn?"

"Mae'ch crwt chi mewn trwbwl eto."

"Ydi hynny'n rhwybeth o'ch busnes chi?"

"Ydi, mae e. Mae e wedi bod yn helpu'i hunan i 'mhetrol i."

Lledodd f'ewythr ei wefusau, ac agor a chau'i amrannau'n gyflym. "Cer i gychwyn y car, Hannah. Mae'n mynd yn oer fan hyn. Dyna'r cyfan, Cadwaladr Francis?"

"Ie, dyna'r cyfan. Ond am y polîs."

"Beth am y polîs?"

"Mae e wedi bod wrthi ers amser hir. Yn achub mantes ar 'y nghyfeillgarwch i. Mae'n mynd at y pwmp ochor a'i helpu'i hunan. Rŷn ni wedi'i weld e wrthi. Mae gyda ni dystion."

"Does gydag e ddim cyfrif gyda chi?"

"O oes, ond sôn rw i nawr am yr hyn mae e'n gymryd heb weud wrthon ni."

"Am faint o amser ydych chi'n dweud mae e wedi bod yn gneud hyn?"

"Pedwar neu bum mis. Falle ragor. Mae Frankie'n gweud 'i fod e wedi'i weld e wrthi yn fuan iawn ar ôl i chi roi'r fan 'na iddo."

"Nid fi roiodd hi iddo. Ei fam roth fenthyg arian iddo'i phrynu, gwaetha'r modd. Wel Cadwaladr Francis, faint ŷch chi'n moyn? Beth yw'ch pris chi? Allan ag e."

"Dw i ddim am ddim dime, Vavasor Elis. Dim o gwbwl. Dim ond i chi 'i hala fe bant."

"Bant?"

"Ie. Halwch e bant. Am ddim llai na dwy flynedd. Waeth gen i ble. Os na halwch chi e bant fe fydda i'n rhoi'r peth yn llaw'r gyfreth."

Camgymeriad fyddai ystyried Wali Francis yn greadur ysgafn, siriol: doedd ei chwerthin yn ddim ond rhan o'r straen o gadw cymaint ynghudd. Sylwais mor fain a chrintach oedd ei wefusau dan y golau trydan. Roedd ef eisiau'r ferch, a bod yn ddyn cyhoeddus, parchus yr un pryd, ac yn Faer Pennant ryw ddiwrnod. Roedd e'n benderfynol o gael y ddau beth.

157

Ar y ffordd adre roedd pen f'ewythr Vavasor yn suddo i'w frest, a'i drwyn hir yn anadlu allan o blygion ei gadach gwddf brown. Wrth y prif lidiart aethom heibio i Miss Aster yn cario'i nwyddau o'r siop. O hen arfer dechreuais arafu.

"Pwy sy 'na?" ebe f'ewythr heb godi'i ben.

"Miss Aster," meddwn. "Ga i roi lifft iddi?"

"Gyr yn dy flaen, Hannah," ebe f'ewythr. "Y fenyw dwp yna sy wedi achosi'r rhan fwya o'r trwbwl yma. Wedi difetha'r crwt. Wedi dwyn y farnedigeth yma arnon ni."

Amser te roeddwn i'n disgwyl iddo ddweud rhywbeth, a'r un fath amser swper. Ond ni ddywedodd ddim. Dwn i ddim a ddywedodd wrth fy mam ai peidio. Bwytawyd y prydau mewn distawrwydd llwyr. Dic oedd yn gorffen gyntaf a gwthiodd ei gadair yn ôl gan frysio allan fel y bydd y dynion yn ei wneud i ddangos eu hawydd cydwybodol i ddychwelyd at eu gwaith.

Ar ôl brecwast fore trannoeth rhuthrodd Dic a Tomos John i'r tŷ o gyfeiriad y sgubor. Roeddem ni'n eistedd wrth ein brecwast o hyd yn y parlwr bach. Dic a ruthrodd i mewn gyntaf, a Tomos John ar ei ôl.

"Y fan," meddai Dic yn wyllt. "Mae rhywun wedi malu'r injan."

"Siarad yn fwy pwyllog, fachgen," meddai f'ewythr. Roedd yn archwilio gwaelod ei ŵy wedi ei ferwi yn ofalus â'i lwy. "Sut wyt ti'n disgwyl i neb dy ddeall di pan fyddi di'n siarad fel 'na? Does neb wedi dy ddysgu di i siarad yn glir?"

"Mae rhywun wedi malurio bonet y fan. Gyda gordd, allwn i feddwl," ebe Dic.

"Eitha gwir," ebe Tomos John. "Mae'n yfflon. Does dim gobeth 'i ripario hi. Rhywun lloerig sy wedi gneud siŵr o fod. Wedi torri'r cwbwl yn yfflon."

"Da iawn," ebe f'ewythr. "Mae'n dda gen i glywed hynny."

"Beth, 'Nhad?" ebe Dic.

"Rwy'n falch i glywed hynny, dyna ddwedes i, achos 'y ngwaith i oedd e."

"Ond . . ."

"Dyw geire ddim yn gneud fowr o argraff arnot ti, Dic. Rwy wedi sylweddoli hynny trwy brofiad. A fel'ny, fe dreies i dipyn o weithredu. Dealla di nawr beth ydw i wedi'i neud.

158

Os dy lygad a'th rwystra tyn ef allan. Mae'n bryd i ti dyfu fyny, 'machgen i. Rwy'n dy hala di i Goleg Amaethyddol am flwyddyn ne ddwy.''

Gwthiodd ei gadair yn ôl. ''Dere i'r parlwr canol i ni gael sgwrs fach.''

4

Lle mae Idris yn disgwyl. Fy ngweinidog. A beth a ddywedaf i wrtho? *Fy chwaer ofnadwy i yw'r Ada yma rŷch chi'n ei charu, ac sydd â'i bryd ar ein dinistrio ni, ac na wna byth ein gadael mewn heddwch.* Ond a fydd e'n fy nghredu? Rydw i am ei helpu. Rydw i bob amser wedi bod am helpu, ond i ddim diben. Mae fy mywyd yn ddiffrwyth ac aneffeithiol; felly y bu erioed.

B'le maen nhw'n cyfarfod? Bûm yn poeni ac yn dyfalu. Pam nad yw'n dweud pethau wrthyf? Gallwn ei helpu. Gallwn gario negesau. Gallwn eu hamddiffyn, eu rhybuddio, eu dwyn at ei gilydd. Doeddwn i ddim yn erbyn iddyn nhw gyfarfod. Roeddwn i'n barod i'w cefnogi â'm holl galon. Pe baen nhw ond yn dangos rhyw arwydd bod arnyn nhw f'eisiau. Ond ddwedai Dic ddim byd wrthyf. Roedd yn ifanc ac yn ofnus. Fe'i gyrrwyd i ffwrdd i'w achub rhag cael 'i yrru i garchar, ac roedd yn credu hynny. Roedd wedi ei barlysu gan ryw ofnau dirgel na fedrwn i mo'u deall, a'r unig weithred gadarnhaol a gyflawnodd oedd fy nghasáu i a'm brifo, pryd bynnag y câi'r nerth i ymysgwyd o'i byliau o bwdu ac anobaith syfrdan y suddodd y llanc tal, golygus ond diamddiffyn hwn iddynt. Roedd yn argyhoeddedig fod ei dad yn barod i'w ddinistrio am unrhyw anufudd-dod pellach cyn sicred ag y gyrrodd yr ordd i beiriant y fan. Doedd dim nerth i wrthsefyll ar ôl ynddo; o'r braidd fod ganddo ddigon i godi rhyw sgrîn o gynlluniau i guddio'i ymostyngiad oddi wrtho'i hun. *Fe ddôi yn ôl,* dyna a sgriblwyd yn y cynllun fel tres o fwg tenau a chwelid yn hawdd gan y gwynt, *dôi yn ôl ymhen blwyddyn neu ddwy. Pan fyddai ef yn gryfach a hwythau'n hŷn. Dod yn ôl at Ada, pan fyddai'n gyfoethocach, a hwythau'n wannach. Ymhen blwyddyn neu ddwy.*

Y dydd yr ymadawodd, ar brynhawn tawel o hydref, a'r cymylau'n hongian yn isel yn yr awyr a'u llun yn nŵr y ffosydd, pan gerddwn tua Thŷ Porth, roedd y môr ar drai a dim brys arno i ddod yn ôl gellid tybied, roeddwn i'n poeni ac yn dyfalu amdani hi. Nes i mi weld ei beic yn pwyso ar wal y tŷ. A wyddai Miss Aster eisoes ei bod i gael ei thaflu allan, ac ai hon oedd ei gweithred olaf o annibyniaeth? Neu a oedd y ferch o hyd mewn cymaint enbydrwydd ac mor obeithiol gyda'i choelaid o flodau? Roeddwn i am ei ffeindio i roi iddi rywfaint o gysur. Arhosais ond penderfynais nad yn Nhŷ Porth yr oedd hi. Mi awn i edrych i'r Sgubor Ganol, y math o le y gallent fod yn cyfarfod ynddo i garu heb i neb amau dim. Cerddais yno yn llawn o ryw sicrwydd di-sail. Mae hi yno'n awr, meddwn wrthyf fy hun, ac mi af ati. Dringais yr ysgol oedd yn pwyso yn erbyn y daflod yn y sgubor, a gwelais hi'n gorwedd â'i hwyneb ar ei breichiau, ac fe'm cyffrowyd gan dosturi oedd bron yn gariad, ac fe garwn fod wedi cadw'r teimlad hwnnw'n rhan ohonof am byth. Roedd yn rhyw wendid ynof yr oeddwn yn ofnadwy o awyddus i'w feithrin.

"Ada," meddwn i.

Roedd ei hwyneb yn goch gan dristwch, dicter a syndod.

"Mae e wedi mynd, Ada," meddwn.

Nid atebodd ond daliodd i syllu arnaf fel pe bai'n ceisio cofio rhywbeth amdanaf, rhywbeth annymunol.

"Mae e wedi mynd," meddwn. "Mi hoffwn i'ch helpu chi."

"Wna i byth fadde i chi," ebe hi gan rythu arnaf. "Doedd e ddim eisie mynd."

"Dyw hi ddim yn iawn i chi 'meio i," meddwn.

"Chi wedodd wrthyn nhw amdanon ni yn y lle cynta. Chi ddechreuodd y drwg i gyd. Chi'n gwbod faint oedd ych mam yn 'y nghasáu i, a Mam. Chi wnaeth y trwbwl."

"Wyddwn i ddim," meddwn i. "Wnes i ddim breuddwydio y gallech chi fod yn chwaer i fi."

"Roedd ych mam yn gwbod," meddai hi. "Alle unrhyw un weld hynny. Dyna pam mae hi'n ein casáu ni gymaint. Achos bod yn well gydag e Mam na hi. Dyna pam lladdodd hi e."

Beth oedd y ferch yma'n ei ddweud yn ei phoen, pa hen gyfrinachau oedd yn cael eu turio o'r ddaear gynefin o'm blaen? Oedd yna ddim diwedd i'm hanwybodaeth a'm cwymp?

"Dŷch chi ddim yn 'i gredu e ydych chi?" llefai, gan godi ar ei heistedd. Fel pe bai fy arswyd i yn rhoi rhyw fymryn o

160

fodlonrwydd iddi a rhyddhad am foment o'i gofid ei hun. "Roedd niwmonia arno. Ond beth achosodd e? Roedd hi'n mynd i'w nyrsio fe'i hunan, medde hi. Yn y ffarm roedd e'n sâl. Fe welod Miss Aster hi'n gwagu'r jwg ddŵr. Doedd dim dŵr gydag e i'w yfed. Fe adawodd iddo farw. Yn y ffarm y digwyddodd hyn. Gall Miss Aster weud wrthoch chi. Ac roedd *e* o gwmpas, ych ewyrth. Roedden nhw'n wallgo bryd hynny. Yn gweddïo gyda'i gilydd yn y Parlwr Canol. Gwneler Ei ewyllys Ef, medden nhw. Gofyn am bardwn. A disgwyl iddo farw. Ych tad chi a 'Nhad inne. Gofynnwch i Miss Aster. Ond well i chi neud hast. Mae hi wedi cael notis i fynd. O, pam mae e wedi mynd? Pam mae e wedi 'ngadel i?''

Roedd ei wylofain yn druenus. Penliniais yn y gwair wrth ei hochr yn aros iddi ymatal, yn ofni cyffwrdd â hi, ac yn crynu oherwydd yr hyn a ddywedodd am fy nhad. Ymdorchai'r wybodaeth fel neidr i mewn i'r bylchau yn fy ymwybyddiaeth o'r gorffennol. Wedi i mi ei glywed teimlwn fy mod wedi ei wybod erioed—dim ond y Gwirionedd a gaiff effaith felly.

Gwyliwn ei hysgwyddau'n ysgwyd ac roeddwn am orwedd wrth ei hochr a'i chymryd yn fy mreichiau i'w chysuro. Roeddwn am ran o'i gofid, ac am iddi fy nghydnabod. Gyda'n gilydd gallem sylweddoli fod cariad ar ôl yn y byd o hyd.

Ond ysgydwodd fy llaw i ffwrdd pan gyffyrddais â hi.

"Gadwch lonydd i fi," meddai.

"Rwy eisie'ch helpu chi," meddwn gan fy ngorfodi fy hun i siarad, er gwybod mor ddi-fudd ac ynfyd roeddwn i'n swnio.

"Allwch chi ddim dod ag e'n ôl, allwch chi?" ebe hi.

Wnes i ddim ateb. Doeddwn i ddim yn ystyried, fel y gwnâi hi, mai hynny oedd craidd y broblem.

"Allwch chi?" meddai. "Allwch chi?"

Wyddwn i ddim beth i'w ddweud.

"Dŷch chi ddim am i fi ei gael e, mwy na'r lleill ohonyn nhw," meddai hi. "Ar 'u hochor nhw ŷch chi. Eu morwyn fach nhw ŷch chi. Am hynny gadwch lonydd i fi. Cerwch 'nôl i weud wrthyn nhw'r cyfan amdana i. Gwedwch gymint rwy'n 'u casáu nhw. 'Fe ladda i nhw fel y lladdon nhw 'y nhad i, gwedwch wrthyn nhw. Cerwch. Cerwch o 'ngolwg i. Alla i

161

ddim godde meddwl amdanoch chi'n chwaer i fi. Cerwch i weud wrthyn nhw amdana i. Cerwch.''

Symudais i lawr yr ysgol, yn ofni ei bod am fy nharo. Roedd hi am fy nolurio a fedrwn i ddim goddef hynny. Roedd hi wedi rhoi ei llaw ar fforch wair ac ofnwn ei bod am fy nharo â hi.

"Nid ych ffarm chi yw hi, yn nage fe?'' ebe hi. "Mwy nag yw hi'n ffarm iddyn nhw. Eiddo'r bachgen sy wedi cael 'i hala bant yw hi, ontefe? Fe a Dic bia hi. Nid chi, na nhw. Cerwch i weud hynny wrthyn nhw hefyd. Gwedwch bo chi'n gwbod popeth amdanyn nhw. Chân nhw mo 'nhrin i fel baw. Chewch chithe ddim chwaith. Mae gen i gymint o hawl i fod yma â chi.''

Parhaodd i siarad ar ôl i mi ei gadael. Y tu allan i'r sgubor gallwn glywed ei hwylo unig ar y prynhawn tawel o hydref. Roeddem ni'n dwy'n unig. Doedd dim cariad yn ein byd ni.

Cofiaf yn awr gymaint oedd fy awydd i'w helpu. Mae'n sefyll allan fel y cof am boen. Rhois fy llaw ar ei hysgwydd. Ond ni fynnai fy nerbyn. Roeddwn i am ddweud wrthi 'mod i'n barod i'w helpu, a dweud wrthi am Wali Francis yn mynnu bod Dic yn cael ei yrru i ffwrdd. Roeddwn i am ei helpu. Pa raid iddi fy nolurio i gymaint?

5

Roedd dieithryn yn prynu brws dannedd a f'ewythr Vavasor yn yr ystafell gefn â'i glust wrth y set radio roedd e newydd ei gosod yno i gadw mewn cyswllt â'r Argyfwng. Welais i neb erioed â'r fath ymroddiad i'r newyddion. Gellid meddwl bod rhoi ei sylw astud i'r newyddion oll yn seremoni a'i galluogai i gynnal bodolaeth y bydysawd. Safodd y cwsmer i glustfeinio, gan ddal ei fraich allan â'r newid yn ei ddwrn. Daeth fy mam i mewn. Arhosodd hithau i wrando. Roedd y geiriau o'r radio yn ein swyngyfareddu nes bod hyd yn oed sŵn ein hanadlu'n tarfu ar yr awyrgylch, a minnau'n dychmygu fod pawb yn ei glywed fel rhuo annioddefol.

"Trowch e i ffwrdd, Vavasor!'' ebe fy mam. "Trowch e i ffwrdd!''

Edrychodd y cwsmer arni mewn syndod, a brysiodd allan i'w gar yn y stryd, gan fwmian, "Wel, mae e wedi dod. Dyma fe o'r diwedd!''

Diffoddodd hi'r radio ei hun. Roedd ef fel pe bai wedi ei syfrdanu am fod y sŵn difrifol wedi tewi mor sydyn.

"Dic," meddai hi. "Llythyr oddi wrth Dic. Chaiff e ddim mynd. Dim ond bachgen yw e. Byddai'n sâff yma ar y ffarm. Pam na ddaw e adre? Mae'n well gydag e fynd allan yna i gael 'i ladd."

Ni ddywedodd f'ewythr ddim. Cododd fy mam ei breichiau, â'i llaw chwith yn gafael yn dynn yn y llythyr. "Rwy am ei gael e adre," meddai. "Fy machgen i."

Ysgydwodd f'ewythr ei ben. Doedd ganddyn nhw ddim modd hyd yn oed i gysuro'i gilydd.

<h2 style="text-align:center">6</h2>

Fe ddaeth mewn gwisg milwr unwaith. I weld Ada, mae'n debyg, nid i'n gweld ni. Yn ei iwnifform roedd ymhellach oddi wrthym nag erioed. Yn edrych ar ein byd ni gyda llygaid un mewn brys i dyfu i fyny. Fe welodd Ada unwaith. Hi erbyn hyn oedd yn gofalu am yr arian yng ngarej Wali Francis. Rhaid eu bod wedi cweryla. Aeth yn ôl cyn i'w dymor seibiant ddod i ben, yn fwy anghyfeillgar na'r un dieithryn. Cusanodd ei fam heb wên fel pe bai'n gosod ei wefusau ar ei garreg fedd ei hun. Ni fedrai ddiodde'r tŷ na'r bobl oedd ynddo. Roedd yn awyddus i ymadael. Sylwodd y dynion ar y newid oedd ynddo. "Dyw e ddim yn wherthin fel y bydde fe," meddai Tomos John. "Wedi sobri," meddai Richard Davies. "Mae'n edrych fel 'tai'r byd wedi mynd yn ormod iddo," meddai Sam Daniels. Ataf i yr oedd mor anghynnes â phe bawn yn ddieithryn y buasai'n well ganddo beidio â'i gyfarfod. Ar hyd yr amser roeddwn i'n dyfalu tybed a oedd e'n ei charu o hyd. Ond ni chefais wybod yr ateb. Anaml iawn yr ysgrifennai adref. Weithiau byddaf yn credu na fyddai byth wedi dod yn ôl, hyd yn oed pe buasai wedi cael byw. Teligram a ddaeth gyntaf i ddweud ei fod ar goll. Doedd hynny'n ddim byd newydd i ni. I ni roedd e wedi bod ar goll ers amser maith.

Fe adawyd y teligram am ddyddiau ar y silff-ben-tân farmor yn y Parlwr Canol. Pan symudwn ef i dynnu'r llwch roedd darn petryal o farmor gwyn lle bu'n gorffwyso. Doedd y galar ar ei ôl yn ddim ond y galar hwnnw na fu gennyf ddefnydd iddo erioed, y cyflenwad bychan ond cyson o gariad a fu gennyf ato. Fe grebachodd ynof o ddiffyg awyr ac ymarfer.

Felly gyda'm teimladau i gyd. Mae Idris yn eistedd fan yna'n awr a minnau'n ddig wrth ei ffolineb. Mae hen ffolineb yn druenus, ond mae ffolineb y foment yn cyffroi dicter diymadferth un a fynnai helpu a chael ei chynorthwyo i helpu, ond na fedr wneud hynny am na ddysgodd y ffordd i helpu erioed.

Mae fy anallu yn gafael ynof fel clefyd. Rwy'n colli gafael ar bopeth ond y cyfrinachau erch sy'n tyfu o'm cwmpas fel eiddew yn tagu coeden grablyd.

Philip Esmor-Elis

1

Meddwl am y peth, meddwn i wrthyf fy hun. Rwy' wedi meddwl amdano, meddwn. Yn ymarferol ac anymarferol. Meddwl am bethau na cherais ac na charaf feddwl amdanynt. Meddwl am bethau di-fudd.

Tynnais y gist dùn allan o dan y ddesg rôl-top. Cyn ei hagor edrychais ar lun fy nhad unwaith eto. Fi fy hun mewn coler big a mwstas enfawr. Fi fel cymeriad mewn drama. Damio fe! Does a fynno fe ddim byd â fi, ac eto mae'n mynnu ymyrryd.

"Fe gadwes i'r cyfan," meddai hi â'i dwylo'n groesion ar ei bron, fel llun ar gerdyn post o actores o'r oes Edwardaidd yn ystumio serch rhamantaidd. "Ar gyfer eich pumed pen-blwydd-ar-hugen, Philip. Chi bia'r allwedd nawr, cariad. Mewn mwy nag un ystyr. Ŷch chi'n gweld, i fi 'dyw e ddim wedi marw. Fe gadwes i ei ysbryd e'n fyw, er eich mwyn chi . . ."

Doeddwn i ddim eisiau'r allwedd gythraul. Na dim o'i syniadau afiach, hanner gwallgof. Doeddwn i ddim am sgrifennu cofiant iddo nac am geisio neb arall i wneud. Roeddwn i wedi hen alaru ar ei dychmygion, oedd yn mynnu atgyfodi'r marw i ymyrryd â hoen bywyd bob-dydd. Doedd arna i ddim awydd ailgyfodi pa obeithion bynnag yr oedd yr ysgolfeistres wedi eu cloi yn y gist dùn. *Papurau Elis Felix Elis nas cyhoeddwyd* yn awr yn cael eu cyflwyno i'r cyhoedd oedd yn dyheu amdanynt, ddeng mlynedd ar hugain ar ôl ei farw, drwy gwrteisi ei ordd-erch ffyddlon. Gwendoline Esmor (ymwrthododd â'r Jones cyn dod i Lundain) M.A., Prifathrawes Ysgol Ramadeg i Ferched yr Archesgob Bancroft, Surrey.

Mor ddiflas oedd yr aroglau lafant a'r gwenu cyfrin yn y ffotograffau brown. *Fi ac Elis annwyl yn Bournemouth, Gorff. 26ain 1919. Elis annwyl ar Bont Magdalen, Tach. 16eg 1918. Heddwch i ninnau hefyd.*

Tywynnai disgleirdeb ei theyrngarwch a'i hiraeth am aberth cariadus. *Heddiw cychwynnwyd y llyfr sgrap yma. Cofnod o yrfa Elis i'r oesoedd a ddêl! Fe welodd ef y llyfr hwn yn wag a minnau'n dweud bod yn rhaid ei lenwi â hanes gogoneddus. Dywed ei fod yn cydsynio, ar amodau . . . Elis a Lloyd George ar y Teras. Elis yn derbyn gradd an-*

rhydeddus yng Nghaerdydd . . . Elis yn traddodi araith danbaid ar y
Datgysylltiad yng Nghaergybi. Elis yn annerch cyfarfod awyr-agored yng
Nghroesoswallt. Elis yn yr Arddwest yn Bibby Manor. Byddaf gyda chi
yn yr ysbryd ble bynnag y byddwch, f'anwylyd. Does arna i ddim cywil-
ydd. Does gen i ddim i gywilyddio o'i blegid. Er mwyn fy rhyddhad a'm
cysur fy hun, nid er eich mwyn chi, fy nghariad, y casglwyd y ffeithiau
annwyl yma . . . Mae Elis yn cytuno i mi gadw dyddlyfr a fydd yn cof-
nodi'n annwyl ac anrhydeddus ein perthynas â'n gilydd fel y datblyga o
ddydd i ddydd. Dydi e ddim yn gwarafun y cysur i mi, bendith arno! A
byddaf yn sgrifennu fel pe bai ef wrth fy ysgwydd, ac ni fydd ei berson
urddasol, golygus fyth ymhell o'm golwg . . . Cyfarfod ag Elis y tu allan
i'r "Abbey". Ar unwaith fe'n cipiwyd i mewn i ryddid bendigedig
miliynau Llundain. Rhoi iddo'r memorandwm a baratoeswn ar Addysg
Uwch. Gobeithio y bydd o ryw ddefnydd iddo. Trafod y dyfodol. Elis yn
amheus o Lloyd George. Ai cyfuniad o Blaid Radical a Llafur fydd
Plaid y dyfodol? Rwy'n dadlau'n frwdfrydig dros hynny. Elis, rhad
arno, yn fwy gwyliadwrus. Ond bûm yn meddwl llawer dros y peth.
Dyna'i ddyfodol ef.

Problemau. Problemau. Problemau. Mae gwraig Elis yn anhydrin.
Mae'n wirion o genfigennus. Fel pe bai ganddi ryw achos i'w chenfigen!
Beth allaf i ei roi i Elis ond y cysur ysbrydol y mae ganddo bob hawl i'w
ddisgwyl? Does dim disgwyl iddi hi ddeall y math o berthynas sy rhyng-
om. Er na wŷr hi ddim am hynny. Pa reswm sy ganddi, felly, dros fod
yn genfigennus? Elis druan, yr hyn mae e wedi'i ddiodde . . . a hithau
wedi'i llyncu i fyny yn ei chulni gwladaidd, does ganddi ddim syniad o
fawredd ei enaid.

Treulio'r wythnos yn y Radcliffe yn paratoi deunydd ar gyfer dar-
lithiau Elis. Gwaith llawn o lawenydd. Rhaid iddo feithrin ei fri
academaidd . . . Elis yng Nghymru. Mor wag yw bywyd. Beth sy gan
Gymru i'w gynnig iddo? Rwyf am ei weld ym mhrif ffrwd y bywyd
politicaidd. Rhaid i mi wasgu hyn arno pan ddychwelo o Lundain. Yr
anffawd o fod yn Gymro. Does gan Gymru ddim i'w gynnig iddo ond
taeogrwydd cul, enwadol . . . Cyfrinachau cyffrous oddi wrth Elis.
Helbul yn y Cabinet. Mae Syr M. T. F. a H. S. yn sicr o ymddi-
swyddo. Elis yn obeithiol ond yn ochelgar. Mae'r Glymblaid yn annat-
uriol, medd ef; all hi ddim para. Adeg anodd a phryderus . . . Ar gyngor
Elis, wedi dechrau ceisio am swydd prifathrawes. Byth yn rhy gynnar i
ddechrau, medd ef. Ond os dringo wnaf, er ei fwyn ef y gwnaf hynny.

Cynllun ardderchog! Gwyliau gyda'n gilydd yng Ngenefa y Pasg
nesaf. Rwy wedi 'nghynhyrfu drwof. Elis yn dweud ei fod bron yn sicr y

bydd yn rhydd erbyn hynny. Rydym wedi dechrau gwneud cynlluniau.
Dydw i'n meddwl am fawr ddim arall. Rwy'n benderfynol o drefnu
popeth hyd y manylion lleiaf a bydd ein cyfarfyddiadau i gyd yn ymddan-
gos yn ddamweiniol neu'n gyd-ddigwyddiadau.

   Elis yng Nghymru ers dros wythnos a dim gair oddi wrtho. Mae'n
gas gen i'r wlad yna sy'n llyncu ei meibion a'u difa. Rwy'n dechrau
poeni. Pa bris sy raid talu am fy ychydig hapusrwydd? Dwy' i ddim yn
gofyn llawer . . .

   Dim gair . . . Os na ddaw rhywbeth erbyn yfory mi af yno fy hun.

   Ac fe'i cafodd yn farw? Ac mae hi wedi rhamantu am Angau
byth oddi ar hynny. Ac am fy ngenedigaeth innau. Oedd hi'n
syndod iddi fod y wraig ddirmygedig yn feichiog gan ei harwr
pur-o-galon? A all unrhywbeth synnu hen ferch yng ngafael y
fath obsesiwn? A dirgelwch fy nwyn innau i ffwrdd. Pa
gytundeb dirgel a wnaeth hi a'm mam drosof i? Rwyf i'n gys-
egredig i goffadwriaeth . . . Ŵyr hi mo hynny (cyn lleied o
bobl sy'n gwybod y rheswm am eu gweithredoedd eu hunain)
ond hoffai i mi fod yn garreg fedd fyw, yn troi tua'r gorllewin
ac ymgrymu i'w gysgod ef gyda'r machlud. Fy swyddogaeth i
oedd cadw'n fyw ei breuddwydion hi—ond ni fûm yn ddigon
ffôl i gydymffurfio â'i syniadau. Elis, Blodeuyn Brenhinol; a
Philip Elis, y Tywysog yn ffyddlon i'r Frenhines dawel sy'n
torri hanes yn ddarnau gyda thafelli o fara a mêl.

   Cyn lleied o bobl sy'n barod i dderbyn marwolaeth fel ffaith.
Pe gwelent gymaint ag a welais i o'r gwirionedd oer, yr adfail
trist, marwol, fydden nhw ddim yn troi'r rhodd dros-dro yma
o fywyd yn fwyd i borthi'r lledrith sy'n tagu pob bywyd arall.
Maen nhw'n credu 'mod i'n galed. Ond does dim byd yn
gafael yn y Gwirionedd a'i drafod mor dyner â Gwyddoniaeth.
Does gan y rhai geirwir ddim i'w ofni oddi wrthyf i.

2

   "Philip," meddai hi. "Dyma bleser! Ond pam?"
   Y tu ôl iddi ar wal ei stydi yn yr ysgol roedd y pâr hynny o
ddwylo gleision mewn gweddi. Rhagor o grefydd. Ac ar hyd y
wal y tu ôl i mi, y daflen amser wedi ei lledaenu fel maes
brwydr. Miss Esmor, yr athrylith drefnus. Tyn ei sbectol a
chaf wên ddanheddog brifathrawesol ganddi. Ei blows yn ddi-
lychwin, ei pherlau diwair, a'i dwylo difodrwy ymhlyg ar y
papur blotio o'i blaen. Fy nawdd fodryb.

"Mae'n fater o frys, braidd," meddwn. "Gobeithio nad wy' i ddim yn eich styrbio chi."

"Dim o'r fath beth," meddai. "Hoffech chi roi sgwrs i ferched y chweched dosbarth y wers nesa?"

"Mae'n ddrwg gen i, Anti. Rwy i mewn tipyn o frys."

"Ond steddwch lawr, Philip," meddai hi. "Rŷch chi'n edrych fel petaech chi'n brif fachgen yr ysgol."

"Mae tad Margaret . . . ," meddwn.

"Syr Christopher?"

"Mae'n codi anawstere. Rhyw ffwlbri am 'y nheulu i. Eisie gwybod am 'y nheulu i."

"Ddwedoch chi wrtho fod Margaret wedi bod yma gyda chi?" meddai hi.

"O do," meddwn i. "Hynny i gyd. Ond mae gydag e ryw syniade ffasgaidd am hil. Etifeddeg. Cwbl anwyddonol wrth gwrs. Eisie i fi ffeindio allan bopeth am 'y nheulu . . . Anti, mae'n lot i ofyn, falle, ond allwch chi roi benthyg dau gant i fi? Fe wnawn i'r tro ar ddau gant. P'un a yw e'n hoffi'r peth neu beidio, fe awn ni i'r Swisdir."

"Beth mae Margaret yn ei ddweud am hynny?"

"Fe ddaw. Dwy' i ddim wedi gofyn iddi'n blwmp ac yn blaen eto. Ond fe ddaw."

"Hyd yn oed pe gallwn i gasglu deucant," meddai hi, "dwy' i ddim yn meddwl y dylwn i'ch cefnogi chi yn hyn o beth."

"Deucant," meddwn i, "ar log. Benthyciad fydde fe. Dyna i gyd rwy'n ei ofyn."

"Dyw hynna ddim yn ffordd dda iawn o osod y peth," meddai hi.

"Wel, mae'n wir. Dwy' i ddim yn gofyn am rodd."

Edrychodd ar ei dwylo mewn tristwch.

"Ŷch chi ddim yn credu y dylech chi roi mwy na hyn o ystyriaeth i 'nheimlade i, Philip? Ŷch chi ddim?"

"Mae'n ddrwg gen i," meddwn. "Does gen i ddim help am fy ffordd. Rwy'n ddiolchgar i chi . . ."

"Ŷch chi?" ebe hi mewn llais dioddefus.

"Wel," meddwn i. "Os na wnewch chi, wnewch chi ddim, a dyna fe. Mae'n ddrwg gen i'ch poeni chi."

170

"Pam nad ei di i weld drosot dy hun?" meddai John. "Mae'n swnio'n rhamantaidd falle, ond gallai dalu'r ffordd i ti. Gallet ladd dau dderyn â'r un garreg."

"Dwy' i ddim eisie lladd neb," meddwn. "Y cyfan rwy i ei eisie yw heddwch a llonydd i fynd ymlaen â 'ngwaith."

"A Margaret," meddai ef.

"A Margaret," meddwn i. Gallwn dybied ei fod yn meddwl mwy am Margaret nag ydw i, hyd yn oed.

"Dwy' i ddim eisie rhuthro i mewn fel tarw i siop lestri," meddwn.

"Yn hollol," meddai ef. "Yn hollol. Ond ar y llaw arall, os oes arian yn y peth . . ."

"Breuddwyd gwrach wrth ei hewyllys," meddwn.

"Ond ti yw'r mab," meddai ef. "Ac felly ti yw etifedd dy dad, os oes 'na rywbeth i'w etifeddu—heblaw arferion drwg?"

"Mae 'na chwaer," meddwn, "yn hŷn na fi."

"Wnaiff hynny ddim gwahaniaeth. Fe gest ti dy eni cyn 1926. Ti yw'r etifedd o hyd. Wyt ti'n siŵr nad oes 'na ddim brawd yn hŷn na thi?"

"Ddim hyd y gwn i," meddwn.

"Mae dy frwdfrydedd yn fy syfrdanu," meddai. "Wyt ti'n siŵr fod dy fam yn fyw o hyd?"

"Hyd y gwn i," meddwn. "F'ewythr, fy mam a'm chwaer. Cyn belled ag y gwn i maen nhw i gyd yn fyw. Ond does arna i ddim awydd cwrdd â nhw."

"Dwyt ti ddim yn chwilfrydig iawn, wyt ti'r hen law?" meddai.

"Un sy'n edrych ymlaen ydw i," meddwn. "At y peint nesa o hyd. Mi wn i'r cyfan rwy i eisie'i wybod."

"Ar wahân i'r arian. A'r Meistr," meddai ef.

"I ddiawl â'r Meistr," meddwn.

"Twt, twt!" ebe John. "Alli di ddim gwneud ymholiade'n slei bach? Anfon ditectif preifat neu rywbeth? Pam nad ei di lawr yno dy hunan?"

"Alli di 'nychmygu i'n gwneud unrhyw beth yn slei bach?" meddwn. "A phwy sy'n mynd i dalu'r ditectif diawl, ta beth?"

"Hmm," meddai John gan feddwl yn ddwys. "Dyma syniad. Rwyt ti'n rhyw fath o ddoctor. Pam na chysyllti di â'r doctor lleol?"

"Ar ba esgus?" meddwn i. "Un sâl ydw i am greu esgusodion."

"Mae hynny'n ddigon syml," meddai.

"Wel, beth?"

"Achyddiaeth," meddai John. "Addoli hynafiaid. Turio yn y gorffennol. Unrhyw beth felly . . . Fynni di un arall?"

"Rwyt ti'n awyddus iawn i 'ngwthio i i fewn i'r peth," meddwn. "Gallai unrhyw un gredu fod gyda ti wir ddiddordeb."

"Wel, mae gen i," meddai. "Mae'n ddiddorol o safbwynt y gyfraith. Ond o ddifri, fe garwn dy helpu."

Fedrwn i ddim llai na theimlo'i fod yn garedig.

4

Breuddwyd hir a llachar, ar ôl yfed gormod, mae'n siŵr.

Gweld fy hun yn gwisgo'r darlun o 'Nhad fel mwgwd ar fy wyneb gan orymdeithio drwy strydoedd tref fechan, i fyny grisiau Neuadd y Dref ac i mewn i'r capel, tebyg i Gapel Cymraeg Annie, ac i'r pulpud. Ar y cyntaf eisteddai Annie yno ar ei phen ei hun, ac yna dechreuodd holl bobl y dref ddod i mewn yn un rhes ddistaw. Yn y sêt fawr eisteddai fy mam a'i hail ŵr mewn cadwynau. Roedd fy mam ar ffurf Modryb Gwen, ond gydag wyneb gwrach. Roedd ei hail ŵr yn dew ac yn crynu fel jeli gan fy ofn i, a'i fysedd tew yn crynu ar ei wefusau. Yn y gornel safai cawell parot mawr ac ynddo fy chwaer adeiniog a phig coch yn crawcian rhyw gyhuddiadau, oedd yn annealladwy i mi. "Distawrwydd a synnwyr," gwaeddais gan wthio fy mynegfys allan fel ffon na fedrwn i mo'i phlygu, ond ei bwyntio at fy mam neu fy chwaer gan weiddi, "Distawrwydd a synnwyr! Distawrwydd a synnwyr!"

Ond doedd yno ddim distawrwydd. Wedyn John Neade, gan daflu ei din dros ei ben i lawr yr ale, yn glanio ar sedd yr organ a dechrau canu'n amhersain gan wneud ystumiau fel clown. Dychrynais o weld Margaret yn ei phlyg y tu ôl i'r organ yn chwythu'r fegin, ei phen tywyll wedi ei droi oddi wrthyf ac yn fyddar i'm cri. Aeth fy mysedd yn sownd ym mariau cawell y parot a dechreuodd yr aderyn eu pigo'n gwerylgar heb feddwl am y boen a barai i mi. Cerddodd y Meistr i mewn yn drwm, gan daro pob côr â'i ffon drom. Rhedodd Margaret allan.

172

Byrstiodd fy ngholer big ar agor wrth i mi geisio rhyddhau fy mysedd, a syrthiodd y mwgwd papur oddi ar fy wyneb.

''Torrwch ef i ffwrdd!'' ebe'r Meistr yn ffyrnig, a daeth y ffon i lawr ar fy mys, a gadawyd darn ohono ym mhig fy chwaer a'r gwaed yn ysgeintio dros fy mam a'i hail ŵr yn eu cadwynau.

Fe'm gyrrwyd allan ar fy mhen fy hun. Mewn ystafell dywyll mewn tŷ tywyll eisteddai fy nhad mewn gŵn wisgo wen, yn fud, oer, yntau ar ei ben ei hun, a darlun diwyneb mewn ffrâm drom dan ei draed noethion, gleision, gweddigar. Dyrchafodd ei fraich wen ac edrychais drwy'r ffenest. Ar lechwedd glas roedd Anti Gwen â'i bag llaw yn ceisio cadw draw fy ngwrach o fam, oedd wedi ei cherfio o bren a'i bronnau noeth yn y golwg. Roedden nhw'n aros yn yr ystum yma heb symud. Ni chyffyrddodd y bag â'r wyneb yr anelai ato, ac roedd gwallt ffrwcslyd y wrach mor llonydd â brigau'r coed. Aeth fy nhad yn simsan i'r feranda ac arwyddo arnaf i i'w ganlyn. Dangosodd i mi arian wedi eu cuddio yng nghil-fachau wal gerrig. Heb i neb ddweud wrthyf gwyddwn i'r dim faint oedd yno. Yna yn y tŷ tywyll cododd fy nhad un o fyrddau'r llawr, ac o tano gwelwn dwr o arian papur a dog-fennau wedi eu cnoi'n fân gan y llygod a sgrialai i ffwrdd.

Syrthiodd fy nhad yn ôl ar stretsier a disgwyl yno'n amyn-eddgar am rywun i'w godi. Daeth y technegydd P.M. i mewn a Sam y gyrrwr ambiwlans sydd bob amser yn cellwair yn barchus gyda mi. ''Gini arall, syr,'' meddai Sam gyda gwên gwrtais. ''B. I. D?'' A thu allan o gwmpas yr ambiwlans, y bobl yn sibrwd yn uchel, ''Dyw'r meirwon yn neb! Celain ddiwerth! Dylai'r Cyngor gasglu'r sbwriel yn amlach.'' ''Nid felly,'' meddwn innau'n ddicllon, ''Elis Felix Elis, Aelod Sen-eddol, Is-Ysgrifennydd ei Fawrhydi dros Faterion Teuluol! Fy unig dad a'i lwynau cysegredig, a chymerwch chi ofal ohono! Rhowch barch iddo! Rhowch driniaeth dda iddo!'' Un olwg olaf ar wyneb melyn cyn i ddrysau'r ambiwlans gau, a Sam, gan gyffwrdd â'i gap a nodio a wincio, yn gyrru ymaith i'r tywyllwch.

1

Wrth gerdded i fyny ac i lawr y platfform gallech gredu ein bod ar fin cael ymgom hir a difrifol. Dywedaf ar fin oherwydd ni lefarodd Margaret na minnau yr un gair. Cydiem yn nwylo'n gilydd. Roedd ein dwylo'n deall ei gilydd. Hiraethwn am ei chofleidio. Roedd rhyw ofid arnom. Teimlai'r ddau ohonom angen am eiriau o gysur y naill gan y llall, ond ni ddôi'r geiriau. Fe fydd yna'n aml ddistawrwydd rhyngom. Ond fel rheol bydd y distawrwydd yn ein huno, byddwn yn gorffwys arno gyda'n gilydd. Ond yn y distawrwydd hwn doedd dim gorffwys. Roedd Margaret yn anesmwyth, a minnau hefyd: ond mae'n anodd dweud ai am yr un rheswm. Roedd cymaint o bosibilrwydd i gamddealltwriaeth godi rhyngom nes ei bod yn beryglus dweud gair.

Pan ddaeth y trên i mewn yn ddisymwth, edrychodd i fyny i'm hwyneb, a'r dyhead amdanaf i yn codi i'w llygaid mawr tywyll fel dagrau a ataliwyd. Cododd ei llaw fechan i gyffwrdd â'm hwyneb. ''F'anwylyd,'' meddai. ''Paid â meddwl . . .''
Roedd yn amlwg fod ganddi rywbeth na fedrai mo'i fynegi.

Ac yna, pan oedd ein datganiadau o serch yn dechrau llifo, daeth John Neade ar garlam i fyny'r platfform gan chwifio'i ymbarel, eisiau ffarwelio â mi.

Gwnes ymdrech i edrych yn groesawus.

''Wyt ti'n mynd yno o ddifri, Philip?'' meddai. ''Wyddost ti, mi faswn i wrth fy modd yn dod gyda thi. Andros o ddiddorol.''

''Pam na ddoi di?'' meddwn. ''Gallet fy helpu i gynnal sgwrs.''

''Falle'i bod yn well i fi aros i gadw llygad ar Margaret,'' meddai. ''Byddwn yn siarad am y peth gydol yr amser, on' byddwn ni Margaret?''

Ddywedodd hi ddim byd. Cefais yr argraff ei bod o'i cho' wrtho am ddod, ac roedd hynny'n rhywfaint o gysur i mi.

Mi es i fewn i'r trên gan glepian y drws, a gwthio fy mhen allan.

''Beth sy'n fy nghyfareddu i,'' meddai John, a golwg wirion ar ei wyneb, ''yw'r chwaer arall 'ma mae'r Doctor yn sôn amdani. Roedd rhen ŵr dy dad yn dipyn o foi.''

174

"Gallai ddigwydd i unrhyw un," meddwn. Roeddwn i'n edrych yn ddigalon ar Margaret.

"Gallai'r Doctor Pritchard 'ma fod yn ffug i gyd," meddai John gan laswenu. "Ffugenw rhywun â'i fryd ar daenu stori enllibus. Bydd yn ofalus Philip, rwy'n erfyn arnat ti."

"Roedd ei enw yn y *Medical Register*," meddwn. Hoffwn pe bai'n cymryd y peth ychydig yn fwy o ddifri.

"Falle'i fod e wedi'i dorri allan ar ôl i hwnnw fynd at yr argraffwyr," meddai John. Doeddwn i'n cael dim blas ar ei ddigrifwch. Roedd arna i eisiau Margaret. Doeddwn i ddim am ei gadael. Teimlwn 'mod i ar fin ei cholli. Baldorddwn wrthyf fy hun, pa les i ddyn os ennill efe ei enaid a cholli ei holl fyd?

Fel y gwahanai symudiad araf y trên ni, ni thynnwn fy llygaid oddi arni; roedd yn dair munud wedi dau ar brynhawn cymylog, a'i ffurf hi oedd y canolbwynt a ddaliai'r orsaf i gyd wrth ei gilydd. Syllem ar ein gilydd yn llawn dyhead; a cheisiais anwybyddu John oedd yn sefyll yno'n gyfeillgar, yn amyneddgar, wrth ei hochr yn barod i'w chysuro'n ddiamau.

2

Mewn gwirionedd fûm i erioed yn hoff o deithio ar fy mhen fy hun. Rhythm hunan-ymchwiliol yr olwynion. Cleber ymwthiol ffyliaid di-feddwl-ddrwg. O, yr holl dai diddiwedd yna! Y miliynau'n heidio. Gormod ohonynt. Gormod. Gormod. Fydd Margaret ddim yn crïo'n hawdd. Mae ei thristwch hi fel f'un i, yn bur ac yn chwerw. Roedd ei hwyneb yn welw ac rwy'n ei charu. Roedd Neade yn rhy awyddus i'm gyrru ar y siwrnai seithug yma. Ond er ein lles ni y bydd. Ein dyfodol gyda'n gilydd. Mae wedi gwneud cymaint drosof eisoes heb sylweddoli hynny. Gwyliais hi'n dawnsio yn y parti canol-gaeaf hwnnw y llusgodd John fi iddo.

"Rwyt ti'n anghymdeithasol, rhen Philip," meddai.

Roedd hynny'n ddigon gwir. Swatiais yn fy nghornel gyda'm gwydr a gwylio'r bechgyn ifainc hardd a'r merched ifainc hardd yn dawnsio. O, Genhedlaeth Ogoneddus! Codi nawr ac eilwaith i lenwi fy ngwydr. Gweld Margaret. Gwisg frown amdani. Gwên fawr. Llygaid mawr. Bywiog iawn, hapus iawn. Ei gwylio hi wnes i drwy'r amser.

175

"Margaret," meddai ef. "Rwy i am i chi gwrdd â'r dyn mwya anghymdeithasol yng Nghaergrawnt, Philip Esmor. Dyn y gwaed. Philip, cod i gwrdd â Margaret Able."

I fyny â mi. Yn ddigon eofn ar ôl yr holl yfed.

"Ga i'r pleser?" meddwn. Ac roeddem ni'n dawnsio. Fu dim siarad rhyngom. Ond ar ddiwedd y ddawns meddwn, "Wnewch chi ddawnsio gyda fi eto? Rŷch chi'n brydferth iawn."

Pan wenodd hi a nodio'i phen, teimlwn yn fywiog ac yn llawn hyder. Mor fywiog ag unrhyw un oedd yno.

"Ŷch chi'n hoffi gwallt coch?" meddwn wrth ddawnsio.

Edrychodd ar fy ngwallt ac meddai. "Ydw, rwy'n credu 'mod i."

Ar ôl y drydedd ddawns roeddem yn ffrindiau, ac roeddwn innau ar frig y don.

"Ichenor," meddwn. "Y nefoedd fawr, yn ymyl fan'no roeddwn i yn 1945."

"Ond yn yr ysgol roeddwn i bryd hynny," meddai Margaret. "A 'ngwallt mewn plethi!"

"Ichenor," meddwn i. "Ichenor. Ac i feddwl y gallwn fod wedi . . ., wel, wel, wel."

"Oes," meddwn,. "mae gen i ddiddordeb mewn gwaed. Ond protoswolegydd ydw i mewn gwirionedd. Gwyddoniaeth, Margaret. Rhyfeddol. Gwir. Manwl. Cywir. Mae'n rhoi mwy o hapusrwydd i fi na dim byd arall." Gwrandawodd arnaf, a minnau'n clebran ymlaen ac ymlaen am falaria a'i gylch di-ryw, a daliodd i wrando. Peidiasom â dawnsio a mynd i sefyll i gornel a hithau'n gwrando o hyd. Roedd ganddi ddiddordeb ynof i, yn fy ngwaith. Dechreuais ymffrostio heb yn wybod i mi fy hun.

Yna, dawnsio eto.

"Rwy'n eich caru," meddwn. Roeddwn i'n feddw, ond yn hollol sicr ac yn hollol hapus. Roedd mor hawdd ei ddweud. Ar awr wan. Gallai fod wedi saethu bwledi i mewn i mi ac awn ymlaen gan wenu. "Rwy'n eich caru," meddwn.

Ysgydwodd ei phen gan chwerthin. "Wrth gwrs eich bod," ebe hi. "Rŷch chi'n rhyfeddod. Chi sy'n mynd i lenwi'r bylchau mewn gwybodaeth."

"Ie," meddwn. "Fel mater o ffaith, dyna wna i."

"Rwy'n eich caru," meddwn. A pheidiodd y miwsig.

176

Roedd yn gychwyn rhyfeddol. Cofiaf ddweud wrthyf fy hun wrth fynd i'r gwely. "Esmor, 'machgen i, mae'r llanw'n dechre troi i ti o'r diwedd. Mae'r llanw'n dechre troi . . ." O, Margaret beth wnawn i hebot ti?"

Rwy'n meddwl gormod amdanaf fy hun. Yn poeni am farn pobl eraill. Yn ofni cael fy nhwyllo gan yr holl weilch, cnafon, dihirod a slebogiaid sy'n heidio yn y byd afresymol y tu allan. Dyna'r gwir. Arwynebol oedd fy hunanfeddiant a'm pwyll. Margaret, Margaret. Mae'n cariad ni yn fy nghynnal i, yn f'amddiffyn. Y cyfaredd yn fy nghalon.

"Wyt ti'n barod i ddod gyda fi?" meddwn, heb fod yn or-frwdfrydig.

"Na, Philip," ebe hi. "Fedrwn i ddim dod. Beth bynnag, mae'n rhywbeth y mae'n rhaid i ti'i weithio allan drosot dy hun. Dwy' i ddim am i ti fynd. Hoffwn i ddim i'r freuddwyd hon ddod i ben. Ond mae'n rhaid wynebu'r gwirionedd."

"Mae'n debyg," meddwn i. Ond yn awr, o feddwl drosto, dwy' i ddim yn siŵr beth roedd hi'n ei feddwl. Ac roeddwn i'n fud. Byddai rhyw ddiffyg urddas mewn dweud, *Ond addo i fi y byddi di'n fy ngharu i nes dof i'n ôl. A phan ddof i'n ôl y doi di i'r Swisdir gyda fi . . . Tydi a 'ngwaith. Tydi a 'ngwaith.* Roeddwn i'n cael fy anfon am ryw fath o brawf. "I wylltaf Walia", fel y dywedodd John Neade gyda'i smaldod anochel. Maen nhw'n gweld mwy yn y fusnes yma nag a welaf i fy hun. I mi dim ond cythraul o boendod ydyw. Anhwylustod ar y diawl. Os oes yna arian, wrth gwrs, yna mi fyddaf yn falch o'i gasglu, ond dyw'r gweddill o'r stwff roedd Anti Gwen a thad Margaret, Margaret ei hun a John Neade yn disgwyl ei sicrhau o ddim diddordeb i mi; hyd yn oed pe bawn yn darganfod mai negres yw fy mam a bod fy chwaer yn Tseinî. Ond bydd yn dda cael gwybod lle rwy'n sefyll; yna fe setla i bethau gyda Margaret a'i thad.

3

"Dim ond unwaith y gweles i dy fam," meddai Anti Gwen. "Y diwrnod yr es i i dy moyn di—mi gymeres i dacsi i'r ffarm. Roedd anferth o *Topply Queen's Nurse* (dyna beth y galwai hi ei hun) yn cwrdd â mi wrth ddrws agored y gegin. Lwyddes i ddim i ffeindio'r drws ffrynt, 'Mae e'n barod,' meddai hi— siarad amdanat ti roedd hi. A dyna lle'r oeddet ti mewn basged

wiail ar fwrdd y gegin. 'B'le mae Mrs. Elis?' meddwn i. 'Fe
fydd lawr whap,' meddai'r nyrs. 'Dyw hi ddim agos iawn,
druan fach. Ddim yn dda o gwbwl. Yn gyfrinachol, rhyngoch
chi a fi, rwy'n ofni am 'i synhwyre hi. Ydw wir. Nawr, b'le ca
i'ch rhoi chi? Yn y parlwr canol. Mae hi dipyn yn llaith yn y
ffrynt, i ddweud y gwir wrthoch chi.' 'Miss Aster, Miss Aster!'
clywn lais cras o dop y grisiau. 'Y Mawredd!' meddai'r nyrs.
'O, bobol annwyl! Mae allan o'r gwely ei hunan. Fe gwmpith
lawr y stâr. Rwy'n dod , cariad. Peidiwch symud, cariad.'
Dilynais hi wrth iddi frysio'n glogyrnaidd i lawr y coridor tywyll.

"Gwelais dy fam ar dop y grisiau. Roedd hi mewn gŵn nos
wen, a'i gwallt du, hir i lawr dros ei hysgwyddau. Menyw gref
yr olwg, ond dim byd yn hardd ynddi. Tynnodd Miss Aster ei
hunan i fyny'r grisiau ag un llaw ar y canllaw. 'Pwy yw hon?'
meddai dy fam gan bwyntio ataf i. 'Dyma Miss Esmor, cariad,
o Lunden, C'nither Mr. Elis. Dod i moyn y plentyn.'
Edrychai Miss Aster i fyny ac i lawr y grisiau wrth siarad.
Roedd hi hanner y ffordd i fyny—fel cyfryngwr. 'Ŷch chi'n
cymryd y plentyn?' meddai dy fam wrthyf. Roedd ei llais yn
gras, a braidd yn ddwfn i fenyw, a dim byd yn atyniadol
ynddo. 'Fel y cytunon ni,' meddwn i. 'Fel y dywedodd Mr.
Bromley wrthoch chi, fe fydda i'n ei fabwysiadu'n gyfreithiol.'
'Ŷch chi'n mynd â'r plentyn?' meddai dy fam wedyn. Fel pe
bai heb glywed. Ac meddai, 'Dim ond un peth rwy'n ei ofyn.
Dwy' i byth eisie'i weld e eto. Dim byth. Ŷch chi'n deall
hynny?' Edrychodd Miss Aster i lawr ataf am ateb. 'Os
dyna'ch dymuniad,' meddwn i. 'Hynny fydde ore i bawb,'
meddai Miss Aster. 'Dwy' i ddim am 'i weld e,' meddai dy
fam. 'Peidiwch dod ag e yma byth eto.' 'Dim os nad ŷch chi'n
dymuno hynny,' meddwn innau.

"Yna daeth dyn tal, coch ei wallt, y tu ôl imi gan ymbal-
falu ar hyd y wal. 'P'nawn da,' meddai gan gyffwrdd â'r cap
ysgafn oedd ar ei ben. 'Miss Esmor, iefe? Vavasor Elis ydw i.
Cefnder o'r ochor arall. Ewch â Miss Esmor i'r parlwr canol,
Miss Aster. Be sy yn eich meddwl chi yn 'i chadw i sefyll fan
hyn? Mi ro i Mrs. Elis 'nôl yn 'i stafell.' 'Mary,' meddai wrth
dy fam. "Nôl i'r gwely ar unwaith. Chi'n gwbod beth
ddwedodd y Doctor. Gorffwys. Dim ond gorffwys. Dyna'r
feddyginiaeth.'

"Aeth Miss Aster â fi 'nôl i'r gegin. 'Mae'n debyg yr hoffech chi weld y peth bach,' meddai hi. 'Mae'n blentyn iach. Fi sy wedi'i fagu e, a rwy i wedi ymserchu ynddo fe. Mae'n fabi da. Dim trwbwl o gwbwl. Llaeth potel. Allenbury's mae e wedi arfer ag e. Mae 'na dùn fan hyn ar 'i hanner. On'd yw e'n un bach pert?' A mi edryches arnat ti. Roeddet ti'n fabi braf. Fe aeth yr olwg gynta hynny arnat ti yn syth at 'y nghalon i.

'''Mae'n beth ofnadw!' meddai Miss Aster gan ysgwyd ei phen. 'Dyw hi byth wedi edrych arno. Pan aned e fe drodd 'i phen i'r gobenyddie i gael peidio'i weld e. A dyw hi byth wedi'i weld e, na'i fwydo fe. Llaeth yn 'i bronne hi, dim llawer falle. Bronne bach fflat sy gyda hi; ond yn 'y marn i mae'n ddigon i'w drysu hi. Ofnadw!'

'''Mae tacsi'n aros amdana i,'' meddwn. 'Fe gymera i e nawr.'

'''Beth am ei dad-cu a'i fam-gu?' meddai hi. 'A'r papure cyfreithiol 'na? Roedd Mr. Vavasor Elis yn mynd i'w moyn nhw.'

'''Rhyngoch chi a fi,' meddwn, 'rwy i wedi cael hen ddigon ar y lle 'ma. Mae'r awyrgylch yn afiach i fagu plentyn.' Ac i ffwrdd â ni. Elis, druan, ŵyr neb beth fu raid iddo'i ddiodde.''

Ac ymaith â hi, i dyfu'n fwy diolwg ac awdurdodol yn ei chanol oed, a finnau'n garcharor iddi. Ymaith fel cadlywydd Rhufeinig, yn fy ngharÿio i mewn basged yn yr orymdaith, ymaith i arwain athrawesau bach ofnus a chaethiwus, a chenedlaethau o ferched mewn gwisg unffurf . . . Moment o dynerwch ac yna'n ôl i gaethiwed ei hobsesiwn. Fy nwyn i fyny fel coffadwriaeth iddo ef fel pe bai hwnnw'n Arglwydd Dduw ei hun. Doedd dim ond siom yn ei haros; fel yn hanes pawb sy'n rhoi ei ffydd mewn rhith.

Rwy'n ddig wrth y siwrnai hon. Siwrnai na chwenychais moni erioed. Mae wedi bod yn ddigon anodd i mi gadw cydbwysedd mewn bywyd. Pe bai tad Margaret ac Anti Gwen yn fodau rhesymol, ac heb fod mor niwrotig, a'u holl fywyd yn bwydo'u rhithiau afresymol, fyddai dim angen am y siwrnai hon. Mae hapusrwydd o fewn fy nghyrraedd yn awr, yn fwy felly nag erioed; a dyma fi'n gorfod mynd ar y bererindod ddifudd hon.

Annwyl Mr. Esmor, mae eich teulu'n dal i ffynnu yma. Maent yn dal yn berchnogion ar Y Glyn, eiddo'r teulu, a'r fferm fwyaf yn yr ardal. Mae Mr. Vavasor Elis hefyd yn fferyllydd ac yn berchen busnes lewyr-

chus yma ym Mhennant. Mae'n byw gyda'i wraig, Mrs. Mary Felix
Elis, gweddw y diweddar Elis Felix Elis, A.S. a'i lysferch Miss
Hannah Felix Elis . . . Annwyl Mr. Esmor, Os yw yn eich bwriad i
ymweld â'r ardal hon ac olrhain eich hanes teuluol ymhellach, awgrymaf
eich bod yn aros mewn gwesty sy newydd ei agor, sef Bronllwyn. Plasty
bychan ydyw oedd gynt yn gartref teulu Elis-Edwards, teulu a ddaeth i
ben gyda'r diweddar Syr Robert Elis-Edwards. Rwy'n siŵr y byddwch
yn gyfforddus iawn yno, ac mi hoffwn eich hysbysu'n gyfrinachol fod y
perchennog, Miss Ada Evans, yn un o'r Elisiaid (yn ferch i'r diweddar
Elis Felix Elis, A.S.)

Doedd y ffaith fod ganddo ferch arall, fel y gellid disgwyl,
ddim yn ychwanegu at fy mharch tuag ato. Y cyfan a olygai
oedd ei fod yn ymddangos yn fwy o hen ragrithiwr nag y tyb-
iaswn. A mwy o fai arno.

Collais fy unigedd a'r fantais sydd ynddo, a disgynnaf i bwll
lle mae perthnasau'n heidio. Nid yn unig Calfiniaid sadistig a
rhagrithwyr ond perchnogion gwestyau boliog a difyr hefyd.
Dduw Mawr, pa geraint eraill i mi oedd yn llechu yn y bryniau
gleision yma . . .?

3

Roedd y compartment yn orlawn. Dylid bod wedi rhoi
cerbyd arall wrth y trên yn y gyffordd. Ceisio darllen y *Times*.
Yna dechrau llenwi fy mhibell. Roedd rhyw filwr hurt yr olwg
yn eistedd gyferbyn â mi eisoes yn smocio.

"Ŵr ifanc," meddai'r fenyw, "ddylech chi ddim smoco
yma."

Roeddwn i'n tanio matsen ar y pryd. Gwthiodd ei hwyneb
caled ymlaen wrth siarad a chrynai ei chlustdlysau hirion.

"Chithau hefyd," meddai gan droi ataf i. "Diffoddwch
honna ar unwaith."

Mewn gwirionedd gollyngais y fatsen am ei bod yn llosgi fy
mysedd.

"Rhaid i chi ddysgu ystyried pobol eraill," meddai hi.
"Ddylech chi ddim bod wedi'i thanio hi yn y lle cynta a
minnau wedi dangos i chi na chaniateir smocio yn y compart-
ment yma."

Roedd fy nhymer yn codi.

"Y set ddifanners," meddai yn Gymraeg wrth rywun a
eisteddai gyferbyn â hi. "Mae'r Saeson 'ma'n credu y gallan

180

nhw neud fel mynnan nhw. Does ganddyn nhw ddim hawl
. . .''

"Madam," meddwn i gan bwyso ymlaen. "Os taw bod yn
ystyriol o bobl eraill sy ar eich meddwl chi, ga i eich hysbysu
'mod i'n deall pob gair rydych chi'n ei ddweud? Ac yn 'y marn
i mae'ch manners chi'n waeth na'm rhai i.''

Yn fodlon iawn ar fy hunan-ddisgyblaeth, codais a mynd
allan i fwynhau fy mhibell a gwylio'r olygfa. Roedd popeth yn
edrych yn llaith a niwlog, ddim gwell na'r hyn roeddwn i wedi
ei ddisgwyl. Ar ôl tensiwn y dyddiau diwethaf teimlwn ryw
ryddhad 'mod i wedi rhoi fy nhroed i lawr fel y gwneuthum.

Daeth y milwr allan a gofyn i mi am dân.

"Rŷch chi'n deall Cymrâg 'te?'' meddai, yn ei acen or-
llewinol amlwg.

"Rhywfaint.''

"Doedd hi ddim yn disgwl hynna,'' meddai. "Roedd yn
hyfryd. Fyswn i ddim wedi'i golli e am y byd.''

Rhoes ei ganmoliaeth bleser i mi, a theimlwn yn annifyr
oherwydd hynny. Golwg wag ac anneallus oedd ar ei wyneb, a
doedd arna i ddim awydd siarad.

"Mynd i Derwen?'' meddai'r milwr.

"Na, Pennant.''

"O, dyna lle dw i'n byw. Mynd adre ar *leave*. Ŷch chi'n
mynd i aros at berthnase?'' meddai ef.

"Na.'' Doeddwn i ddim yn gweld pam y dylwn i roi hanes
fy mywyd iddo.

"Mae *hi*'n dod o Bennant hefyd,'' gan nodio'i ben i gyf-
eiriad y compartment. "Hen fenyw galed. Bos y lle. Bos y
Cyngor Tre. Bos y capel. Ac wedi gweud hynny chi wedi
gweud y cwbwl sy ym Mhennant. Sdim byd wedi newid yno
ers y Dilyw. Mrs. Felix Elis. Menyw fowr. Menyw bwysig
iawn. Damio, roedd hi'n werth pensiwn i'ch gweld chi'n 'i
rhoi hi yn 'i lle.''

4

Roedd yn destun difyrrwch iddo ef, y twpsyn. Ond roeddwn
i wedi 'nghythruddo. Roeddwn i'n dechrau edifaru 'mod i
wedi dod. Yn yr orsaf fy mhrif ofal oedd ei hosgoi hi. Drwy
ffenestr fudr yr Ystafell Aros gwyliwn hi'n brasgamu allan.
(Roedd hi'n cyfarch rhai ac yn anwybyddu'r lleill yn ôl ei

mympwy, er ei bod yn eu hadnabod bron i gyd mae'n siŵr. Ac roedd hi'n ysgytwad i mi fod gen i fam mor arswydus o hyll. Ai rhywbeth tebyg fyddwn innau rywbryd?)

Roedd yr enw wedi ei sillafu mewn cerrig mân ar glawdd yr orsaf. O'i chwmpas roedd creigiau gwlyb. Tref fechan mewn glaw mân. Rhesi o dai cerrig llwyd i'r dosbarth gweithiol. A thai priddfeini coch crandiach y tu ôl i ffynidwydd. Capel â'i wyneb fel mosg a llechi ar y mur gorllewinol. Neuadd y Dref uwchben y lle marchnad y tu ôl i gatiau cloëdig. Siopau diraen. Y cyfan yn fychan, rywsut. Wedi 'u pentyrru ar ei gilydd, yn fewnblyg, yn gweld y byd fel adlewyrchiad ohoni'i hun, a'm mam yn brasgamu drwyddi, ei choesau'n cicio'i sgert o'i blaen gyda phob cam penderfynol. Ei thref hi. Croeso iddi'i chadw hi.

Roedd hi wedi ewyllysio fy nifodiant i. Byddai'n ddigon teg i mi ddychwelyd, eu hysgwyd o'u hunan-fodlonrwydd, hawlio fy eiddo fy hun a diflannu mor fuan ag y deuthum, fel petawn yn fflangell oddi wrth yr Arglwydd. Does a fynnwyf i ddim byd â hi. Roedd gen i fywyd defnyddiol, hapus o'm blaen, gwaith pwysig i'w wneud, a châi neb ei ddwyn oddi arnaf. Yma ar fusnes roeddwn i, ond mi hoffwn petai Margaret yma gyda mi, fel y dylai fod yn wir, i'm cadw'n synhwyrol a chwerthin gyda mi, a chadw gwastrodaeth ar fy chwilfrydedd afiach. Hi oedd y fenyw a ddewisais, gan fy meithrin fy hun a chyda chryn ymdrech yn bwrw allan fy awydd llencynaidd i ganlyn menywod oedd yn hŷn na mi. Roeddwn i'n fy neall fy hun yn ddigon da ac yn gwybod y math o gariad a chynhorthwy roedd eu hangen arnaf. Roeddwn i'n teimlo'n anesmwyth ei bod hi'n gwrthod dod gyda mi. Os oedd hi'n fy ngharu ei phrif ddyletswydd oedd bod wrth fy ochr.

Roedd gŵr gwallt golau ag wyneb main yn rhoi ei law ar fy mraich.

"Mr. Esmor?"

"Ie."

"Frank Evans ydw i. Mae 'n chwaer wedi gofyn i fi'ch gyrru i fyny i Bronllwyn."

"O, diolch i chi. Diolch," yn fy null mwyaf academig. Teimlwn mai hynny oedd fy unig amddiffynfa. Hwn oedd ei brawd, a hithau'n hanner chwaer i mi. Dduw Mawr! Y fath gawl! Roeddwn i'n mynd i mewn i jyngl yn ddiarfog.

182

"Dyna'n garej i," meddai pan oeddem, mewn dim amser, wedi gyrru drwy'r dref. Gallwn feddwl ei fod yn ymfalchïo yn ei eiddo, felly nodiais fy mhen. Troes ar y dde a gyrru ar hyd dreif gyda choed ffawydd a rhododendron ac aselia yn tyfu ar bob tu.

Doeddwn i ddim wedi disgwyl gweld fy hanner chwaer mor ifanc a hardd. Ymddangosai fel petai ar flaenau'i thraed yn fy nghroesawu. Gwyddwn pe rhown hanner cyfle iddi y byddai yna sefyllfa emosiynol o ddagrau a chusanu. Roeddwn i'n osgoi edrych i'w llygaid rhag iddi weld arwyddion o'r argraff gyntaf a greodd arnaf. Roedd rhyw arlliw o'r forwyn dafarn o'i chwmpas er gwaethaf ei smartrwydd. Roeddwn innau'n boenus o academig fy agwedd, ac ar fy ngwedd fwyaf Seisnig. Gallai unrhyw un a'm hadwaenai weld oddi wrth yr arwyddion fy mod yn anghyfforddus i'r eithaf. Ond doedd neb yn fy nabod yma.

Idris Powel

1

Mae'n well dechrau gydag ochr waethaf rhywun, meddwn wrthyf fy hun, a gweithio i mewn yn raddol at y plentyn sy'n hanfod yng nghraidd pob dyn ac nad yw byth yn marweiddio i'r fath raddau nes methu ag ymateb i gariad pur. A cheisiwn ddyfalu, beth yw cariad pur? Nid fy nyhead presennol am Ada. Curai fy nghalon yn drymach na thician yr hen gloc mawr. Hiraethwn amdani gyda'r fath chwant corfforol, fel pe bai ei chorff hi yr unig ffordd i ddiwallu fy nyhead am gariad pur. Byddai fflamau'n serch fel y purdan, meddai f'enaid, gyda phendantrwydd chwant yn curo'n barhaus, ac roedd pleser y gariadferch yn ddi-ben-draw, mewn ffurf a meddwl a theimlad. Mae'r carwr ar goll mewn tirlun o gariad, ar goll mewn maes lle na all Amser droedio, yn archwilio wyneb a ffurf heb ddiffygio.

Roeddwn i'n meddwl am Ada mewn hiraeth ac ofn. Roeddwn i'n hiraethu ac eto'n ofni y byddai gormod o hiraeth yn amharu ar gydbwysedd y weithred lednais o garu. Mae bywyd sydd yng ngafael serch, meddwn, yn dibynnu ar berffeithrwydd y canol hwn. Byddai fy methiant fel pryf yn bwyta fy nghalon; cynrychiolydd Angau wedi crwydro i mewn i galon bywyd. I feddwl amdani hi a'r holl gariad oedd ei angen arni.

Dyna'r heresïau oedd yn rhedeg drwy fy meddwl pan gurodd Hannah yn ysgafn ar y drws a dod i mewn. Ymddiheurodd am fy ngadael yn unig cyhyd.

"Rwy'n berffaith hapus, Miss Elis," meddwn gan neidio ar fy nhraed a gwenu yn fy ffordd fwyaf gwirion. "Mae hon yn stafell hawdd gorffwys ynddi. Ydi wir. Felly peidiwch â phoeni. Roeddwn i'n berffaith hapus."

Fel un a'm hadwaenai'n dda, o'r braidd yn gwrando arnaf, fe eisteddodd—yn fach, llwyd a thenau—ar ymyl y gadair freichiau werdd, gan ddal hances wedi ei sgriwio rhwng ei dwylo esgyrnog oedd yn gorffwys yn oer ar ei harffed. Roedd canrif rhyngom fel y safwn i fyny a'm meddyliau'n dal i losgi y tu mewn imi, a hithau'n eistedd yn fwy sidêt na'r un hen ferch o'r oes o'r blaen, cyn fy ngeni i. Teimlwn mor gryf y gwahaniaeth rhyngom, a'n cadwai rhag unrhyw ddealltwriaeth ddofn.

Ond fe welwn ryw urddas yn ei distawrwydd a'i llonyddwch, er fy ngwaethaf. Gallai treigl dwys hanes ei fynegi ei hun yn ei hwyneb main, druan. Ni fyddai byth yn brysio wrth siarad. Roedd ganddi fwy o reolaeth arni'i hun nag a fyddai gen i byth. Cyn gynted ag y dechreuais eiddigeddu wrthi lleihaodd y pellter rhyngom.

"Rŷch chi wedi digio teulu'r Parris," meddai.

"Roedd hi'n hen bryd gwneud," meddwn gan geisio edrych yn eofn ac wynebgaled. "Wnaiff tipyn o wirionedd ddim drwg iddyn nhw."

"Does dim llawer o bobol â stumog at y gwirionedd, Mr. Powel. Mi wn nad oes gen i ddim."

"Pam y dylen nhw fod mor sensitif?" meddwn. "Pam y dylen nhw ystyried eu teimlade a'u balchder nhw'u hunen yn rhywbeth mor sanctaidd?"

"Fel hynny mae pawb," meddai hi.

"Ond roedd e'n snecian i ysbïo i 'mywyd personol i. Ac ynte'n ymgeisydd am y weinidogaeth. Mae'n codi cyfog arna i. Dyw e ddim yn gwneud hynny i chi?"

"Dw i ddim yn cyfogi mor hawdd, Mr. Powel," meddai hi. "Mae pobol ifenc wastad yn gneud pethe ffôl."

Roedd hi'n awgrymu 'mod innau'n ifanc o hyd ac yn dal i wneud pethau ffôl. Clwyfai hynny fy malchder a theimlwn yn ddig. Roedd yr hyn a ddywedodd yn ddigon teg ond efallai y gallwn egluro iddi fy sefyllfa unigryw a newid rhywfaint ar ei syniadau.

"Beth sy gyda chi yn erbyn Ada?" meddwn i. "Dwedwch yn blaen wrtho' i. Does arna i ddim ofyn y gwirionedd."

Nid atebodd. Edrychodd arnaf fel pe bawn yn destun tosturi. Roeddwn i am iddi ddeall 'mod i'n gwybod yn iawn beth roeddwn i'n ei wneud ac nad oeddwn dan unrhyw gam-argraff.

"Fe wn i bopeth amdani," meddwn. "Er cymryd i ystyrieth agwedd waetha'i pherthynas â Wali Francis, rwy'n dal i fod eisiau'i phriodi, galwch chi hi'n beth fynnoch chi."

"Fy chwaer yw hi," meddai Hannah. "Dyna beth alwa i arni."

Roeddwn yn fud gan syndod. Ymddangosai'r peth yn an-hygoel, ac eto doedd dim esgus dros fy anwybodaeth.

"Eich tad . . ."

188

"Fy nhad," meddai. "Y diweddar Elis Felix Elis, A.S. roddodd blentyn i'w mam. Pan oedd Winnie Cwm yn forwyn gyda ni. Chlywsoch chi mo'r stori?"

Ysgydwais fy mhen.

"Roeddwn i tua'ch oed chi pan glywes i'r peth gynta," ebe Hannah. "Roeddwn innau'n methu coelio hefyd."

"Ydi e'n wir, 'te?" meddwn.

"Rwy'n meddwl hynny. Yn credu hynny. Mae hynny mor agos i'r gwir ag sy'n bosib mae'n debyg."

"Os yw e'n wir," meddwn, "rwy'n falch. Yn falch iawn. Chi'ch dwy, yr unig ddwy rwy wedi teimlo'n hapus gyda nhw ers pan ddois i yma. Mae'n wir ac mae'n rhyfeddol. Mae fel newydd da."

Rhedais fy mysedd drwy fy ngwallt a thaflu golwg ar fy llun yn y drych niwlog. Roeddwn i'n llawn brwdfrydedd, yn barod i orfoleddu ac i ymgyrchu dros y syniad sanctaidd o chwaeroliaeth. Dechreuodd rhyw ymadroddion areithyddol ymffurfio yn fy meddwl: am chwaeroliaeth a brawdoliaeth. Mi fyddwn i'n frawd i Hannah.

"Dŷch chi ddim wedi sylwi," ebe Hannah, "ei bod hi'n 'y nghasáu i?"

"Pam dyle hi?" meddwn i. "Fues i erioed yn eich trafod chi gyda hi. Feddylies i erioed fod un cysylltiad rhyngoch chi."

"Ond roeddech chi wedi sylwi nad oedden ni ddim ar yr un ochor?" meddai hi. "Roeddech chi'n sylweddoli ei bod hi'n casáu'r Elisiaid?"

"Rwy'n gwrthod meddwl am y cwerylon plentynnaidd 'ma," meddwn. "Rwy'n eu hanwybyddu, yn gwrthod rhoi ystyrieth iddyn nhw."

"Wyddech chi ddim o'r rheswm dros ei chasineb tuag aton ni?" ebe Hannah. "Roedd hi mewn cariad â Dic, fy hanner brawd. Dic bach fy mam. Wyddech chi mo hynny?"

"Gwyddwn. Fe glywes rywbeth am hynny. Ond pa wahaniaeth mae hynny'n ei wneud? Mae'r bachgen druan wedi marw. Fe allwn ni i gyd garu'r marw. Mae hynny'n ddigon hawdd."

"Fe'i gadawodd hi pan oedd hi'n feichiog. Dyna pam aeth hi at Wali Francis. Wali helpodd hi i gael gwared o'r babi. Mae'n ein beio ni am hyn i gyd. Ni halodd e bant oddi wrthi, medde hi. 'I hala fe i'w farwolaeth rhag iddi hi ei gael e."

189

"Ond mae hynny'n ynfyd. Yn gorliwio," meddwn.

"Dyna ffor' mae hi'n edrych arno. Dyw hi ddim wedi trafod hyn gyda chi?"

"Na. Dim o gwbwl."

Sychodd Hannah ei gwefusau tyn â'r hances yn ei dwrn.

"Ŷch chi wedi meddwl am Ada fel gwraig gweinidog, Mr. Powel?"

Roeddwn i'n barod am hyn. Roeddwn i wedi meddwl llawer am y peth a'm hateb yn barod.

"Yr hwn sydd ddibechod ohonoch, tafled yn gyntaf garreg ati."

"Mi garwn feddwl eich bod chi'n iawn, Mr. Powel. Ond yn yr achos yma y fenyw sy eisie taflu cerrig aton ni." Rhoes wên fach a theimlwn ei bod yn drueni na allem ni dreulio'r noson ar ei hyd i drafod y broblem yn wrthrychol. Roedd yn weithgaredd oedd yn rhoi pleser i ni'n dau, ac yn fwlch cyfyng i mewn i gwmni ein gilydd. Rhywbeth yr oedd ar y ddau ohonom angen mawr amdano.

"Ceisiwch weld y peth yn glir, Mr. Powel," meddai hi. "Mi fues i'n awyddus i fod yn gyfeillgar â hi. Ond mae Ada a'i ffrindiau, nid yn unig yn erbyn ein teulu ni, maen nhw'n erbyn ein capel, ein crefydd a'n holl ffordd ni o fyw."

"Gallwn i feddwl fod hynny'n gorliwio'r peth," meddwn. "Lle mae pobl yn y cwestiwn, allwch chi mo'u dosbarthu nhw yn ddu a gwyn fel'na."

"Nid hynny ydw i'n 'i neud," meddai hi. "Ond mae'n rhaid i bawb benderfynu ar ba ochor mae e yn hwyr neu'n hwyrach. Gorfod i fi neud hynny yn erbyn 'y nhuedd naturiol. Rŷch chi'n gwrthod gwneud hynny. Mae hynny'n siŵr o'ch arwen chi i drwbwl gwaeth. Sut galla i'ch helpu chi a chithe'n gwrthod edrych yn wyneb ffeithie? Dŷch chi ddim eisie help. Mae'n well gyda chi gofleidio'r rhith afresymol yma."

Roeddwn i'n meddwl ei bod ar fin crïo. Roeddwn innau wedi 'nghyffroi o'i gweld yn ildio i'w theimladau. Roedd hi bob amser mor hunanfeddiannol, mor ddi-liw.

"Beth alla i ei wneud?" meddwn, gan anghofio f'amddiffyn fy hun. "Mae f'angen i arni."

"Dwy' i ddim yn credu hynny," meddai Hannah. "Fu dim angen neb arni ers pan fu Dic farw, ond mae'n gwneud iws o bobol."

"Rwy i am iddi wneud iws ohonof i," meddwn. Roeddwn i

190

am ofyn faint o gariad oedd yng nghalon Ada at Dic. Roedd Hannah'n siarad fel pe bai'n gwybod. Doedd gen i ddim eiddigedd at fachgen marw—dim ond rhyw chwilfrydedd hiraethus oedd yn dyheu am gael ei fodloni.

"Dyna fe," meddai Hannah. "Chi sy mewn angen amdani hi. Rŷch chi am roi'ch hunan. Rŷch chi'n croesawu cosbedigaeth. Gallwn feddwl fod hynny'n eich bodloni chi'n fwy na chariad. Os ŷch chi am roi'ch hunan i ffwrdd, rhowch eich hunan i rywun sy ag angen cariad—mae 'na eraill sy â mwy o'i angen nag Ada. Taech chi'n dewis edrych. Esgusodwch fi."

Yn gwbl annisgwyl gadawodd fi ar fy mhen fy hun yn yr ystafell. Tybed a ddylwn i fynd adre? (Mynd adre i gyfansoddi llythyr o ymddiswyddiad). Ada oedd fy newis i o hyd. Os oedd angen, fe ysgrifennwn lythyr o ymddiswyddiad y noson honno. Ond dylwn aros. Roedd arnaf ryw ddyled i'r teulu yma. Roedden nhw wedi rhoi cymaint o help i mi. Wedi gwneud llawer i beri bod gweinidogaeth anodd yn llai anodd. Doeddwn i'n malio dim am fy safle. Fel gweinidog roeddwn i'n fethiant ac yn barod i gydnabod hynny. Ond doeddwn i ddim yn mynd i siomi Ada.

2

Clywn lais Vavasor Elis y tu allan cyn i'r drws agor.

"Mr. Powel? Wrth eich hunan rŷch chi? Ro'wn i'n meddwl bod Hannah'n eich diddanu chi. Mae'n dywyll 'ma. Rhaid i chi'n esgusodi ni. Dyw'r wraig ddim wedi dod adre eto. Mae hi wedi bod yn y Pwyllgor Addysg. Fe ddyle fod adre cyn hyn. Rhaid bod y trên yn ddiweddar. Ddewch chi drwodd i'r parlwr bach? Mae tân fan'ny. A'r lampe wedi'u cynnu. Ewch 'mlaen os gwelwch yn dda. Cerwch chi gynta."

Yn y parlwr bach roedd y bwrdd wedi ei hulio yn barod i swper. Bwrdd sgwâr mahogani a lliain gwyn wedi ei startsio arno a phedwar lle wedi eu gosod. Ymddangosai fod y lle'n llawn o hen glociau mawr. Roedd un yn tician yn y tawelwch yma, lle'r oedd y tân a'r lamp yn cadw'r cysgodion allan. Yn erbyn y wal roedd y ddesg rôl-top gloëdig lle'r oedd holl gyfrifon y ffarm. Ar y bwrdd wrth y ffenest roedd y set radio. Ar y mur o'm blaen roedd darlun mawr o ddiaconiaid Bethania ddeng mlynedd ar hugain yn ôl. Yn y canol mae gwein-

191

idog bychan a golwg napoleonaidd arno, yn ei goler uchel, â'i freichiau ymhleth, ac yn ymdrechu i beidio ag edrych yn rhy debyg i ddol tafleisydd. Yn fy nhymer bresennol rwy'n barod i herio'r wynebau difrifol, hunan-bwysig yna. Mae Vavasor Elis yn eu plith, y diacon ieuengaf, yn sefyll ar ben yr ail res. Rwy'n meddwl y byddai'n llai o gyfaill i mi bryd hynny nag yw heddiw. Y cewri barfog y byddwn i wedi gorfod brwydro yn eu herbyn. Yr hen gewri gynt. Y gwŷr a luniodd y gymdeithas hon. Y bwli mawr, John Rhydderch, a'r capten llong, Beuno Edwards. Y pregethwr cynorthwyol oedd yn drafeiliwr bwydydd gwartheg. Gwrthwynebwyr mwy teilwng o'm tymer ddewr bresennol na rhyw sildod bach fel Mani Elis Jones, a Parri Castle Stores. Pam y dylwn i ymddiswyddo? Doedd y sefyllfa yma ddim yn rhy anodd i mi. Dyma beth y bûm yn disgwyl yn hir amdano; rhyw densiwn a roddai gyfle i mi ymarfer fy ngallu i gymodi. Fe'm cynheswyd gan y syniad yma o gymodi. Rhoddai i mi ryw synnwyr o amcan a chysegriad oedd yn hanfodol i'm hapusrwydd. Doedd dim achos i mi ildio. Awdurdod Cariad fyddai fy awdurdod i. Byddai'n rhaid iddynt oll wrando arnaf am fy mod yn eu caru.

"Mae'n dda gen i gael y sgwrs yma, dim ond ni'n dau,'' meddai Vavasor Elis, a minnau'n nodio a gwenu f'ewyllys da. "Yn falch iawn. Rwy i am siarad heb flewyn ar 'y nhafod, Mr. Powel. Rŷch chi'n 'y nabod i'n ddigon da i beidio digio os bydda i'n siarad yn rhy blaen.''

"Wrth gwrs hynny, Mr. Elis,'' meddwn.

"Rwy i bob amser wedi edmygu'ch pregethu chi, Mr. Powel. Fel y gwyddoch chi, mae'ch syniade diwinyddol chi braidd yn rhy benagored wrth 'y modd i, ond rwy i wedi cael llawer o fendith a chysur o'ch pregethe chi. Mae'ch pregethe chi wedi bod yn feddylgar, personol, efengyledd a didwyll. Rŷch chi wedi pregethu achubiaeth i bechaduried. A mae eisie hynny arnon ni i gyd, Mr. Powel. Mae angen ein hatgoffa ni i gyd o hynny.''

Teimlwn yn falch o'i ganmoliaeth. Onid yw hi'n grefydd ogoneddus pan fo'n peri i bobl mor wahanol i'w gilydd deimlo dan ddyled i'w gilydd, ac wedi eu rhwymo un wrth y llall gan rwymedigaeth i garu ei gilydd. Teimlwn fel cofleidio'r dyn dall, yn cau ac agor ei amrannau'n sydyn, a'r cap ysgafn ar ei ben, a'i ddwylo gyda brychni haul arnynt yn ymestyn allan o flaen y tân.

"Fel yr eglurais wrth Parri, a Mani 'nghefnder, dyw'ch bywyd personol chi ddim busnes i fi. Mae'n wir fod gweinidog yr efengyl mewn safle arbennig iawn; ond dwy' i ddim yn credu y dylai ei gynulleidfa gyfyngu dim ar ei ryddid. Mae gydag e'r un hawl i ryddid personol â phawb arall. Rwy i bob amser wedi gwrthod gwrando ar glecs am y gweinidog. Mae'n gas gen i glecs. Mae'n wenwyn perffaith. Cynrychioli'r diafol maen nhw; sibrwd drygioni yw 'i arf e bob amser. Rwy i wastad wedi meindio 'musnes 'yn hunan; ac yn disgwyl i bawb arall wneud 'run peth. Dyna beth ddwedes i wrthyn nhw, a doedden nhw ddim yn hoffi'r peth. Nawr, mae arna i ofan fod rhaid i fi ofyn i chi oes 'na wirionedd yn yr hyn maen nhw'n ei ddweud?"

"Beth maen nhw'n ddweud, Mr. Elis? Bod Norman Parri wedi bod yn gwylio fy symudiade i?"

"Tacle isel yw'r Parris 'na," meddai Vavasor Elis. "Rwy'n cofio'i dad-cu. Byth yn blino gofyn cwestiyne. Wastad yn pwyso ar y gât ffrynt lawr wrth groesffordd y Rhos. 'I ble ga i weud boch chi'n mynd 'te?' dyna fydde fe'n ddweud. Rwy'n cofio Richard Davies 'ma yn ŵr ifanc yn pasio â chart gwag. 'Ble ga i weud boch chi'n mynd, Richard Davies?' medde'r hen ddyn. 'Gwedwch na wyddoch chi ddim,'' medde Richard. Rwy i wastad yn meddwl bod hwnna'n dangos prif nodwedd y teulu. Tacle busneslyd."

Syllodd fel barnwr i mewn i'r tân a minnau'n dyfalu pa ffurfluniau coch a welai yno.

"Waeth i fi fod yn blaen, Mr. Powel," meddai. "Maen nhw'n dweud bod rhywbeth rhyngoch chi ag Ada Evans. Mae'r crwt Norman 'na'n dweud 'i fod e wedi'ch gweld chi'n ymweld â Bronllwyn sawl gwaith. Wrth gwrs maen nhw'n rhoi'r olwg waetha ar bopeth fel'na. Rwy i wedi blino ar 'u cleber nhw. Rwy i am i chi wadu'r peth. Maen nhw eisie Cwrdd Eglwys. Ond rwy'n credu y bydd hi'n llawn digon i chi gwrdd â'r diaconiaid a dweud taw stori gwbwl ddi-sail yw hi. Gwadu'r peth yn bendant. Dyna 'nghyngor i i chi."

I mi aeth yn berson gwahanol ar unwaith, yn hen, yn oeraidd, yn boenus o orofalus, heb fedru amgyffred dim ond

193

arian ac elw. Wedi'i felltithio â dallineb oherwydd ei galon oer, faterol, yn barod i brynu heddwch iddo ef ei hun ar fy nhraul i.

"Ond dwy' i ddim eisie gwneud," meddwn i.

"Ddim eisie gwneud beth?" meddai.

"Dwy' i ddim eisie gwadu dim. Rwy'n gobeithio priodi Ada. Pam dylwn i wadu'r peth? Mae gen i hawl i'w charu hi." Roeddwn i'n nerfus ac yn ei chael hi'n anodd i reoli fy llais a chadw'r cryndod ohono. Roedd arna i ofn yr hen ddyn yma, ac oherwydd hynny'n dechrau ei gasáu. Ymdrechais i goncro fy ofn.

"Rwy i wedi fy syfrdanu," meddai ef. "Wedi cael siom hefyd. Roeddwn i'n meddwl yn uwch ohonoch chi. Mae'n ffolineb o'r mwya. Wyddoch chi beth yw'r ferch 'na? Allwch chi ddim gwrthod wynebu ffeithie."

"Fe wn i beth yw hi," meddwn. "Rwy'n 'i nabod hi'n well na'r rhan fwya o bobol. Rwy'n mynd i'w phriodi."

"Mae'n ddrwg gen i," meddai. "Mae'n wir ddrwg gen i am hyn. Mae'n achos gofid mawr i fi."

"Mae'n ddrwg gen i'ch gofidio chi," meddwn.

"Wn i ddim pa gyngor i'w roi i chi," meddai. Roedd yn meddwl yn galed a'i amrannau'n symud yn gyflymach nag arfer. Cymerai'n ganiataol fod arnaf i eisiau ei gyngor. "Dwy i ddim yn hoffi awgrymu'r peth, ond rwy'n credu taw'r peth doetha i chi wneud fydde ymddiswyddo. Dŷn ni ddim am unrhyw anghydfod. Beth bynnag yw 'nheimlade personol i tuag atoch chi, mae'n rhaid i enw da'r Eglwys ddod yn gynta. Dwy' i ddim am weld dim byd anweddaidd yn digwydd . . . Ti sy 'na, Hannah?"

"Mae swper yn barod," meddai hi. "Wnawn ni ddim aros dim rhagor am Mam."

Ni soniodd ef air ymhellach am yr hyn oedd ar ein meddwl. Roedd fel pe bai'n ei dwyllo'i hun nad oedd Hannah'n gwybod dim am yr hyn y buom yn ei drafod, ac yn wir nad oedd yn weddus iddi wybod chwaith. Ai ei duedd naturiol i gadw'i gyfrinachau iddo'i hun, ai synnwyr o wedduster oedd yn gyfrifol am hynny? Neu a oedd am ei chadw'n ferch fach am byth, perthynas ddibynnol arno ef, un i roi ffyddlondeb a gwasanaeth, heb y gallu i ffurfio barn annibynnol, na neb yn disgwyl iddi wneud hynny byth? Dechreuais feddwl amdani hi yn hytrach nag amdanaf fy hun. Am ei safle yn y cartref hwn, am ei bywyd, pa siawns oedd ganddi am hapusrwydd, ac fe'm cefais fy hun yn y distawrwydd pan ddisgwylid i mi fyfyrio ar fy nghyflwr truenus fy hun, yn cydymdeimlo â hi, a'i deall yn well nag a wnes erioed o'r blaen.

Ham oer a salad tomato oedd i swper. Plateidiau o fara cartref ac ymenyn ffarm. Cwstard ŵy a phastai gwsberis. Caws coch. Bwyd da i weinidog newynog. Gwyn eu byd, meddyliwn, y rhai sydd arnynt newyn a syched, dim byd ond newyn a syched. Teimlwn fy mod yn bwyta gyda rhyw awch anghyfrifol, ac roedd arna i awydd gwneud jôc o'r peth. Gydag Ada wrth gwrs. Gydag Ada. Roedd Hannah'n fy ngwylio ar draws y bwrdd. Syllai Vavasor Elis yn ddigalon ar y lamp a chnoi'n gyflym ac undonog. Ticiai'r hen gloc mawr yn uchel yn y distawrwydd.

3

Daeth Mrs. Felix Elis i mewn ar ffrwst, â'i chot amdani o hyd ac yn cario'i hymbarel a bag llaw mawr du. Taflodd y ffwr oedd am ei gwddw a thynnu pinnau ei het. Codais ar fy nhraed. Nodiodd ei phen a chrynodd y clustdlysau duon.

"Wedi'ch cadw, Mary?" meddai Vavasor, heb godi. "Y trên yn hwyr?"

"Na. Doedd e ddim yn hwyr. Fe alwes gyda Mrs. Parri Castle Stores. Doris wedi mynd allan, Hannah? Ofynnodd hi am gael y noson yn rhydd?"

"Popeth yn iawn, Mam," meddai Hannah. "Eisteddwch. Ga i arllwys paned o de i chi?"

"Mi fydde paned yn dderbyniol." Eisteddodd gyferbyn â'i gŵr a chaniatáu i Hannah dywallt cwpanaid o de iddi.

"Siwrne gyfforddus?" meddai Vavasor.

"Braidd yn llawn. Mae'r te 'ma'n dda. Roedd rhyw ŵr ifanc difanners yn y compartment yn treio smocio, a doedd e ddim yn lle i smocwyr. Fe rois i stop ar hynny'n go fuan."

"Pwy gas ysgol Llanrhos?" meddai Vavasor.

"Gŵr ifanc ardderchog. Haydn Glyndwr Jones. O ardal Y Gweithe 'na. Am unwaith rŷn ni wedi gneud penodiad doeth. Siaradwr da. Wedi swyno pawb. A chymwystere ardderchog. Mae'n gryf yn erbyn diota a gamblo, ac yn Gymro ardderchog."

Oeddwn i'n rhy sensitif, neu a oedd hi'n fy anwybyddu i'n fwy nag arfer.

"A beth am gŵyn y Syrfëwr?" meddai Vavasor.

"Maen nhw'n mynd i gynyddu'r grant," meddai hi. "Mr. Powel." Troes ei sylw ataf i'n ddisymwth, fel pe bai wedi dod i benderfyniad ar ei dull o weithredu. "Mae 'na hen sïon cas yn mynd o gwmpas Pennant amdanoch chi. Ydyn nhw wedi dweud wrthoch chi?"

"Do, Mary," meddai Vavasor, "rydw i wedi dweud wrtho."

"Ydyn nhw'n wir, Mr. Powel?" meddai hi.

"Mae'n wir 'mod i'n mynd i briodi Ada Evans," meddwn. Rhois fy mys ar garn cyllell lân nad oeddwn wedi'i defnyddio, wrth ochr fy mhlât. Eu gwestai oeddwn i, meddwn wrthyf fy hun, a rhaid bod rhyw derfynau i'r hyn y gallen nhw ddweud wrthyf.

"Mae'n debyg eu bod wedi gadael i mi," meddai hi, "i ddweud wrthoch chi mor wrthun yw'r peth."

"Mae eraill wedi awgrymu hynny," meddwn.

"Mae'n waeth na gwrthun. Mae'n gywilyddus. Allwn ni ddim caniatáu'r peth."

"Nawr, Mary," meddai Vavasor. "Cymedroldeb."

"Nid amser i fod yn gymedrol yw hwn. Mae'r gŵr ifanc, druan yn cael ei rwydo i briodi'r ferch ddichellgar, anfoesol 'na . . ."

"Rwy i wedi gofyn iddi 'mhriodi i," meddwn innau'n ystyfnig. "Rwy eisie'i phriodi hi. Fe wrthododd fi unwaith, ond fe ofynnes iddi wedyn. Fi sy'n dymuno'r peth, yn fwy na hi."

"Yna mae'n rhaid eich bod chi'n ffŵl perffeth. Tu hwnt i bob dychymyg. Yn wan eich meddwl a hawdd eich twyllo. Mae'n ddrwg gen i siarad mor blaen ond chi sy'n 'y ngorfodi i i wneud hynny. Ŷch chi wedi ystyried beth fydd effaith hyn ar yr eglwys? Mae wedi'n syfrdanu i'ch bod chi'n gallu bihafio mor anghyfrifol, yn dawnsio yn y lle 'na maen nhw'n ei alw'n westy. Yn dawnsio gyda'r ferch gelwyddog, anfoesol, afiach 'na."

"Alla i ddim diodde i chi siarad fel'na amdani," meddwn.

"Fe siarada i amdani fel mynna i. Mae'r hyn 'dw i'n ddweud yn wir, a tasech chi'n ddyn call ac nid yn ffŵl hawdd

196

eich twyllo, fe fyddech yn gwbod hynny. B'le rŷch chi'n feddwl mae'n cael yr arian i redeg y lle 'na fel gwesty? Fe fu farw Wali Francis mewn dyled dros 'i ben a'i glustie. Ŷch chi wedi gofyn i chi'ch hunan ble mae'n cael yr arian? Oes rhaid i fi weud wrthoch chi?''

''Dwy'n malio dim . . .'' dechreuais ddweud.

''Wel, mae'n bryd i chi. Gweinidog efengyl fel chi. Cofiwch hynny. Mae'n cael yr arian 'na gan Doctor Pritchard. Wyddech chi hynny? Os nag oeddech chi, gallwch neud ym- holiade. A pham ŷch chi'n meddwl mae e'n rhoi'r arian iddi?''

''Gall e fuddsoddi'i arian lle mynnith e,'' meddwn.

''Ond pam fan'na?'' meddai hi gan daro'r bwrdd â'i dwrn a rhythu arnaf fel pe bawn yn droseddwr. ''Am ei bod hi'n ordderch i'r dyn 'na. Chi'n gwbod bod gan y dyn Pritchard 'na wraig ffaeledig. A dyna'r ffordd mae e'n bihafio ati. A dyna'r ffordd mae'ch Ada Evans bert chi'n gneud iws ohono fe. A'r fenyw hon rŷch chi mor haerllug â dweud eich bod yn mynd i'w phriodi. Wel, chaiff e ddim digwydd, Mr. Powel. Os ŷch chi'n gall, ac os cofiwch chi gymint rŷn ni wedi'i neud drostoch chi yn y tŷ 'ma, newch chi ddim gadel iddo ddig- wydd. Os ŷch chi'n meddwl rhywbeth am grefydd . . .''

''Dwy' i ddim yn credu'r peth,'' meddwn. ''Rwy'n gwrthod ei gredu. Hen glonc warthus yw e. Cleber rhagrithwyr sy'n hoffi meddwl y gwaetha.''

Gwthiais fy nghadair yn ôl. Roedd yr holl olygfa'n ymddan- gos yn afreal. Roedd wyneb Hannah'n troi o flaen fy llygaid a llwy bwdin ei hewythr yn hofran rhwng y plât a'i geg ddis- gwylgar a rhyw gryndod i'w weld ynddi.

''Wrth gwrs eich bod chi'n gwrthod credu,'' meddai hi. ''Amhosibl gwahanu ffŵl oddi wrth 'i ffolineb. Ond rwy'n awgrymu eich bod chi'n gofyn iddi *hi*, Mr. Powel. Gofynnwch iddi. Ffeindiwch allan drosoch eich hunan.''

''Mary,'' meddai Vavasor Elis. ''Mary, rŷch chi'n mynd braidd yn bell. Rŷch chi'n mynd yn bur filen, wyddoch chi.''

''Er 'i les 'i hunan,'' clywn hi'n dweud cyn i mi adael yr ystafell. ''Roedd yn rhaid i rywun agor 'i lyged e. I beth mae'r byd yn dod, dwedwch? Neu ydyn ni i ganiatáu popeth? Er 'i les 'i hunan. Er lles pawb.''

197

1

Roedd y fenyw yn ffyrnig ac yn angharedig, ond ni theimlwn gasineb tuag ati. Ystyriai hi ei bod yn gwneud ei dyletswydd. Am Ada roeddwn i'n poeni: fy Ada i. Y camwri annioddefol. Y gamddealltwriaeth greulon. Wedi'i thyngedu i gael pawb yn troi yn ei herbyn.

Brysiais adref trwy niwl y nos oedd yn lledaenu dros y wlad o'r môr. Roedd fy nghalon ar dân gan ddicter a thosturi. Pwysais yn erbyn llidiart wlyb a'm grudd yn gorffwys ar y pren gwlyb. Daeth y llwydni gwyrdd i ffwrdd ar fy wyneb a'm dwylo.

Gallwn ei chipio ymaith o'r fagl arswydus hon, o'r fforest o enllib lle'r oedd cymaint o arfau dinistriol, y gellid eu codi a'u defnyddio yn ei herbyn, yno'n gorwedd wrth ei thraed fel dail yr hydref, a'i theulu ei hun heb fod yn nodded iddi ond yn arwain yr ymgyrch yn ei herbyn. Fy merch ddewr i, wedi caledu yn dy ddewrder, yn ymladd brwydr anobeithiol, gad i mi dy gipio ymaith.

Oedd y stori am Dr. Pritchard yn wir? Weithiau pan fyddwn fwyaf diniwed ac yn gwbl ddiarfog, bydd bywyd fel petai'n crynu ar ddibyn trychineb. Mor anhapus oedd y ferch. Ei chariad wedi ei ladd. Pawb yn ei herbyn. Ei hamddiffynnydd wedi marw. I ba le y gall droi am nodded? Efallai fod yna awr wan yn ei hanes, cyfrinach wedi ei lapio mewn amser fel hedyn mewn plygiadau o wlân cotwm. Pam y dylwn i goelio'r peth? Am i mi weld y doctor yn mynd i mewn i Fronllwyn: gweld ei gar yno fwy nag unwaith. Derbyn cymorth lle'r oedd yn cael ei gynnig. Fel y derbyniodd hi fi. Gall unrhyw un ddrwgdybio. Gall unrhyw un dwyllo. Gall unrhyw un fradychu.

Os ydyw'n wir, pa lwybr y dylwn i ei gymryd? Myfi, sy'n ei chael hi mor anodd i fod yn Gristion, ond ar yr un pryd yn ei chael hi'n annioddefol i fod yn ddim byd arall. Er archwilio'r manylion erchyll i'r eithaf, dechrau caru eto o'r newydd. Y math o gariad y mae Crist yn rhan ohono.

A bwrw'i fod yn wir, a fydd gen i wedyn y nerth i garu? Rhaid i mi ofyn iddi. Pam roedd hi mor amharod i'm gweld yr wythnos ddiwethaf yma? Pam y cytunais i â hi pan ddywedodd. *Rhaid i chi roi llonydd i fi am wythnos neu ddwy, Idris. Gad-ewch fi'n llonydd. Rwy i am gael y cyfan yn glir yn fy meddwl.* Mor barod a gwrol a meistrolgar y teimlwn wrth ddweud. *Wrth gwrs. Wrth gwrs!* Mor sicr o'm safle. Yn gwneud o'm serch ryw fath o gariad sy'n gadael llonydd, yn derbyn yn raslon. A phopeth dan reolaeth, yn barod i gyflawni gwyrthiau.

Breuddwydais fy mreuddwyd fawr am gymodi. *Frodyr a chwiorydd,* meddwn yn fy mreuddwyd, *dewch at eich gilydd mewn heddwch a chytgord trwof i, oherwydd rwy'n eich caru oll, a rhaid i chi fy ngharu i. Ac os cerwch chi fi, cerwch y ferch yma y daw ei chalon dyner â llawenydd i chi. Ada,* breuddwydiais, *paid ag ofni. Fy mhobl i yw'r rhain, fy mhraidd sy'n fy nghanlyn i ac nid yn cael eu gyrru. Cymer hwy i'th galon a'u caru achos maent yn fy ngharu i.*

Breuddwydion gau, yn ddim byd ond esgus dros fy niogi. Roeddwn wedi disgwyl yn rhy hir, wedi breuddwydio'n rhy hir, gan gredu mewn rhyw ffordd ddirgel fy mod yn disgwyl wrth yr Arglwydd. Dim ond esgus dros dlodi fy niffyg gweith-redu. Rhaid i mi weld Ada yn ddi-oed; thâl hi ddim imi aros yn hwy. Roedd yn rhaid gweithredu ar unwaith i achub sef-yllfa oedd yn dirywio'n gyflym. Y cam cyntaf oedd mynd i'w gweld a rhoi terfyn ar yr ymatal ansicr yma. Dod i ddeall-twriaeth iawn. Rhaid peidio â phetruso. Roedd gen i ddigon o brofiad yng ngwleidyddiaeth y galon.

2

"Rwy i am eich gweld," meddwn.

Roedd ei mam yn y gegin, yn gwrando, yn cilwenu. Doedd waeth gen i bellach pwy oedd yn gwrando, na phwy oedd yn cilwenu. Doeddwn i ddim yn teimlo'n dda. Roedd fy ngwres yn uchel a'm gwddw'n ddolurus. Roeddwn i'n poeni am fy iechyd, ac roedd ateb o ryw fath oddi wrth Ada bellach yn anghenraid di-oed, er mwyn iechyd.

"Rŷn ni'n brysur," ebe Ada. "Yn brysur iawn. Alla i mo'ch galw chi mewn hyd yn oed. Mae pobol yn aros yma."

"Rwy'n gweld car y doctor yma," meddwn.

"Wedi galw ar fusnes," meddai Ada. Caeodd ddrws y gegin o'i hôl. "Beth ŷch chi moyn?" Safem yn y cartws gwag. Roedd fy nhraed yn oer ac yn teimlo'n rhyfedd o dyner gan deimlo'r cerrig crynion drwy wadnau llaith fy sgidiau.

"Roeddwn i am eich gweld chi, Ada. Mae gen i rywbeth i'w ofyn i chi. Dwy' i ddim yn teimlo'n dda iawn.''

"Well i chi fynd adre ar unwaith. Cerwch i'r gwely. Fe weda i wrth y doctor am alw. Mae'ch pen chi'n boeth.''

"Dwy' i ddim eisie gweld y doctor,'' meddwn. "Chi ydw i eisie'i weld. Pryd ca' i'ch gweld chi nesa? Pryd rydyn ni'n mynd i benderfynu beth i'w neud?''

"Rhowch amser i fi feddwl,'' meddai Ada. "Mi feddylia i am rywbeth.''

"Ai achos y doctor?'' meddwn i. "Dyna pam newch chi mo 'mhriodi i?''

"Be chi'n feddwl?''

Roeddwn i'n cael anhawster i siarad, fel pe bai'r geiriau'n fy nhagu cyn i mi eu cael allan.

"Chi'n gwbod beth maen nhw'n ddweud amdanoch chi a Pritchard. Ydi e'n wir?''

"Beth maen nhw'n weud?''

"Mai ei arian e sy tu cefen i chi.''

"Mae e wedi rhoi benthyg arian i fi.''

"Faint?''

"Dwy fil o bunne. Mae e'n bartner yn y fusnes mewn gwirionedd. Dyw e ddim eisie i bawb wbod. Dyna pam ddwedes i ddim wrthoch chi.''

"A dyna'r cyfan?''

"Rwy'n teimlo'n oer. Rwy i am fynd i fewn. Pam oedd rhaid i chi alw nawr, a styrbio popeth? Os nad ŷch chi'n dda fe ddylech fod yn y gwely.''

"Ydi'n wir 'i fod e, 'i fod e'n gariad, yn ordderch i chi?''

Yn y tywyllwch, ddaeth dim gair ohoni, a fedrwn i ddim gweld yn iawn b'le'r oedd hi.

"Ydi e'n wir? Pam nad atebwch chi? Ydi e'n wir? Ydych chi wedi gadael iddo'ch caru chi? Atebwch.''

"Ydw.'' Dyna i gyd. A minnau'n ymbalfalu am y wal, yn dyrchafu fy mreichiau a gwasgu fy mhen yn eu herbyn i'm cadw fy hun rhag beichio wylo. Dwn i ddim pa hyd y buom yno mewn distawrwydd. Safodd yn hollol lonydd yn y tywyllwch heb sôn am fynd i mewn mwyach.

"Pryd?'' Roedd fy llais fel crawc brân. "Pryd?''

"Yr wythnos ar ôl angladd Wali. Yma yn Bronllwyn.''

"Ac wedi hynny?''

"Unwaith neu ddwy. Roedd yn rhaid i fi gadw f'ochor i o'r fargen."

"Mae e wedi'ch prynu chi. On'd yw e? Wedi achub mantes ar eich sefyllfa chi."

"Fe allwn i ei roi e fel'na. Dyna mae pawb yn neud, ond gallwn feddwl nad ŷch chi ddim wedi sylwi ar hynny erioed. Chi'n barod i fynd adre nawr?"

"Rhowch y gore iddo fe," meddwn i. "Rhowch y gore i'r cyfan. Y lle 'ma i gyd. Dewch i ffwrdd gyda fi. Rŷch chi *yn* 'y ngharu i, on'd ŷch chi? Rwy'n eich caru chi. Mi fydda i fyw er eich mwyn chi."

"Mae e allan o'r cwestiwn," ebe hi. "Fel hyn mae hi ore, Idris. I chi hefyd. Dŷch chi ddim yn perthyn i'r bywyd yma. Does gen i ddim hawl arnoch chi. Rŷch chi'n lwcus. Rŷch chi'n rhydd. Cerwch chi wrth ych hunan."

"Rwy'n eich caru," meddwn.

"Fe ffeindwch chi rywun arall," meddai hi. "Fydd hynny ddim yn anodd."

"Allwch chi ddim gweld beth mae'n ei olygu? Rwy'n eich caru. Ar waetha popeth. O achos popeth. Rhaid i chi wrando."

"Fe ddewch chi dros y peth. Mae pawb yn gneud."

"Doedd e'n golygu dim byd i chi?"

"Peidiwch sbwylo'r cyfan," meddai hi. "Peidiwch cweryla."

Ond dyna'n union yr hyn roeddwn i am ei wneud. Roedd dagrau hallt yn fy llygaid ac roedd arnaf awydd ei tharo.

"Ewch adre," ebe hi. "Rŷch chi'n sâl."

"Yr hwren â chi," meddwn. "Yr . . ."

"Dyna fe," meddai hi. "Dyna fe."

Brysiodd yn ei hôl i'r gegin. Es i ddim adre ar hyd y dreif. Mi es i fyny drwy Goed Bronllwyn, gan wylo. Pa hawl oedd gen i i edliw iddi, a'm torri fy hun i ffwrdd oddi wrthi pan oedd fwyaf o'i hangen arnaf?

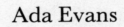
Ada Evans

1

Rwyf wedi wylo gormod. Mae'n bryd i bobl eraill wylo.
Dyw wylo'n dda i ddim. Roedd e'n dyner wrthyf. Yn fy
ngwerthfawrogi i. Roedd e'n galed, yn feddal, yn ifanc, ei
groen yn llyfn a di-flew a'i ddiniweidrwydd dibrofiad yn rhoi
mwy o bleser ac addewid o bleser nag y dychmygodd ef erioed
y gallai wneud. Roedd yn blentyn cariadus a minnau'n hoffi ei
fwytho. Ond rhaid peidio â dweud rhagor, rhaid peidio â
difaru rhagor. Roedd ef, fel pob dyn, yn mynnu ei ffordd ei
hun.

Roedd e'n fy meddalu i, yn agor hen glwyfau â'i ddwylo
tyner pan oedd yn rhaid i mi fod yn gryf, yn gyfan, yn rymus
a'm gwaith o'm blaen. Roedd ei dynerwch yn peryglu
f'amcanion i. Ei ymddiriedaeth lencynnaidd yn anymarferol,
fel yr oedd balchder hardd Dic a'i lygaid brown. Fel Dic roedd
e'n blentyn a allai beri i mi yn fy ffolineb esgeuluso fy mudd-
iannau fy hunan. Mae parhau i fod yn blentyn yn golygu
parhau i gael eich trechu a'ch dolurio. Rwyf wedi cael fy
nhrechu a'm dolurio i ormodedd.

O, Dic, fel yr oeddet yn fy nolurio, a minnau'n hoffi hynny.
Pam, o pam y buost ti farw a mathru'r llygedyn olaf o obaith
ffôl? Fel y carwn i di. Fel y carwn i di, a'r cariad hwnnw'n aros
gyda mi cyhyd, ac mor hawdd y mae ei ailennyn o hyd, er bod
popeth arall yn darfod a dim byd yn digwydd yr eilwaith.

2

"Bachgen bach mor neis," meddai fy mam, a hynny yn ei
glyw. "Dewch yn glou eto," meddai hi, yn ei drin fel pe bai'n
ddyn—bob amser y croeso gwenieithus, a'r ffarwelio taer.
"Peidiwch bod yn ddierth, nawr. Rŷch chi mor dda i godi'n
c'lonne ni."

"Rwy i eisie i 'mhlant fod yn hapus," meddai fy mam.
"Rwy i wedi cael bywyd ofnadw, fel y gŵyr pawb. Ond rwy i
am i chi'ch dau ddod yn eich blaen. Fe wna i 'ngore i chi. Fe
weithia i 'mysedd hyd yr asgwrn. A wedyn newch chi ddim
anghofio'ch mam yn 'i henent. Pan fydd car mawr gyda ti,
Frankie, fe ei di â fi am ambell reid fach i'r wlad on' gwnei di?
On' bydd hynny'n neis?"

"Nid fe yw'n tad ni," meddai Frankie. Y truan crwm, rwy'n difaru na bawn i wedi gwneud mwy drosto, newydd ddringo'r grisiau cul yn ei flinder i'r ystafell wely fach lle'r oedd yn rhaid iddo gysgu ar ei ben ei hun. Yr ystafell leiaf, dlotaf yn y bwthyn a'i ffenestr fach yn edrych allan dros yr afon. Roedd hi bob amser yn llawn o aroglau ei ddillad gwaith a'r rheiny wedi'u mwydo mewn chwys ac aroglau buarth ffarm. "Mawredd! on'd yw'r dyn 'ma'n chwysu," meddai fy mam wrth bwnio'i ddillad yn y trochion sebon yn y twba. Fel "y dyn 'ma" y cyfeiriai hi ato bob amser. O fysg nifer, fe oedd yr un dyn y gwnaeth Ffawd iddi lynu wrtho. Yn flinedig âi i'w wely cul, y dyn nad oedd yn perthyn , na fyddai Frank na minnau'n galw 'Nhad arno. Yn codi am bump a cherdded dair milltir i'w waith. Gweithiwr gonest a chydwybodol, meddai pawb amdano. Yn syml, hyd yn oed yn dwp, ond yn weithiwr caled a digon caredig mewn rhyw ffordd bell, oeraidd, a phob amser yn ddigon hoff ohonof i. Mi hoffwn petai byw nawr, i mi gael y cyfle i roi tipyn o gysur iddo. Byddai'n hapus yn gofalu am yr ardd ym Mronllwyn; gwnâi waith da ohoni.

"Ond doedd Frankie ddim yn hoff ohono. Byth wedi maddau iddo am fod yn dwp. "Dyw e ddim yn dad i ni," meddai. "Diolch i Dduw, ddim i ti na fi."

"Sut gwyddost ti?" meddwn.

"Paid ti â becso sut wy'n gwbod. Rwy'n defnyddio 'nghlustie, a 'mhen. Rwy i wedi clywed pethe. Nid fe yw'n tad ni."

"Fe gawn ni bicnic," meddai Frankie. "Wyt ti'n dod, Ada?"

"Nadw i, wir," meddwn. "Dwy' i ddim yn chware gyda phlant."

"Mae Dic yn dod," meddai Frankie.

"Dim ots gen i os yw e," meddwn. "Dim ond dy oed di yw ynte. Pam dylwn i falio?"

"Mae e am i ti ddod," meddai Frankie gan wenu'n llydan a nodio'i ben. Yn gwneud i fi chwerthin a gwneud i Mam chwerthin, achos roedd hi'n gwrando ar y cyfan. Mae gyda hi'r ddawn i weithio'n galed a gwrando. Dyw hi'n colli dim byd sy'n mynd ymlaen. Mae Frankie wastad yn peri i ni chwerthin. Mae hynny fel cwlwm rhyngom yn ein gwneud ni i deimlo undod teuluol, chwerthin, ran amlaf mewn gwawd am ben pobol eraill, cyn iddyn nhw gael cyfle i edrych lawr arnom ni.

"Dduw Mawr!" meddai Frankie, yn sefyll wrth y ffenest. "Ada, Mam, dewch i edrych. Emmanuel a'i floden fach yn mynd am dro gyda'r nos."

A roedden nhw'n ddarlun digrif. Y dyn bach â'i hat lwyd, bwysig, ei gyffs, ei gadwyn wats drom, ei ffon â'r dwrn arian a'r sglein ar ei sgidiau brown: a'r fenyw denau, yn dalach nag ef â'i sgert gota, trwch o bowdwr ar ei hwyneb a'i gwallt melyn yn gwthio allan o dan ei hat siâp cloch, a'i thraed main yn troi allan. Chwarddem gyda'n gilydd. Gwyddai Frankie y gallai wneud i ni chwerthin pryd y mynnai. Casáu'r Elisiaid a chwerthin am ben eu canlynwyr.

Roedd hi'n wythnos y Jiwbili. Gwyliau ychwanegol.

"Cer di, Ada," meddai Mam. "Rhaid peidio siomi'r dynion."

Car rhywun. Car Ossie mae'n debyg. Rhywun yn ddigon hen i yrru. Doedd y daith ddim ymhell. Roedd Dic yn llawn sŵn, yn edrych yn hŷn na'i bymtheg oed. Yn dal, gwallt brown, modrwyog. Rhai plorynnod arno, dannedd cryfion, gwên haerllug. Llygaid dwfn, brown. Eisoes yn gwybod sut i wneud defnydd ohonynt.

Mis Mehefin, yr afon yn llawn, y dŵr yn loyw, rhod y felin yn llaith a'r mwsog drosti, a ninnau mewn congl berffaith ddirgel. Roedd gwas y neidr yn hofran yn llonydd uwchben y gwybed oedd yn heidio lle'r oedd y dŵr dawelaf ar yr afon. Edrych i fyny a gweld y clytiau o awyr las yn y bylchau rhwng y miloedd dail esgynnol.

"Dan y coed," meddai Dic.

Ysgydwais fy mhen. "Bydd y gwybed yn dy bigo di," meddwn. "Fyddan nhw byth yn 'y mhigo i, ond fe bigan nhw di."

"Achos 'mod i'n felys," meddai yntau. "Dan y coed. Dere mlaen."

Roeddwn i am iddo 'nghusanu. Am iddo orwedd arnaf. Teimlo hyd ei gorff arnaf. O'r dydd hwnnw roeddwn i mewn cariad, yn wirion gan serch fel y bydd merched ffôl.

207

Doedd dwy flynedd o wahaniaeth yn ddim pan oedd y foment yn bopeth. Mewn gwahanol leoedd, disgwyliais wrtho mor aml ag y disgwyliodd ef wrthyf i. Glan y môr, yr Hen Eglwys, y Sgubor Ganol, yr Odyn Galch gerllaw bwthyn Miss Aster, yr ystafell aros yng ngorsaf Derwen, a'r mwyaf cyffrous ohonynt oll, Coed Bronllwyn, a'r Lodj Orllewinol, ac wedi i Bronllwyn fynd yn wag, hyd yn oed y tu mewn i'r tŷ ei hun.

Heb fawr o sgwrs ond bob amser yn dyheu am ein gilydd.

"Rwy i yma ers awr," meddai ef. "Ble rwyt ti wedi bod?"

"Wali Francis alwodd mewn."

"Mae'i lygad e arnat ti. Rwy i wedi bod yn ei wylio."

"Rŷn ni'n symud, Dic," meddwn. "Yn newid tŷ. Byddwn ni'n byw yn Pennant ac wedyn bydd hi'n rhwyddach i ti ddod i 'ngweld i."

"Ac yn rhwyddach i Wali Francis hefyd."

"Dic," meddwn, gan chwerthin fel y byddwn yn arfer chwerthin gyda Frankie. "Wyt ti ddim yn eiddigeddus o'r hen greadur tew 'na? Wyt ti 'n meddwl y gadwn i iddo gwrdd â fi?"

"Fe laddwn i di cyn gadael i neb arall gwrdd â ti," ebe Dic.

"Gwnaet."

"Dy ladd di. Wyt ti'n deall?"

"Ydw, ydw."

Gallai wneud beth a fynnai â mi. Roeddwn i'n gaeth iddo, a bod yn gaethferch iddo oedd yr unig hapusrwydd yn fy nghalon. Hapusrwydd roeddwn i'n ddigon cyfrwys i'w guddio. Yn allanol roeddwn i'n ferch fach dawel, synhwyrol, yn awyddus i ddod ymlaen, yn feddylgar, cwrtais, diddrwg, diwyd. Ceisiwn guddio'r chwerthin oedd yn fy nghalon, oedd yn gweiddi fy serch a'm caethiwed wrth syllu'n astud ar Tudor yr Athro Mathemateg yn ystafell barchus y chweched dosbarth.

Yn araf iawn y dysgais fod yn ochelgar gyda Mam, ond fe ddysgais.

"Mae'n grwt neis," meddai'n fyfyrgar. "Yn grwt neis iawn. Ond bydd di'n ofalus, 'merch i. Rhaid i ni fod yn ofalus, wyddost ti. Lle buoch chi heno?"

Ar y dechrau dywedwn wrthi. Bryd hynny gadawn iddi ymborthi ar y cyffro gwridog yn fy wyneb. Ond pan fyddai mewn tymer ddrwg byddai'n defnyddio hynny yn fy erbyn: neu pan fyddai am gael hwyl gyda Frankie ar fy nghorn i.

"Paid â'n ateb i 'nôl," sgrechiai. "Cymer di ofal ohonot dy hunan, 'merch i, neu mi fyddi di mewn trwbwl ar waetha 'ngofal i drosot ti. Galla i weld dy fod ti'n barod i neud ffŵl o dy hunan. Fe fydd e'n ddigon iach. Un o'r Elisied yw e. Maen nhw wastad yn iawn . . ."

"Paid â'i styrbo hi, Frankie bach." Cilwenai fy mam arnaf. "Mae hi'n breuddwydio am garu yn y fynwent. Lle da i garu!"

Yna byddai'r ddau yn chwerthin. Roedden nhw bob amser yn barod i ymuno yn f'erbyn i. Bob amser yn disgwyl y gorau oddi wrthyf, bob amser yn wancus, yn gweiddi'n groch am fy sylw; a minnau'n cael eu gwaethaf hwy, yn naturiol anniolchgar. Yn barod i chwerthin yn llechwraidd hyd yn oed pan fu farw Jacob druan, na wnaeth niwed i neb erioed. "Dyn da oedd e," meddai fy mam yn gyhoeddus. "Roedd lot o ddaioni yn Jacob, druan. Ac fe rois i bob gofal iddo. Ofnadw oedd ei golli fe. Yn ergyd ofnadw i fi." Ond ar ôl yr angladd brysiog, ar ôl cau'r drws ar yr olaf o'r galarwyr, aeth i'r cwpwrdd a thynnu allan botel o rwm. "Teimlo annwyd yn dod 'mlaen," meddai hi. "Yfed iechyd da i Jacob, Mrs. Evans?" meddai Frankie yn ei ffordd gellweirus. "O'r crwt drwg â ti! Sut galli di weud y fath beth?" meddai gan ddechrau cilchwerthin. "O, dier, rwy'n chwerthin, Ada," meddai hi. "Beth wna i? Alla i ddim stopo."

Mae'n gallu edrych yn urddasol weithiau. Mae ganddi drwyn lluniaidd a phan fydd ei cheg ynghau ac yn llonydd mae rhyw olwg ddigon hardd bendefigaidd arni. Ond pan fydd yn cilchwerthin a'i genau'n llacio mae'n edrych yn anweddus ac anllad. Mae'n fy nychryn i, achos rwy'n cofio meddwl, os byddi di farw, Ada, fel yna y bydd hi'n chwerthin ar ôl dy angladd di. Gwelais mor ofnadwy oedd peidio â charu neb ond chi eich hun. Ac eto roedd hi'n caru Frankie ac yn honni bod yn hoff ohonof fi: carai gymaint ohonom ag oedd yn fuddiol i'w hamcanion hi ei hun; coleddai ddarlun o fab a merch yn llawn o'r un cariad a thosturi tuag ati ag a deimlai hi tuag ati ei hun.

209

4

Pe gwyddwn i bryd hynny yr hyn a wn i yn awr; ond dyna ddagrau pethau. Mae'r dysgu wedi lladd fy archwaeth at gariad diniwed; at bob math o ddiniweidrwydd. Mae'n bwysig peidio â bod yn ifanc fwy nag unwaith, a hynny ddim ond am gyfnod byr iawn.

"Ddylet ti wbod mwy am y byd, Ada fach, a fi yw dy fam, a fi yw'r un all dy ddysgu di." Mewn rhyw ddathliad neu'i gilydd roedd Wali Francis wedi prynu gormod o jin iddi. "Well i ti beidio bod yn rhy seriws gyda'r crwt 'na. Paid byth â gadael i ddyn gael 'i ffordd 'i hunan i gyd neu fe fyddi di yn yr un trwbwl â finne. Roedd gyda ti dad gwych. Aelod Seneddol oedd e. Ond fuodd e ddim byw i neud dim byd drosot ti na fi. Fe fuodd e farw a 'ngadael i yn y picil. A dalla i ddim tyngu y bydde fe wedi gneud dim byd 'tai e wedi byw. Tipyn o lysywen oedd e erbyn meddwl. Cofia di, 'merch i, fod Dic hefyd o'r un frîd. Mewn gwirionedd rŷch chi'ch dau'n gyfyrdyr. Mae'n iawn i ti wbod hynny."

Roedd yn gas gen i ei gweld hi dan ddylanwad diod. Yn y dyddiau hynny roedd hi ar ei gwaethaf: wastad wedi yfed a wastad yn frwnt. O leiaf bryd hynny roedd hi'n edrych waethaf; mae dillad glân a sobrwydd cyfrifol yn rhywbeth i ddiolch amdanyn nhw ac y mae hi'n awyddus i helpu, ond rhaid i mi gofio o hyd na alla i ddim ymddiried ynddi. Ysbïwr dros Frankie yw hi yn fy nhŷ i.

Y fath fam. A'r fath blentyndod. Rhywbeth i ferwino merch fach â chywilydd parhaus. Cariwn boteli adref iddi mewn bag lledr hir. Roedden nhw'n cloncian yn erbyn ei gilydd wrth i mi frysio i lawr y ffordd.

"Be sy gen ti fan'na, Ada Cwm? Llaeth dy fam? Rho lymed i ni, Ada Cwm. Ceiniog ar y botel. Ceiniog ar y botel."

Tynnwn borfa hir o'r ffos a'i lapio am y poteli tywyll, atgas i leihau eu sŵn. Dywedais wrth Dic am hynny. Gorweddem yng Nghoed Bronllwyn. Roedd y machlud yn goch ac aroglau'r nodwyddau pîn yn llenwi'r lle. Roeddwn i'n drist, yn dweud yr hanes wrtho. Cuddiwn y poteli mewn gwrychoedd a mynd i'w nôl wedi iddi nosi. Roeddwn i'n isel f'ysbryd yn gwylio coch y machlud a chysgodion hir olaf y coed.

"Gwasga hwn," meddai. "Hwn ar 'y ngên i. Dere mlaen. Paid â meddwl am y poteli." Roedd hynny amser maith yn ôl.

Symudais i ddim. Roeddwn i gymaint o dan ormes f'unigrwydd nes 'mod i am wylo. Doedd ganddo ef ddim diddordeb yn yr hen dristwch oedd yn llawn ystyr i mi.

"Ada," meddai. "Be sy'n bod arnat ti? Cer 'mlaen â dy waith. Roeddwn i'n meddwl dy fod ti wrth dy fodd yn gwasgu 'mhlorynnod i."

Chwarddodd a chydio yn fy nwylo a'u defnyddio fel gefel ar ei ên. Roedd yn tynnu wynebau rhyfedd a gwthio'i dafod allan. Fedrwn i ddim aros yn fy mhruddglwyf. Teflais fy hunan arno, ac annibennu ei wallt, a brwydro â'n gilydd nes roeddwn i'n gorwedd o tano yn ddiymadferth, yn anadlu'n drwm, yn chwerthin ac yn dweud, "Aros di, aros di!" drosodd a throsodd nes y dechreuodd fy nghusanu. Mae'r atgof am hynny'n felyster annioddefol.

5

Doedd byth neb y gallwn i ymddiried ynddo. Dim hyd yn oed y pregethwr ifanc, am ei fod mor ddiniwed a ffôl, yn benboethyn crefyddol na roddai ddim heddwch i mi. Ac eto pan adewais iddo 'nghusanu i'r tro cyntaf, ie meddwn, gad iddo wneud. Gad iddo dy gymryd di. Nid yn unig mae'n olygus ond mae'n ddidwyll, yn onest a gelli ymddiried yn llwyr ynddo. Ymollwng. Gad iddo dy feddiannu di. Ymddiried ynddo. Ymddiried ynddo! Mae'n ymddangos nad oes dim terfyn i'r dulliau y gelli di wneud ffŵl ohonot dy hun.

"Dic," meddwn. "Dic, ddwedodd neb wrthot ti? Rwy'n feichiog. Rwy'n mynd i gael babi." Tynnodd laswelltyn sych ac edrych ar ei draed fel crwtyn drwg. Yr hydref oedd hi, a'r dail yn syrthio. Fydda i byth yn hoff o'r hydref. Mae gweld y dail yn syrthio'n fy nhristáu. "Wyt ti ddim yn deall? Rwy'n mynd i gael babi. Alli di ddim dianc i ffwrdd. Ddim nawr. Alli di mo 'ngadael i nawr. Dim nawr pan fo d'angen di arna i." Nid atebodd. "Pam nad atebi di?"

"Rhaid i fi fynd, Ada. Does dim dewis gen i. Rhaid i fi fynd."

"Beth amdana i?"

"Fe ddo'i 'nôl atat ti. Rhaid aros am dipyn. Bod yn amyneddgar. Duw! allan nhw ddim byw am byth."

"Beth am y babi? Beth os ca i fabi?"

"Fe wedodd Wali y byse fe'n helpu ynglŷn â hynny. Mae

e'n gwbod beth i'w neud. Mae e'n dweud drychith e ar dy ôl
di. Mynd â ti i Lerpwl. Dim ond operesion fach yw hi. Fawr o
beth i gyd. Fe fyddi di'n iawn.''

Anghofiais fy meic. Dechreuais gerdded adre gyda glan y
môr hebddo. Gorweddais ar y borfa anesmwyth yn ymyl yr
odyn galch a chrïo, ar dorri fy nghalon. Gwelais y cymylau'n
ymgasglu uwchben y bryniau a chysgodion y nos yn ymestyn
dros y môr.

Rwy'n llawn cryndod bob tro yr af yn agos at y lle. Mae'r
ddaear lle y gorweddais byth oddi ar hynny wedi'i difrodi gan
ddirgryniadau fy nghorff annedwydd a chwerwedd fy nagrau.

6

Roeddwn i'n sâl cyn cyrraedd Caer. Gorfod i mi fynd allan
o'r car i daflu i fyny. Roeddwn i'n oer ac yn crynu. Fedrwn i
ddim atal y cryndod. Aeth Wali i mewn i dafarn i mofyn
llymaid o chwisgi i mi.

''Cymer hwn, Ada,'' meddai. ''Yf hwn. Lawr ag e. Cod dy
galon nawr. Dwyt ti ddim yn mynd i gael dy ladd. Cymer un
arall.''

Cydsyniais. Cymerwn—un arall ac un arall eto.

''Na, na. Dim gormod nawr, bach,'' meddai Wali.

Dechreuais grïo. Rhoddodd ei fraich amdanaf. Pwysais fy
mhen ar ei ysgwydd.

''Wali'n mynd i edrych . . . Wali'n mynd i edrych ar d'ôl di
. . . Wali . . . Wali . . .''

Clywn ef yn ailadrodd ei enw mewn llais esmwyth.

''Lle i anifeilied yw e,'' meddwn. ''Drychwch. Y fenyw 'na
â'i chi.''

Roedd menyw dal â chi blewog dan ei chesail. Roedd ei
lygaid yn felyn a daliai i gwynfan.

''Drwy'r entri 'na mae e,'' meddai Wali. ''Paid â chymryd
dim sylw. Dim ond cerdded drwodd. Cer 'mlaen.''

Roedd y strydoedd yn wlyb, a'r lleithder yn treiddio i mewn
i'r fynedfa. Roedd y grisiau'n sych ond yn fudr a llychlyd.

''Y llawr nesa i fyny,'' ebe Wali.

''Y doctor,'' dyna a alwai Wali arno. O Fienna y daethai.
Meddyg medrus iawn, meddai Wali. Roedd yn ifanc, ac yn
lân, er mawr syndod imi. Roedd ei ddwylo'n eitha oer. Roedd
ei geg yn enfawr, a minnau'n awyddus i weld pa mor bell yr

212

ymestynnai pe bai'n gwenu. Ond ni wenodd. Roedd yn ddifrifol iawn. "Ydych chi'n gwybod faint ydi'r ffî?" meddai ef wrth Wali. "Arhoswch chi yma," meddai wrtho wedyn. "Dewch ffordd yma, os gwelwch yn dda." Gorweddwn yno'n crynu tra gwisgai ef oferôl wen a sgrwbio'i ddwylo'n lân mewn basn ymolchi. Siaradai â mi â'i gefn ataf.

"Rŵan, mae hon yn operesion fach ddigon syml. Does gynnoch chi ddim byd i ofni. Dim poen. Tipyn bach o anghysur efallai. Fe egluraf i chi rŵan, fel y gallwch chi gydweithredu'n ddeallus. Ydych chi'n deall?"

"Ydw," meddwn.

"Gafaelwch yn hwn," meddai. "Ac ymollwng yn llwyr. Anghofiwch amdana i. Anadlwch hwn fel bo'r angen; cadwch o ar eich wyneb. Analgesia. Ydych chi'n deall?"

Roedd e'n gofyn i mi o hyd os oeddwn i'n deall.

"Fe fydd 'na waed, wrth gwrs," meddai. "Mae'n rhaid wrth hynny. Peidiwch â chael braw. Mae'n berffaith normal."

Gwaedu. Gwaedu. Gwaedu. "Rhaid i mi alw'r ysbyty," meddai. "Fe ofalan nhw amdanoch chi am rai dyddiau. Er mwyn bod yn hollol ddiogel. Esgusodwch fi am foment."

Clywn ef yn ffônio. "A! doctor. Bore da. Mae gen i ferch yma. Mae hi'n gwaedu'n go arw . . . Popeth yn iawn." Galwad arall ar y ffôn. "Helô. Ysbyty Carriston? Llawfeddyg yr ysbyty. Rwy i am air gyda llawfeddyg yr ysbyty . . . A! bore da doctor. Mae gen i ferch yma. Mae hi'n gwaedu braidd yn ddrwg . . ."

Bu raid iddo alw bedair gwaith ar y ffôn cyn iddo droi at Wali.

"Popeth yn iawn, Mr. Francis. Ewch â hi i Ysbyty *Breadfeather Street*. Diolch. Fe gaiff hi fynd i fewn yno. Efallai y bydd yn rhaid iddi aros rai dyddiau. Mae'n ysbyty dda. Na, peidiwch â dweud dim. Ewch â hi yno, dyna i gyd. *Routine*. Digon syml.

Roeddwn i'n teimlo'n wirioneddol sâl, wedi syrffedu arnaf fy hun. Yn gwaedu, gwaedu, gwaedu. Yn llesg. Yn flinedig. Yn falch fy mod mewn lle nad oedd neb yn fy nabod. Yn falch fod Wali wedi mynd. Wedi blino arno'n gofyn. "Ydi e wedi stopio?" Wedi blino ar ei bryder. Pam y dylai ef bryderu? Yn fy ngwely ar fy mhen fy hun, yn fud. Ni siaradwn hyd yn oed â'r nyrsus. Roeddwn am fod ar fy mhen fy hun am byth.

1

Fe fydd pobl yn ymddwyn yn well pan fo gyda chi afael arnyn nhw. Thâl hi ddim bod yn ddiymadferth. Holl amcan bywyd yw dod yn annibynnol a rhoi'ch hun mewn sefyllfa lle y bydd awdurdod gennych pan fo'i angen: i daro'r gelyn a gwobrwyo'r cyfaill. Pe buaswn yn annibynnol gallaswn fod wedi arbed bywyd Dic, gallaswn fod wedi taro'r Elisiaid yn ôl, gallaswn fod wedi cadw fy mam a'm brawd yn eu lle, gallaswn hepgor Wali a dweud wrth Mat Pritchard am fynd i'w grogi a gallwn fod wedi gwobrwyo'r llanc o bregethwr a chadw balm ei serch tyner, pe buaswn yn annibynnol.

Ond dim ond mewn breuddwydion rydym ni'n annibynnol. Ymdrech am rym yw bywyd, ond pa bryd mae'r grym yn dod? Pan fyddwch yn rhy hen i wneud defnydd ohono? Ond rhaid ymdrechu i gadw'r hyn a enillwyd. A dim ond trwy ennill rhagor y gellir cadw'r hyn a enillwyd. A dyna beth yw bywyd, dysgu'r wers hon; cadw ymlaen i ymdrechu, fel mae gwraig tŷ yn brwydro â'r llwch ddydd ar ôl dydd, a chadw sglein ar bethau ac olrhain a dileu pob ffynhonnell baw ac arogleuon.

"Gallwn fod." Dyw "Gallwn fod" yn ddim byd; fel hiraeth, mae'n ddiwerth. Holl ddiben cofio yw dysgu gwersi, i wybod beth i beidio â'i wneud eto, i ennill craffter meddwl, i ddod yn fedrus yn y grefft o fyw. Felly y mae'r wraig tŷ brofiadol yn medru canu wrth loywi'r celfi pres, a'i chadach yn rhydd i chwipio o gwmpas pob rhan o falchder ei thŷ.

2

Gwneud defnydd ohonof fi wnaeth Wali. Doeddwn i ddim yn ddall. Ond cymerodd gryn amser i mi ddysgu peidio â'i gasáu, dysgu gadael iddo roi ei law arnaf pryd y mynnai, a dysgu sut i'w drafod. Dim ond ar ôl dysgu ei drafod y dechreuais ei hoffi, ond cymerodd hynny gryn amser, ac erbyn hynny roedd ef a minnau wedi newid.

"Mae mynd i'r coleg allan o'r cwestiwn i ti, on'd yw e?" meddai ef.

Bu raid i mi gytuno. Yr adeg honno roedd yn rhaid i mi gytuno ym mhopeth. Safai fy mam wrth droed y gwely a phob tro y nodiai ei phen roedd rhaid i mi roi ateb cadarnhaol.

Roedd ei ddannedd gosod drudfawr yn llenwi ei geg â gwynder. "Gweithia i fi, Ada," meddai gan droi ei ben at fy mam am gadarnhad.

"Wrth gwrs, fe fydd hi'n falch o gael gneud," meddai fy mam. A nodiais innau. Roedd yn rhaid i mi gymryd yr unig lwybr oedd ar agor i mi. Roedd Wali bob amser yn sicr beth ddylid ei wneud. Gwyddai bob amser pa ffordd y dylai'r drafnidiaeth fynd.

Bil yn dal yn yr ysgol. Sylvia May â'i merlod. Y ddau mor ddwl â'r pared: er bod Wali heb weld hynny'r adeg honno. Roedd e'n credu fod Bil yn araf am ei fod yn chwarae gormod. Rheswm arall oedd mai capelwr oedd Wynne y Sgwlyn. "Rwy'n sbwylo'r groten 'na," meddai wrth i Sylvia May sboncio allan o'r garej yn ei throwsus marchogaeth gan gario'r papur punt a roesai iddi o'r blwch arian. "Well i ti aros yn hwyr heno, Ada. Wnaiff hi mo'r tro i ni adael i'r cyfrifon 'ma gronni. Eu gorffen nhw cyn diwedd y mis. 'Na 'mholisi i."

"Rwyt ti wedi cael crap ar y gwaith 'ma'n bur gyflym, Ada, chware teg i ti," meddai. Roedd aroglau chwisgi'n gryf ar ei anadl. "Wn i ddim beth wnawn i hebddot ti."

"Ydi Frankie eisie gweithio 'ma?" gofynnodd. "Ydi e cystal gweithiwr â ti?"

"Ydi," meddwn. "Mae e'n gallu gweithio'n galed."

"Fe rown ni gynnig iddo," meddai Wali.

"Beth am Edwin?" meddwn.

"'Y ngarej i yw hon," meddai Wali. "Fe neith Edwin beth weda i wrtho."

Yn sarrug, yn seimlyd a'i lygaid yn waedgoch, daeth Edwin i mewn i'r swyddfa i nodi gwerthiant petrol a rhegi'r bòs.

"Pedwar galwyn i Jones Gwynfryn," meddai. "Ble mae Wali Francis, y pwdryn diawl?"

"Yn y _Goat_," meddwn i. "Fe fydd e 'nôl 'mhen hanner awr."

"Y pwdryn," meddai Edwin. "Yn gadel popeth i fi. Drychwch ar y groten gythrel 'na. Â'i phen-ôl fflat. Ydi'ch brawd yn dod i weithio 'ma?"

"Ydi," meddwn.

"Hen bryd i fi gael tipyn o help. Wedi cario'r lle 'ma ar 'y nghefen y tair blynedd ddiwetha. Rhyw ddiwrnod fe fydda i'n agor lle'n hunan, ac wedyn bydd e Wali Francis yn werthin o whith.''

Dechreuodd Sylvia May sefyllian mwy o gwmpas y garej. Hoffai wylio Frankie'n gweithio. Byddai'n loetran yn y swyddfa yn gwastraffu f'amser i nes roeddwn i wedi hen alaru arni.

''Allwch chi weud wrtho' fi ble cawn ni forwyn newydd, Ada? Mae'r groten sy gyda ni nawr yn anniben ofnadw, all hi neud dim byd ond torri llestri. Dyw hi ddim yn deg, ydi hi? Rwy i'n rhy ifanc i gymryd cyfrifoldeb y cartre. Chi'n mynd i'r ddawns nos Wener? Leiciech chi ddod gyda fi? Mi ro i fenthyg dres i chi. Fe ddaw Dad i'n moyn ni adre yn y *Rover*. O, dewch mlaen. Bydd milwyr 'na, chi'n gwbod. *Airmen* rhan fwya. Well i Frankie ddod i gadw llygad arnon ni.''

Sylvia May a'i bechgyn dymunol. Sylvia May a'i merlod.

3

Ai dyma'r hyn a gerais ac y breuddwydiais amdano cyhyd, meddyliwn wrth wylio'r llanc tal yn ei iwnifform yn disgwyl mor ddiserch i mi orffen fy ngwaith. Cedwais i weithio hyd y munud olaf yn fy ymdrech i gadw fy hunanfeddiant. Gadawodd fi yn fy helbul, a dyma fe'n ôl yn awr, yn ddrwg-dybus, yn genfigennus, yn ddigofus oherwydd fy mod wedi derbyn help Wali.

''Dere o'na,'' meddai. ''Brysia, Ada. Faint o *leave* wyt ti'n meddwl sy gen i? Dere mlaen. Paid poeni am yr hen ffeils 'na. Gad i Wali Francis edrych ar ôl 'i ffeilo'i hunan.''

''I ble'r awn ni?'' meddwn pan oeddwn yn barod.

''Mae Miss Aster wedi cael 'i throi allan,'' meddai. ''Mae'r hen ferch druan yn y Tai Elusen. Rhaid i fi fynd i'w gweld hi cyn mynd 'nôl. Mae'n meddwl y byd ohono' i.''

''Wyt ti am fynd yno nawr?'' meddwn. ''Bydd 'na fws 'mhen ugen munud.''

''Dere lawr i lan y môr,'' meddai Dic.

''Na,'' meddwn. ''Dwy' i ddim eisie mynd yno byth eto.''

''Bronllwyn 'te,'' meddai Dic. ''Coed Bronllwyn. Fel yn yr hen amser.''

Am ychydig roeddem yn llawn cyffro. Roedd y rhedyn wedi tyfu'n uchel ar ôl y tywydd gwlyb ac yn arogleuo'n gryf i ennyn serch. Mae'n debyg ein bod ni'n dau yn gobeithio anghofio popeth a ddigwyddasai ac adennill yr hen gyffro serchus y tybiem ei fod ynghadw o hyd yn y coed yma; eu distawrwydd gwyrdd, y dylluan yn ei rhyddhau ei hun o un gangen dywyll a hedeg gyda brigau'r coed i le tywyllach, y mieri'n baglu'n traed, ac yn uwch i fyny y rhedyn toreithiog yn ein galw i adnewyddu'r hen ymroddiad i serch.

"Na," meddwn wrtho. "Na, Dic. Cusana fi, dyna i gyd."

"Na," meddwn eto. "Rwy'n 'i feddwl e. Na. Chei di mo dy ffordd dy hunan i gyd. Rwyt ti'n hunanol."

"Waeth gen i beth ddysgest ti," meddwn. "Nac oddi wrth bwy y dysgest ti e."

Roeddem yn eistedd i fyny, yn cweryla, yn chwerw, yn ffôl.

"Dim ond rhywbeth i ti chware o gwmpas gyda hi tra byddi di ar *leave* ydw i, ontefe;" meddwn.

"Dwyt ti ddim yn gwneud pethe'n hawdd iawn," meddai. "A beth fuest ti'n 'i neud tra roeddwn i bant? Bod yn lodes dda i Wali?"

"Beth wyt ti'n feddwl?" meddwn.

"Rwyt ti'n gwbod yn iawn beth wy'n feddwl. Wyt ti ddim wedi gweld trwyddo, bellach? Wyt ti ddim yn gwbod taw fe barodd i fi gael 'yn hala bant?"

"Roeddet ti mor barod i fynd. Mor barod i neidio allan o'r helbul."

"Nid arna i roedd y bai," meddai Dic. "Beia'r hen ddyn brwnt 'na rwyt ti'n gweithio iddo."

"O'et ti'n malio dim faint o'wn i'n ddiodde," meddwn. "Fe est ti bant i ddysgu rhagor o'wrth ferched erill."

"Paid siarad fel'na, Ada," meddai Dic. "Dwyt ti ddim fel y lili dy hunan."

Roedd yn drychineb. Noson o drueni adfydus. Yno yr oedd e gyda fi, yn fyw. Gallwn estyn fy llaw allan a chyffwrdd â'i wyneb. Trannoeth byddai wedi mynd. A minnau'n methu â chyfathrebu ag ef. O'r braidd y gwyddwn pwy ydoedd, a minnau am dreulio'r gweddill o'm hoes i ddarganfod pwy ydoedd, ac yr oedd yn ymadael drannoeth, a ninnau'n methu siarad â'n gilydd. Ymadawsom â'n gilydd heb ddweud gair pellach. Dyna'r diwedd a minnau eisiau iddo fod yn gychwyn newydd. Dyna'r diwedd a fedrwn i mo'i alw'n ôl. Aeth ymaith gan fy ngadael yno. Mi es adre ar fy mhen fy hun. Cymerais arnaf beidio â gweld wyneb fy mam a mynd i fyny i'r gwely'n syth. Gorwedd yno'n effro, yn oer yn fy nhrallod.

Clywais Wali Francis yn dod i mewn drwy'r drws cefn. "Ydi'r cariadon allan o hyd?" meddai wrth fy mam. "Hist! Mae hi fyny'r llofft," ac yna mewn llais isel, yn siarad yn gyflym gan roi newyddion derbyniol iddo a chynghorion. Yn ddiweddarach bûm yn dyfalu tybed a oedd hi'n fy ngwerthu i'r noson honno. Myfi yn gyfnewid am y tŷ neu'r morgaets am y tŷ. A dyfalu'r un pryd tybed a fu ef yn gariad i'm mam: roedd rhyw agosrwydd rhyfedd yn eu hymddiddan â'i gilydd.

Ond y noson honno dim ond am Dic y meddyliwn. Roedd wedi rhoi bywyd i mi eto. Wedi rhoi ymwybyddiaeth i mi o'r hapusrwydd oedd mewn bod yn fyw. Yn gyntaf dangosodd i mi fodolaeth hyfrydwch a gorfoledd. Yna trallod, darostyngiad ac anobaith. Gwnaethai hyn heb sylweddoli'r hyn a wnâi, yn dilyn ei dueddiadau plentynnaidd ei hun heb wybod y grym oedd ynddo a'r cyfaredd i minnau. Dyna oedd y syndod mwyaf i mi, a dyfalu tybed a wyddai faint roeddwn i'n ei garu, a sut y medrwn i gael gafael ar y Dic a garwn ac ennill ei ddiddordeb a dweud wrtho gymaint oedd fy serch tuag ato. Ond pwy ydoedd? Pwy oedd y Dic a garwn? Oedd e'n bod o gwbl? Os nad oedd, pa ddiben oedd i'm bodolaeth?

Roedd gen i fy nghynllun—dysgaswn gymaint â hynny. Roedd hynny'n welliant ar ddiymadferthedd. A rhoddai rywfaint o gysur i mi. Roedd Fanny Lloyd a Maisie Lewis, dwy y bu rhyw lun o gyfeillgarwch rhyngddyn nhw a mi rywdro, wedi ymuno â'r A.T.S. Cyfarfûm â hwy un prynhawn Sadwrn yn strydoedd llawn Derwen, lle'r oedd tyrrau siaradus yn anfodlon symud pan fyddai modurwyr diamynedd yn eu hutgornio o'r ffordd. Gollyngasant ebychiadau o bleser pan welsant fi, er y bu'n rhaid i mi bendroni am foment cyn cofio pwy oeddynt. Roedden nhw'n rhy awyddus i ddweud eu hanes eu hunain i holi fy hynt i. Roedden nhw am i mi sylweddoli gymaint roedden nhw wedi ddatblygu o'r merched dibrofiad hynny a lynai wrth y rheiddiaduron ar awr ginio i sibrwd straeon am fechgyn. Cofiais yn dda mai Fanny oedd y gyntaf i archwilio posibiliadau milwyr. Hi oedd y tawelaf ohonynt, ond hi a'm synnodd a'm cyffroi rywdro drwy ymffrostio ei bod hi wedi gorwedd gyda bechgyn ddwywaith.

"Beth wyt ti'n neud nawr, Ada?" meddent yn hunan-hyderus yn eu capiau.

"Clercio," meddwn. "Clerc mewn garej."

"Wyt ti'n hoffi hynny?"

"Eitha da," meddwn. "Ddim yn gyffrous iawn. Digon diflas weithie. Braidd yn unig."

"Pam na joini di?" meddent yn sionc. "Rŷn ni'n falch ein bod ni wedi gneud, on'd ŷn ni?"

Dyna'r ateb, y ffordd ddeniadol allan, gyda'r holl fant-eision. Ymhell oddi wrth Mam, a garej Wali, oddi wrth Sylvia May, a phlwy Pennant, ymhell oddi wrth yr Elisiaid, i ffwrdd oddi wrth y rhain i gyd, i rywle yn agos i Dic efallai; i ennill tipyn o annibyniaeth efallai, fel y gallwn gyfarfod â Dic ar amodau cyfartal. Adeiladu fy mywyd fy hun lle nad oedd fy nharddiad yn rhwystr i mi; lle y câi fy ngallu ei werthfawrogi a'i gydnabod. Ennill dyrchafiad, gweithio'n galed, dysgu, dod yn fy mlaen. Dod yn raddol yn nes at yr annibyniaeth a chwenychwn.

"Beth yw hyn glywes i gan dy fam?" meddai Wali'n ddig, ac yn feistr i gyd y bore hwnnw. Roedd Frankie gartref yn sâl, yn cael ei faldodi gan ei fam yn nhyb Wali, ac roeddem yn fyr o ddwylo yn y garej, a bu raid iddo ef dorchi ei lewys. "Beth yw'r dwli 'ma? Wyt ti'n gwbod beth dda yw'r A.T.S.? Does neb wedi gweud wrthot ti?"

Roedd arnaf dipyn o'i ofn ef ar y pryd, ond dim cymaint ag y tybiai ef. Dyna'i gamgymeriad mawr.

"Rwy'n mynd i ymuno," meddwn. "Mae lot o'r merched oeddwn i'n eu nabod yn yr ysgol wedi ymuno. Yn ôl rheiny mae'n fywyd braf."

"Be sy'n mynd i ddigwydd yma?" meddai Wali, a'i ddwylo tew yn chwifio uwchben fy nghadair wag. "Lle rwyt ti'n credu y ca i rywun yn dy le di y dyddie hyn? Dwyt ti'n hidio mo'r dam amdana i, wyt ti? Dwy i'n neb. Ar ôl popeth wnes i i dy helpu di. Dyma ffordd dda i dalu'n ôl. Cerdded allan pan fydda i fwya o d'angen di."

"Mae'n ddrwg gen i," meddwn, "ond rwy i *yn* mynd."

Pan welodd fy mod i o ddifri fe newidiodd ei dôn. Dech-reuodd ymbil ac eisteddodd yn fy nghadair i fel pe bai'n rhy wan i sefyll ar ei draed.

"Edrych 'ma, Ada. All y lle 'ma ddim mynd mlaen hebddot

219

ti. Rwyt ti'n gwbod am bopeth 'ma nawr gystel â fi. Mae d'angen di arna i. Mae'r caffe diawl 'na ar 'y nwylo i. Sut gwyddwn i fod y rhyfel yn mynd i dorri allan? Roedd e'n syniad da—fe ddwedest ti hynny dy hunan. Mi fyse rhes o siope yn gneud gwahanieth i'r pen hyn o'r dre. Ddwedest ti hynny dy hunan. Sut o'wn i'n gwbod bod blydi rhyfel yn mynd i dorri allan? Ac mae'r byngalo 'na heb dalu amdano o hyd. Paid â mynd, Ada. Edrych. Mi goda i dy gyflog di.''

"Rwy i am fynd,'' meddwn. "Rwy'n ifanc. Rwy i am fyw 'mywyd 'yn hunan.''

"Mae'r byd yn gallu bod yn gas iawn, cofia,'' meddai Wali. "Falle taw neidio o'r ffreipan i'r tân 'nei di. Rwy i'n gwbod. Rwy i wedi gweld y byd, nid fel y rhan fwya o'r bobol yn y twll yma. Rwy i wedi gweld y byd a rwy'n gwbod. Rhaid i ti gael arian i ddechre, Ada. Dyna'r unig beth mae pobol yn ei barchu b'le bynnag yr ei di. Arian parod, Ada. Arian parod.''

"Fe alla i edrych ar ôl 'yn hunan,'' meddwn. "Rwy i am fynd.''

"Na, alli di ddim, Ada. Alli di ddim. Ond gwranda, mae d'eisie di arna i. Mae dy gael di o gwmpas y lle yn gneud bywyd yn werth ei fyw. Dod i fewn fan hyn a gwbod y byddi di yma. Fe brioda i di os wyt ti'n moyn. Ond fyset ti ddim eisie priodi hen ddyn fel fi. Fe ofala i na fyddi di ddim ar dy golled, Ada. Fydd hi byth yn edifar 'da ti. Rwy'n tyngu nawr y gofala i dy fod ti'n iawn. Fe gei di weld y byd, rwy'n gwarantu hynny i ti. Mewn ychydig flynyddoedd. Pan fydd y rhyfel gythrel 'ma drosodd. Paid â rhuthro i wneud dim byd, Ada. Meddylia drosto, nei di? Paid â bod yn wyllt. Mae'n gam pwysig, cofia.''

"Dwyt ti ddim yn mynd, a dyna ddigon,'' meddai fy mam y noson honno. Roedd hi wedi cael tipyn o jin, peth anarferol y dyddiau hynny. Ers pan aethom i fyw i *Hyfrydle* roedd hi wedi dod yn barchus. Mrs. Evans Hyfrydle oedd hi bellach, y weddw dawel oedd wedi gwneud mor dda i'w phlant, ei hiaith yn gymedrol, byth yn diota, a gallai ei phlant fynd â hi i mewn i'r gwestyau gorau yn y deyrnas heb gywilyddio, a gallai fod yn batrwm o fam-yng-nghyfraith i wraig Frankie, waeth pa mor gyfoethog fyddai honno. "Yn mynd i buteinio ar hyd gwersylloedd milwyr, fel 'tait ti heb roi digon o drwbwl i fi'n barod. Fynna i mono. Wyt ti ddim yn gwbod pryd mae hi'n

dda arnat ti? Meddwl dim am dy fam druan. A beth am
Frankie? Wyt ti am sbwylio'i siawns e? Y creadur hunanol,
ffroenuchel â ti. Olreit, cer i'r gwely i bwdu. Beth yw'r ots gen
i?''

"Ada," meddai Frankie.

"Ie." Safai yn nrws y swyddfa, ac edrych dros ei ysgwydd i
wneud yn sicr nad oedd neb o gwmpas.

"Ada," meddai, gan graffu ar fy wyneb fel y gwnâi bob
amser i fod yn barod am unrhyw ymateb ar fy rhan. "Ada,
wyt ti am wbod rhywbeth? Paid â wherthin. Rwy'n mynd i
briodi. Priodi brenhines harddwch Pennant.''

Doeddwn i ddim am chwerthin. Gwyddwn ei fod eisiau
rhywbeth ac roedd gen i syniad go dda beth ydoedd.

"Rwy'n mynd i briodi Sylvia May," meddai.

"Felly."

"Mi wn i be ti'n feddwl," meddai Frankie gan wenu.
"Falle bo ti'n iawn, falle bo ti'n rong. 'Run peth yw popeth yn
y twllwch. Dyw hi ddim cynddrwg â hynny. Fe gnoca i'r dwli
merlod 'na allan ohoni. Bydd cwpwl o blant yn 'i rhoi hi yn 'i
lle.''

"Beth ma'i thad yn weud?''

"Dyna'r trwbwl," meddai Frankie. "Da iawn, Ada. Wedi
rhoi dy fys ar y peth. Mae e'n gweud 'i bod hi'n rhy ifanc.''

"Mae hi hefyd," meddwn. "A tithe. Ac mi fyddi di yn y
fyddin cyn bo hir.''

"Fydd y rhyfel ddim yn para byth, Ada. Fe fydda i 'nôl. A
rwy i eisie rhywbeth i ddod 'nôl iddo. Wyt ti'n 'y neall i?''

"Mi fydda i fel rheol.''

"Edrych 'ma, Ada. Dyma'r point. Os ei di bant i'r A.T.S.,
fynnith Wali mono i yn fab-yng-nghyfreth.''

"Allech chi ddim rhedeg bant i briodi? Carlamu i ffwrdd ar
un o ferlod Sylvia May?''

Roedd e'n chwerthin gormod. Doedd Frankie eto ddim
wedi dysgu nad oedd hi ddim yn talu i ffugio gormod gyda mi.

"Rwy i eisie bod yn fab-yng-nghyfreth. Nid yn fab tu allan
i'r gyfreth. Nid er mwyn y pleser o edrych ar ei hwyneb pryd-
ferth rwy'n priodi Sylvia May. Aros yma dipyn rhagor, Ada.
Aros nes trefnu'r briodas. Dim ond nes bydda i'n briod.''

"Mi feddylia i am y peth," meddwn.

"Da 'merch i. Dyna'n chwaer fach i'n siarad nawr. Sefyll

gyda'n gilydd, Ada. Fe ddangoswn ni iddyn nhw. Fe ddangoswn ni i'r tipyn tre fach 'ma pwy yw pwy a be-di-be.''

Âi yn ei flaen yn y dull yna y dyddiau hynny, gan gredu mai dyna'r math o siarad yr hoffwn ei glywed. Er ei fwyn ef arhosais yn fy lle, er dyheu am ddianc oddi yno. Grym arferiad mae'n debyg, i roi fy nheulu yn gyntaf. Maen nhw'n cael hyd i'm man gwan i o hyd a chwarae ar hwnnw. Dyna sut maen nhw'n cael eu ffordd eu hunain bob tro.

5

Ond ai dianc fyddwn i, hyd yn oed petawn i'n mynd i ffwrdd? Ynof i roedd gwaed fy nhad a'm mam. Dyw gwaed ddim yn siarad, meddech chi. Felly pa raid ofni? Ond roedd eu hanes y tu mewn i mi, wedi tyfu o'r ddamwain glwyfus a roes fod i mi, o wyll y digwyddiad; a dyna Dic, yn perthyn i mi drwy waed fy nhad, ac yn y drych hwnnw yn fy nghalon y gwyliwn yr holl fyd yn symud. Roedd hi'n bosib mynd i ffwrdd ond peth arall oedd mynd yn rhydd. Rwy'n falch erbyn hyn i mi fethu y tro hwnnw, a dyw'r misoedd hynny o ddiflastod ddim yn edifar gennyf, achos fe gynorthwyodd hynny fi i ddeall mai yma ym Mhennant, yn wyneb yr hen wrthwynebydd, y byddai'n rhaid imi ymladd ac ennill fy mrwydr.

6

Synnais ei gweld, achos pryd bynnag y dôi i lawr y stryd byddai bob amser yn croesi'r ffordd i osgoi mynd heibio drws y garej a brysiai heibio yr ochr arall i'r ffordd â'i phen i lawr. Meddyliwn amdani'n etifeddu eiddo'r Elisiaid, yn lle Dic. Hi oedd yr etifedd naturiol, y ferch amyneddgar a ffyddlon oedd yn mynd i gario ymlaen draddodiadau'r teulu gyda chywirdeb digwestiwn.

Camodd yn nerfus i mewn i'r swyddfa, syllodd arnaf am foment fel pe bai arni awydd siarad, ond yn methu, ac yna gollyngodd ddarn o bapur ar fy nesg a brysio allan. Dyna'r ffordd y cefais wybod fod Dic wedi ei ladd.

Wnes i ddim cynddeiriogi na sgrechian. Mi es ymlaen â'm gwaith drwy'r dydd. Gwyddwn fod hyn yn rhywbeth y byddai'n rhaid i mi fyw gydag ef weddill fy oes. Bron na theimlwn y baich yn cael ei osod ar fy nghefn, a'r pwysau ar f'ysgwyddau. Wylais i ddim o gwbl, ddim hyd yn oed yn unigrwydd fy ngwely. Ond teimlwn fy hun yn caledu, ac yn heneiddio. Rhoddais fy mysedd ar fy ngrudd a theimlo fy nghroen yn galetach, yn arwach. Derbyniais y colli ieuenctid hwn fel mynegiant o'm galar.

Teimlwn ei farwolaeth yn fy nhynnu tuag at y ffarm. Nid yn unig y pleser o fod lle y bu ef yn byw mor hapus ond roedd yr holl le wedi ei liwio â gwawr ei blentyndod ef a'n cariad ni. Sylweddolais fy mod mewn cariad â'r tir, pob cae, pob lôn, pob clawdd, pob casgliad o dai allan, nid yn unig oherwydd Dic ac atgofion plentyndod ac ieuenctid; ond er ei fwyn ei hun a'i rinweddau ei hun. Sylweddolais y byddwn wedi gwneud gwraig ffarm dda; yn barod i weithio'n galed ac yn caru'r tir. Daeth y syniad o berchnogaeth tir i'm meddwl bryd hynny. Cael fy lle fy hun, fy nghastell fy hun, fy aradr, fy nhir pori, coed, gerddi, bryniau, afonydd, fy nhreftadaeth fy hun.

Treuliais lawer o'm hamser yn cerdded yn eofn ar hyd y tir. Byddwn yn osgoi rhai mannau; doedd gen i ddim diddordeb yn yr arfordir; nid edrychwn ar fwthyn Miss Aster, yr odyn galch, y Sgubor Ganol. Ond cerddwn yn aml i fyny bron hyd at y tŷ. Daeth hyn yn fath o chwarae. Pan oedd Dic byw byddem yn ofalus iawn i osgoi cyffiniau'r tŷ; ar fy mhen fy hun teimlwn yr her i fynd mor agos ato ag oedd yn bosib; mor agos fel na fedrai'r ieir oedd yn pigo'u ffordd dros gerrig y buarth a'r gwynt yn agor eu plu, ddim methu â'm gweld.

Yr haf hwnnw gwyliais hwy'n cynaeafu'r gwair o'r llwybr cyhoeddus oedd yn arwain at yr hen eglwys. Roedd gŵr ifanc yn eu plith, gwas newydd, tal, cryf, ac o bellter edrychai'n debyg i Dic. Gwyliwn ef a breuddwydio: roedd ei freichiau noeth yn hardd ac yn gryf fel y cydiai yn y ffrwyn ym mhen y gaseg a throi ei phen anfodlon, tra pwysai Tomos John, a oedd yn ffefryn gan Dic, ymlaen ar ei bicfforch ar ben y llwyth i gadw'i gydbwysedd gan gnoi'n fodlon ar ei joe baco. Roedd yr hen ddyn yn y cae hefyd, yn edrych yn fwy o fferyllydd nag o ffarmwr, gan ddibynnu'n fwy, dybiwn i, ar synnwyr ei drwyn nag ar ei lygaid i wybod beth oedd yn mynd ymlaen o'i gwmpas. Roedd yn edrych fel pe bai'n gwenu. Roedd y cnwd yn drwm a'r tywydd yn berffaith.

Parodd rhywbeth i mi fynd tua'r tŷ. Efallai yn awr y gallwn fynd yn nes ato, a hyd yn oed edrych i mewn, achos fyddai yna neb o gwmpas, gan mai i'r Sgubor Ganol y dygid y gwair.

Sbïo i mewn drwy'r drws cefn lle na bûm ond unwaith yn fy oes. Pan oeddwn yn fach iawn a Mam wedi fy nanfon i ofyn am wyau. Cofiaf y dyn dall yn y drws a minnau'n cael braw. *"Mae Mam yn gofyn oes gyda chi wye i'w rhoi iddi. Mae hi'n sâl a does gyda hi ddim arian.* Cofiaf hyd heddiw y geiriau roeddwn wedi gorfod eu dysgu. Rhoddodd wyau i mi. *"Ond paid â dod yma eto groten. Wyt ti'n deall? Neu bydd rhaid dy anfon di ffwrdd i rywle. Wyt ti'n deall?"* Rhedais am fy mywyd. Roedd dau o'r wyau wedi eu torri. Cofiaf fy mam yn rhegi'r Elisiaid am eu crintachrwydd. *Diawled drwg ŷn nhw. Diawled pechadurus. Ond rhyw ddiwrnod fe gân nhw weld be sy'n digwydd. Fe gân nhw weld.*

Cerddais heibio i'r tai allan ac aros yn y buarth gan edrych o gwmpas fel dieithryn. Wedi'r cyfan roedd y cwbl o ddiddordeb i mi. Fy nhad oedd perchen hwn un amser. Roedd rhan ohono, beth bynnag, yn perthyn i mi. Petai Dic a minnau wedi priodi, ein heiddo ni fyddai: roedd gen i gysylltiad agos â'r holl le.

Roedd pwmp dŵr ynghanol y buarth a chafn ceffylau. Roedd pobman yn hynod o dawel yn y prynhawn cynnes. Yr ieir yn clwcian yn y cae bach wrth y tŷ, ac ar wrychoedd y lonydd oedd yn arwain i'r buarth o'r de a'r gorllewin roedd tuswau o wair. Roedd gwyddau yn y berllan: roedd drws y garej ar agor a'r ceir allan. Ar y llechen y tu allan i'r gegin gefn roedd llestri llaeth a bwcedi wyneb i wared, newydd eu golchi. Roedd drws y gegin ynghau. Dymunwn nabod y gwahanol ystafelloedd y cyfeiriai Dic atynt. Y parlwr bach. P'un oedd ffenest y parlwr bach?

Wrth ochr un o waliau'r tŷ roedd tair gris garreg yn arwain i ben llwyfan bach a ddefnyddid gynt i esgyn ar gefn ceffyl. Dringais y grisiau i gael gwell golwg ar y tu mewn. Mor dywyll a digalon yr edrychai. Seldiau, hen glociau mawr, bwrdd ac oelcloth arno, llawr carreg. Pa ystafell oedd hi? Roeddwn i'n ceisio edrych yn fanylach a'm dwylo'n gwasgu ar gerrig llwydion y wal pan glywais y drws cefn yn agor. Mam Dic oedd yno. Cyn i mi fedru disgyn fe'm gwelodd.

"Wel?" meddai hi. Roedd ganddi fasged ar ei braich chwith a ffon braff yn ei llaw dde. Cedwid ei hat wellt ddu yn ei lle gan ddau bin hir. Cofiwn ei hymweliad â'n tŷ ni, yn hwyr y nos, i gyrchu Dic adre, a sylweddolais unwaith eto fenyw mor ofnadwy oedd hi.

"Beth ŷch chi'i eisie?" meddai hi.

"Roeddwn i am weld lle bu Dic yn byw." Yna sylweddolais nad oedd hi ddim wedi f'adnabod ar unwaith.

"Ti," meddai hi. "Rwyt ti'n meiddio dod yma. Dod yma â dy ddrygioni, y butain fach. Fe laddest 'y machgen i. Fe fydde fe allan yn gweithio'n hapus yn y caeau 'na on'bai amdanat ti. Ti ddyle fod wedi marw, nid Dic."

Roedd hi'n cerdded yn araf tuag at lle'r oeddwn i'n sefyll ar y llwyfan carreg. Roedd ei hofn arnaf, a minnau ddim yn siŵr beth oedd hi am ei wneud. Roedd ei dicter mor gryf nes dyheu am fy ninistrio.

"Oes dim ofan arnat ti y bydd Duw'n dy daro di lawr?"

Cododd ei ffon ataf.

"Cer lawr. Cer lawr yr hwren ddigwilydd."

Anelodd ergyd ataf â'i ffon a'm taro ar draws fy nghoesau. Llefais mewn poen. Cododd ei ffon yr eilwaith, ond y tro hwn roeddwn i'n rhy ddicllon i fod yn ofnus, cydiais yn ei ffon a'i thynnu o'i dwylo a'i thaflu â'm holl nerth i'r berllan lle'r oedd y gwyddau yn chwythu a gwasgaru yn eu braw.

"Peidiwch chi â galw enwe fel'na arna i," gwaeddais. "A chi gyrrodd e i'w farwolaeth. Chi laddodd e. A chi laddodd 'i dad o'i flaen e. Rwy'n gwbod. Peidiwch chi â meddwl nad ŷn ni ddim yn gwbod. Chi, fenyw," gwaeddais. "Does dim ofan arnoch chi y bydd Duw'n eich taro *chi* lawr?"

Rhedodd at y grisiau cerrig oedd yn arwain i'r llofft stabal lle y cysgai'r gweision, gan alw enwau rhai ohonynt, a neb yn ateb. Fel yn y tŷ roedd yr adeiladau i gyd yn wag; yr anifeiliaid a phob bod dynol allan yn y caeau.

"Y polîs," llefodd. "Rwy'n mynd i alw'r polîs. Fe gân nhw ddelio â ti. Rwy i'n ustus. Chei di ddim dod yn rhydd o'r fusnes yma. Loetran o gwmpas tŷ gwag. Yn sbïo fewn. *Loitering with intent*, dyna beth yw e. Fe gei di symans. Fe roia i di yn y carchar."

Rhuthrodd i mewn i'r tŷ. Es i fyny at y drws a gweiddi ar ei hôl.

"Rhowch chi symans i fi," meddwn. "Cariwch mlaen. Galwch y polîs, Mrs. Elis. Mi hoffwn i ymddangos yn y llys. Mae 'na lawer o bethe gen i i'w dweud wrthyn nhw."

Cerddais ymaith â'm pen yn uchel, yn barod i ganu mewn gorfoledd. Teimlwn fy mod wedi ennill buddugoliaeth fawr,

225

hyd yn oed os nad oedd neb yno i'w gweld ond yr hen waliau llwyd. Efallai mai'r waliau oedd y tystion roedd arna i fwyaf o'u heisiau. Mae'n dal i roi boddhad i mi o hyd i gofio'r amgylchiad. Teimlwn fy mod am y tro cyntaf wedi ymarfer fy ngrym fy hun. Roeddwn wedi mynd i graidd amddiffynfa'r gelyn, wedi ennill brwydr â'r arch-gythraul ei hun, a chilio oddi yno mewn trefn dda ac yn ddianaf.

1

"Rŷn ni'n perthyn nawr,'' meddai Wali. Roedd Sylvia May a Frankie wedi mynd i ffwrdd ar eu mis mêl. Wyddai Wali ddim eto fod Sylvia May yn feichiog ers tri mis. Roedd popeth wrth ei fodd. Roedd yn hapusach nag roedd ganddo hawl i fod, achos roedd Edwin wedi rhoi ei notis i fewn. Wedi cael swydd well. "Gwell tâl,'' meddai Edwin, ''mewn gwell garej, mewn gwell tre. Bydd rhaid i'r diawl diog weithio'i hunan nawr. Dyw hi ddim yn hawdd cael mecanics. Rhowch wbod i fi pan fydd e'n gwisgo pâr o oferôls. Fe gymra i ddiwrnod off i ddod i'w weld e wrthi.''

"Gwaith o bwysigrwydd cenedlaethol,'' meddai Wali. "Fe ofala i na cheith y dyn nesa ddaw 'ma ddim symud mor hawdd. Fe fynna i ohiriad i Frankie—*deferment*. Mi rhoia i e ar y busnes 'redig 'ma. Bydd e'n ddigon sâff fan'ny. Byddwn ni i gyd yn un teulu hapus.''

Roedd e wedi cychwyn yr arferiad o dynnu'i law dros fy ngwallt pan fyddwn yn gweithio. Ac yn fy anwesu. Doeddwn i'n dweud dim. O'r braidd y cymerwn sylw o'r peth. A dweud y gwir roedd ei ymddangosiad yn fy ngwneud yn anghyffordd-us. Roedd ef i'w weld yn berffaith hapus dim ond i mi aros yn llonydd. Pe bawn yn gwthio'i ddwylo i ffwrdd byddai hynny'n rhoi poen iddo. Bywyd tawel oedd arna i'i eisiau.

Roedd hi'n haws diodde pawennau Wali na thafod fy mam.

"Fe yw'r ffrind gore sy gyda ni,'' meddai hi. "Mae'r hen Wali'n iawn. Mae e wedi gneud 'i ore i ni, a rhaid i ni neud ein gore iddo fe. Bydd yn neis iddo. Mae e wastad wedi gneud 'i ore drostot ti. Rhaid inni beidio â bod yn anniolchgar.''

Deëllais fod Wali, yn ei ffordd hurt ei hun, wedi gwirioni arnaf. Ac roedd yn beth rhyfedd na bawn wedi sylwi ar hynny ynghynt. I feddwl fy mod ar un adeg yn ei ofni. Ar y cychwyn meddyliwn ei fod yn ŵr busnes caled, penderfynol iawn, ym-osodol, didostur a chyfoethog iawn. Efallai mai un felly oedd yn ei ddychymyg ei hun; ac mae'n bosibl ei fod yn anelu at hynny pan oedd yn iau. Ond pan euthum i gyntaf i weithio i'r garej yr oedd eisoes yn gorffwys ar ei rwyfau. Roedd Edwin yn llygad ei le. Roedd yn ddiog ac yn ofni gwaith a cheisiai guddio'r ffaith honno â'i glebran bras. Ar wahân i brynu a

227

gwerthu ceir ail-law, ei brif ddiddordebau oedd biliards, y clwb pêl-droed a chwisgi. Hyd yn oed cyn y rhyfel roedd wedi colli gafael ar y fusnes: roedd yn rhy araf, yn rhy ddiofal, ac roedd y cyfnewidiad yn y fusnes ar ôl dechrau'r rhyfel yn ormod iddo.

Ond rywsut roedd yn ddrwg gen i drosto. Fedrwn i mo'i adael oherwydd gwyddwn y byddai'n torri i lawr yn llwyr pe gwnawn. Ac, ar wahân i ymuno â'r fyddin, beth arall allwn i ei wneud? O dipyn i beth penderfynais wneud y gorau o'r gwaethaf. Roeddwn i'n dechrau dysgu gofalu am fy lles fy hun.

Pan anwyd baban cyntaf Sylvia May chwe mis ar ôl y briodas, aeth Wali yn gacwn. Tyngai a rhegai'r ferch a Frankie.

"Cer allan o 'nhŷ i,'' gwaeddai ar Sylvia May. Roedd hi'n amlwg ei fod wedi cael siom enbyd ynddi. Edrychai hynny'n beth digrif iawn i mi ond mae'n ymddangos ei fod yn disgwyl pethau gwych oddi wrth ei ferch, ac roedd y siom yn fwy nag a allai ei ddioddef. "Beth wede dy fam druan, 'tai hi'n gwbod? Cer allan o fan hyn. Ac am y tipyn gŵr twyllodrus, da-i-ddim 'na sy gyda ti, gore i gyd po gynta eith e i'r armi. Bydd e'n saffach fan'ny na fan hyn. Y mochyn bach twyllodrus.''

Tawelais ei dymer a chael rhywfaint o heddwch. Doedd Sylvia May ddim yn hoffi hynny ond llwyddodd Frankie i gau ei cheg. Roedden nhw i symud i'r stafelloedd y tu ôl i'r caffe. Gwerthodd Wali'r tŷ, oedd yn llawer rhy fawr iddo, a'r siop o tano, a symud i mewn i'r byngalo oedd rhwng y garej a'r caffe. Bu raid tynnu llawer o wifrau cyn cwblhau'r tu mewn i'r byngalo. Roedd Wali'n hoffi'r syniad pan gynigiais i edrych ar ei ôl yno. Hoffai ddychmygu'r lle yn gartref serch, ac ni ddywedais i'r un gair i'w ddadrithio. Roeddwn i wedi ei gael o dan fy mawd yn ddiarwybod bron. Weithiau cysgwn gydag ef. Doedd hynny ddim yn bleserus ond teimlwn fod hynny'n ddyledus iddo, a rhoddai hynny ef fwy fyth dan fy nylanwad. Heblaw hynny roedd rhywbeth hynod o bathetic yn ei garu. Dyna'r unig beth tyner oedd ar ôl yn fy mywyd. A rhoddasai ei hun mor llwyr yn fy nwylo. "Mae gen i ffydd lwyr ynot ti, Ada,'' meddai gan anadlu'n drwm. "Ffydd berffeth. Wn i ddim beth wnawn i hebddot ti. Mae'n beth hyfryd cael ymddiried mor llwyr yn rhywun ag rwy i'n ymddiried ynot ti. Mae'n rhyw fath o heddwch, os ti'n gwbod beth wy'n feddwl.

Heddwch tu fewn. Heddwch yn y galon. Ga i roi cusan i ti?''
Roedd y plentyn ynddo yn fy nghyffwrdd i'n fwy na dim.

Yn deimladwy, pathetig, yn peri blinder ar brydiau, ond dan fy awdurdod. Ac roeddwn i'n gwneud lles iddo. Roedd e'n diota llai. Fe'i cedwais allan o'r llys methdaliad. Trefnais ei fusnes pan fyddai ef ei hun wedi gwneud llanast perffaith ohoni. Edrychais ar ôl ei iechyd. Roedd e'n hollol ddibynnol arnaf, a hoffwn hynny. Nid oedd yn ddim byd tebyg i emosiwn ffrwydrol serch: roedd yn rhywbeth mwy cymedrol ac yn debycach o bara.

2

Ceisiodd Frankie droi'r drol. Roedd yn gas ganddo fynd allan â'r tractorau a'r erydr ar bob tywydd ac yn gas ganddo gymryd gorchmynion oddi wrthyf i. Felly fe geisiodd ddinistrio'r drefn. Bob amser yn barod i greu helbul. Doedd ganddo ddim gobaith dylanwadu ar Wali. Ers pan anwyd y plentyn cyntaf roedd Wali'n ei gasáu'n ffyrnig. Fe geisiwyd ei feddalu drwy gael y plant i'w ddenu. Ond doedd gan Wali fawr o olwg ar y plant chwaith, naill ai roedden nhw'n rhy debyg i Sylvia May neu'n rhy debyg i Frankie, a wyddai Wali ddim p'un oedd y gwaethaf. Hefyd byddent yn galw Dad-cu arno, a hynny'n gwneud iddo deimlo'n hen: ac yntau ar y pryd yn ei deimlo'i hun yn dipyn o lanc ym myd serch.

Felly fe geisiodd Frankie fy nhroi i yn erbyn Wali. Cymerodd fantais ar y berthynas agos, frawdol i dywallt gwenwyn i'm clustiau. ''Rwyt ti wedi cael bargen sâl, Ada. Chest ti ddim chware teg o gwbwl. Mae Wali wedi bod yn annheg iawn â ti. Tawn i'n cael dweud y cwbwl a wn i wrthot ti.''

''Be sy'n dy rwystro di?'' meddwn. ''Dwed wrtho i.''

''Rhy ddiweddar nawr,'' meddai Frankie. ''Dim diben agor hen glwyfe.''

''Pam o'et ti'n dechre dweud, 'te?''

''Doedd e ddim yn ffrind i Dic. Wyt ti'n gwbod sut cas e wared â Dic? Mwy ne lai yn gweud wrtho fe am helpu'i hunan i'r petrol, ac wedyn mynd at Elis y Cemist i fwgwth rhoi'r gyfreth arno am ddwyn petrol os na fyse Elis yn 'i hala fe bant. Doedd e ddim eisie i ti briodi Dic. Roedd e d'eisie di iddo fe'i hunan, ac fe wnaeth dro brwnt â Dic i gael 'i wared e.''

Roeddwn i'n teimlo'n ddig am rai dyddiau. Yn ddicllon a

229

digalon. Roedd Wali'n methu â deall. Daeth i mewn i'r swyddfa, plygu drosof a rhoi ei law ar fy mron. Gwthiais hi i ffwrdd.

"Be sy'n bod, lodes?" meddai. "Rhywbeth o'i le?"

Ysgydwais fy mhen.

"Beth ydw i wedi'i neud, 'te? Paid â bod yn gas wrtho' i. Dwy' i ddim yn teimlo'n rhy dda heddi."

Aeth ymaith fel ci tew, â'i gynffon yn ei afl.

Ond yn y pen draw, wrth Frankie y teimlwn ddicaf am geisio creu helbul, ac nid wrth Wali. Efallai bod Wali wedi chwarae tric budr. Ond roedd f'eisiau i arno ac roedd hynny'n rhywbeth. Doedd dim sicrwydd bod ar Dic f'eisiau i. Doedd e ddim ond yn rhy barod i redeg i ffwrdd. Roedd e dan fawd ei fam. Doedd ganddo mo'r nerth. Byddai wedi parhau i'm gadael i lawr ac mae'n debyg y byddwn wedi glynu wrtho fel y glynais wrth y freuddwyd amdano gan fynd yn fwy anhapus o hyd. Roeddwn i'n wyllt o 'ngho ar y dechrau, ond yn y diwedd fedrwn i ddim dal dig at Wali. Gallwn ei esgusodi. Roedd yn well gennyf droi fy nghasineb at y fenyw Elis yna. Ond gwyddwn y byddai'n rhaid cadw llygad barcud ar Frankie. Roedd e â'i fryd ar greu anghydfod. Penderfynais roi un rhybudd bach iddo.

Un bore pan oedd yn cychwyn i ffwrdd ar y tractor coch gwisgais fy nghot a sgarff am fy mhen a mynd allan i siarad ag ef.

"Frankie," meddwn. "Cymer un gair o gyngor. Paid â treio gneud trwbwl yn y lle 'ma eto."

"Be ti'n feddwl, Ada? Nid fel'na dylet ti siarad â fi."

"Rwyt ti'n gwbod beth wy'n feddwl," meddwn. "Paid â gneud rhagor o drwbwl. Os gwnei di, fe fyddi di mewn *khaki* cyn bo ti'n troi rownd."

"Fe fyse'n well gen i fod mewn *khaki* nag ar y tractor diawl 'ma ar bob tywydd," meddai.

"O'r gore. Unrhyw amser, Frankie. Dim ond i ti weud y gair. Bydd yn ddigon hawdd trefnu'r peth."

3

Gwelais y syniad mewn cylchgrawn merched. Roedd rhyw gapten wedi ymddeol o'r llynges a'i wraig wedi prynu hen blasty, ei adnewyddu a'i agor fel gwesty preifat. Roedd yno ddarluniau o'r lolfa, ystafell fwyta, llysieudy a thai allan a llofftydd stablau wedi eu troi'n fflatiau. Wrth synfyfyrio uwchben y lluniau daeth imi y syniad o brynu Bronllwyn. Cyn gynted ag y daeth y syniad i'm pen fe'm cyffrowyd gymaint nes i mi neidio ar fy nhraed a gafael yn ymyl y bwrdd i geisio rheoli'r cryndod a ddaeth drosof. Roedd yn ysbrydoliaeth, y math o alwad yr oedd fy holl bersonoliaeth yn ymateb iddi. Dyma'r union beth.

"Wali," meddwn. Roeddem ar ein pennau ein hunain yn y byngalo. "Wali, faint ŷch chi'n feddwl yw gwerth Bronllwyn?"

"Dim syniad, Ada. Pam?"

"Allwch chi ddim geso? Faint yw 'i werth e? Pum mil?"

"Llai na hynny. Beth yw'r diddordeb sy gyda ti ynddo fe? Wyt ti am brynu'r lle?"

"Ydi e ar werth?"

"Mae e wedi bod ar werth ers blwyddyn. Buodd y Fyddin yn edrych drosto cyn diwedd y rhyfel, ac wedyn penderfynu nad oedden nhw ddim o'i eisie. Mwy na thebyg y bydd e ar werth am flwyddyn arall. Mae dydd y tai mawr wedi mynd. Dyw e ddim llawer mwy o werth na'r byngalo 'ma; llai na hynny heb y tir. Does neb eisie'r ben bethe mawr 'na ragor."

"Rwy i ei eisie fe," meddwn.

Chwarddodd nes bod gwregys ei drowsus, oedd yn pwyso ar ei stumog, yn ysgwyd i fyny ac i lawr. "Ydi Frankie â'i fryd ar sefydlu'i hun fel Arglwydd Cwm?" meddai.

"Gwrandwch." Eglurais fy syniad iddo. Doedd dim un gwesty preswyl gwerth yr enw ym Mhennant. A dim un clwb trwyddedig. Doedd dim un gwesty o'r dosbarth a fyddai'n denu'r ymwelwyr cyfoethocaf. Fe werthid Bronllwyn yn rhad. Byddai'r gost o'i addasu'n rhesymol. Roedd yno goed a gerddi a llynnoedd ac afon bysgota. Gellid ei wneud yn ddeniadol iawn. Roedd y syniad wedi gafael ynof. Mi fynnwn fy ffordd fy hun, costied a gostio. Ond doedd Wali ddim yn hoffi'r syniad.

"Dyw'r arian ddim gen i, Ada," meddai. "Fe wyddost gystal â minne nad wy i ddim mewn safle i gymryd at fenter fel hyn."

"Rwy'n bwrw mlaen mewn oed, Ada. Yn rhy hen i ymgymryd â chyfrifoldeb newydd a'r holl bryder fydd ynglŷn ag e. Rwy i am dipyn o heddwch nawr."

"Fe gewch chi'ch heddwch," meddwn. "Fe wna i'r gwaith. Fydd raid i chi neud dim byd ond arwyddo siecie."

"A chario *overdraft* yn fwy na 'mhen-ôl i," meddai Wali. "Na, Ada, mae'n ddrwg gen i. Ond dwy' i ddim am neud dim â'r peth."

"Meddyliwch drosto, Wali. Peidwch â'i gondemnio ar unwaith."

"Anghofia'r peth, 'merch i. Rhaid lladd syniad fel hyn yn y bôn neu mi aiff yn feistr arnat ti. Fe fydd yn cripian i fewn i dy glust di a chnoi d'ymennydd di fel pryfyn clust."

"Gawn ni fynd am reid fach," meddai. "Mae tri neu bedwar galwyn yn y car gallwn ni iwso."

"Dim diolch," meddwn i. "Rwy'n mynd adre."

"Ond fe ddwedest bo ti'n aros y nos. Rwy i wedi edrych mlaen at hynny drwy'r wythnos. Paid â bod yn grac, lodes. Dere mlaen, gad i ni fynd allan. Fe wnawn ni noson ohoni."

"Dim diolch, Wali. Rwy'n mynd adre."

Yna fe gollodd ei dymer gyda fi am y tro olaf.

"Cer adre 'te," meddai. "Cer i gadw cwmni i dy fam. Paid â meddwl na alla i fynd ymlaen hebddot ti. Paid ti â mynd yn ormod o lances fan hyn. Cer di mlaen adre."

Mi es i. Roeddwn i'n falch iddo golli ei dymer. Roedd yn rhaid iddi ddod i hynny. Roeddwn i'n ffyddiog y deuai ataf drannoeth i erfyn am faddeuant. Penderfynais wneud yn fawr o'r fantais. Yn gynnar yn y bore cymerais drên i Abertawe. Dywedais wrth Mam fy mod yn mynd am ddiwrnod o siopa. Wedi cyrraedd yno penderfynais dreulio'r nos mewn gwesty mawr. Roeddwn i am weld eu ffordd nhw o wneud pethau, o safbwynt proffesiynol. Ysgrifennais nodiadau i lawr mewn llyfr bychan. Roedd y staff yn methu â deall pam roeddwn i'n holi cymaint o gwestiynau. Yn methu â dirnad beth oeddwn.

Pan ddychwelais i Bennant cymerai fy mam arni ei bod mewn cyflwr o ofid mawr.

"Yn enw'r Mawredd, lodes, lle'r wyt ti wedi bod? Mae Wali bron drysu yn gofidio amdant ti, run fath â finne. Roedden ni'n dechre dychmygu pob math o bethe. Mae'r dyn druan mewn stâd ofnadw."

"Dyna ddigon o *fuss*. Dewch â chwpaned o de i fi."

Roedd tôn fy llais yn rhywbeth newydd iddi. Roedd hi'n bryd rhoi trefn arni hithau hefyd.

"Rhaid i ti aros yn y gwely," meddai'r doctor. "A gorwedd yn llonydd. Mor llonydd ag y medri di."

"Duw, Mat, rwy'n teimlo'n iawn. Alla i ddim fforddio gorwedd, ddyn."

Roedd Wali fel plentyn, yn ymfalchïo yn ei wallt du, llyfn. "Edrych arno, Ada, yn ddu fel aden y gigfran. Galle fod yn wallt i rywun deg ar hugen oed. Gad y bwtwm top ar agor," meddai. "Rwy'n edrych yn well â gwddwg agored." A gofynnodd i mi symud y bwrdd ymbincio fel y gallai weld ei lun yn y drych o'i wely. Fe'm synnwyd bod dyn sâl â'r fath falchder yn ei ymddangosiad. Ni welai'r wyneb chwyddog, garw, y croen llac dan ei lygaid, y pendduynnod celyd ar ei fochau na fu ynof erioed unrhyw awydd i'w gwasgu allan. Nid oedd ganddo lygaid i ddim ond y gwallt du, graenus.

"Alla i mo'i fforddio fe, wyddost ti." Ymhyfrydai yn yr agosatrwydd oedd rhyngddo ef a'r meddyg. Defnyddio'r "ti a tithau" fel pe bai'n fraint fawr.

"Alli di ddim fforddio marw chwaith," meddai'r meddyg. Pan ddefnyddiai ef yr ail berson unigol roedd fel pe bai'n siarad â phlentyn neu ffŵl. "Cadwch e yn y gwely," meddai wrthyf i. "Dyw e ddim i godi ar un cyfri—dim hyd yn oed i fynd i'r *Goat*."

Chwarddodd Wali'n galonnog. Byddai wrth ei fodd yn cael ei bryfocio gan Mat Pritchard. Roedd hynny hefyd yn fraint yn ei farn ef. Amdanaf fy hun, doeddwn i'n gweld dim rheswm mewn ymgreinio i'r dyn. Roedd ei filiau'n ddigon hallt. A beth bynnag doeddwn i ddim yn ei hoffi.

"Mae gyda ti nyrs dda, Wali," meddai. "Rwyt ti'n lwcus on'd wyt ti?"

Rhoes Wali wên lydan a nodio'i ben fel hurtyn.

"Peth braf yw cael un hardd i edrych arni pan fyddi di'n deffro yn y bore," meddai'r meddyg wrth gymryd pyls y claf. Chwarddodd Wali nes roedd bron â thagu. "Damio di, cymer bwyll ddyn. Rwy'n gwbod bod y byd 'ma'n lle digri iawn ond does dim synnwyr mewn lladd dy hunan wrth chwerthin."

"Bachan neis," meddai Wali. "Un o'r goreuon, rhen Mat. A doctor campus. Gore'n y wlad."

"Peth braf yw cael doctor sy'n gyfell i chi," meddai Wali.

"Yn gysur mawr. Drychwch ar Mat nawr, yn dod i 'ngweld i bob dydd. A does dim byd o gwbl o'i le arna i."

"Dilynwch y cyfarwyddiade hyn yn ofalus," meddai'r meddyg wrthyf. Roeddem ym mharlwr y byngalo. Rhoddodd ddau flwch o dabledi i mi. "Mae amseru cywir yn bwysig. Mae'r dyn yn ddifrifol wael ac rwy'n credu y dylech chi wybod hynny."

"Mae golwg flinedig arnoch chi," meddai. "Gadewch i fi gael golwg arnoch chi."

Rhoddodd ei ddwylo ar f'ysgwyddau a'm tynnu tuag ato. Roedd yn syllu'n hy arnaf a doeddwn i ddim yn hoffi'r peth. Rhoes ei law ar fy moch fel pe bai hawl ganddo, a chan gymryd ei amser tynnodd glawr isaf fy llygad i lawr. "Diffyg gwaed," meddai. "Fe ro i dipyn o haearn i chi."

"Paid â bod mor groes gyda Mat, Ada," meddai Wali. "Wedi'r cyfan mae e nid yn unig yn ddoctor i fi, ond mae e'n ffrind i fi hefyd."

"Rwy'n sylwi'ch bod chi'n dweud popeth wrtho," meddwn.

"Dyna fe," meddai Wali. "Yr hen agwedd gas 'na sy gyda ti. Mae e'n ddyn busnes da, Ada. Yn deall y gyfreth hefyd. Ma'i gyngor e'n werth 'i gael."

"Fe gawn weld," meddwn i.

"Mae Wali'n dweud wrtho i," meddai'r doctor, "eich bod chi wedi'i berswadio i brynu Bronllwyn. Beth ŷch chi'n feddwl 'i neud ag e? Gosod eich hunan fyny fel gwraig y plas?"

"'Musnes i yw hynny," meddwn. Roeddwn i wastad yn awyddus i roi pryd o dafod iddo,—ond 'mod i'n ofni gwneud. A fe oedd y meddyg gorau yn yr ardal.

Ddigiodd e ddim. Chwarddodd a tharo'i sigarét ar ei gas arian. Roedd e bob amser yn daclus a bonheddig. Roeddwn i'n hoffi hynny ynddo.

"Peidiwch â 'nghamddeall i, Ada," meddai. "Rwy'n eich hoffi chi. A rwy'n hoffi'ch syniad chi ynglŷn â Bronllwyn. Mi hoffwn i'ch helpu chi. Mewn gwirionedd rwy'n credu 'mod i wedi gneud hynny'n barod. Rwy wedi awgrymu i Wali i brynu'r lle a rhoi'ch enw chi gyda'i enw e. Cyd-berchnogaeth. Fe ffeindiwch chi hynny'n help mawr. Mae e'n hoffi'r syniad."

"Dwy' i ddim yn deall yn iawn," meddwn.

"Fe ddowch i ddeall," meddai. Cydiodd yn ei fag du. "Yr hyn wy'n hoffi ynoch chi," meddai gan wenu arnaf, "yw eich bod chi'n gneud bywyd yn fwy diddorol."

"Mae e'n dderyn bore," meddai Wali. "Mae'n syniad craff, Ada. Bydd y Dreth Incwm ar 'y ngwar i'n fuan. Dyma ffordd allan, ti'n gweld. Chware teg i'r hen Mat, mae e wedi bod yn ffrind da erioed. Rŷn ni wedi cael lot o sbort gyda'n gilydd. Wedes i wrthot ti am y tro hwnnw pan aethon ni lan i Lunden yn y Daimler oedd gydag e pryd hynny i weld y *Cup Final*? Jiw, fe gawson ni amser da, alla i weud wrthot ti. Tipyn o dderyn yw e."

"Ma'i gyflwr e, fel maen nhw'n dweud, yn gwaethygu," meddai'r doctor. "Wrth gwrs, fe all lusgo mlaen am dipyn eto."

Doeddwn i ddim yn hoffi ei dôn oeraidd, ffeithiol. Gallai unrhyw un gredu ei fod mewn busnes gydag Angau ei hun ac yn gwybod popeth amdano. Doeddwn i ddim am i Wali farw.

"Dŷch chi ddim yn swnio'n bryderus iawn," meddwn.

"O, rwy i yn bryderus. Rwy'n hoff o'r hen Wali. Ond rhaid i ni i gyd fynd rywbryd. Fel'na ma'i."

Nid atebais. Hoffai eistedd fel hyn yn y parlwr gyda mi ar yr esgus o gael mygyn cyn mynd ymlaen ar ei ymweliadau.

"Peidiwch â 'nghamddeall i, Ada," meddai. "Dwy' i ddim mor oer a chalon-galed â 'ngolwg. Ond alla i ddim godde ffug. Rwy i bob amser yn dweud yr hyn rwy'n ei deimlo."

Roeddwn i am ddweud wrtho nad oedd ganddo ddim llawer o deimlad beth bynnag.

"Peidiwch â phoeni," meddai. "Rwy'n gwneud 'y ngore drosto. Mae'n gas gen i gael 'y nghuro. Mi fydda i bob amser yn ymladd hyd y diwedd. Ychydig o'r cleifion sy dan 'y ngofal i sy'n werth y trwbwl. Ond ymladd afiechyd yw 'ngwaith i, ac rwy'n hoffi gwneud hynny. Oes gyda chi ragor o syniade am Bronllwyn?"

Roeddwn i'n methu â phenderfynu a oedd ganddo wir ddiddordeb ym Mronllwyn neu a oedd yn cymryd arno er mwyn ymwthio'n nes ataf i. Efallai fod y ddau'n wir. Dywedai fod ganddo ddiddordeb yn ei waith ond mai ychydig o gysur a gâi y tu allan i hynny. Roedd ei wraig yn fethedig a gwyw, ac yn ei addoli ef. (Synnais at y ffordd hunanfodlon y dywedai hynny); roedd eu hunig fab yn astudio meddygaeth yn

Llundain. Roedd yn garedig wrth ei wraig, yn naturiol, ond ychydig o flas a gâi ar ei chwmni. Mwynhâi wylio pêl-droed. A hoffai fod yn Llywydd y clwb lleol. Ond yr oedd am i mi ddeall nad oedd dim byd yn y cyffiniau, y tu allan i'w waith, yr ymddiddorai gymaint ynddo ag y gwnâi ynof i. Chwerddais pan ddywedodd hyn; a chwarddodd yntau. Roeddwn i'n ei hoffi'n fwy pan chwarddai. Ei ddannedd yn lân a'i holl berson yn edrych mor iach a chwimwth o ddyn hanner cant oed. Roedd yn llawer mwy bywiog nag a ddangosai i'r cyhoedd. Gŵr meddygol pwyllog a dideimlad braidd ydoedd; ond roedd ynddo hefyd ryw chwilfrydedd chwareus ynghylch pobl oedd yn apelio ataf. Daethom yn gyfeillgar am ei fod ef yn dymuno hynny, ac yn benderfynol o'i wneud ei hun yn ddefnyddiol i mi, ac ni fedrwn feddwl am unrhyw reswm pam na ddylem fod yn gyfeillion. Dysgais erbyn hyn ei bod yn talu'r ffordd i fod yn gyfeillgar â phawb a allai fod yn ddefnyddiol i mi. Ac ychydig o'r rheiny oedd ym Mhennant. Dechreuais fwynhau ei gwmni. Roedd ganddo ryw ddull o siarad a awgrymai ei fod ef a minnau yn fodau uwchraddol, o rym a deallusrwydd arbennig, a fedrai fforddio edrych i lawr ein trwynau ar y gweddill o'r gymdeithas. Roeddwn i'n mwynhau gwneud hyn. Gwnaeth i mi deimlo bod fy awr i wedi gwawrio.

"Mae'n syndod mor debyg rydyn ni yn ein diddordebe, Ada," eb ef. "Tybed a ellid ymestyn hynny i gylch arall o weithgarwch?"

"Dwy' i ddim yn deall," meddwn.

"Na hidiwch," meddai. "Sut mae'r claf heddiw?" Aethom i mewn i ystafell Wali. "Wel, rhen Wali, 'machgen i. Rhaid i ni dy godi di o fan hyn. Beth mae'r tîm ffwtbol yn mynd i'w wneud heb 'i *centre forward*?"

Daeth gwên lydan i wyneb Wali, fel plentyn yn cael ei ddifyrru. Roedd wedi ei eillio'n lân a'i wallt wedi ei frwsio'n ôl yn daclus. Roedd yn dal i fod yn fanwl-ofalus o'i ymddangosiad. Prynais ddau bâr o byjamas newydd iddo, un coch ac un glas. Roedd wrth ei fodd pan bryfociai'r doctor ef yn eu cylch. Dim ond unwaith y gwisgodd yr un glas. Roedd e mewn stâd o hapusrwydd breuddwydiol.

"Mae e'n hollol hapus, Ada," meddai'r doctor. "Felly peidiwch â phoeni amdano." Ond doedd y syniad ohono mewn paradwys ffŵl ddim yn gysur i mi. Roedd y ffaith fod y rhith olaf hwn yr un mwyaf oll yn ei hanes yn fy nhristáu i'n enbyd, a doedd hyd yn oed meddwl am Bronllwyn ddim yn codi fy nghalon.

5

Un o'r pethau olaf y bu Wali a'r doctor yn eu trafod oedd cael trwydded i Fronllwyn. Dywedasai Mat wrth Wali ei fod yn bartner yn y fenter a'i fod yn cymryd diddordeb arbennig yn y syniad o sefydlu clwb yno. "Meddylia am y peth, Wali, prynu diod a rhoi'r arian yn dy boced dy hunan," meddai. "Mae fel bwyta dy deisen a'i chadw. Y math o fusnes rwy i wedi bod yn edrych amdano ar hyd fy oes."

"Y blydi Elisied 'na," meddai Wali. "Maen nhw bob amser wedi bod yn faen rhwystr i fi. Pob peth rwy i wedi treio'i neud i wella'r lle 'ma, maen nhw wedi'n rhwystro i. Yr hen ragrithwyr cwynfannus â nhw."

"Rwy'n meddwl am fynd ar y cyngor fy hunan," meddai'r doctor.

"Ti yw'r union siort sy eisie yno," meddai Wali. "Cofia dy fod ti'n gneud. Damio, fe allwn ni'u hymladd nhw i gyd, ti a fi. Sgubo'r Elisied a'u canlynwyr allan o'r ffordd. Falle taw rhai digon tawel a pharchus ŷn nhw ond mae'r dre a'r ardal 'ma wedi bod yn sownd yn 'u dwylo nhw am y deugen mlynedd diwetha, a neb yn codi bys i newid pethe."

"Falle rhown ni gynnig arni," meddai'r doctor. "Fe fydd yn gwneud bywyd dipyn yn fwy diddorol."

"Ti yw'r feri dyn i neud hynny," meddai Wali. Bu raid i'r doctor ddweud wrtho am ffrwyno tipyn ar ei frwdfrydedd. Dau ddiwrnod cyn ei farwolaeth oedd hynny.

6

Roeddwn i am siarad â Mat Pritchard ar ei ben ei hun, ac yn dechrau meddwl na fyddai'r gweinidog ifanc byth yn ymadael. Roeddwn i'n ei hoffi, yn hoffi'r ffordd gynnes yr edrychai arnaf, ond ar yr un pryd yn dyheu am iddo godi a mynd. Rhyw fath o addurn oedd e, ac yn gwbl amherthnasol i fywyd ymarferol. Bu'n hir iawn yn symud.

"Sut wyt ti'n meddwl doi di i ben â phethe?" meddai Mat. Roedd yn pryderu amdanaf, a byddai angen ei help arnaf.

Ond roeddwn am gadw fy annibyniaeth. Roeddwn wedi bod yn rhy hir dan reolaeth pobl eraill.

"Fe ddo i i ben yn iawn," meddwn.

"Edrych 'ma, Ada," meddai. "Paid â bod yn styfnig. Nid treio cael rhywbeth am ddim ydw i. Rwy i eisie dy helpu er mwyn pleser y peth. Pan fydda i eisie rhywbeth mwy na hynny fydda i ddim ar ôl o ofyn."

"Mi hoffwn i fynd i ffwrdd," meddwn. "I ffwrdd oddi wrth y giwed i gyd. Rwy'n credu y symuda i i Bronllwyn gynted galla i."

"Fe fyse hynny'n eitha peth," meddai. "Rwy'n cyd-weld â ti. Fyddi di ddim yn meindio bod yna ar ben dy hun?"

"Fe fydda i wrth 'y modd. Dyna rywbeth na ches i erioed. Bod ar 'y mhen fy hun yn 'y nhŷ'n hunan."

"Edrych," meddai. "Cyn gynted ag y byddi di wedi setlo fewn, gwna amcangyfri o'r arian sy eisie arnat ti i adnewyddu'r lle a'i redeg. Pan fyddi di'n barod fe ddo i draw i siarad busnes."

Ceisiodd Bil Francis fy ngweld ar fy mhen fy hun cyn i mi adael y byngalo. Roedd yntau eisiau siarad busnes. Roeddwn i'n pacio fy nillad fy hun pan gerddodd i mewn.

"Helô, Ada," meddai. Roedd yn gas gen i'r dyn achos ei fod yn credu fod ganddo'r hawl i fod yn or-gyfeillgar â mi oherwydd y berthynas a fu rhyngof a'i dad. Roedd rhywbeth yn atgas ynddo i mi a chofiwn y ffordd y byddai'n fy mhoeni cyn i'w dad fynd yn eiddigeddus a'i yrru i ffwrdd.

"Wyt ti ddim yn arfer cnocio ar ddryse pobol cyn dod i mewn?" meddwn.

"Wel, wedi'r cyfan, 'y nghartre i yw e, Ada," meddai. "Rwyt ti'n edrych yn smart, Ada. Wir, rwyt ti'n bertach nawr na buest ti erioed."

"Ada," meddai wedyn. "Does dim eisie i ti fynd allan. Paid â chymryd sylw o Sylvia May. Rwyt ti'n gwbod sut beth yw hi. Wastad yn gneud trwbwl."

"Rwy i am fynd allan," meddwn.

"Gwranda," meddai. "Does dim llawer o ben at ffigure gen i, a dwy' i ddim yn credu fod Frankie lawer gwell chwaith, er 'i fod e'n esgus 'i fod e. Gwranda, Ada. Gwertha'r hen hongled tŷ 'na a dere'n bartner yn y fusnes. Wyt ti'n gweld, fe fyddet ti a fi wedyn yn erbyn Frankie a Sylvia. Dwy siâr yn erbyn un.

Does gen i ddim yn erbyn Frankie, ond fe liciwn i dy gael di mewn hefyd. Waeth i fi weud wrthot ti, Ada, mae gen i olwg fawr arnat ti, a rwy'n dy hoffi di nawr yn fwy nag erioed.''

"Dim diolch, Bil," meddwn.

"Dwyt ti ddim yn grac?" meddai. "Ysgwyd law?"

"Nadw, ddim yn teimlo'n grac."

"Gwed, Ada," meddai. "Oes gobeth i fi?" Roedd yr hurtyn gwirion yn llygadrythu arnaf mewn ffordd a dybiai ef oedd yn ddeniadol. Dyfalwn ym mha neuadd ddawns iselradd y datblygodd y dechneg.

"Mae'n dibynnu am beth rwyt ti'n gobeithio," meddwn.

7

Roedd fy mam yn boen ar fy ysbryd i. Bu'n fy helpu, yn gweithio'n galed yn y gegin drwy gydol y dydd, ac roedd yno lawer i'w wneud, ond cadwai ymlaen i glebran am y doctor hyd at syrffed. A minnau heb sylweddoli ei bod hi wedi sylwi ar y diddordeb a gymerai ef ynof.

"Cadw'i gap e'n gwmws, Ada," meddai. "Bydd yn neis wrtho ac fe gei di weld y talith hi'r ffordd i ti."

Roedd y ffaith ei bod hi, yn ei ffordd amrwd ei hun, wedi mynegi'r hyn roeddwn i, mae'n debyg, wedi'i benderfynu drosof fy hun, yn merwino fy nghlustiau.

"Roedd llyged llo 'ma'r p'nawn 'ma," meddai.

"Pwy?"

"Llyged llo. Y gweinidog. Eisie dy weld ti. Mynd i alw eto medde fe. Falle byse hi'n beth da i gadw'i gap e'n gwmws hefyd."

"Beth yn y byd ŷch chi'n glebran amdano?"

"Olreit! Paid codi dy natur. Nid dyna'r ffordd i siarad â dy fam. Y gwir yw, Ada, fod y crwt bach 'na mewn cariad â ti."

Roedd yn ymfalchïo ymhob concwest a gawn i. Dychmygai fod pob dyn eisiau fy meddiannu, a chymerai hi hynny fel clod iddi hi ei hun.

"Mae'n jôc dda mewn gwirionedd," meddai. "Maen nhw'n gweud fod Hannah Elis bron dwli arno. Mae hi, druan fach bron marw eisie cariad. Mae'r rhai salw 'na wastad 'run fath. Fues i erioed eisie dyn. Gymaint allwn i neud oedd 'u cadw nhw bant. Wyddest ti, un amser roedd hi ar ôl Frankie ni. Pan oedd e ddim ond crwt hefyd. Ond dwyt ti ddim yn gwbod popeth. Ac os arhosi di fan hyn ar ben dy hunan fyddi di'n gwbod dim byd. Rwyt ti'n lwcus fod gyda ti dy hen fam i edrych ar d'ôl di.''

''Wyddest ti be fydde'n sbort iawn,'' meddai hi, gan gil-chwerthin mewn ffordd oedd yn ei gwneud hi'n gas gen i wrando arni. '''Tait ti'n 'i ddwyn e oddi arni, e? Duw, mi fydde hynny'n ergyd i'r Elisied 'na. Wyt ti ddim yn meddwl 'u bod nhw'n gofyn amdani? Cadw di fe mewn hwyl dda, Ada fach, fe dalith hi'r ffordd iti. Wnaeth hi ddim drwg i neb erioed i gadw dyn mewn hwyl dda, ac yn amal yn gneud lot o les iddo fe hefyd. Gwranda di arna i. Rwy'n gwbod beth wy'n siarad amdano.''

''Does gen i ddim amheueth am hynny,'' meddwn i.

8

''Dwy fil,'' meddwn i.

Cododd y meddyg ei aeliau a thynnu wyneb.

''Gymaint â hynny?'' meddai.

''Dyna'r amcangyfri llawn,'' meddwn. ''Rhaid gneud y peth yn iawn. Rhaid iddo fod yn lle crand i ddenu'r math iawn o bobol. Wedyn dyna'r hysbysebu yn y papure gore. Ŷch chi eisie manylion?''

''Na, na, Ada. Rwy'n dibynnu'n hollol arnoch chi. Fe gewch chi'r ddwy fil. A fydda i ddim yn disgwyl elw o unrhyw fath am y ddwy flynedd nesa.''

Roedd yn dal ei law allan i mi, ac yn gwenu.

''Ffafr fach yn awr ac yn y man, Ada, i 'nghadw i'n amyn-eddgar,'' meddai.

Yn sydyn roeddwn i'n teimlo'n nerfus ac yn anhapus. Os oedd hi'n angenrheidiol fe'i gwnawn, ond roedd yr holl syniad o ymosodiad arall ar fy rhyddid yn gwneud i mi deimlo'n llesg a sâl.

''Dŷch chi ddim yn 'y ngharu i, Mat. Pam ydych chi f'eisie i?''

Cydiodd yn fy nwy law. ''Pam rydyn ni'n byw, Ada, ond i chwennych rhywbeth? Beth ydyn ni'n feddwl wrth gariad, beth bynnag? Rwy i wedi dyfalu'n amal. Rwy i am fod yn onest. Rwy'n eich chwennych , alla i ddim gweud mwy na hynny. I mi chi yw'r ferch hardda, fwya deniadol, fwya dymunol yn yr holl fyd. Ond rwy i am fod yn onest ynglŷn â'r busnes cariad yma. Os ydi e'n golygu bod rhaid i fi wirioni arnoch chi a methu meddwl am ddim byd arall, yna dwy' i ddim mewn cariad. Dyw'r chwant amdanoch chi ddim yn amharu ar 'y ngwaith i. Dyw e ddim yn effeithio ar f'amynedd i gyda 'ngwraig. Ond mae'ch eisie chi arna i. Ac ar wahân i hynny rwy i am fod yn ffrind i chi a'ch helpu chi.''

''Gadewch i ni roi'r peth ar sail hollol ymarferol,'' meddai. ''Rwy i'n cael rhywbeth rwy'n awyddus iawn amdano. Rŷch chi yn ei roi i fi. Chi sy i osod yr amode. Fe welwch pa mor bell rwy'n barod i fynd.''

Arhosodd am fy atebiad. Roedd hi'n brynhawn gwlyb a'r glaw yn gollwng drwy do'r tŷ gwydr y tu allan i'r ystafell dderw lle'r eisteddem. Dyna un o'r pethau di-rif oedd yn galw am sylw. Roedd y coed yn ei do yn bwdr. Roedd angen y ddwy fil yna arnaf. Dyma fy nghyfle, fy unig gyfle, ac roedd yn rhaid i mi ei gymryd. ''Cadw'i gap e'n gwmws,'' oedd cyngor fy mam ddoeth a phrofiadol.

''O'r gore,'' meddwn.

Meddyliais wedyn mai'r hyn a ddymunai'n fwy na dim oedd fy mharodrwydd. Roedd yn talu am fy nghael i'n adran newydd yn ei fywyd, a syniad y peth a apeliai ato yn fwy na'r sylwedd. Roedd yn talu am gael ei ffordd ei hun gyda thegan roedd wedi rhoi ei fryd arno; plentyn cyfoethog eisiau'r gorau oedd yn y ffenest. Nid oedd yn ddi-rym, ond ychydig o nwyd rhywiol oedd ynddo. Gwelais mai'r hyn y talai amdano oedd y syniad fy mod i'n ordderch iddo, a'i fod yntau'n ddyn oedd yn byw bywyd llawn a diddorol.

Ni ddeuthum yn nes na hynny at ei ddeall. Cymerais dipyn o ofal i feithrin yr agweddau ar ein perthynas oedd yn ei blesio. Yr hyn a'i plesiai'n fawr oedd fy nghael i i arllwys fy nghwd wrtho. Hoffai hynny'n fwy na dim. Roedd fy ffordd i o feddwl o ddiddordeb mawr iddo ac yn rhoi cryn ddifyrrwch iddo. Roedd yr agosrwydd oedd rhyngom yn werthfawr yn ei olwg ac yn arddangosiad o'i awdurdod.

9

''Mae'r crychydd pregethwr 'na yn awyddus iawn amdanat ti,'' meddai Mat wrthyf. ''Wyt ti wedi sylwi? Creadur rhyfedd. Tipyn o ffŵl fyswn i'n dweud, yn hercian ar hyd y lle fel hwyad wedi torri ei haden.''

Ceisiais osgoi trafod Idris gydag ef. Doedd hynny ddim yn hawdd achos roedd Mat yn hoff o siarad. Pan ymddiddorai mewn rhyw bwnc fe'i trafodai nes ei ddatgymalu'n llwyr nes ei fod yn gorwedd yn llonydd wrth ei draed.

Un prynhawn gwelais ef yn f'ystafell wely: roedd yn y wardrob yn mynd drwy bocedi fy nghotiau. Ni chythruddodd ddim pan ddywedais, ''Edrych am rywbeth, Mat?''

''Wyt ti ddim yn meindio, wyt ti?'' meddai. ''Digwydd gweld hwn yn dy lawysgrif di, a meddwl tybed oedd 'na ragor.''

Agorodd ei law ddestlus, lân, a chymerais y darn papur oedd wedi ei wasgu ynddi. Darllenais *Dim tan ddydd Gwener ar ôl chwech* yn fy llaw i.

''Ble cawsoch chi hwn, Mat?'' meddwn. ''Beth yw e, 'ta beth?''

''I ffeindio fe,'' meddai. '''I ffeindio fe ar lawr y gegin yn y Lodj Orllewinol.''

''Sut aethoch chi fewn fan'ny?'' meddwn. ''Beth yn y byd o'ech chi'n neud yna?''

''Dyna beth oeddwn i eisie'i ffeindio allan, Ada. Beth oeddet ti'n neud yna?'' Chwarddodd yn galonnog. ''Cwrdd â'r pregethwr falle?''

''Pwy wedodd wrthoch chi?''

''Does dim gwahanieth. Paid â phoeni. Gorwedd ar y gwely cyfforddus yma a dwed y cyfan wrtho' i.''

''Mam wedodd wrthoch chi?'' meddwn. Gallai hi fod wedi dod i wybod a dweud wrtho i ateb ei hamcanion ei hun. Neu Frankie efallai? Neu Sylvia May? Damio nhw i gyd. Bob amser yn busnesa ac yn dda i ddim byd arall; y baich annioddefol yr oedd yn rhaid i mi ei ddwyn. ''Frankie mae'n debyg?''

''Does dim gwahanieth. Dim gwahanieth o gwbwl. Dere i orwedd fan hyn, Ada, a dwed wrth dy hen ewyrth y cwbwl amdano.''

Doeddwn i ddim yn fodlon dweud. Roedd fy meddwl i'n gymysglyd. Beth oeddwn i'i eisiau? Beth fyddai'n rhaid i mi'i ildio? Sut y gallwn i byth lywio fy nghwch fy hun pan oedd pawb o'm cwmpas mor dwyllodrus, mor wamal, mor ddiddal na fedrwn i ddibynnu dim ar neb ohonyn nhw? Fe'm llethwyd gan y teimlad fy mod wedi fy nhrechu. Roeddwn am weld cefn Mat, a phawb ohonyn nhw. Cael llonydd. Fy nghloi i fyny y tu mewn i mi fy hun a pheidio â gadael neb i mewn byth mwy. Roedd fel petai bywyd wedi tynghedu na chawn i byth fy ffordd fy hun.

"Paid â becso, Ada." Roedd Mat yn chwerthin. "Dwy' i ddim yn eiddigus. Dyn tawel, canol-oed ydw i sy byth yn disgwyl gormod a fel'ny ddim yn cael fy siomi. Dwy'n malio'r un ffeuen am y bachgen 'ma. Mae e'n ifanc ac rwyt tithe'n ifanc. Dwy' i ddim mor hunanol â 'ngolwg. Dim ond i ti weud tipyn am y peth. Wyddest ti, o bryd i'w gilydd mi fydda i'n gwerthfawrogi dy gyfeillgarwch di. Ac mi hoffwn i i ti werthfawrogi 'nghyfeillgarwch inne. Dwed wrtho' i amdano. Mae'n amlwg nad yw e ddim mor ddwl â'i olwg ne fyset ti ddim yn 'i ffansïo fe."

"Mae e eisie 'mhriodi i," meddwn.

"Ydi e wir?" Croesodd Mat ei freichiau, gwgu, nodio'i ben a chnoi ei wefus fel pe bai newydd dderbyn rhyw wybodaeth feddygol annisgwyl. "Diddorol iawn. Mae'n dipyn o lanc on'd yw e?"

Yna chwarddodd ac edrych arnaf i yn y modd mwyaf cyfeillgar. Fedrwn innau ddim peidio â chwerthin.

"Rhaid i ti gyfadde," meddai, yn ysgwyd gan chwerthin o hyd, "mae 'na ochor ddigri i'r peth."

Daeth teimlad o ryddhad drosof. Roedd hi'n sioc i mi ei fod wedi ffeindio allan yr hyn debygwn i oedd yn gyfrinach glòs. Ofnwn y byddai hynny'n dymchwel pob peth. Ond y cyfan a wnaeth oedd chwerthin.

Chwarddodd y ddau ohonom eto.

"Wyddest ti, Ada," meddai, "mi hoffwn i dy weld ti'n 'i briodi e. Wir i ti. Fe wnâi fywyd ym Mhennant yn llawer mwy diddorol."

"Mae'n hoffus," meddwn. "Yn annwyl iawn."

"Yn deffro teimlad mamol ynot ti," meddai Mat.

Chwerthin eto.

"O ddifri nawr, falle na fydde'i ddim cynddrwg syniad i ti'i briodi fe. Dod yn fenyw barchus ar un trawiad fel 'tai."

"Dwy' i ddim am fod yn barchus. Ddim yn y ffordd yna, ta beth."

"Ond meddylia'r hwyl gaen ni ar gorn yr Elisiaid. Rwy'n hoffi'r syniad."

Roedd Mat yn gynddeiriog pan wrthodwyd y drwydded. Yn fwy felly na fi hyd yn oed. Cymerai'r peth fel ymosodiad personol arno ef ei hun, er nad oedd ei berthynas â Bronllwyn wedi ei ddiffinio'n glir. Doeddwn i ddim wedi sylweddoli gymaint o ddiddordeb oedd ganddo yn yr ochr honno i'r fenter. Roeddwn wedi meddwl nad oedd y cyfan yn ddim ond rhyw jôc rhwng Wali ac yntau am fod yn berchen eich bar eich hunan ac yfed eich diod eich hunan gan wneud elw o hynny. Ond roedd Mat o ddifrif ynglŷn â'r peth. Roedd Bronllwyn fel tegan arall ganddo, a chlwb yfed yno ac yntau'r dylanwad y tu ôl i'r cyfan, lle y gallai ddod â'i gyfeillion, a phan welent fi yno byddent yn sylweddoli fy mod innau'n un arall o'i deganau.

"Damio'u rhagrith nhw," meddai. "Maen nhw'n lwcus nad fi yw eu doctor nhw neu mi gaen nhw foddion arbennig. Y set anwybodus, dŷn nhw ddim yn nabod doctor da pan welan nhw un. Y doctor ceffyle 'na, Bartholomew, yw 'u dyn nhw ers blynydde. Dyw hwnnw'n gwbod dim. Mae e'n rhedeg ata i pan fydd wedi gneud cawl o bethe, yn disgwyl i fi ddatrys 'i brobleme fe. A'r holl fusnes dirwest 'ma achos bod ofan rhen Elis arno, a fynte'n llymeitian brandi ar y slei. Maen nhw'n codi cyfog arna i. Mae eisie eitha sgwriad ar y lle 'ma. Rhaid i rywun gychwyn.

"Rhaid i chi gael gwared ar yr Elisiaid gynta," meddwn.

A dim ond rhyw ddiwrnod neu ddau ar ôl i mi ddweud hynny gyrrodd i fyny at y drws a rhedeg i fyny'r grisiau ar ras wyllt.

"Ada, dere 'ma, dere 'ma!" Arweiniodd y ffordd i'r Ystafell Dderw. Âi i mewn ac allan o Fronllwyn yn awr fel pe bai'n berchen y lle, er bod amodau'r cytundeb heb eu setlo'n derfynol. Doedd dim y gallwn i ei wneud ynghylch y peth. "Oes rhywbeth gyda ti i'w yfed? Wedi bod awydd dod yma drwy'r bore. Ond heddiw o bob dydd mae hanner poblogaeth Pennant yn penderfynu galw doctor. Galle unrhyw un feddwl fod y Gwasanaeth Iechyd cythrel 'na wedi dechre'n barod."

Doedd e byth bron yn arfer edrych mor gyffrous.

"Stedda lawr," meddai. "Mae gen i newydd syfrdanol i ti. Syndod mawr. Wyddest ti bod gyda ti frawd?"

"Peidiwch â'n atgoffa i," meddwn. "Rwy'n treio anghofio'r peth."

"Nid Frankie rwy'n feddwl. Brawd arall. Mab dy dad, dim perthynas i dy fam."

"Na wyddwn i," meddwn. "Mae'n swnio'n gymhleth iawn."

"Wel, mae gyda ti un," meddai Mat. "Mae e wedi dod o farw'n fyw. Rwy i wedi bod yn siarad â dy fam amdano. Mae hi'n gwbod y cyfan. Am y modd y cas e 'i anfon i ffwrdd yn fabi. Ond roedd hi'n credu'i fod e wedi marw."

"Mae gen i ryw frith gof am y peth nawr. Cofio Mam yn dweud rhywbeth amdano. Fe halodd yr hen ddraig e bant achos 'i bod hi'n casáu 'i dad. Rhyw stori fel'na."

"Wel, mae e'n fyw," meddai Mat gan laswenu arnaf.

"Be sy'n rhyfeddol yn hynny?" meddwn.

"Myfyriwr ymchwil mewn meddygeth yw e. Patholegydd yng Nghaergrawnt. Mae'n swnio'n dipyn o Sais. Fe ges i lythyr oddi wrtho. Eisie gwbod popeth am 'i deulu."

"Mae sioc ne ddwy'n 'i aros e 'te," meddwn.

"Pam y diddordeb sydyn 'ma. Rho dy hunan yn 'i le fe. Mae'n sôn am olrhain hanes y teulu. A pham sgrifennu ata i? Roedd e'n dweud iddo weld yr enw yn y *Medical Register*. Ond dim ond gneud ychydig ymholiade fe alle fod wedi dod i gyffyrddiad uniongyrchol â'r Elisiaid. Beth mae e moyn?"

"Arian," meddwn. "Eiddo."

"Yn hollol. 'Na beth feddylies i. Wyddost ti beth, os fe yw mab hyna Elis Felix Elis dyw hi ddim yn amhosib taw fe yw perchen y Glyn."

Eiddo Dic yw'r Glyn, meddyliais. Eiddo Dic a minnau. Ond ddwedais i ddim. Pa les dweud? Doeddwn i ddim am weld brawd arall yn ymddangos. Ddim mewn gwirionedd. Roeddwn i eisie Dic, neu rywun fel Dic.

"Mi fydd yn ddiddorol," meddai Mat. "Diddorol iawn. Fydd yr Elisied yn hoffi'r peth? Dwy i ddim yn meddwl. Mae'n bosib fod gyda ni rywbeth fan hyn. Falle'n bod ni ar fin cael yr afel drecha ar yr Elisied." Sgriwiodd sawdl ei esgid gaboledig i'r carped. "Yn fan'na."

Chwarddodd, a chwerddais innau, achos roedd ei frwdfrydedd yn heintus. Peth cyffrous oedd cael cyfle i gynllwynio rhywbeth yn erbyn yr hen elyn. Rhywbeth a fyddai'n eu llorio. Edrychwn ymlaen yn eiddgar at ei ddyfodiad a pharatoi i orfoleddu.

Tipyn o ddisgynneb oedd dod wyneb yn wyneb ag ef. Nid oherwydd ei ymddangosiad. Roedd yn ddigon golygus mewn ffordd, gyda'r olwg welw yna a'r gwallt coch. Smocio pib. Seisnig, oeraidd; amhosibl credu ei fod yn gymaint o frawd i mi ag oedd Frankie, a safai'r tu ôl iddo gan laswenu. Roedd yn dal, ei wyneb yn hir, a doedd gwenu ddim yn dod yn hawdd iddo. Roedd e'n gwrando fel barnwr. Teimlech ei fod trwy'r amser yn mesur a phwyso popeth. Ceisiais fod mor groesawus ag y medrwn, ond nid yw'n hawdd siarad yn rhydd â dyn sy'n dal pob gair a ddywedwch i fyny i'r golau i weld a yw'n ddilys. Ymddangosai fod popeth eisoes wedi ei weithio allan ganddo yn ei feddwl ei hun: ac wedi'i fodloni yn ei onestrwydd ei hun roedd e'n archwilio onestrwydd pawb arall. Pan fyddwn i'n siarad yn gellweirus, o'r braidd y gwenai, nes gwneud i mi deimlo'n anghyffordddus a thybio'i fod yn f'ystyried i'n iselradd.

Roedd Frankie a Mam yn fy nisgwyl yn y gegin.

"Roeddwn i'n gweud wrth Frankie," meddai Mam yn gyffrous. "Does dim amheueth pwy yw e. Yr un boerad â'i dad."

"A'i fam," meddai Frankie, yn amlwg yn awyddus i'w ddiraddio. Roedd e'n lledorwedd yn un o gadeiriau'r gegin mewn agwedd oedd yn codi fy ngwrychyn i. Dim rhyfedd fod y dieithryn yn f'ystyried yn iselradd. O edrych ar y ddau yma roeddwn i ynghlwm wrthynt: fel pe bai ganddyn nhw bob hawl i fod yn y lle. Iddyn nhw rhywbeth yn pasio ar y stryd, rhywbeth i sbïo arno drwy'r ffenest a chwerthin am ei ben oedd Philip Esmor Elis. Ond doeddwn i ddim am roi'r cyfle iddyn nhw. Doeddwn i ddim am eu hymyrraeth nhw. Fy mrawd i oedd e, ac fe weithredwn amynedd.

"Yr un gwallt," meddai fy mam. "Gwawr goch arno. Sut beth yw e?"

"Mae'n iawn," meddwn. "Seisnig iawn."

Neidiodd Frankie ar ei draed yn sydyn, tynnodd wyneb hir, a rhoddodd wên oeraidd gan estyn ei law yn llipa yn union fel y gwnaethai Philip. Fedrwn i ddim peidio â chwerthin, er fy mod yn ddig wrthyf fy hun am wneud hynny. Chwarddodd pawb ohonom gyda'n gilydd nes bod y dagrau'n dechrau llifo i lawr ein gruddiau. Chwarddwn i er gwybod y byddwn yn ddigalon ar ôl hynny. Wedi fy nghlymu yn y chwerthin gwatwarus, creulon yma, wrth y ddau hyn roeddwn wedi cyd-fyw â hwy erioed, ac na fedrwn byth ddianc oddi wrthynt at rywbeth gwell.

Philip Esmor-Elis

1

Pan ddeffrois roeddwn yn dyfalu lle'r oeddwn i a beth fûm i'n ei wneud. Wedi bod yn breuddwydio am de Veina Grooves a Swades yr oeddwn. Roedden nhw wedi cloi Margaret yng nghwpwrdd y lab ond wnaen nhw ddim cyfaddef hynny. Finnau'n ffyrnig o 'ngho. Ond meddai John Neade, "Maen nhw'n iawn wyddost ti, Philip. Mae'r allwedd gan 'i thad." A chynigiodd fynd i'w nôl i mi. "Mae'r hen ddyn yn beryglus, John," meddwn. "Paid â phryderu," meddai John gan wenu'n llawn hyder, "mi alla i 'i drafod e."

Drwy'r ffenest gwelwn y coed noeth wedi gwreiddio yn y llethr garegog y tu ôl i'r lawnt, ac yn rhan isaf y ffenest frig pren almon. Roeddwn i am hoelio fy ngolygon ar flodau'r pren almon a meddwl am Margaret. Margaret a'm gwaith. Y ddau beth oedd yn cyfrif yn fy mywyd. Doedd arnaf ddim awydd adnewyddu fy nghyswllt â phobl y tŷ. Gorau i gyd po gyntaf y dychwelwn at Margaret a'm gwaith.

2

Meddyg o'r enw Pritchard, a menyw o'r enw Ada, a honnai ei bod yn hanner chwaer i mi. Eisteddem yn y lolfa, fel y gelwid hi, ac yn wir ystyriwn fod y sefyllfa'n gwbl afresymol. Roeddwn wedi gwneud camgymeriad, wedi cymryd cam gwag. Fel canlyniad, roeddwn i'n anesmwyth ac ar fy ngwyliadwriaeth.

"Fi yw Pritchard," meddai yn ei lais siarp, hunanfoddhaus. "Buom yn gohebu â'n gilydd. Gawsoch chi siwrne dda? Ydych chi'n smocio? Gawn ni eiste? Dwy' i ddim yn credu y bydd Ada'n hir. Wel, sut deimlad yw ffeindio bod gyda chi chwaer wedi tyfu i fyny?"

Roedd e'n amlwg yn ystyried ei fod wedi gwneud sylw gogleisiol, ond doeddwn i ddim am chwerthin. Roeddwn i'n wyliadwrus o'r dechrau. Mae'n gas gen i wneud camgymeriad.

"Rwy'n deall ein bod ni'n dau yn yr un gwaith," meddai. "Ydych chi mewn practis?"

"Na, dwy' i ddim mewn practis. Protoswolegydd ydw i mewn gwirionedd."

"Yn wir? Diddorol iawn. Bu arna inne awydd gneud gwaith ymchwil. Ar beth rŷch chi'n gweithio ar hyn o bryd?"

"Ar hyn o bryd," meddwn, "rwy'n gwneud ymchwil i gylch diryw malaria a'r effaith ar yr afu dynol, ac yn cynhyrchu straenau newydd . . ."

"A dyma wraig y tŷ," meddai. Teimlwn yn ffŵl. Nid oedd yn gwrando arnaf o gwbl, dim ond ffugio diddordeb. Roedd yn amlwg ei fod yn ffuantus a gosododd hynny fi fwyfwy ar fy ngwyliadwriaeth.

Pa fusnes oedd hyn iddo ef? Fy helbul teuluol i ydoedd, a neb arall.

"Esboniwch chi, Mat," meddai Ada. "Fe allwch chi ei roi fe mewn ychydig eirie. Golwg wrthrychol fysech chi'n ei alw fe?"

Chwarddodd ef fel pe bai hi wedi dweud rhywbeth clyfar eithriadol. Roedden nhw'n waeth na gwladaidd yn eu smygrwydd. Teimlwn fod y dyn yn amhroffesiynol, yn ymddwyn yn groes i draddodiadau ei alwedigaeth. Fûm i erioed yn rhoi pwys mawr ar hynny fy hun, ond roedd hwn yn feddyg gwlad a'i fusnes ef oedd ymddwyn fel y gweddai i ddyn yn ei sefyllfa ef. Rhyw fersiwn ail-law o'r ffeithiau oeddwn i'n gael ar ôl dod yr holl ffordd yma: teimlwn y dylwn fod wedi cadw'r ymchwiliad hwn yn fy nwylo fy hun.

"Felly, mae gyda chi ddwy chwaer yn fyw," meddai, "a hanner brawd wedi marw. Ac wrth gwrs, dyna'ch mam. Mae hi'n ddigon byw, on'd yw hi Ada?"

Nodiodd y ferch a thynnu wyneb. Gorffwysai ei phenelin chwith yn ei llaw dde a smociai'n fursennaidd braidd â'i daliwr sigarét hir yn ei llaw. "Nawr ych tro chi yw hi i ddweud ych stori," meddai'r meddyg. "Rŷn ni'n chwilfrydig iawn on'd ŷn ni, Ada?"

"Does 'na fawr i'w ddweud," meddwn. "Ces fy magu gan gyfnither 'y nhad. Modryb fydda i'n 'i galw hi. Gyrfa academig. Rhai blynyddoedd yn y Fyddin. Fawr iawn o bwys."

"Roedden ni'n methu deall pam na fysech chi wedi edrych mewn i bethe ynghynt," meddai Pritchard.

"Modryb—mewn gwirionedd—oedd yn erbyn i fi wneud hynny pan oeddwn i'n iau." Roeddwn i'n barod am y cwestiwn hwn. "Wedi hynny roeddwn i'n rhy brysur. Mae'n debyg bod 'y ngwaith i'n mynd â'm bryd yn llwyr. Yna'r rhyfel. Mynd dros y dŵr ac yn y blaen.''

Bu saib anghyfforddus, a minnau'n benderfynol o beidio â'i dorri.

"Wel, rŷch chi yma nawr, ta beth," meddai Ada.

Arhosodd y meddyg i ginio. Roedd y bwyd yn eitha a chawsom gwrw i'w yfed. Ceid seibiau hir pan âi Ada i'r gegin i nôl y bwyd. Eisteddai'r meddyg a minnau'n wynebu ein gilydd mewn distawrwydd. Roeddwn i wedi dweud y cyfan oedd gen i i'w ddweud wrtho ef. Oerllyd oedd yr ystafell fwyta a gormodedd o fyrddau bach o'i chwmpas. O'r gegin clywn leisiau'n codi. Pan ddychwelodd Ada roedd hi'n gwrido a phrin fod y wên-osod ar ei hwyneb yn cuddio'i hanesmwythyd. Fedrwn i ddim creu sgwrs.

"Pwy sy 'na?" Cododd aeliau'r meddyg a nodiodd ei ben i gyfeiriad y gegin.

"Bil Francis," meddai Ada, "dan ddylanwad diod."

"Ydi Frankie 'na?" meddai'r meddyg. "All e mo'i drafod e?"

Nodiodd Ada, ac yna gofynnodd i mi a fynnwn i ragor o gwrw.

"Y ffaith yw," meddai Ada, "rŷn ni'n cael trwbwl gyda'ch mam ynghylch trwydded i'r lle 'ma. Rŷn ni am drwydded i werthu diod. Ac mae Mrs. Elis a'r ustusied erill yn gwrthwynebu.''

"Ydyn nhw'n ddirwestwyr?" gofynnais yn gwrtais.

"Eithafwyr," meddai'r meddyg. "Ffanaticied cul. Mae unrhyw fath o fwynhad yn bechod iddyn nhw. Pechod yw pob mwyniant. Mae arna i ofn taw'ch mam yw'r gwaetha ohonyn nhw i gyd.''

Roedd rhyw fath o sgarmes y tu allan i'r drws a honciodd gŵr ifanc meddw i mewn, â'i gap dros ei lygaid, yn welw ei wyneb ond nerthol o gorff. Y tu ôl iddo roedd Frankie, brawd Ada, a'r hen wraig oedd wedi troi ymaith yn swil pan gyflwynwyd hi. Roedd gen i gydymdeimlad â'i swildod. Dychmygwn y blynyddoedd o boen a chywilydd a ddioddefasai a'r aberth a wnaethai dros ei merch anghyfreithlon.

"Be wedes i wrthoch chi?" Anelodd y meddwyn fys tew i'm cyfeiriad i. "Blydi celwyddgi wyt ti, Frank Evans, wedi

253

bod erioed, a dyna be fyddi di byth. Dyn newydd Ada? Wedi bachu un arall? Gwranda, mêt . . .''

Sychodd y meddyg ei weflau â'i napcyn a gwthio'i gadair yn ôl.

''Edrych 'ma, Bil,'' meddai yn ei lais proffesiynol. ''Wnaiff hyn mo'r tro. Cer ag e allan, Frankie.''

''Y blydi doctor bach diawl,'' meddai Bil yn bwyllog feddw. ''Rho di dy fys arna i, boi bach, ac fe gnoca i dy ddannedd di allan.''

Rhoes Frankie ei law ar ei fraich, yn welw, gyda gwên nerfus. Credwn fod Frankie'n mwynhau'r sefyllfa'n ddistaw bach.

''Fe ddweda i be sy gen i, doctor boi, a gwranda di. Fe wn i rai pethe. Gwranda di, mêt,'' gan bwyntio ata i eto. ''Roedd yr hen ast yma'n dipyn o ffansi dol gyda 'Nhad, ti'n gweld. Ti'n deall? Hi oedd pisyn yr hen ddyn budur. A nawr hwnna bia hi,'' gan gyfeirio at y meddyg. ''Hi yw ffansi dol y cadi ffan 'na. Fe gawson nhw wared o'r hen ddyn, a phrynu'r lle 'ma â'i arian e. Yn arian i. Drychwch arno!'' Chwifiodd ei law tua'r nenfwd. ''Cyflog pechod. Pechod budur, a 'nhwyllo i. A beth dw i'n gael? Garej sy'n llawn o blydi dyled a'r diawl bach hyn,'' gan bwyntio at Frankie. ''Mae e'n gweud taw fe pia'r garej. Y celwyddgi bach. Dyna beth ŷn nhw i gyd. Lladron a chelwyddgwn.''

''Dyna nhw i ti. Gwylia di nhw gw boi.'' Honciodd gan wegian tuag at fy nghadair i. ''Cadw di bant oddi wrthi hi, mêt.'' Winciodd arnaf a sibrwd yn floesg. ''Fe dreiodd hi 'nal i hefyd.''

Tynnodd Ada yn wyllt wrth ei got.

''Cer allan o fan hyn, Bil Francis. Cer allan y mochyn meddw. Frankie, pam gadest ti e mewn? Fe wnest ti hynny'n bwrpasol. Cer ag e allan!''

''Un cusan bach, Ada, ac mi fydda i'n mynd.'' Troes Bil Francis i'w hwynebu.

''Dyna ddigon,'' meddai'r meddyg. ''Cer allan.''

''Dere di mlaen os taw ffeit wyt ti'n moyn,'' meddai Bil gan godi ei ddyrnau.

''Gwell i chi fynd,'' meddwn i, yn crynu dan yr ymdrech i gadw 'nhymer dan reolaeth.

"Wyt ti am dreio?" meddai. "Wyt ti? Wyneb mwnci. Dere mlaen 'te."

Codais yn sydyn a'i daro ar ei ên a'i lorio ag un ergyd. Brifais fy nwrn wrth wneud. Ond rhoes yr ergyd rywfaint o foddhad i mi. Roeddwn i wedi cyflawni rhywbeth.

"Ewch ag e allan," meddwn, a chynorthwyodd Frankie ef i godi. Doedd dim awydd ymladd ynddo mwyach.

"Ergyd dda," meddai'r meddyg, "yr amseru'n berffaith."

"Ti ddaeth ag e yma, Frankie." Sgrechian Ada a barodd i mi sylweddoli mor ddig ydoedd. "A chi gadodd e mewn," meddai hi wrth ei mam. "Wel, rŷch chi wedi mynd yn rhy bell y tro 'ma. Yn meddwl y gallwch chi neud be fynnoch chi yn 'y nhŷ i. Rwy i wedi cael digon. Alla i ddim trysto'r un ohonoch chi. Wel, fe gewch chi glirio allan. Allan yn llwyr. Dwy' i ddim am weld run ohonoch chi eto. Bant â chi! Cerwch allan!"

"Nawr, nawr Ada!" meddai Frankie. "Paid â gwylltu. Cymer bwyll. Nid fi ddaeth ag e yma. 'Y nilyn i wnaeth e. Dod yma wnes i i fynd â Mam adre."

Roedd y fam yn wylo ac yn grwnan wrthi ei hun. "Beth ddaw ohonon ni? Alla i ddim godde'u gweld nhw'n cwmpo mâs. Brawd a chwaer ydyn nhw. 'Y nghig a gwaed i'n hunan. Alla i mo'i odde fe. Alla i mo'i odde fe."

Roedd yn ddrwg gen i dros yr hen wraig. Yno'n cofleidio'i gofid yng ngolau gwan y cyntedd, heb neb yn cymryd fawr sylw ohoni, na'r mab na'r ferch.

"Rwy'n credu y derbyniwn i eglurhad Frankie, Ada," meddai'r meddyg. "Does dim synnwyr mewn cweryla uwchben y meddwyn twp yma."

Erbyn hyn roedd Bil Francis yn fud. Eisteddai mewn cadair dderw yn y cyntedd, fel clwyfedig yn aros ei dro mewn ysbyty, gan anwesu ei ên ddolurus.

"Os esgusodwch chi fi," meddwn, "rwy'n credu yr a' i i'r gwely. Mae wedi bod yn ddiwrnod hir braidd i mi."

Torrodd y lleisiau allan eto wedi i mi fynd i fyny'r grisiau, ond gwrthodais gymryd unrhyw ddiddordeb yn eu cwerylon bawaidd. Roedd y llabwst meddw wedi codi ei ddyrnau ataf, ac o egwyddor byddaf bob amser yn ymosod os bygythir fi. Cafodd hynny argraff arnynt. Dangos iddyn nhw pa fath ddyn oedd ganddyn nhw i ddelio ag e. Rwy'n meindio fy

255

musnes fy hun os na fygythir fi; yna mi fydda i'n taro. Roedd angen meddwl yn ddwys am fy neges yma. Roedd yn gymysglyd a chymhleth, a'm tasg i oedd ei datrys.

3

Cael brecwast ar fy mhen fy hun. Pam y dylwn i deimlo'n unig ar fy mhen fy hun yn awr? Rwy'n gynefin â bod ar fy mhen fy hun, mae'n well gen i hynny. Yn ystafelloedd John, ar ôl noson hwyr, yn cael brecwast diweddar; yno o flaen y tân trydan, pobol yn eu gynau yn brysio ar draws y cwad ar fore gwlyb. Ond yma mae'r unigrwydd yn ormes. Fe ddylwn i fod wedi gadael y fusnes i'r cyfreithiwr. Thâl hi ddim i mi ymyrryd fel hyn â phobl nad oes gen i ddim awydd cyfarfod â nhw na rheidrwydd i ymladd yn eu herbyn, a minnau mor amharod a diamddiffyn i ymuno mewn brwydr o'r fath. Roedd pob argoel fod y dyfodol yn llawn dicter a oedd ar fin ffrwydro. Ni ddylwn fod wedi dod y ffordd yma, a gwell fyddai cilio'n ôl. Dal y trên nesaf yn ôl. Yn ôl at fy ngwaith. Yn ôl at Margaret. Damio'i thad! Er ei fod ef, hyd yn oed, yn wareiddiedig o'i gymharu â'r rhain, yn barod i wrando ar reswm, nid yn aflednais, yn anllythrennog fel y rhain, yn cael eu hysgwyd gan eu nwydau cyntefig difesur.

Yn rhyfedd iawn, eu diffyg chwaeth a moes oedd fwyaf anodd i mi ei oddef. Y crynhoad di-chwaeth o biwter a thameidiau o bres yma a thraw ar hyd pob man, y daliwr sigarét yn cael ei chwifio; y nodio a'r wincio arwyddocaol, heb wybod pryd i gau ceg; y miwsig rhad, poblogaidd ar y piano, y cweryla a'r sarhau dilywodraeth. Nid dyma fy nheulu i. Dim ond trwy ddamwain roedd y ferch yma'n hanner chwaer i mi.

A dyna fy mam; yn gul, biwritanaidd, yn camu'n wrywaidd yn ei sgert laes. Erlidiwr naturiol smygwyr a phawb oedd am dipyn o hwyl mewn bywyd. Ac yn annymunol hefyd. Yn annymunol mewn ffordd wahanol oedd yn hawlio fy niddordeb a'm sylw.

Onid gwell fuasai osgoi'r cwbl? Yr hanner chwaer roeddwn i'n awr yn ei nabod, a'r chwaer a'r ewythr nad oeddwn eto wedi'u gweld. Gwell fyddai eu gwylio o bellter diogel a chadw fy arwahanrwydd, na brecwesta fel hyn ynghanol gwersyll arfog. Does a fynnwyf fi ddim â'u brwydrau nhw. Mae gen i fy ymgyrch fy hun i'w chyflawni.

Daeth Ada i mewn. Yn fflons. Ceisiai edrych fel pe bai digwyddiadau neithiwr heb fod. Ond roedd golwg bryderus arni a smociai'n ddi-baid.

"Mae'n ddrwg gen i am y meddwyn 'na," meddai. "Gysgoch chi'n iawn? Ŷch chi wedi cael digon i'w fyta?"

Canodd gloch a daeth merch ifanc mewn gwisg morwyn i mewn a chlirio'r bwrdd yn glogyrnaidd. Gwyliai Ada hi, yn barod i'w chywiro yn y gegin erbyn y tro nesaf. Gallai fod gwir yn yr hyn a ddywedasai'r meddwyn amdani; yn olygus ond yn herfeiddiol. Gallai'n hawdd fod yn wir.

"Mi ges i syniad yn y gwely neithiwr," meddai. "Mae 'na fenyw yn byw yn yr elusendai gerllaw 'ma. Roedd hi'n *Queen's Nurse* ac fe ddaeth i fyw i Bennant 'ma bymtheng mlynedd ar hugain yn ôl. Ymddeol yn hanner cant, wedi cael rhywbeth ar ôl rhywun, medde hi. Mae rhywbeth reit annwyl ynddi. Mae'n syndod o'i hoed. Yn dal ac yn cynnal 'i hunan yn syth o hyd. Fe ddwedodd wrtho' i unwaith 'i bod wedi nyrsio'ch tad yn 'i salwch ola. Mae'n siŵr 'i bod hi wedi helpu gyda'ch genedigeth chi hefyd."

"Miss Aster," meddwn i.

"Dyna chi," meddai hi. "Chi wedi clywed amdani, 'te?"

"Soniodd Modryb amdani," meddwn.

"Wel, fe feddylies i y gallen ni, falle y gallen ni fynd i'w gweld hi y bore 'ma."

Ddywedais i ddim byd un ffordd na'r llall. Eisiau dianc oedd arna i, ond byddai'n ddiddorol gweld yr hen ferch a'm dug i i'r byd. Ond *rhaid* cadw'n annibynnol. Byddai'n ddiddorol clywed ei stori; a mynd i ffwrdd yn syth wedyn. Dal y trên prynhawn, efallai. Beth ddywedwn i wrth Ada, a'r meddyg 'na? "Rwy i wedi penderfynu dychwelyd," neu "Rwy i wedi cael 'y ngalw'n ôl," neu "Mae 'nghynlluniau i wedi newid." Ond does dim rhaid rhoi esboniad. Dim ond dweud "Rwy'n mynd," a ffwrdd â fi.

"Mewn gwirionedd," meddai Ada, "rwy i wedi bod yn awyddus i'w holi ynghylch pethe. Beth yn union ddigwyddodd. Achos mae hi mor wyliadwrus, a dyw hi ddim erioed wedi bod yn siŵr a ydw i am arddel 'y nhad ne beidio."

257

Chwarddodd, a chwerddais innau. Dyna'r peth mwyaf atyniadol roedd hi wedi ei ddweud ers i mi gyrraedd yno. Yn ei gwneud hithau'n fwy atyniadol. A chynhesais tuag ati, gan edmygu ei gonestrwydd a rhyw fath o wroldeb a berthynai iddi.

"O'r gore," meddwn. "Fe ddo i, ond Ada . . ."

Roeddwn wedi defnyddio'i henw bedydd o'r diwedd. Roeddem ar fin dod yn gyfeillion. Un chwistrellaid arall o deimladrwydd a byddwn dros y dibyn.

". . . roeddwn i wedi meddwl mynd 'nôl y pnawn 'ma."

"O, na, peidiwch . . ." meddai. Ond ataliodd ei hun yn sydyn. Gwelwn ei bod wedi ei siomi'n enbyd. Fedrwn i ddim deall y peth. Beth oedd hyn yn ei olygu iddi hi? Oedd yr olygfa neithiwr wedi difetha'i chynlluniau? Fedrwn i ddim fforddio'r ysgytwad personol a gostiai'r ymchwiliad i mi.

4

Hen adeilad o ddyddiau cynnar Oes Fictoria. Tebyg i farics milwrol bychan wedi ei osod fel dieithryn ynghanol caeau i'r gorllewin o Barc Bronllwyn. Roedd lodj fechan ar ben lôn gul a arweiniai at yr adeilad ei hun. Roedd ŵyn yn y cae a daeth yr haul i'r golwg yn y gwrych lle troai'r lôn a mynd yn ei blaen dan fynedfa fel pont i mewn i fuarth concrid maluriedig yr Elusendai.

Curodd Ada ar ddrws Miss Aster. Clywsom dynnu'r bollt yn ôl ac agorodd y drws ychydig fodfeddi. Gwelais wyneb rhychiog, seimlyd, llwyd oedd heb ei olchi ers cryn amser.

"Pwy sy 'na?" meddai hi mewn llais hynod o gryf ac awdurdodol.

"Fi sy 'ma, Miss Aster, Ada Evans. Wedi dod â rhai pethe i chi."

"Ada, cariad. Nabyddes i monoch chi. Heb wisgo'n sbectol. Dewch mewn, cariad. A dewch â'r gŵr ifanc gyda chi."

Roedd yr ystafell yn fechan, yn orlawn o hen ddodrefn, ac yn arogleuo o gathod a thlodi. Y llu o bictwrau a gadwai'r papur wal rhag dod i ffwrdd; roedd wedi dechrau dod i ffwrdd yn y corneli. Cadwai'r llenni lês budr lawer o'r golau allan. Ond po fwyaf yr arhosem yno bryntaf yn y byd yr

258

ymddangosai'r ystafell. Roedd twr o ludw oer yn llenwi'r garreg aelwyd ac yn bygwth gorlifo dros y ffender.

Gosodasai Miss Aster fag Ada ar y bwrdd. Roedd olion ei brecwast wedi ymledu dros y lliain bwrdd seimlyd a budr.

"O, dyna neis, cariad! Tùn o gig eidion! O, rŷch chi'n garedig. Ac wye. Wye ffres. Rwy i wedi bod bron clemio yma. Wedi 'nghloi fyny yn yr hen le ofnadw 'ma. Y fenyw 'na fyny'r grisie. Mae'n disgwyl i fi fynd allan. Yn gwylio pob symudiad. Eisie cyfle i ddwyn, chi'n gweld. Un fel'na yw hi. Hen fenyw gomon. Ddim yn eglwysreg hyd yn oed. Perthyn i'r capel. Rwy i wedi gweud wrth y Ficer amdani. Does gyda hi ddim hawl i fod 'ma. A—dwy' i ddim yn lico gweud hyn o flaen gŵr bonheddig—ond y gwir a saif, mae hi wedi bod yn iwso 'nhŷ bach i. O, dier! wn i ddim, wir i chi. Ond dŷch chi ddim eisie clywed am 'y nhrafferthion i. Sut mae pethe gyda chi? Ifanc a phrydferth, dyna beth yw hi, a'r galon garedica ym Mhennant.''

"Miss Aster, Mr. Esmor-Elis yw'r gŵr bonheddig 'ma.''

"Dda gen i gwrdd â chi Mr. Esmor-Elis.''

Ysgwyd dwylo. Roedd ei llaw fawr yn fudr a sticlyd, er bod modrwy aur ar un bys.

"Philip Esmor Felix Elis yw 'i enw llawn, Miss Aster.''

"Rwy i braidd yn ara'n deall pethe. Henaint, chi'n gweld. Mi fydda i'n bedwar ugen a phump nesa. Beth ŷch chi'n feddwl o hynny? Dwedwch hyna eto 'nghariad i.''

"Philip Esmor Felix Elis. Chi'n sylweddoli pwy yw e? Mae e wedi dod 'nôl.''

"Fydda i'n gneud dim byd â'r Elisied nawr, Ada. Chi'n gwbod be wnaethon nhw i fi. 'Y nhroi i allan o'r bwthyn fuodd yn gartre i fi am ugen mlynedd. Dyna'r diolch ges i. Dwy' i ddim wedi cwrdd â'r gŵr bonheddig hyn o'r blaen. Pwy berthynas yw e?''

"Fe yw'r babi gawson nhw 'i wared e. Y babi gas 'i hala i Lunden.''

Gwgodd a throi corneli ei cheg i lawr, ac edrych arnaf fel pe bawn i'n rhywbeth anghymeradwy iawn.

"Chi yw Miss Aster,'' meddwn. "Dywedodd Modryb wrtho' i mai chi yw'r fydwraig ddaeth â fi i'r byd.''

"Dyw hynny'n profi dim,'' meddai hi. "Rwy i wedi dod â channoedd o fabis i'r byd.''

"Dwy' i ddim yn ceisio profi dim byd," meddwn. Roedd hi'n dechrau 'mlino i. Hen wraig gyfrwys. Am roi ei phris ar beth bynnag roeddem ni'n ei geisio. Byddwn wedi dweud rhagor, ond gwgodd Ada arnaf.

"Roeddwn i wastad yn dweud y dôi e 'nôl," meddai Miss Aster. "Roedd hi'n bechod 'i hala fe bant. Ond roedd y fenyw 'na mor anodd, ac mor wyllt." Distawodd am funud. "Gwrandwch," meddai. "Gwrandwch, mae'r fenyw 'na'n towlu ei slops allan drwy'r ffenest eto. Mi dalia i hi wrthi ryw ddiwrnod. Towlu 'i hen slops i 'ngardd fach i, yr hen faeden fudur." Sbïodd allan drwy'r ffenest, ac yna troi'n sydyn a syllu arnaf.

"Oes man geni fel syfien ar ych meingefn chi?" meddai.

"Wel, mewn gwirionedd mae 'na un," meddwn. O, na bai gennyf rywun gwareiddiedig i gyd-chwerthin ag ef!

"Well i fi 'i weld e 'te," meddai. Ar unwaith roedd hi'n nyrs fywiog, effeithiol yn llawn awdurdod ysbyty. "Dewch o 'na 'machgen i. Dim swildod nawr. Rwy i wedi gweld cannoedd yn noethlymun heblaw chi."

"Bobol annwyl, dwy' i ddim yn swil," meddwn. Diosgais fy siaced a thynnu fy nghrys i fyny iddi gael gweld y marc ar fy meingefn.

"Dyna fe!" Gwthiais fy nghrys yn ôl. "Fe yw e reit i wala. Ada, 'merch i, dyna fe. Rwy'n barod i dyngu hynny mewn llys ar y ddaear neu yn y nefoedd. Fi ddaeth ag e i'r byd yma. Y llanc lysti, hardd 'ma. Naw pwys oedd e'n bwyso. A drychwch arno nawr. A Philip oedd yr enw roiodd hi arnoch chi? Enw neis yw Philip. Ac mae e gyda chi ers deng mlynedd ar hugen."

Eisteddodd ar gadair a chan bwyso'i braich ar y bwrdd dechreuodd ysgwyd ei phen. Roedd fel pe bai ei phen yn ysgwyd ohono'i hun heb unrhyw ymdrech ar ei rhan hi ac ofnwn na fyddai byth yn stopio.

"Mae'ch pechode chi'n siŵr o'ch dala chi yn y diwedd," meddai. "Fu 'rioed sicrach gwirionedd na hynny, ac os gofynnwch chi i fi maen nhw wedi bod yn disgwyl am hyn bob dydd ers deng mlynedd ar hugen. Mor wir â bod Gertrude Aster yn dyst gofidus o'r peth. Maen nhw wedi bod yn ofni hyn am ddeng mlynedd ar hugen. Mae fel tynged!"

"Roeddwn i'n dweud wrth Philip," meddai Ada, "ych bod chi'n nyrsio'i dad pan fuodd e farw."

Troes llygaid Miss Aster tuag i fyny. "Roedd e'n dad i chithe hefyd. Fe glywes i e'n cyfadde hynny."

"Beth oedd achos 'i farw?" meddwn i.

"Niwmonia oedd ar y dystysgrif," a nodiodd Miss Aster 'i phen.

"Dyna beth oedd Modryb yn 'i ddweud wastad."

"Ond roedd mwy yn y peth na hynny, on'd oedd e, Miss Aster?" Plygodd Ada ymlaen. "Dwedwch wrtho, Miss Aster. Fe ddyle gael gwbod."

Nodiais innau fy mhen. Teimlwn y cyffro a ddaw gyda dynesiad y gwirionedd.

"Mae'n wir bod niwmonia arno. Ond ddyle fe ddim bod wedi marw. Roedd e'n sâff o dan ofal yr hen Ddoctor Probert. Chi'n gweld, dyma beth ddigwyddodd: buodd rhaid i fi fynd i Lerpwl am ddau ddiwrnod, a dyna pryd digwyddodd y peth."

"Fe ddwedes i wrthi cyn mynd," meddai Miss Aster. "Roedd hi'n hollbwysig fod rhywun gydag e drwy'r amser i roi ffisig a dropyn o ddŵr iddo yn gyson. Pan ddes i 'nôl roedd e wedi marw. Mi ffeindes i'r botel foddion yn y wardrob a phrin bod dim ohoni wedi cael 'i iwsio."

"Ydych chi'n dweud," meddwn i, "fod fy mam wedi ei ladd yn fwriadol?"

Taflodd Miss Aster ei dwylo i fyny.

"Mae hynna'n beth ofnadw i'w weud, a fi fydde'r diwetha i weud y fath beth. Fe fuodd e'n greulon ati cofiwch, yn greulon iawn. Meddyliwch amdano'n cario mlaen gyda chroten o forwyn reit o dan 'i thrwyn hi. Pethe fel'na. Ac roedd gydag e fenywod yn Llunden. Y fodryb 'na sy gyda chi, 'i gyfnither Gwen roedd e'n 'i galw hi. Roedd hi'n un ohonyn nhw."

"Wyddwn i ddim fod 'na rai eraill," meddwn.

"O, roedd e'n ddyn menywod reit i wala. A mentrus 'te! Fe wn i bopeth amdano, peidiwch chi â becso. A'i feddwl 'i hunan gydag e. Doedd e ddim yn mynd i gael 'i lywodraethu gyda hi."

"Ac am hyn y lladdodd hi e?" meddwn.

"Dwy' i ddim yn gweud hynny. A pheidiwch chi â gweud

261

'mod i. Nid yr hyn wnaeth hi sy'n bwysig ond yr hyn wnaeth hi ddim. Dwy' i ddim yn dymuno drwg i neb. Ond doedd hi ddim yn ddrwg gyda hi 'i weld e'n marw. Roedd hi'n falch pan fuodd e farw, fe allech 'i roi e fel'na. A be sy'n rhyfedd yn hynny wedi'r cyfan?''

Fe gafodd Ada a minnau ein hunain yn sbïo ar ein gilydd.

"Fe fydde'n bywyde ni'n wahanol iawn 'tai e wedi byw, Philip," meddai hi.

Ond nid dyna oedd ar fy meddwl i. Roeddwn i'n meddwl am y gwirionedd. Mor anodd yw cael gafael ar y gwirionedd. Ac mae'n gwylltio dyn i sylweddoli'r anawsterau, a gwybod drwy reddf ar yr un pryd fod y gwirionedd digymysg yn bod yn rhywle, yn disgwyl i chwi ddod ato pa mor hir bynnag y byddwch ar y ffordd. Yno'n disgwyl amdanoch mae ystyr bywyd a chyfrinach eich anesmwythyd.

"Ond fe ddweda i rywbeth i godi'ch calon," meddai Miss Aster. Torrodd ei hwyneb yn filoedd o rychau mewn gwên lydan. Gyda rhyw swildod merchetaidd troes ei golygon oddi wrth Ada ataf i, ac meddai, "Chi bia'r lle 'na, Philip. Ŷch chi'n fodlon i fi'ch galw chi'n Philip? Beth arall alla i'ch galw chi a finne wedi bod yn newid ych cewynne chi? Chi bia fe. Chi yw'r etifedd a'ch tad oedd perchen y lle. Fe gymrodd forgaets ych tad-cu a thalu'r dyledion. Dyw pawb ddim yn gwbod hynny, ond rwy i'n gwbod. Fe roiodd y lle ar 'i draed. Roedd e'n ddyn busnes craff. Doedd ych tad-cu ddim. Fe glywes nhw'n gweud y bydde fe'n stopio cynhaeaf a mynd â'r dynion i gyd i gwrdd gweddi. Tad ych mam oedd hwnnw. Hen ddyn annwyl oedd e, er nad wy i ddim yn 'i gofio fe. Rown i'n nabod mam ych mam. Menyw syth iawn a bob amser braidd yn bryderus. Rwy'n credu bod ych mam, druan wedi cael gormod o'i ffordd 'i hunan pan oedd hi'n ifanc. Roedd 'i thad yn 'i sbwylo hi. Rhoi fewn iddi ym mhopeth. Doedd e ddim am iddi briodi Felix Elis, ond fe fynnodd hi neud. Ie, 'machgen i, chi bia'r cwbwl, popeth sy yno. A fe licwn i weld gwyneb y Vavasor 'na pan ewch chi yno i hawlio'r lle. Dyna i chi ddyn drwg. Fe ddenodd ych mam, ac fe wedwn i hynny yn 'i wyneb e, yr hen greadur difanners. Reial cnaf yw e. Ddim gwerth bys bach ych tad. A dim llawer o gemist chwaith os gofynnwch chi i fi. Wnaeth e fawr o les i'n seiatica i, fe â'i oel chwecheiniog.''

Wrth i ni ymadael cydiodd yr hen ferch yn fy mraich. Troes ei phen ar un ochr i wneud i'w gwên edrych yn ddeniadol a chymhellgar.

"Newch chi ddim anghofio'ch hen nyrs, newch chi Philip?" meddai hi. "Rhaid i fi ddianc o'r lle ofnadw 'ma, a dymuniad 'y nghalon i yw cael gorffen 'y nyddie yn y bwthyn bach hyfryd 'na. Atgofion hapus, ontefe Ada? Dyna i gyd sy ar ôl gen i nawr. Tawn i'n gallu bod yna erbyn yr haf, dyna ddymuniad 'y nghalon i."

5

Roedd gwraig y lodj yn sbïo heibio i gornel ei thŷ bychan wrth i ni fynd heibio.

"Mae 'na dystion," meddai Ada. "Digon o dystion. Mae'n hawdd ei brofi. Wir, mae'n beth rhamantus. Eich bod chi wedi dod 'nôl, rwy'n feddwl."

Roeddwn i am iddi dewi â'i chleber. Po fwyaf cyfeillgar yr âi, mwyaf yr enciliwn innau i mewn i mi fy hun. Menyw feiddgar oedd fy mam. Yn ei ladd mor agored. Trosedd oeraidd ddeng mlynedd ar hugain yn ôl—hyd fy oes i—a heb ei chosbi byth. A'm gyrru innau i ffwrdd mor ddi-hid. Cynllwynio i ddwyn fy etifeddiaeth. Roedd gen i frwydr ar fy nwylo. Roedd y cyfrifoldeb o fynnu cyfiawnder yn gyffro yn fy ngwaed, a minnau'n barod i dderbyn yr her. Yn ofer y sibrydai'r llais bach, gofalus yn fy mhen am i mi ymbwyllo ac anelu at nod cyfyngedig a chofio Margaret a'n hangen am arian. Ni allwn anwybyddu dylanwad y lle achos roedd yr holl achlysur yn sialens rymus i'm dyndod. Doeddwn i ddim yn rhy fychan nac yn rhy ofnus i chwarae fy rhan. I mi hwn oedd yr achlysur a fu'n disgwyl amdanaf ers dydd fy ngeni a chyn hynny.

"Rwy i am weld y lle gynta," meddwn.

"Mae'n ffarm ardderchog. Yr ore yn y wlad."

"Nid y ffarm oeddwn i'n feddwl. Bedd 'y nhad."

"Mae hwnnw ynghanol y ffarm," meddai Ada gan chwerthin. "Yr hen eglwys. Fe awn ni ar draws y cae 'ma. Rwy'n gwbod y ffordd. Welwch chi'r toie 'na uwchben y coed? Dyna'r pentre bach lle ces i'n magu. O'wn i'n arfer chware yn y meysydd 'ma pan o'wn i'n blentyn."

Daeth yr haul i dywynnu'n boeth a lliniaru'r awel a

chwythai o'r de-orllewin. Sylwais ar harddwch y wlad am y tro cyntaf. Ceisiwn restru yn fy meddwl y blodau gwylltion a dyfai ar y cloddiau a lleisiau'r gwahanol adar. Eisteddai llanc ifanc ar ffrâm goch rhowl yn cael ei thynnu gan geffyl. Canai wrtho'i hun heb sylweddoli ein bod ni ar y llwybr. Tynnai'r rhowl y ddaear yn garped llyfn o'i hôl. Gwelsom ef yn atal ei geffyl a cherdded o'i flaen i godi wyau cornicyll. Roedd llawer o gornicyllod o gwmpas. Roedd eu plu'n crynu wrth iddynt droedio mor gain ar y ddaear wasgedig.

Ar ôl croesi lôn gul a phasio drwy lidiart fach haearn rydlyd daethom i gae o wair ifanc lle'r oedd yr heulwen yn disgleirio'n fetalaidd ar y borfa lân ddisathr. Deuai nerth i mi gyda'r achlysur; cyflymai fy nghalon gan yr argyhoeddiad. Os mai gorfodaeth arnaf oedd hyn, roedd rhyw ryddid dyrchafol yn yr orfodaeth. Roedd arnaf awydd canu a gofidiwn fod presenoldeb Ada yn peri i mi ymatal. Yn lle canu dechreuais redeg a neidiais dros y gamfa o'm blaen. Disgynnodd un droed ar garreg fawr a syrthiais yn fy hyd. Yn y godwm daeth i mi ymwybyddiaeth o'm holl gorff er mawr bleser i mi. Teimlwn yn fwy bywiog nag y gwnes ar un adeg ers i mi ddod ar y daith hon. Pan eisteddais i fyny roedd Ada'n edrych arnaf dros ben y gamfa ac yn chwerthin am fy mhen.

"Dic," meddai hi. "Rŷch chi'n union 'run fath ag e. Dyna'r math o beth fydde fe'n 'i neud."

"Dic? O, ie."

"Dyna'r eglwys. Lawr fan'na."

"Dewch ymlaen 'te. Dewch i ni redeg."

"Na! Philip! Rhoswch! Philip! Rhoswch i fi."

Anghwrtais neu beidio, rhedais o'i blaen. Roeddwn i am fod ar fy mhen fy hun. Roeddwn i am ffeindio'r bedd fy hunan. Fel pe bai rhywbeth ynghudd yno. Fy allwedd i. Roeddwn i'n grwt ysgol eto, yn poeni am fy ngwaith, yn cael ymgom ddifrifol gyda'm hathro yn ei gylch. *Mae'r marciau Saesneg yma'n sâl, Esmor-Elis. Gwan mewn ieithoedd. Anfoddhaol yw'r canlyniad mewn Hanes . . . Rhaid i'ch modryb roi gwersi arbennig i chi mewn Lladin, Esmor-Elis.* Roedd Modryb Gwen yn eu poeni nhw i gyd. A phob un ohonyn nhw'n ildio iddi, yn meddwl am y tâl wrth gwrs, ac eithrio Pitt-Hooker. Hwnnw a achubodd fy ngyrfa i. Gyda'i drwyn hir, diserch ei olwg, ei wallt tenau cochaidd wedi'i rannu yn y canol, a'i lygaid gwyrdd oeraidd. Roedd ganddo lond tŷ o fabanod a gwraig dew â gwallt ffluwch. Pan awn yno i de baglwn ar draws lloc chwarae, blociau, pramiau, cadeiriau babi a photiau. Ond ef a'm hachubodd. *Edrychwch yma, Esmor-Elis*, meddai yn ei lais dwfn, myglyd. *Os mai gwyddoniaeth yw'ch diddordeb chi, wel studiwch wyddoniaeth i gythraul â hi. Byddwch yn gadarn. Fe'ch cefnoga i chi.* Rhwng y llociau chwarae a'r potiau y daeth trobwynt fy mywyd i. Rhoddodd nerth i mi sefyll yn gadarn. O edrych yn ôl sylweddolaf mai o hynny ymlaen y deuthum i wybod i sicrwydd beth roeddwn i am ei wneud. Gresyn na ddiolchais ddigon i Pitt-Hooker. Roeddwn i'n rhy ifanc i ddeall bod angen diolch i athro. Mae'n drueni na ddaethom yn nes at ein gilydd. Byddwn wedi bod ar fy ennill o'r gyfathrach. Roeddwn i ar dân eisiau siarad ag ef, ar dân i arllwys y cyfan, am fy modryb, fy nhad marw, fy chwilfrydedd ynghylch fy mam, f'unigrwydd, fy nghymysgwch meddwl, a gofyn iddo sut oedd y pethau hyn yn cyfrif a beth ddylwn i 'i wneud. A byddai ef wedi gwrando, a'i gyngor yn gyffyrddiad iachusol. Ond ni ddywedais wrtho ac ni lefarodd yntau. Roedd y wreichionen yn rhy wan i bontio'r cyfwng rhyngom. Rhyw oerfelgarwch ynddo ef a swildod styfnig neu ddiffyg ffydd ac ymddiriedaeth ynof fi. Sut y medrwn i fynd at ddyn a dweud, ''Wnewch chi fod yn dad i mi?'' Hwyrach y byddai wedi dod â'r foment hon yn llawer nes. A fyddai wedi dweud, *Edrychwch yma Esmor, mynnwch ffeindio allan os mai dyna sy arnoch chi'i eisie?*

Roedd y beddau diweddaraf bron i gyd yn daclus, a blodau'r tymor yn eu harddu. Yr wythnos cyn Y Pasg oedd hi. Roedd y beddau hynaf yn flychau petryal o lechen a'r hynaf oll â smotiau cen ar hyd-ddynt a'r garreg las yn llwydo gan oed. Safai'r eglwys yn isel, hynafol, yn wag ond yn ddiddarfod, yr adeilad dynol olaf rhyngom a'r twyni tywod a'r môr oesol. Roeddwn i ymhlith fy hynfiaid. Roedden nhw wedi eu claddu o gwmpas ymhobman, yn farw, yn ostyngedig, yn gofyn am ddim byd. A rhywle yn eu plith, fy nhad. Y tad nas cefais erioed er bod ei angen arnaf. Fe'i cefais a hithau'n rhy hwyr. Yno'n disgwyl am fy nealltwriaeth a'm barn y tu hwnt i'm hangen i am gynhorthwy a chariad di-gyfri'r-gost.

Roedd rhyw fenyw'n penlinio wrth fedd yng nghongl orllewinol y fynwent. Yn tacluso'r graean wrth fedd marmor gwylaidd. Roedd y ffiol flodau'n wag. Gwyddwn cyn darllen y llythrennau mai hwn oedd bedd fy nhad. Ei enw, a'i oed. *Elis Felix Elis, Aelod Seneddol dros y Sir*. Ac fel arwyddair, *Aeth at ei wobr*. Creadures denau, lwyd ei gwallt, lygodaidd. Cododd ar ei thraed pan ddynesais. Cyn i mi gael gofyn iddi pwy ydoedd croesodd ei breichiau fel pe i'w chynhesu ei hun a chamu'n ofalus rhwng y beddau tua'r llwybr a redai gydag ochr yr eglwys.

Roeddwn i wedi cael hyd i'm tad. Y fan lle y gorweddai, ac na fedrai fyth ddianc oddi yno. Pwynt sefydlog. Daeth Ada at fy ochr.

"Ffeindioch chi fe'n ddigon hawdd," meddai. Atebais i ddim. Ond ni bu hi'n ddistaw'n hir iawn.

"Mae lot o atgofion i fi yn y lle yma," meddai. "Melys a chwerw."

Atebais i ddim, achos byddai'n greulon dweud wrthi nad oedd ei hatgofion hi o un diddordeb i mi. Doedd gen i ddim diddordeb o gwbl yn y rhith oedd yn llenwi ei meddwl hi.

"Fe achosodd e lot o drwbwl," meddai Ada gan syllu ar y garreg fedd. "Mae'n rhaid bod rhyw wendid ynddo yn rhywle. Yn gadael iddi hi ennill mor hawdd yn y diwedd. Fe gas hi 'i ffordd 'i hunan ym mhopeth. Fe ddyle fe fod wedi'i rhoi hi yn 'i lle o'r dechre."

"Roedd gydag e bethe erill i feddwl amdanyn nhw," meddwn i. "Rhaid i ni gofio'i fod e'n wladweinydd. Roedd rhai pobol yn credu y galle fe fod wedi esgyn i swydd Prif Weinidog."

Gwyddwn mai'r truth a wthiai fy modryb arnaf roeddwn i'n ei ailadrodd. Ond doeddwn i ddim am i'r ferch yma feddwl amdano fel oferddyn lleol a dim byd arall.

"Dwy' i ddim yn credu y bydde pethe damed gwell i fi," meddai Ada.

"Welsoch chi fenyw fach yn mynd heibio i'r eglwys pan ddaethoch chi fewn?" meddwn. "Un fach, gwallt llwyd. Roedd hi'n cymhennu'r bedd pan ddes i yma. Edrychwch! Draw fan'na. Yn croesi'r cae yn y got ddu. Dyna hi."

"Dwy' i ddim yn siŵr," meddai Ada. "Ond mae'n edrych yn debyg i Hannah Elis, ych chwaer chi."

266

Cymerwn yn ganiataol fod ei bwriad yn ddigon diffuant, ond doeddwn i ddim yn hoffi'r wên oedd ar ei hwyneb. "Mae'n beth gwarthus," meddwn. "Dyma'r unig fedd yn y fynwent, bron, heb flodau arno. Sul y Blodau hefyd."

"Yn y cyfeiriad yna mae'r tŷ?" meddwn, gan bwyntio.

"Ie," meddai hi. Roedd hyd yn oed y ffordd y dywedodd hi "Ie" yn awgrymu rhyw agosrwydd nad oedd ddim wrth fy modd. Drwy'r bore cawn yr argraff ei bod yn ceisio'i chysylltu'i hun â mi. Ers i mi ddweud fy mod am ymadael roedd hithau wedi gwneud ymdrech i fod yn ddeniadol o gyfeillgar.

"Rwy'n mynd yno," meddwn. "Rwy'n mynd yno nawr."

"Fe fydd Dr. Pritchard yn dod â'r cyfreithiwr i Bronllwyn heno. Ŷch chi ddim yn meddwl . . .? Wel, mae e wedi bod mor barod i helpu."

"Dyw e ddim o'i fusnes e mewn gwirionedd. Rwy'n mynd i weld y lle drosof fi'n hunan."

"Wrth gwrs nad yw e," meddai Ada'n frysiog. "Mae e braidd . . ." Ymataliodd ac edrychodd i fyny'n gyflym a throi i gyfeiriad y ffarm. "Mae'n ffarm braf. Y tai allan yn gadarn. Mae'r tŷ ormod yn y pant falle. Yn rhy dywyll. Ga i ddod gyda chi i ddangos y ffordd i chi?"

"Na," meddwn, braidd yn anghyfforddus, ond yn benderfynol. "Dim diolch. Rwy i eisie mynd ar 'y mhen fy hun."

Heb edrych arni eto, gadewais hi'n sefyll yno yn y fynwent a throi am Y Glyn.

6

Cefais hyd i'r lôn yn arwain at y tŷ. Wrth basio tomen y stabl clywn sŵn car yn bacio allan o garej gan fynd lwr ei gefn ar draws y fynedfa rhwng y stablau. Drwy'r fynedfa hon gallwn weld congl dde'r tŷ a darn o ddrws agored y gegin. Fy mam oedd yn gyrru. Yn ei gwman wrth ei hochr, yn gwisgo capan fflat ac wedi ei lapio mewn cadachau gwddf a chwrlid teithio o'i gwmpas eisteddai'r gŵr y cymerwn i'n ganiataol oedd ei phriod. Wedi caledu a heneiddio mewn stad o oruchafiaeth barchus. Dyma ddau eilun y byddai'n rhaid i mi eu darostwng. Am ddeng mlynedd ar hugain buont mewn meddiant diwarafun o'm teyrnas. Am ddeng mlynedd ar hugain cawsant yr elw o'r eiddo a'i ddefnyddio at eu hamcanion eu hunain, i gadarnhau eu safle o awdurdod yn yr ardal. Pâr, er yn hen, â'u bryd ar rym, wedi meddwi ar awdurdod, yn sugno gwaed eu cymdeithas, a'r hen dre fach flinedig yn eu hofni, a hwythau'n rhwystr i gynnydd o unrhyw fath. Cywion y gog yn fy nyth. Doeddwn i ddim yn mynd i oddef y peth lawer yn hwy. Myfi fyddai cynrychiolydd cyfiawnder a byddwn yn ffyddlon i'm tasg. Roeddwn i'n sefyll ynghanol fy nhir fy hun ac yn falch fy mod wedi cyrraedd yma. Os oedd hi'n edifar gennyf na bawn wedi dod ynghynt, lliniarwyd hynny gan y ffaith fy mod bellach yn ddyn cyflawn, yn gryf, yn rymus, wedi f'arfogi'n llawn. Roeddwn i'n ddigon cryf i sathru'r gwinwryf fy hun.

O'r buarth allanol gwyliwn y car, hen fodel, yn plycio'n sbonciog i fyny'r lôn. Gyrrwr anghyson, ymosodol oedd fy mam, ac roedd mwg yn byrlymu o'r tu ôl.

Curais ar y drws a daeth y fenyw fach denau a welswn yn cymhennu bedd fy nhad yn ddistaw allan o dywyllwch y tu mewn. Roedd ei chot amdani o hyd. Ymddangosodd dwy forwyn yn nrws agored y gegin fach, a throchion sebon ar eu dwylo cochion, yn gegrwth gan gywreinrwydd.

"Bore da," meddwn. "Esmor-Elis yw f'enw. Philip Esmor-Elis. Rwy'n credu ein bod ni'n perthyn."

Gwelodd y morynion yn ein gwylio a gwahoddodd fi i mewn. Cefais fy synnu gan ei llais contralto cynnes, mor wahanol i'w hymddangosiad bychan, blinedig. Nid dyna'r llais a ddisgwyliwn. Roedd yn syndod pleserus. Drwy ffenest yr ystafell y tywysodd fi i mewn iddi gallwn weld yr heulwen yn yr ardd, ond ni ddeuai ar gyfyl yr ystafell ei hun. Roedd dyn â mwstas wen mewn trowsus rib yn gwyngalchu bôn y coed afalau. Roeddwn i'n amheus a oedd unrhyw les yn y peth. Sylwais fod blwch meicrosgob dan y bwrdd wrth y ffenest. Roedd y rhan fwyaf o'r llyfrau yn y cwpwrdd gwydr yn Gymraeg ac yn llyfrau diwinyddol.

"Mae arna i ofn fod y merched 'na'n ofnadwy o chwilfrydig," meddai hi gan gau'r drws. "Ddwedsoch chi'ch bod chi'n perthyn?"

"Rwy'n credu 'mod i'n frawd i chi."

Dechreuodd ei phen ysgwyd yn sydyn. Cydiodd yng nghefn y gadair freichiau a phlygu ymlaen mewn ymdrech i anadlu. Pwyntiodd at flwch ar y seidfwrdd. Tynnais allan y teclyn anadlu a'i roi iddi. Gwthiodd ef i'w cheg yn farus a gwasgu'r bwlb rwber yn wyllt gan ymladd am ei hanadl. Wedi iddo ddod yn esmwythach eisteddodd ar gadair. Eisteddais innau ar gadair gyferbyn â hi ac aros iddi ddod ati ei hun. Wrth aros yno gwelais y dagrau yn llenwi ei llygaid.

Y peth cyntaf a ddywedodd oedd, "Beth yw'ch enw chi?"

"Philip. Philip Esmor-Elis."

"Mae'n ddrwg gen i. Maddeuwch i fi. Nid fel hyn y breuddwydiais am eich croesawu."

Teimlais rym emosiynol yr ystafell a'r achlysur yn cau amdanaf. Roedd ei dagrau'n fy llethu.

"Chi bia'r meicrosgob 'na?" meddwn gan bwyntio at y blwch dan y bwrdd.

"Ie," meddai hi gan nodio'i phen.

"Oes gyda chi ddiddordeb mewn gwyddoniaeth?"

"Mi fydde gyda fi. Rown i am fod yn ddoctor. Ond doedd yn iechyd i ddim digon da medden nhw, a fel'ny fferyllydd ydw i yn y diwedd."

"Mae gyda ni rywbeth yn gyffredin felly," meddwn. "Rwy i'n gwneud ymchwil feddygol. Patholeg. Protoswoleg i fod yn fanwl. Ydy'ch diddordeb chi'n para?"

Nodiodd ei phen. Roedd hi'n dal i syllu arnaf yn gwbl agored.

"Esgusodwch fi." Sychodd ei llygaid â hances fach. "Rŷch chi'n debyg iddo. On'd ŷch chi? Dwy' i ddim, ond rydych chi. Mae'n hawdd gweld eich bod chi'n fab iddo."

Daliodd i syllu arnaf fel pe bai am barhau i wneud hynny am byth. Roeddwn i'n teimlo'n anghyfforddus a braidd yn flin dan ei threm, er bod fy lletchwithdod arferol wedi fy ngadael. Roedd hi'n hawdd ei dolurio, yn ddiamddiffyn, yn wan ar ôl ei phwl o asma, a theimlwn y byddai un gair angharedig yn ei dolurio fel carreg.

"Rydych chi wedi dod," meddai hi.

Nodiais. "Ydw, rwy i wedi dod."

"Gwyddwn ar hyd yr amser y byddech chi'n dod. Rwy'n cofio'r dydd yr aethon nhw â chi ffwrdd. Aeth y forwyn â fi ymhell o'r tŷ. Mis Hydref oedd hi. Tua phythefnos oed oeddech chi. 'Ble mae'r babi?' meddwn i. Ac medde Mam, 'Does 'na ddim babi, Hannah.' 'Oes, mae e,' meddwn i, 'fe weles i e.' 'Dewch, blentyn,' meddai Miss Aster. 'Peidiwch â phoeni'ch mam. Mae'n sâl.' ''

Peidiodd â siarad gan syllu arnaf i eto. ''Chi oedd e,'' meddai. ''Ac roeddech chi'n fyw drwy'r amser.''

''Oeddech chi'n meddwl 'mod i wedi marw?'' meddwn. Cymerodd hi'r cwestiwn o ddifrif.

''Roedd 'na si. Mae'n rhaid taw hi roiodd gychwyn iddo. Iddi hi rydych chi wedi marw. Ond chredes i rioed mo hynny. I fi doeddech chi ddim wedi marw. Pa faint bynnag bydde'n rhaid i fi aros. Petawn i'n ddewrach mi fyddwn wedi mynd i chwilio amdanoch. Roeddwn i wastad yn f'atgoffa fy hun o hynny. Ond nawr rwy'n credu 'i bod hi'n well 'mod i wedi aros yma. Yn gwarchod y lle i chi. Yn disgwyl a gwarchod.''

Codais ac edrych ar rai o'r lluniau ar y muriau. Lluniau hyll, anghelfydd, wedi'u farneisio oedden nhw.

''Pwy yw'r rhain?'' meddwn.

Hynafiaid,'' meddai Hannah. ''Fel teulu rŷn ni'n dueddol i lynu gyda'n gilydd, y byw a'r marw.''

''Eich tad oedd hwnna'n eistedd yn y car gyda'ch mam?''

''F'ewythr Vavasor. Gŵr Mam.''

''Pryd byddan nhw 'nôl?''

''Maen nhw wedi mynd i gwrdd yr Henadurieth yn Derwen. Byddan nhw 'nôl yn hwyr prynhawn. Mae helbul yn yr eglwys 'ma. Rhai o'r gynulleidfa am gael gwared ar y gweinidog.''

''Ga i aros yma?'' meddwn.

''Ych cartre chi yw e,'' meddai Hannah. ''Chi pia fe i gyd. Does dim rhaid i chi ofyn.''

''Ga i weld y tŷ?''

''Hwn yw'r parlwr canol . . . Y stafell frecwast fyddwn ni'n galw hon, ond weles i neb yn eistedd 'ma erioed. Rhyw neuadd drothwy yw hi. Mae'r hwsmon a'r bugel a'r gwas mawr ceffyle yn dod 'ma bob bore i drafod gwaith y dydd . . . Hon yw'n stafell fyw ni, y parlwr bach yw'n henw ni arni. Rhain yw'r llaethdai. Wn i ddim pam mae 'ma ddau. Y stydi fyddwn ni'n galw hon. Fe fydde 'Nhad yn 'i defnyddio slawer dydd. Ych tad chi a 'Nhad i rwy'n feddwl. Dim ond bocsrwm yw hi nawr fel y gwelwch chi. Dyna beth yw hi ers deng mlynedd ar hugen. Mae'r morynion yn cadw'u tacle glanhau 'ma hyd yn oed. Does dim byd yn y ddesg. Fe losgodd Mam y cyfan. Sothach yw'r llyfre rhan fwya. Dyma'r stafell gerdd. Hon yw'r stafell hyfryta yn y tŷ a dyna pam fyddwn ni byth yn 'i defnyddio hi. Y ffenestri mwya a'r olygfa ore. Ond mae Mam yn mynnu 'i bod hi'n llaith. Mae'r piano wastad allan o diwn. Ac wrth gwrs mae hi'n llaith achos nad oes dim tân 'ma byth. Rwy'n credu bod y stafell yma'n 'i hatgoffa hi o 'Nhad. Roedd Miss Aster yn dweud wrtho' i taw yma y bydde fe'n derbyn ymwelwyr. Roedd hi'n cofio Lloyd George yn treulio pen-wythnos yma. Ac eraill nad hawdd cofio'u henwe, er 'u bod nhw'n bwysig yn 'u dydd.''

''Roedd hynny amser maith yn ôl,'' meddwn i.

''Oedd, amser maith yn ôl. Ond dyw e ddim yn edrych mor bell 'nôl nawr wedi i chi ddod 'nôl.''

Aethom i fyny i'r llofft.

''Dyma lle maen nhw'n cysgu. Mae asma ar f'ewythr a phylie o fronceitis. Mae'r stafelloedd erill i gyd yn wag ond am f'un i. Dyma'n un i. Dylwn fod wedi symud ond yma y rhoison nhw fi'n groten ac yma rwy i wedi aros. Mae'n gas gen i'r stafell ac eto rwy'n teimlo bod rhaid i fi aros yma. Falle symuda i nawr, gan ych bod chi wedi dod. Fe alla i symud. Stafell y pregethwr fyddwn ni'n galw hon. Dyma lle bydde 'Nhad a Mam yn cysgu yn union ar ôl dod yma o'r tŷ ym Mhennant whap wedi 'ngeni i. Mae rhyw fywiogrwydd plwsh coch Edwardaidd yn perthyn iddi, dŷch chi ddim yn meddwl? Mae'n bosib taw hon oedd y stafell lle cawsoch chi'ch geni. Yn y stafell arall y ganwyd Dic. Stafell ymwelwyr fyddwn ni'n 'i galw hi, ond fyddwn ni nemor byth yn cael ymwelwyr ond gweinidogion. Ble hoffech chi gysgu?''

''Mae awyrgylch yr hen ddyddie wedi aros yno,'' meddwn. ''Ga i gysgu yn y gwely lle ces i 'ngeni?''

''Fe ofala i 'i grasu fe erbyn heno. Mae'r pasej cul 'ma'n arwen i stafelloedd y morynion. Mae arna i ofan bod ni'n anlwcus gyda'n morynion y dyddie 'ma.''

''Rhaid i fi fynd i moyn 'y mhethe,'' meddwn wed dod i lawr o'r llofft.

''Ga i neud paned o de i chi? Mae'n ddrwg gen i na chynigies i ddim un i chi ynghynt. Ble rŷch chi'n aros?''

''Bronllwyn,'' meddwn. Teimlwn braidd yn euog wrth

ddweud hynny. "Ond rwy i wedi dweud wrthyn nhw eisoes 'mod i'n gadael.''

"Rwy'n gweld,'' meddai hi. Teimlwn ei bod yn mynd i'w chragen braidd. Tybed a oedd hi'n ceisio dyfalu pam na ddaethwn i ati hi'n gyntaf, a beth oedd Ada a'r meddyg a minnau wedi bod yn ei ddweud amdani? Roeddwn i am ei darbwyllo fy mod i bob amser yn ffurfio fy marn fy hun yn gwbl annibynnol ar farn pawb arall. "Ydych chi wedi dod i hawlio'ch eiddo?''

Safem yn wynebu'n gilydd yn y fynedfa dywyll.

"Ydw,'' meddwn. "Dyna pam y dois i. I hawlio'r hyn sy'n gyfreithiol yn eiddo i fi.''

Nodiodd.

"Ydych chi'n para i gredu y bydde'n ddoeth i fi aros 'ma heno?''

"Rwy'n credu hynny,'' meddai hi. "Ond ych tŷ chi yw hwn. Chi sy i benderfynu.''

A ddylwn i ysgwyd llaw? Safai'n hollol lonydd o'm blaen, yn fechan a llwydaidd. Fel be bai awydd arni ddweud rhagor eto.

"Rhoswch funud,'' meddai hi. "Mi af i moyn allwedd i chi. Fe ddyle meistr y tŷ gael dod fewn pryd y myn.''

Estynnodd yr allwedd i mi. Roedd hi'n fawr ac yn hen ffasiwn. Fe'i dodais ym mhoced fy nghot.

"Mi fydda i 'nôl yn fuan,'' meddwn. "Mae gyda ni lawer i'w drafod.''

Nodiodd gan wenu. "Mae'r allwedd gyda chi. Ych allwedd chi yw hi nawr.''

7

Cefais lythyr Margaret yn y llythyrdy.

Alla i mo dy briodi di, Philip. Ni fyddai byth yn llwyddiant. Rhaid i mi ddweud wrthyt ti ar unwaith. Ceisiais ddweud hynny yn y stesion . . . Dyw atyniad corfforol ddim yn ddigon, Philip . . . ac nid nad wyf yn edmygu dy waith, rwyf yn ei edmygu'n wirioneddol, fel yr wyf yn d'edmygu di, ond dwy' i ddim yn ei ddeall mwy nag wyf yn dy ddeall di. Mae gwreiddyn y mater gan fy nhad. Mae priodas yn rhywbeth rhwng teuluoedd. Mae'n rhaid iddo fod os am lwyddo . . . Serch rhamantus yw un o'r pethau sy'n gyfrifol am gyflwr y byd heddiw . . . Mae dyddiau dy fath di o resymoliaeth anarchaidd wedi mynd heibio, Philip. Er cymaint rwy'n dy hoffi di, fedra i ddim byw gyda hwnnw . . . Y gwir yw rwy'n rhy geidwadol i ti . . . Mae'n debyg y dywedi di fy mod wedi 'narbwyllo fy hun i weithredu'n unol ag ewyllys Dadi. Ddywedodd e ddim wrthot ti mai John Neade oedd e am i mi ei briodi. Dydw i ddim wedi meddwl am hynny eto. Roeddwn i am gael y sefyllfa'n glir rhyngot ti a fi, Philip . . . Ac fe wn, wrth ysgrifennu hwn fy mod yn ysgrifennu fy hun allan o'th galon di.

Yr *ysgrifennu fy hun allan o'th galon di* yna oedd yn anodd gen i ei dderbyn. Roedd y cyfan mor blydi eglur, rwy'n methu â deall pam na welais i drwy'r peth ynghynt. Dim rhyfedd bod Neade mor awyddus i'm danfon i i Gymru. A Margaret, yr un roeddwn i wedi ymddiried popeth iddi, doedd hithau ddim gwell. Roedd hi ar eu hochr nhw. Un o'r criw darfodedig, merch i'r arch-dynnwr-gwifrau, dynwarediad dirywiedig o'r hen uchelwr Seisnig, yn ceisio cynnal adfeilion dosbarth arall i'w amddiffyn ei hun rhag grym didostur hanes a fyddai'n sgubo'r cyfan ohonyn nhw'n falurion fel tŷ dol dan stemroler.

O, Margaret, Margaret! Cerddais yn ôl i Fronllwyn drwy'r coed, yn ddicllon, yn benderfynol o beidio â cholli deigryn. Ond yn unig, dan goeden ddi-ddail, ac yn llawn o hunandosturi fel pe bawn wedi dod i ddiwedd y byd.

8

Chefais i ddim cinio canol dydd. Doedd neb o gwmpas yn y tŷ a phetruswn beth i'w wneud. Gallwn bacio fy mhethau ond doeddwn i ddim mewn brys mwyach. Roeddwn i wedi dod yma i ddim byd. Siwrnai seithug tra oedd fy nghyfaill Neade yn tywynnu i ddenu Margaret allan o'i phum munud o drallod. Merch fach lân o Saesnes oedd hi, yn cyfansoddi barddoniaeth, â'i llygaid tywyll wastad yn effro i fanteisio ar ei chyfle. Neade, a chyhoeddi wrth gwrs. Fe'i rhegais i geisio lliniaru'r boen ofnadwy a'r gwacter y tu mewn i mi.

I feddwl mai fel yna y digwyddodd pan oeddwn i ar fin fy ngweld fy hun yn ddyn newydd; yn dychwelyd i Gaergrawnt, yn aeddfed, yn oeddegfar, yn barod i oddef ei thad am fod gennyf gyfoeth fy hun, am fy mod bellach yn gwybod y cyfan oedd i'w wybod a doedd yna'r un gyfrinach deuluol nas datgelwyd; roeddwn i'n barod i ymdrin â phobl mewn doethineb—fy modryb, de Veina Grooves, Swades, John Neade. Damio nhw i gyd! Doethineb a Grym a Meistrolaeth yn tyfu allan o'r Dirgelwch datguddiedig, a hynny'n gwneud iddi fy ngharu'n fwy. Mae'n rhaid fy mod yn gwybod ar hyd yr amser nad oedd ganddi ddigon o gariad tuag ataf. Roeddwn i am fy nhwyllo fy hun, a dyma derfyn ar y twyll.

Roedd y tŷ yn fawr ac yn dawel ynghanol ei lawntiau anniben a'i erddi. Cerddais yn ddiamcan o gwmpas. Galwai'r coed ynn am eu tocio. Roedd yno lynnoedd a cherfluniau ynghanol gordwf y llwyni. Y cyfan eisiau'i dacluso. Roedd tŷ haf o gerrig yn nhop yr ardd ffrynt, a thyllau yn ei do. Dywedasai Ada wrthyf fod golygfa hardd o'r pentref a'r foryd o'r fan hon. A'r bryniau isel ar draws y foryd. Roedd y llanw'n dod i mewn, a chysgodion y cymylau'n ymestyn yn hwy na'r clytiau o heulwen ar y dŵr.

Gwelais Ada ym muarth y stablau. Pwysai yn erbyn y wal, ei breichiau uwch ei phen, yn wylo. Roedd dau fwcedaid o fwyd ieir ar y llawr wrth ei thraed. Hoffwn fynd heibio heb gael fy ngweld, ond cyfarthodd ci a throes hithau ei phen a'm canfod.

"Philip!" meddai hi. "Mae popeth yn iawn. Dwy' i ddim yn mynd i ofyn i chi am ddim byd. Pryd fyddwch chi'n mynd?"

"Ga i rywbeth i'w fwyta?" meddwn. "Rwy i ar fy nghythlwng."

Gwnaeth de i mi yn y gegin.

"Does neb wedi rhoi bil i mi," meddwn gan geisio bod yn siriol. "Fi yw'r gwestai cynta. Byddai anghofio'r bil yn beth anlwcus."

"Mwy na thebyg taw chi fydd yr ola hefyd."

"Pam?"

"Fe fyddwn ni'n cau'n fuan," meddai hi. "Diffyg cefnogeth, yn ariannol, a diffyg anogaeth. Bydd yn rhaid i fi gynnal arwerthiant. Hoffech chi brynu?"

"Dim diolch," meddwn. "Beth newch chi?"

"Beth wna i?"

"Ie." Ceisiais ddangos diddordeb caredig ond heb ormod o agosrwydd.

"Gwerthu a symud allan. Roedd y peth yn anymarferol. Breuddwyd ffôl. Anymarferol. Dyna beth oeddwn i'n arfer ei ddweud wrth Idris."

Ni ofynnais iddi pwy oedd Idris.

"Y doctor," meddai hi. "Gydag e roedd yr arian. Wel, nawr mae e'n tynnu'n ôl. Ofni sgandal. Y digwyddiad 'na neithiwr wyddoch chi. A busnes y capel. Mae Doctor Pritchard wedi ffoi 'nôl i'w dwll bach parchus. Cymhleth iawn, Philip. Materion lleol. Fyddwch chi ddim eisie i fi esbonio. 'Rwy i wedi penderfynu gohirio rhai cynlluniau uchelgeisiol' oedd y ffordd y gosododd e'r peth."

"Fyddwch chi'n chwilio am waith?" meddwn.

"Dylwn fod wedi clirio allan o'r twll yma flynyddoedd yn ôl," meddai hi. "Dyna 'nghamgymeriad mawr i. Nawr, a finne'n ddeg ar hugen, fe ga i swydd i deipo am chwephunt yr wythnos a lletty mewn rhyw stryd gefn fawaidd. Wn i ddim sut mae wynebu'r peth. Ro'wn i mor ffyddiog y bydde popeth yn gweithio allan yn iawn yma. Roedd e'n syniad gwych. Y cyfan oedd eisie oedd mwy o arian. Roedd e'n bownd o lwyddo. Dim ond mil arall."

Roedd hi'n edrych arnaf i â'i llygaid yn goch gan grïo, yn amlwg yn gobeithio am gynhorthwy ariannol. Brysiais i feddwl am rywbeth i ladd ei gobaith.

"Rwy yn yr un cwch fy hun," meddwn. "Rwy i am fynd ymlaen â 'ngwaith ymchwil. Does byth ddigon o arian."

Doeddwn i ddim am ddweud wrthi am Margaret. Doedd arna i ddim awydd ymwneud â hi mwy nag oedd cwrteisi'n gofyn. Roedd digon o gymhlethdod yn fy mywyd i eisoes. Ac roedd hi'n deip oedd yn disgwyl cael. Gwelwn hynny'n amlwg. Teimlwn mai dyna pam roedd hi mor ffeind wrthyf. Roedd hi'n amlwg o'r dechrau ei bod hi'n gobeithio cael arian gennyf.

Pan oeddwn i'n mynd, meddwn i wrthi, "Mae'n cyfarfyddiad ni wedi bod yn un rhyfedd. Mae'n ddrwg gen i am eich anffodion chi. Ond rwy'n dymuno pob lwc i chi. Yn fuan bydd yr haul yn tywynnu eto."

Edrychodd arnaf yn drist wrthrychol. "Ddaethoch chi ddim â lwc i fi, do fe?" Syllai fel pe bai'n gweld rhywbeth y tu hwnt i mi. "Ro'wn i'n disgwyl y bydde'ch dyfodiad chi yn gosod popeth yn iawn. Dyw hi ddim wedi troi allan fel'ny a'r jôc yw na wn i ddim pam aeth pethe o chwith."

"Wel, codwch ych calon," meddwn. "Rhowch wybod i fi sut rŷch chi'n dod mlaen."

Ni ddywedodd air ymhellach, ac felly rhoddais fy mag yn y

275

tacsi (nid Frankie'r tro hwn) a gyrru i mewn i'r dre. Gadewais fy mhethau yn y stesion a mynd i chwilio am lymaid o ddiod.

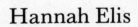

Hannah Elis

1

Mor dawel oedd y môr y bore hwnnw, yn wastad hyd orwelion y deng mlynedd ar hugain; llonydd, anghyffroadwy. Sut y medrai chwyddo mor ddisymwth, a faint o amser a gymerodd y cryndod yn yr eigion i'w wthio'i hun i fyny a'm taflu innau i'r gorfoledd hwn? Mae e yma! Mae e yma!

Fe wneuthum yr hyn oedd yn angenrheidiol yn syml fel arfer gan y gwyddwn eisoes beth fyddai raid ei wneud, â'm calon yn curo'n glywadwy yn y tŷ gwag. Dwy botel ddŵr poeth yng ngwely'r gweinidog. Tacluso'r stafell. Paratoi'r lle iddo. Yr ystafell yn wag, y tŷ'n wag, yn disgwyl. Mae tair coeden yn nhop Cae Boncan yn goleddfu tua'r gogledd-ddwyrain fel y gwnaethant erioed, a'r cymylau mawr yn symud i'r un cyfeiriad, a'u cysgodion yn symud yn ddistaw ar draws y caeau lle mae'r had sydd newydd ei hau yn disgwyl yn y pridd tywyll. A ddylwn i gasglu rhai briallu wrth droed y boncen i'w rhoi yn ei stafell?

Mae'n dod. Mae'n dod. Fe ddywedodd y byddai'n dod. Ac amdani hi, Ada, fe welodd e trwyddi hi'n iawn. Hawdd gweld hynny. Roedd e, fel finnau, yn ddrwgdybus, yn anodd ei dwyllo. Nid fel Idris Powel, yn hygoelus. Roedd e'n hunanfeddiannol, yn ddoeth, yn llym, yn gymwys i farnu ac yn hollol deg a chadarn yn ei gyfiawnder. Roedd e'n decach nag y bu fy nhad erioed; a'i draed yn hardd ar y mynyddoedd am fod ei neges yn ddidwyll, diffuant, diwyro, cywir, anorchfygol. Cerddai'n urddasol a'i wallt euraid yn disgleirio. Fy mrawd fy hun wedi dychwelyd, ac yma o fewn cyrraedd fy ngwasanaeth a'm hymroddiad.

Deallodd fi ar unwaith. Nid fel y lleill. Gwelodd fi ar unwaith a rhoi prawf ar fy nheyrngarwch. Pan rois i'r allwedd iddo, a ddeallodd ef? Cafodd y weithred honno fynegi'r hyn na fedrai fy ngwefusau druain mo'i yngan. Fe welodd drwy'r gorchudd o swildod sydd amdanaf, trwy fy malchder hen-ferch, sy'n ofnus a diffrwyth. Yma'n guddiedig yn fy nghalon mae'r hyn ydwyf, yn ddihalog, wedi'i gadw yma, wedi'i rwymo yma, na'm cosber yn ormodol am ei guddio mewn cadach. Byddaf yn gweithredu bellach yn sicr a di-ofn.

Caf ddianc o'r diwedd. Dyma ben ar fy nghaethiwed. Fe ddaw ef i farnu a chaf innau gymryd fy lle arbennig wrth ei ochr. Fe fydd yn gwrando arnaf i, a phan fydd yn lluddedig caf olchi ei draed â'r stôr o ddagrau sy wedi cronni ynof, a'u sychu â'm gwallt llwydaidd.

Bydd drysau'r tŷ hwn yn agor led y pen. Fe ddiflanna'r cysgodion sydd wedi fferu yma ers marwolaeth fy nhad. Daw Philip y dieithryn o Loegr ag adar gobaith a holl flodau llawenydd; a bydd yr hen dŷ yn dŷ newydd, yn gynefin â chwerthin a lleisiau rhyddid, a'r dyfodol yn llawn atgofion am blentyndod digwmwl.

Does dim byd y gallant ei wneud i'w gadw allan. Rhaid iddo ddod a rhaid iddyn nhwythau fynd. Drygioni, euogrwydd, edifeirwch, unwaith y torrir hwy a'u claddu byddant mor ddiniwed ag esgyrn hen ddafad sy'n pydru ym mhuredigaeth y pridd, y nos hir. Rhaid iddyn nhw dderbyn y nos, mynd allan i'w chyfarfod.

2

Roedd y te'n barod. Y bara menyn wedi ei dorri. Roeddwn i wedi gosod lle i bedwar. Ticiai'r hen gloc mawr mor gryf yn f'unigrwydd nes mai o'r braidd y gallai fy nghalon ei oddef. Clywn y morynion yn dod i mewn i'r gegin, a'u clocsiau'n taro'r llawr carreg. Clywn eu gwag gleber fel y carient y llestri llaeth i lawr y cyntedd i'r llaethdy, a Morus y gwas, eu ffefryn, yn eu difyrru â'i gellwair brwnt. Roedd eu clegar dwl i'w glywed uwchlaw grŵn y separetor. Morus a fyddai'n ei gychwyn yn y dechrau anodd ac yna cymerai'r morynion ato yn eu tro, a'r gloch gyflymdra'n canu'n rheolaidd i'w hysbysu pa mor gyflym i fynd. Yno y byddent yn clebran, yn chwerthin a sgrechian am y gwyddent nad oedd f'ewythr a Mam ddim wedi dychwelyd.

"Modryb, Modryb, Modryb, O!" canai Morus a'r morynion yn sgrechian chwerthin. "O! O! Modryb O! Modryb, Modryb, Modryb O!"

Ond heddiw doedd gen i ddim rhan yn y bywyd ar y lefel yna ac felly gallwn i ddiodde'n amyneddgar. Doedd dim pwys beth a ddywedent amdanaf i. Roedd fy mrawd wedi cyrraedd a minnau wedi ennill awurdod a nerth, a difaterwch. Fy mam a ddaeth i mewn gyntaf, yn cerdded yn gyflymach nag arfer,

280

debygwn i, er ei bod bob amser yn symud yn gyflym. Iddi hi doedd dim man canol rhwng llonyddwch a symud cyflym. Effaith rhyw boen dirgel efallai.

Wedi tynnu ei ffwr, safodd ac edrych ar y bwrdd.

"Rwyt ti wedi gosod lle i bedwar, Hannah," meddai. Roedd y peth yn boendod iddi.

"Mae Hannah wedi gosod te i bedwar," meddai hi wrth f'ewythr Vavasor pan ddaeth ef i mewn, yn anadlu'n drwm, ac yn ymbalfalu tua'i gadair freichiau, lle y gollyngodd ei hun gydag ochenaid, gan newid ei gap ac estyn ei ddwylo at y tân.

"Mae'n oeri at y nos," meddai.

Gwnes y te. Gwyliai fy mam fi'n ei wneud. Cofiwn fel y gor-fodai fi i lynu'n gaeth at ei dull hi. *Cynhesu'r pot, Hannah,* meddai hi. *Rhaid iddo fod yn boeth,* meddai. *Gad i'r dŵr ferwi. Dwy a hanner, dim mwy, dim llai. Diferyn bach i'w wlychu a gadael iddo aros. Cadw'r tegell i ferwi. Mewn munud rhoi'r gweddill o'r dŵr fewn.* Dyna'r ffordd roeddwn i'n ei wneud yn awr a gwyliai fi'n feirniadol tra y siaradai.

"Gwendid cymeriad, dyna'i drwbwl e," meddai hi. "Roeddwn i yn erbyn rhoi galwad iddo o'r dechre. Chymeres i ddim ato erioed."

Ochneidiodd f'ewythr ac ysgwyd ei ben.

"Llipryn gwan," meddai hi. "Ŵyr e ddim sut mae bihafio na beth i'w feddwl. Dyw e erioed wedi gneud safiad ar unrhyw bwnc o werth. Heddwch. Na Gwladgarwch. Chlywes i rioed mohono'n dweud gair yn erbyn gamblo na'r ddiod. Dim gair yn erbyn y faeden yna ym Mronllwyn. A nawr mae e'n creu helbul fawr am ddim byd ond 'i ffolineb glafoeriog 'i hunan. Pwy hawl sy gydag e i wrthwynebu ymgeisieth Norman Parri am y weinidogaeth? Pwy hawl sy gydag e i bwyntio bys at neb? Yn llusgo'r eglwys 'ma drwy'r baw yng ngŵydd yr holl Henadurieth."

"Ro'wn i'n hoffi'i bregethu fe," meddai f'ewythr Vavasor.

"Ches i 'rioed flas arnyn nhw," meddai fy mam. "Doedd e byth yn sefyll yn gadarn dros ddim byd. Pregethe oer, dysgedig, dyna oedden nhw. Ond meddyliwch am y peth. Comisiwn yr Henadurieth yn dod i Fethania fel 'taen ni'n bac o hereticied anllythrennog neu hwliganied crefyddol. A'i fai e yw e i gyd. Petai gydag e ryw syniad be sy'n weddus fe fydde'n ymddiswyddo. Fe wnaiff hyn niwed mawr i'r eglwys. Mae e'n waeth na gwan, mae'n anghyfrifol.''

Roedd yn ddrwg gen i dros Idris, ond beth allwn i'i wneud? Roedd cymaint o wir yn yr hyn roedd Mam yn ei ddweud. Gwirionedd annymunol, ond ni ellid dianc rhagddo. Efallai, wedi i mi egluro iddo, y bydd Philip yn gallu gofalu bod cyfiawnder yn cael ei wneud. Fe all dieithryn yn aml weld pethau'n gliriach na'r rhai sy'n agos at y broblem ac yn rhan ohoni. Pan ddaw Philip mi fyddaf yn pledio achos Idris gydag ef. Fe ddylid cael lle iddo o dan yr oruchwyliaeth newydd, achos mae'n ffyddlon i lawer o'r pethau sy'n bwysig.

Gwrandawn am sŵn ei droed. Fe ddôi ymhen hanner awr. Cymerai dipyn o amser iddo gasglu ei bethau, hyn a hyn o amser iddo wneud hyn a'r llall a byddai yma unrhyw funud. Ond rhoddais hanner awr iddo.

''Hannah,'' meddai fy mam, ''dwyt ti ddim yn gwrando ar ddim byd rwy'n ddweud. Wyt ti am ddod gyda fi?''

''I b'le?''

''Rwy i newydd ddweud wrthot ti. Mi ddwedes y dylen ni ymweld â'r Parris. Fe ddylen nhw gael gwbod yn bod ni o'u plaid nhw. Wyt ti am ddod?''

''Dim diolch.''

''Wyt ti o blaid y dyn Powel 'ma?''

''Dwy' i ddim yn cytuno ag e, Mam. Ond mae'n ddrwg gen i drosto.''

''Paid â gwastraffu dy dosturi. Teimladrwydd. Neith hynny ddim helpu. Dylet ddod gyda fi.''

''Mae'r asma wedi bod yn ddrwg arna i heddi.''

''Hy! Esgus da,'' meddai hi, gan baratoi i fynd heb ddisgwyl i mi ateb.

''Nid esgus yw e.'' Ffrwydrodd y geiriau allan ohonof yn ddicllon. ''Mae'n wir. Does dim ofan y gwir arna i. A does arna i ddim ofn 'i ddweud e.''

Safai wrth y drws yn cymhwyso'i ffwr ar ei hysgwyddau gan fy llygadu'n oeraidd.

''Am beth rwyt ti'n siarad?''

''Peidwch â bod yn hir, Mary,'' meddai f'ewythr yn anymwybodol o'r elyniaeth rhyngom. Yn ei ddallineb rhannol fe'i gadewid yn aml mewn unigrwydd gyda'i feddyliau ei hun. Mor agos i'w gilydd oeddynt, wedi'u clymu gan gyfrinachau

282

na feiddient sôn amdanynt hyd yn oed wrth ei gilydd. Ac yr oedd ef, gan ei fod yn hŷn ac yn wannach, wedi'i glymu'n glosiach byth oherwydd ei ymwybyddiaeth o'i ddiymadferthedd ei hun. Roedd yn barotach i ildio nag y byddai hi byth. Pe gwyddai hi beth oedd i ddyfod, a fyddai hi'n llai hyderus, yn brysio allan i'r car, yn farnwr ar faterion lleol, yn mynd i frwydro yn erbyn bygythiad arall i'r drefn gysegredig?

Allwn i ddim gadael y tŷ. Gallai ddod unrhyw foment a rhaid oedd bod yno i'w dderbyn. Dyna fy nyletswydd, fy swydd, fy mhwrpas mewn bywyd. Onis cawn, byddai fy mywyd yn gwbl ddiamcan. Hynny oedd fy hawl, a wiw i mi beryglu ei cholli, er yr hoffwn fynd o ŵydd f'ewythr Vavasor. Roedd ei bresenoldeb yn peri digalondid ynof. Rhywbeth y dylid ei gadw o'r golwg oedd ef. Roedd e'n boendod i mi; ei ddiymadferthedd yn ennyn fy nhosturi, ar yr adeg pan oeddwn am fy mharatoi fy hun i chwarae fy rhan yn deilwng pan ddôi Philip.

Roedd hi'n rhy oer i eistedd yn y parlwr canol. Arhosais beth amser yn yr ystafell frecwast, yn gwylio drwy'r ffenest y dynion yn ymolchi ar risiau'r llofft stabal. Roedd Owen Owens yn siafio fel arfer heb ddrych. Clywais ef yn dweud unwaith y byddai'n siafio'n well heb ddrych pan fyddai ar frys. Wedyn byddai'n mynd i sgleinio'i sgidiau a'i legins brown a phympio olwynion ei feic. Roedd e'n mynd i weld ei deulu. A fedrwn innau ddim eistedd yn y gegin i wrando ar wag gleber y chwiorydd hanner pan.

"Rŷch chi'n anesmwyth, Hannah," meddai f'ewythr. "Pam nad eisteddwch chi i ddarllen i fi?"

"Beth ga i'i ddarllen?" meddwn, gan eistedd mewn anobaith. Cynheuwyd y lamp. Roedd hi'n tywyllu. Ddôi e ddim o gwbl? Estynodd f'ewythr y Beibl i mi.

"Eseia," meddai. "Rhywbeth o Eseia."

Roedd fy nwylo bron yn rhy wan i ddal y Beibl. Gorffwysai fel plwm ar fy ngliniau.

"Wele fy ngwas, yr hwn yr ydwyf yn ei gynnal; fy etholedig, i'r hwn y mae fy enaid yn foddlawn: rhoddais fy ysbryd arno; efe a ddwg allan farn i'r cenhedloedd.

Ni phalla efe, ac ni ddigalonna, hyd oni osodo farn ar y ddaear, yr ynysoedd hefyd a ddisgwyliant am ei gyfraith ef.

Myfi yr Arglwydd a'th elwais mewn cyfiawnder, i agoryd llygaid y deillion, i ddwyn allan y carcharor o'r carchar a'r rhai a eisteddant mewn tywyllwch o'r carchardy.''

Darllenwn yr hyn a ddymunai fy nghalon, gan freuddwyd-io'n ddireol am fy amcanion fy hun. Roedd llygaid f'ewythr ynghau, ei ddwylo ar ei arffed a gwyddwn ei fod yn hepian. Roedd yn clywed ac eto heb glywed. A chlywn innau ryw ber-oriaeth yn gor-doi'r geiriau.

"Pwy yw hwn yn dyfod o Edom, yn goch ei ddillad o Bosrah? hwn sydd yn hardd ei wisg yn ymdaith yn amlder ei rym? . . . canys mi a'u sathraf hwynt yn fy nig, ac a'u mathraf hwynt yn fy llidiogrwydd . . . Canys dydd dial sydd yn fy nghalon, a blwyddyn fy ngwaredigion a ddaeth.''

Roedd rhywun yn dod. Ai ef oedd yno o'r diwedd? O'r diwedd? Pan oeddwn yn dyfalu, eisteddodd f'ewythr i fyny'n sydyn.

"Mae'ch mam yn dod 'nôl,'' meddai. A doedd ef ddim wedi dod eto. A minnau'n parhau i ddisgwyl fel y bûm erioed, rhwng amynedd ac anobaith. Daeth hi i mewn yn hunanfodlon.

"Rwy'n falch 'mod i wedi mynd,'' meddai. "Roedd y Parris yn ddiolchgar iawn. Mae'n dda gweld pobol yn gwerth-fawrogi'ch gwaith chi drostyn nhw. Maen nhw'n deyrngar iawn i ni, wyddoch chi. Roedden nhw'n dweud bod Dr. Prit-chard wedi mynd â'i wraig am wylie i Dde Lloeger. Mae'n ymddangos 'i fod e wedi tynnu allan o'r fusnes 'na yn Bron-llwyn, mae'n dda gen i ddweud.''

Pam na ddaethai? A ddylwn i ddweud nawr wrthyn nhw am ei ddyfodiad? Rhoi taw ar ei molawd ymffrostgar hi i'w doethineb ei hun. Dim ond dweud, *Bu gŵr ifanc yma heddi*. Do fe? *Dweud 'i fod e'n perthyn*. O, ie? *Dweud taw 'mrawd i oedd e*. O, ie? Beth? Beth? *'Y mrawd i. Mab 'y nhad wedi dod 'nôl*. Dychmygwn hi'n rhedeg allan i'r nos gan sgrechian yn echrys-lon i'r coed uwchben Bronllwyn i fynd yn gaethferch i gwdi-hŵ.

"Dŷch chi ddim yn dod i'r gwely, Hannah?'' Daliai fy mam ei channwyll yn uchel.

"Nos da,'' meddai f'ewythr Vavasor. "Nos da. Gadwch lonydd iddi, Mary. Mae hi eisie darllen.''

Aros fynnwn i. Fel yr arhoswn gynt am Dic. Yn yr un tywyllwch, yr un ansicrwydd. Roeddwn i'n barod i aros yn hwyr-ach na hynny. Hyd hanner nos, hyd yr awr olaf. Efallai bod hyn yn gynnar iddo ef â'i arferion estronol. Ond b'le'r oedd e, a beth yn y byd roedd e'n ei wneud? Roeddwn i wedi disgwyl yn hir ar hyd y blynyddoedd maith, ond roedd yr oriau diweddaraf yma'n annioddefol. Roeddwn i'n barod i gyflawni unrhyw ffolineb i gael hyd i'm brawd, dim ond ei ffeindio, ei ddwyn yma ar unwaith, i'w briod le. Rhaid iddo ddod. Rhaid iddo. Roedd e'n wyddonydd, dyn o ddifrif, yn garedig wrthyf, yn deg, nid fel Dic. Fyddai ef byth yn fy siomi.

3

"Na, ddo i ddim fewn," meddai. "Mae'n ddrwg gen i. Hynny yw, ddo i ddim fewn ond am funud."

Dilynodd fi drwy'r stafell frecwast oer i'r parlwr bach lle'r oeddwn wedi cadw bwyd yn dwym iddo ar y pentan.

"Ond rwy i wedi par'toi gwely i chi. Lle cysgwch chi heno?"

"Mi fydda i'n iawn," meddai.

"Fe gadwes i hwn yn dwym i chi," meddwn. "Golwyth berwedig. Gallwch roi menyn arno. Menyn ffarm. Rwy i braidd yn hoff ohono. Dwy' i ddim yn gwc dda iawn ond rwy'n gneud hwn yn go lew. Rhoi sbeis yn y dŵr. Mae mor hawdd. Cymrwch beth."

"Does dim chwant bwyd arna i," meddai. Doedd e ddim yn edrych fel petai wedi clywed yr hyn ddywedais i. "Rwy i am adael y cyfan i'r cyfreithwyr," meddai. "Wna i ddim aros yma. Rhaid i fi fynd 'nôl."

"Ond fe gytunon ni'r p'nawn 'ma ych bod chi'n aros 'ma heno. Rwy i wedi par'toi'r stafell. Ych tŷ chi yw hwn. Pam na newch chi ddim aros 'ma? B'le cysgwch chi?"

"Mae pethe wedi newid," meddai. "Rwy i wedi cael newydd drwg."

Edrychais arno yng ngolau'r lamp. Araf braidd oeddwn i i sylwi ei fod mewn gofid.

"Dwy' i ddim am 'u gweld nhw," meddai. "Gore i gyd po leia o bobol wela i. Dwy' i ddim yn deall pobol. Wnes i ddim erioed a dyw hi ddim yn debyg y gwna i byth. Gwyddonydd ydw i. Rwy'n deall cnawd marw. Dim byd arall."

"Ro'wn i wedi dyweddïo," meddai.

285

Cynigiais gwpanaid o laeth twym iddo a chymerodd ef.

"Be sy wedi digwydd?" meddwn i. "Ydi hi'n sâl?"

"Margaret? Na, dim byd fel'na. Na, mae hi'n iawn. Ond 'i bod hi wedi sgrifennu llythyr ata i."

Agorodd ei ddwrn a gwelwn y llythyr wedi crebachu. Yna taflodd ef i'r tân.

"Newydd drwg?" meddwn.

"Ie wir," meddai. "Yn torri'r cyfamod. Dyna be fysech chi'n 'i alw fe?"

"Ydych chi am fynd 'nôl i ymresymu â hi?" meddwn.

"Na," meddai. "Na, dwy' i ddim am wneud hynny. Ddeng mlynedd yn ôl falle y gwnawn i hynny. Ond dim nawr. Rwy'n rhy hen i beth fel'na."

"Arhoswch yma 'te," meddwn i. "Pam nad arhoswch chi yma?"

Ysgydwodd ei ben. "Alla i ddim honni bod y lle 'ma'n golygu dim i fi. Dyn dierth ydw i yma. Ddois i ddim yma i chwilio am wreiddie, os mai dyna rŷch chi'n ei gredu. Amcan ymarferol oedd gen i. Roeddwn i am arian i briodi. Am droi f'etifeddiaeth yn arian. Roeddwn i mewn brys. Ond does dim brys mwyach. Rwy'n credu y bydd Margaret yn priodi'n hen gyfaill John. I blesio'i thad wrth gwrs. Dyna'r rheswm arall pam y dois i yma. Dim ond i blesio'i thad hi. Nawr rwy'n gweld 'i fod e wedi gweithio'n f'erbyn i drwy'r amser. Roedden nhw i gyd yn f'erbyn i. Fy rhwystro i gael ysgoloriaeth. Fy rhwystro i ddod yn 'y mlaen. Fy rhwystro i gael Margaret. Dwy' i ddim yn ffitio fewn yno. A dwy' i ddim yn ffitio yma chwaith."

Gwnes iddo eistedd wrth y bwrdd. Gwnes iddo fwyta.

"'Na beth yw bywyd, wyddoch chi. Pobol rŷch chi'n hoff ohonyn nhw, 'ych chi'n 'u hedmygu, pobol rŷch chi'n 'u caru, allwch chi mo'u trystio nhw. Allwch chi drystio neb. O hyn ymlaen rwy'n mynd i feindio 'musnes yn hunan. Edrych at 'y ngwaith. Rwy'n gwbod lle rwy'n sefyll gyda hwnnw. Galla i gael canlyniade gyda hwnnw. Rwy'n hapus yno. Yn y lab. O hyn ymlaen mi fydda i'n aros yno."

"Doeddech chi ddim fel hyn bore heddi," meddwn.

"Bore heddi ro'wn i'n ddyn gwahanol. Cymhelliad gwahanol. Amcanion gwahanol. Bore heddi ro'wn i'n credu 'mod i ar fin gneud darganfyddiad mawr. Ro'wn i'n berson gwa-

hanol. Pryd hynny neu nawr, pa wahanieth pwy ydw i? Dwy'
i'n dda i ddim y tu allan i'r lab.''

"Sefwch heno. Plîs!'' meddwn.

Edrychodd arnaf fel pe bai'n dechrau sylweddoli fy nhaer-
ineb, ond yn benderfynol na châi neb ei ddarbwyllo.

"Doedd hi ddim am fod yn fam i mi,'' meddai. "Dwy' inne
ddim am fod yn fab iddi hithe. Dyna'r cyfan sydd i'w
ddweud.''

"Ond 'i bod hi wedi cael gwared o'ch tad,'' meddwn.

"Ydych chi'n credu hynny? Ydych chi'n credu 'i bod hi
wedi'i ladd e?''

"Roedd hi'n falch 'i fod e wedi marw. Fe wn i hynny.''

"Ond gwrthod dŵr iddo, 'i ladd mewn gwirionedd. Dyn yn
'i gyflwr e. Ydych chi'n credu'r stori honno? Fe'i clywes hi
bore heddi.''

"Mae'n anodd gwbod yn iawn beth i'w gredu. Pan wêl hi
chi fe fyddwn ni'n gwbod.''

"Beth gwell fyddwn ni o wybod?''

"Mae 'na bethe mae'n rhaid i ni eu gwbod er mwyn
parhau'n fyw.''

"Nid fel'na rydw i'n gweld pethe o gwbwl,'' meddai ef.

"Wrth gwrs,'' meddwn i. "Os oes ofn arnoch chi, bydde'n
well i chi fynd. *Mae* hi'n codi arswyd ar rywun . . .''

"Y Mawredd! does mo'i hofn hi arna i,'' meddai. Edrych-
odd arnaf eto. Mae'n rhaid fy mod wedi colli deigryn achos
cawn flas yr halen ar gornel fy ngwefus. "Os yw e'n golygu
cymaint i chi, fe arhosa i dros nos.''

4

Fedrwn i ddim cysgu. Felly y dylai fod. Wnes i ddim byd na
ddylwn i. Nid gwestai nac ymwthiwr dieithr ydoedd. Yn ei dŷ
ei hun yr oedd yn cysgu. Fy mrawd ydoedd ac roedd gen i bob
hawl i'w berswadio. A fyddai ei bresenoldeb yn cael effaith
arni hi hyd yn oed yn ei chwsg a pheri iddi godi a dod o hyd
iddo? Dyna fy nymuniad. Hynny a fynnwn. Roeddwn i am
iddi godi yn y nos a cherdded i stafell y gweinidog gan ddal ei
channwyll uwch ei phen, fel bod y golau'n syrthio ar ei wyneb
cwsg, a hithau'n gweld yno ddelw fy nhad a lofruddiwyd, nes
bod ei heuogrwydd yn ei gyrru â breichiau agored i gofleidio'i
chosb. Dyna ddymunwn ac a fynnwn, ond roedd y tŷ'n dywyll

287

a distaw a phawb yn cysgu. Fe godais hyd yn oed a cherdded yn y tywyllwch i ddrws ei stafell ef, ac oddi yno i ddrws y stafell lle cysgai fy mam a f'ewythr. Roeddwn i am iddynt gyfarfod, yn llosgi gan nwyd a'm dychrynai, a'm gyrru'n ôl i'm gwely fy hun, bron â drysu gan fy ofn fy hun, fel pe bawn wedi darganfod ynof fy hun ryw rym er drygioni na wyddwn o'r blaen ei fod yno. Oni welswn yn fy nychymyg, nid mewn breuddwyd, hi'n aros wrth ochr ei wely, a'r gwêr poeth o'r gannwyll a ddaliai'n grynedig yn syrthio ar ei wyneb, ac yntau'n tynnu'r gyllell oddi tan y dillad gwely a'i thrywanu yn ei bron?

Ceisiais olchi'r ofn i ffwrdd mewn gweddi. Pan dorrodd y wawr yn las a llachar uwchben y bryniau tywyll, roeddwn i'n parhau i erfyn am faddeuant.

5

"Hannah!" Fy mam oedd yn curo'r drws. Roeddwn i wedi cysgu wedi'r cyfan. "Hannah!"

"Pwy sy'n cysgu yn Stafell y Gweinidog?"

Atebais i moni. Eisteddais i fyny yn fy ngwely â'm calon yn curo. *Cerwch i edrych* roeddwn i am ei ddweud. *Cerwch i edrych*.

"Mae 'na rywun yno, Hannah. Pwy sy yno?"

Ysgydwodd fwlyn y drws yn ddiamynedd.

"Cerwch i edrych," meddwn i mewn llais isel.

"Beth wyt ti'n ei ddweud? Siarada'n uwch."

"Cerwch i edrych," meddwn eto, mewn llais isel o hyd. "Fe nabyddwch chi e pan welwch chi e."

Clywais hi'n cerdded i ffwrdd yn ddiamynedd. Gwisgais cyn gynted ag y gallwn, gan sbïo allan drwy'r ffenest a sylwi bod arwyddion diwrnod braf. Roedd hi'n hwyr, a'r dynion yn dod i mewn am eu brecwast. Clywn eu sgidiau trymion ar wyneb caregog y lôn. Dylai Philip gael eu gweld yn bwyta, meddyliais. Roedd hi'n olygfa werth ei gweld. Basneidiau poeth o fara llaeth a Tomos John yn taflu tafelli trwchus o fara i bob un yn ei dro. Roedd sawr y dom ar eu sgidiau yn meithrin archwaeth. Yna agorais fy nrws a chlywed eu lleisiau. Llais fy mam oedd uchaf. Mewn llais uchel daliai i ddweud, "Does gyda chi ddim hawl i ddod yma, pwy bynnag ŷch chi." Ni chlywn lais Philip; roedd mewn cywair is; swniai fel pe bai yn ei wely o hyd. Yna clywais fy mam yn brysio i lawr y grisiau.

Cefais f'ewythr Vavasor ar ei ben ei hun yn y parlwr bach. Roedd yn ymbalfalu am ei lwy i dorri pen ei ŵy, oedd wedi'i ferwi'n ysgafn.

"Hannah? Pwy yw'r dyn 'ma? Chi ddaeth ag e yma? B'le mae'ch mam? Aeth allan yn sydyn iawn. Rwy'n poeni amdani. Mae wedi'i chythruddo'n ofnadw. Allwch chi ffeindo llwy i fi?"

Roedd ei ddwylo'n crynu a diferion o chwys ar ei dalcen gwelw. Rhoddais lwy yn ei law. Ymosododd yn drwsgl ar ben yr ŵy. Dymchwelodd yr ŵy a thorrodd ar ei blât. Llifodd y melyn ar draws y plât. Gosododd ei lwy ynddo a'i chario'n nerfus i'w geg, yna'i throi drosodd a'i sugno'n lân.

"Chi ddaeth ag e 'ma, Hannah?"

"Nage, fe ddaeth o ran 'i hunan."

"Doedd gydag e ddim hawl i ddod. Dim hawl o gwbwl. Fe addawodd y fenyw na fyse hi byth yn gadel iddo ddod 'ma. Dwedodd y byse'n 'i fagu fe fel 'i mab hi'i hunan. Mae wedi bradychu'r ymddiriedeth. Cerwch i weld b'le mae'ch mam."

"Ga i ferwi ŵy arall i chi?" Rhois fy llaw ar ei blât i'w ddwyn ymaith.

"Na hidiwch am yr ŵy. Fe alla i ofalu ar ôl yn hunan yn iawn. Dwy' i ddim yn ddall. Cerwch i weld b'le mae'ch mam."

Curodd Philip yn ysgafn ar y drws a cherdded i mewn.

"Bore da," meddai. "Ddylwn i gyflwyno'n hunan?"

Syllodd Vavasor arno, gan symud ei amrannau'n wyllt, a'i wyneb yn plycio'n nerfus.

"Doedd dim busnes gyda chi i ddod 'ma," meddai. "Roedd 'na gytundeb pendant. Does dim hawlie o un math gyda chi. Fe ddylse Gwendoline Esmor fod wedi dweud wrthoch chi. Mae'ch—'y ngwraig—wedi'i chythruddo'n ofnadw."

"Roedd hi'n fam i fi cyn ei bod hi'n wraig i chi," meddai Philip. Gwenodd arnaf i ddangos nad oedd dim ofn arno a'i fod yn bwriadu mwynhau'r sefyllfa. "Dŷch chi ddim wedi bod yn disgwyl hyn? Fe wyddech y byddwn i'n dod yn hwyr neu'n hwyrach."

"Roedd e'n gytundeb cyfreithiol," meddai f'ewythr Vavasor. "Fe ddylid cadw ato. Dŷch chi ddim yn deall yr amgylchiade anffodus. Ddyle'r fenyw 'na ddim fod wedi'ch anfon chi yma.''

"Fe ddes i o'm rhan fy hunan," meddai Philip. "Roeddwn i wedi bwriadu dod o'r dechre."

"Ddaw dim lles i chi ohono," meddai Vavasor. "Dim ond anghydfod."

"Mae'n naturiol i fab gymryd diddordeb ym marwoleth 'i dad," meddai Philip. Roedd fel pe bai ei lais yn herio'r holl furiau o'n cwmpas. Utgyrn Israel o gwmpas muriau Jericho, yn crybwyll yr anghrybwylladwy, yn tarfu ar yr heddwch gau, oer; cŷn caled yn hollti'r arch garreg o gwmpas y bedd gwaharddedig.

"Byddwch yn ofalus beth ŷch chi'n ei ddweud, ŵr ifanc." Roedd f'ewythr yn crynu yn ei bryder. "Byddwch chi'n ofalus, dyna i gyd. Mae hyn yn fater difrifol."

"Fe wn i hynny," meddai Philip.

Clywn fy mam yn dod i mewn drwy'r gegin.

"Dewch â nhw i fewn i gyd Tomos John, a'u cloi nhw i fyny." Clywn ei llais caled yn rhoi gorchmynion. "Fe'u gwaredwn ni nhw i gyd. Dŷn nhw'n gneud dim ond achosi trwbwl. Mae'n well hebddyn nhw."

Pan ddaeth i mewn roedd ei llewys wedi eu torchi i fyny uwchlaw'r benelin. Cariai filwg yn un llaw a'r llall yn cydio'n dynn mewn ceiliog wedi colli'i ben. Roedd y gwaed wedi lledu dros ei llaw a thasgu dros ei braich noeth. Roedd smotyn ohono ar ei boch a hyd yn oed ar un o'i chlustdlysau du. Yn ei gofal hi yr oedd busnes y ceiliogod. Bob nos âi i gryn ffwdan i'w troi i mewn i'w cwt gydag amynedd anarferol, yn benderfynol o'u hachub rhag y cadno oedd, yn ei thyb hi, yn prowlan o gwmpas yr ardal.

"Mary," meddai Vavasor. "Chi sy 'na? Rwy'n ceisio dweud wrth y gŵr ifanc 'ma nad oedd dim bai arnon ni fod 'i dad wedi marw. Fe gas e bob gofal. Doedd gydag e ddim busnes i ddod ffor hyn i'n poeni ni. Fe gas 'i dad bob gofal, heb gyfri'r gost ariannol . . ."

"Trwbwl gyda'r pethe hyn!" meddai fy mam, gan ddal y ceiliog marw i fyny. Roedd gwaed o hyd yn diferu ohono ac yn disgyn ar y carped. Sylweddolais nad oedd f'ewythr ddim wedi gweld beth oedd yn ei llaw. "Torri'u penne nhw. Dyna'r ffordd i ddelio â'r giwed."

Agorodd f'ewythr ei geg yn llac.

"Mary. Be sy'n bod arnoch chi, fenyw? Mae'r gŵr ifanc ma'n dweud 'i fod e'n fab i Elis. Mae e'n awgrymu cyhuddiade difrifol am farwoleth 'i dad. Rwy'n dweud wrtho nad oedd dim cyfrifoldeb arnon ni. Nid ein bai ni oedd e. Be sy gyda chi fan'na yn ych dwylo?"

"Felix?" Â'i phen ar dro syllodd Mam yn fyr ei golwg ar Philip drwy ei sbectol ddeuffocal. "Ei ddrygioni e 'i hunan wrth gwrs. Mae pawb yn gwbod 'i fod e'n haeddu'r hyn gafodd e. I uffern ag e, medden nhw, a dyna ble'r aeth e. Ac fe wnaethon nhw fi'n ustus heddwch. Bradwr oedd e. Fe fradychodd e fi. Fe fradychodd e Gymru. A bradychu Duw! Dim ond un ateb sy i frad."

"Mary." Roedd f'ewythr wedi cael braw ac yn ymladd am ei anadl. "Beth ŷch chi'n ei ddweud? Meistrolwch ych teimlade. Rŷch chi'n colli'ch synhwyre. Dyw hi ddim yn dda. Hannah . . . Hannah . . . Mae'ch mam yn sâl."

"Dod i ffeindio allan am ych tad?" Daliai Mam i edrych ar Philip. "Fe'ch gyrres chi i ffwrdd rhag i chi ddod i wybod. Fe gadwes i'r ferch 'ma rhag gwybod. Drygionus. Ffiedd. Pechadurus. Rhy ddrygionus i fyw. Fe rois i derfyn ar 'i dricie fe. Menyw fan hyn. Menyw fan draw. Celwydd. Celwydd. Celwydd. 'Mary,' medde fe, 'hoffech chi ddarllen 'y nyddiadur i am yr wythnos ddiwetha? Edrychwch!'" Gwthiodd y bilwg ymlaen i gyfeiriad Philip. "'Mae'n ddiddorol. Rŷch chi wedi bod yn 'y nesg i eto. Yn darllen yn llythyron i. Mae'n gas gen i bobol yn darllen yn llythyron i, Mary,' medde fe gan droi 'mraich i. 'Os oes rhywbeth ŷch chi eisie wybod fe ddweda i wrthoch chi. Dim ond gofyn,' medde fe. 'Ble mae'r dŵr?' medde fe. 'Rhowch ddŵr i fi,' medde fe. 'Does 'na ddim dŵr,' medde finne, 'mae e ar ben.' A finne'n codi'r jwg ac arllwys y diferion olaf ar y carped o flaen 'i lyged e. 'Mary,' medde fe, 'Mary.' 'Na,' medde finne. Cyfiawnder,' medde fi. Yn gadarn. Rhaid bod yn gadarn. Ro'wn i'n gadarn gydag e. Yn greulon mewn caredigrwydd. Be sy'n bod?"

Roedd f'ewythr Vavasor wedi eistedd yn sydyn a chladdu'i ben yn ei lewys brethyn.

"Eisie powdwr llosg, Vavasor? Dere â phowdwr iddo, Hannah. Paid â sefyll fan'na'n gneud dim byd . . ."

"Bydd yn wrol, paid â llithro, frawd
Ymlaen â thi drwy'r twllwch . . ."

Peidiodd ei chanu anfelodaidd a throes yn sydyn i wynebu Philip. "Pwy ydych chi?" meddai. "Rŷch chi'n debyg iddo ond nid fe ydych chi. Ond fe sy wedi'ch anfon chi. All e ddim dod allan 'i hunan. Mae e'n sâff i wala fan lle mae e. Neith e mo 'mhoenydio i eto."

Cododd y bilwg yn fygythiol.

"Well i chi roi hwnna i fi." Daliodd Philip ei law allan.

"Peidiwch chi treio," meddai hi, gan facio oddi wrtho. "Peidiwch â chyffwrdd yno' i, ŵr ifanc. Peidiwch chi â meiddio . . ."

Cipiodd yr arf o'i llaw mor gyflym, fel mai o'r braidd y gwelais y peth yn digwydd.

"Peidiwch â'n hala i ato fe. Mae e'n disgwyl amdana i. Peidiwch â'n hala i ato fe."

Roedd y ddau'n hen ac yn destun tosturi, a'r ddau'n ddrylliedig. Mewn un foment fer roedd eu teyrnasiad drosodd ac roeddwn i'n tosturio wrthynt eto, fel y gwnes pan fu farw Dic. Pan oedd hi'n ei gwely yn welw a lluddedig, arhosais wrth y drws i ddisgwyl am y doctor. Bûm yn ei chasáu fwy neu lai ar hyd fy oes; ond yn awr doedd gen i ddim casineb tuag ati.

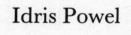

Idris Powel

1

Oeddwn i'n mynd i ddifetha'r eglwys? dyna'r cwestiwn. Rhaid i chi ddiffinio'ch termau, meddwn i. Dwn i ddim o ble y cefais i'r nerth, ond fe ddywedais hynny, ac rwy'n falch i mi wneud, er bod Lambert yn fy erbyn. Roedden nhw i gyd yn fy erbyn wrth gwrs ond doedd hynny ddim yn fy mhoeni. Ar ryw olwg doeddwn i ddim yn eu beio. Roedd awgrym o feirniadaeth arnynt hwy yn fy holl weithredoedd, ac mae hawl gan unrhyw un a feirniedir i daro'n ôl. Ond Lambert. Disgwyliais y byddai Lambert yn deall. Roeddwn mor falch pan ddaeth i ymweld â mi, a minnau mor unig yn y Mans digalon. Wedi fy nghladdu'n fyw yr oeddwn, a'm trallod personol bron â'm tagu, pan gurodd ar y drws. Agorais y drws, a dyna lle'r oedd, fy hen gyfaill. Yn gryf a llewaidd fel arfer. Llosgai'r dagrau fy llygaid. Roeddwn am daflu 'mreichiau am ei wddf.

"Mae'r Henaduriaeth wedi gofyn i mi wneud rhai ymholiade'n answyddogol," meddai. "Fe wydden nhw'n bod ni'n hen ffrindie. Ac mi gytunes i wneud."

Dywedais wrtho am Ada. Dweud wrtho er mwyn iddo ddeall.

"Aros funud," meddai. "Aros funud, Idris. Rŷch chi wedi cweryla. Rwyt ti newydd ddweud eich bod chi wedi cweryla."

"Rwy'n gwbod. Dwy' i ddim wedi cael munud o hapusrwydd oddi ar hynny, Lambert. Dim un funud. Fe drois 'y nghefn arni pan oedd arni hi fwya o'n angen i . . . Pa hawl sy gen i i deimlo 'mod i wedi 'nhramgwyddo?"

"Wyt ti'n dweud y cyfan wrtha i, Idris? Beth am y meddyg 'na? Wyt ti'n siŵr nad oedd dim mwy rhyngddyn nhw na mater o fusnes?"

"Ond mae hynny drosodd. Rwy'n gwbod hynny. Mae e wedi mynd â'i wraig i ffwrdd am wylie. Ond hyd yn oed os oedden nhw'n gariadon, 'y nyletswydd i oedd 'i helpu hi. Achos rwy'n 'i charu ac eisiau'i phriodi. O, Dduw! sut y galla i egluro? Dwy' i dda i ddim byd arall. Dyna be fydd raid i mi 'i wneud. Mae cariad yn hawlio hynny. Nid ei hachub hi sy'n bwysig. Mae mwy o angen f'achub i a'i charu hi yw'n ffordd i i iachawdwriaeth. Rhaid iti fyw dy ffordd i iachawdwriaeth on'd oes, a charu yw byw."

295

"Creu credo o dy chwant rwyt ti," meddai Lambert.

"Na, na, Lambert," meddwn. "Rwyt ti'n methu. Rhyfedd i ti ddweud hyn'na. Ond mae'n rong. Fe wn i beth yw ymwrthod â chariad merch. Na, rwy eisie Ada er mwyn ein hachub ni'n dau. Dyna 'mhwrpas i mewn bywyd. Dwy' i ddim yn credu taw pleser digymysg fydd e. Bydd yn anodd ganddi hi 'niodde i weithie. A bydd hithe'n 'y ngwneud inne'n anhapus yn amal. Gwneud credo o'n tynged ydw i. Mi garwn droi fy ngwaed yn eirie. Mae cariad yn 'y ngwaed i. Rwy i am wneud defnydd ohono. Dyma'r ffordd. Dyma'r ffordd i fyw. Nid am fod 'i chwant hi arna i. Nid am fod arni hi f'eisie i. Ond am fod cariad yn y gwaed."

"Fe allet ti wneud defnydd o'r cariad hwnnw er mwyn pobol eraill," meddai Lambert.

"Dwy' i ddim yn gryf fel ti, Lambert. Rwy'n wan. Does gen i ddim ond digon o nerth i gynnal 'y ngwendid, i'w dderbyn. Ac Ada yw byrdwn 'y ngwendid i. A'r ychydig hapusrwydd a gaf gyda hi yw man cychwyn 'y ngwir ddioddefaint i. Esgus, falle, dros gymryd yr hyn a chwenychaf. Ond mae hefyd yn fagl yr af iddi'n wirfoddol. Rhaid i fi achub y cyfle ar y ffordd honno. Alli di weld hynny?"

"Ond does dim o d'eisie di arni."

"Falle hynny. Ond rhaid i fi ddal i geisio. Alla i ddim rhoi fyny mor hawdd. Fe fydd arni f'angen i'n hwyr neu'n hwyrach."

"Gwneud ffŵl o dy hunan fyddi di."

Chwerddais. "Rwy i wedi bod yn gwneud hynny am flynyddoedd."

"Wel, gad i ni ystyried problem Norman Parri. Rwyt ti wedi sgrifennu at yr Henaduriaeth i wrthwynebu ei ymgeisieth am y weinidogeth?"

Yna adroddais wrtho'r hanes am Norman yn ysbïo arnaf. Dywedais wrtho sut y bu'r crwt yn fy nilyn yn llechwraidd ar hyd strydoedd Derwen fel rhyw fath o dditectif amatur, i weld beth roeddwn i'n ei wneud ac i ble'r oeddwn i'n mynd. A'r modd y daliasom ef yn y weithred ym Mronllwyn.

"Roedden nhw'n credu y byddwn i'n cwympo ar yr ymosodiad cynta," meddwn. "Wel, roedden nhw'n rong. Dwy' i ddim mor wan â 'ngolwg. Rwyt ti'n eistedd fan'na'n gwrando arna i, ond does arna i ddim ofn 'i ddweud e. Fe ofynnwn i mi fy hun, sut bydde'r hen Lambert yn delio â hyn? Beth bynnag, fe benderfynes daro'r ergyd gynta. Yn gynta peth fe rois i bregeth iddyn nhw. Gennyt ti y ces i'r syniad: wyt ti'n cofio dy bregeth di ar yr amode hynny yn y ddeunawfed bennod o Luc? Ymosodes i ar yr hunangyfiawn a'u balchder ysbrydol. Y Pharisead modern sy'n edrych ar y confensiynau parchus fel y Gyfraith a'r Proffwydi. Dyw iachawdwrieth dyn ddim yn dibynnu ar 'i allu i wneud daioni neu ddrygioni, meddwn i wrthyn nhw. Rwyt ti'n gwbod y ddadl yn iawn. Dywedais taw gweddi'r Pharisead oedd gweddi'r sawl sy'n mynychu'r capel yn gyson, y gŵr parchus, llwyddiannus. Yn teimlo'i fod yn well dyn na'i gyd-ddyn, balchder, hunan-foddhad oedd ei bechod. Doedd parchusrwydd a chrefyddolder ddim yn gwneud y tro yn lle cariad, tosturi a gostyngeiddrwydd. Y cyfan y gofynnai'r Publican amdano oedd trugaredd, a dyna'r cyfan y mae gan bawb ohonon ni hawl i ofyn amdano gan Dduw, meddwn i wrthyn nhw.''

''Pa effaith gafodd dy bregeth di?'' meddai Lambert.

''Roedden nhw'n ddistaw fel y bedd. Waeth i fi gyfadde, dyna'r bregeth ore draddodes i erioed, achos dy bregeth di oedd hi mewn gwirionedd, nid f'un i. Phregethes i ddim cystal erioed ac rwy'n credu 'i bod hi wedi cael effeth arnyn nhw. Roedd rhai'n bwdlyd a rhai'n anesmwyth, ond rwy'n credu bod rhai wedi cael 'u cyffwrdd hefyd.''

''Be ddigwyddodd wedyn?''

''Fe ddes i lawr o'r pulpud a dweud bod gen i gyhoeddiad i'w wneud. Roedd pawb yn dawel iawn. Doedd yr un o'r Elisied yn bresennol ac fe wnaeth hynny wahanieth. Doedd neb â syniad clir beth i'w wneud nesa. Llong heb lyw. Falle'u bod nhw'n disgwyl i fi gyhoeddi'n ymddiswyddiad. 'Annwyl frodyr a chwiorydd,' meddwn, 'fel y gwyddoch chi rydyn ni fel eglwys wedi anfon ymlaen i'r Henadurieth enw'n brawd ifanc Norman Parri fel ymgeisydd teilwng am y weinidogaeth. Fy nyletswydd diflas i nawr yw'ch hysbysu chi nad yw ymddygiad Norman Parri ddim yr hyn a ystyriwn i yn deilwng o un â'i lygad ar weinidogeth Efengyl Iesu Grist ein Harglwydd, a rhaid i fi'n awr ofyn i chi ailystyried ein cymeradwyeth ohono fel ymgeisydd yng ngole'r hyn fydd gen i i'w ddweud wrthoch chi. Am wythnose'n ddiweddar bu Norman Harris Parri yn selog iawn yn 'y nilyn i o gwmpas i sbïo ar 'y mywyd personol i.' Fan yma fe neidiodd Parri Castle Stores ar 'i draed a gweiddi'n ddicllon, 'Faint sy raid i fi ddiodde oddi wrth y godinebwr 'ma?' Yna fe aeth yn ferw gwyllt yno. Roedd hi'n olygfa na freuddwydies i erioed y gwelwn 'i thebyg mewn capel a gobeitho na wela i mo'i bath byth eto. Rhedodd Norman Parri i'r Sêt Fawr heb ganiatâd na gwahoddiad a chan bwyntio'i fys ata i, medde fe, 'Do, fe ddilynes i e, ac fe alla i weud wrthoch chi gyda pwy oedd e a beth oedd e'n ei neud, a does arna i ddim cwilydd o hynny. Fe wnes i hyn er mwyn yr eglwys. Oes cwilydd arno fe? Gofynnwch iddo. Yn cyfeillachu gyda gwehilion y dre a throi 'i gefen ar y rhai sy'n 'i gefnogi fe. Pwy hawl sy gydag e i neud hynny?' Cododd Emrys Wynne ar ei draed. 'Annwyl Gyfeillion,' medde fe, 'heb gymryd un ochor na'r llall yn yr anghydfod 'ma, ga i ofyn i chi beidio codi'ch lleise yn Nhŷ Dduw?' ''

'' 'Mae perffeth hawl gyda'r crwt i'w amddiffyn 'i hunan,' meddai Parri Castle Stores. 'Ma'i yrfa fe yn y fantol. 'I ddyfodol e i gyd. Nid peth dibwys yw e.' 'Dim ond eisie dweud oeddwn i . . .' meddai Emrys Wynne. 'Steddwch lawr. Nid yn yr ysgol ŷch chi nawr,' gwaeddodd un o berthnase Parri. Ned Cyff rwy'n credu oedd e. Cynorthwywr i'r cigydd yn y lladd-dy.''

''Fe benderfynes taw'r ffordd ore i ailafael yn f'awdurdod oedd mynd 'nôl i'r pulpud. Cerddes i fyny'r grisie carpedog mor urddasol ag y gallwn. Cyn i fi gyrraedd y top cydiodd rhywun ynof i o'r tu ôl. 'Cheith e ddim mynd 'nôl fan'na,' medde rhywun. Fe godes fy llaw i gydio yng nghanllaw'r pulpud a thynnu'n hunan i fyny o'u gafael. Rhoiodd hynny gyfle iddyn nhw 'nhynnu i 'nôl nes y syrthies yn bendramwnwgl i lawr grisie'r pulpud.''

''Wn i ddim yn iawn pwy 'nhynnodd i lawr. Ond roedd Ned Cyff yno a doedd dim busnes gydag e i fod yn y Sêt Fawr. O 'ngweld i ar y llawr fe sobrodd pawb. Roedd y rhan fwya o'r gynulleidfa'n dechre mynd allan. Symudes i ddim. Gallwn glywed sawr y llwch yn y carped coch. Roedd 'y nhrwyn i arno. Daeth rhai o'r gynulleidfa ata i ac estyn llaw i mi. Roedd hynny'n codi 'nghalon i, Lambert.''

Roedd y tân wedi mynd allan ym mhibell Lambert. Pan arhosais i roi cyfle iddo ef wneud sylwadau doedd ganddo ddim i'w ddweud. Roeddwn erbyn hyn wedi dod i ddiwedd fy stori. Teimlwn braidd yn flin achos, er fy mod wedi ceisio rhoi hanes y digwyddiadau heb liwio na chelu dim, doedd Lambert ddim fel petai'n gwerthfawrogi hynny. Cofiaf ryw ledchwerthin i mi fy hun gan feddwl dweud nad bob dydd y ceid gweinidog yn cael ei lusgo allan o'i bulpud, gan gydnabod wrth adrodd yr hanes bod peth o'r bai arna i fy hun; ond fentrais i ddim dweud hynny wrth Lambert ac yntau'n edrych mor ddifrifol a phryderus. Roedd hi'n amlwg 'mod i'n broblem fawr iddo ef. Yn awr, â'r gwaethaf wedi digwydd, y rhyfeddod oedd nad oeddwn i ddim yn gofidio dim mwyach.

"Wel," meddwn. "Beth wyt ti'n 'i feddwl?"

Edrychodd Lambert arnaf heb ateb.

"Dere mlaen," meddwn. "Dwed dy farn."

"Rhaid iti ymddiswyddo," meddai Lambert.

"Dwy' i ddim mor siŵr o hynny," meddwn i. "Falle bod hwn yn gyfle i ddechre o'r newydd. Mae'r bobl ore yn y gynulleidfa yn barod i 'nghefnogi i. Ches i ddim cymaint o gefnogeth o'r blaen."

"Dyna pam rwy'n dweud bod yn rhaid i ti ymddiswyddo, ac ymddiswyddo heb oedi," meddai Lambert. "Rwyt ti ar fin rhannu'r eglwys yn ddwy blaid wrthwynebol, os nad wyt ti wedi gwneud hynny eisoes. Unwaith y bydd hynny'n digwydd fe gymer gymaint mwy o amser i'r eglwys ddod allan o'r llanast."

"Llanast wyt ti'n 'i alw e?" meddwn i. "Falle dy fod ti'n iawn. Mae yn llanast. Yn waeth na dim y clywes i amdano erioed. All neb fod yn meddwl yn waeth amdana i nag ydw i fy hunan. Ond cofia ddameg Jeremeia am lestr y crochenydd."

"Wyt ti'n edrych arnat dy hun fel y crochenydd a all ei aillunio?" gofynnodd Lambert.

"Wn i ddim," meddwn. "Dwy' i ddim yn siŵr."

"Mae'n ddrwg gen i," meddai Lambert, "ond rwy'n siŵr na fedri di ddim. Ddylet ti ddim bod wedi dod yma erioed, Idris. Dwyt ti ddim digon cryf i feistroli eglwys fel hon. Ond mae'n rhy hwyr i fynd ar ôl hynny bellach. Ond mae un peth y galli di 'i wneud; clirio allan ar unwaith."

"A chydnabod 'mod i ar fai? Rwy'n cyfadde i fi fod yn ffôl . . ."

"Dyna'r pechod penna, Idris."

"Dwyt ti ddim yn debyg o syrthio i'r pechod hwnnw, wrth

gwrs," meddwn. Roeddwn i'n meddwl am Enid, a'r aberth a wnes i, fel yr ymddangosai'r pryd hynny, er ei fwyn ef. Onid oeddwn wedi rhuthro yma, i'r fagl hon er mwyn achub ei briodas ef? Roedd hi'n gymaint o broblem iddo ef ag oedd hi i mi.

"Gad i ni gadw at y pwnc," meddai Lambert.

"O'r gore. Roeddwn i dan yr argraff taw gwaith gweinidog oedd hyfforddi 'i bobl mewn cariad brawdol, gostyngeidd-rwydd, trugaredd a chymodi. Wel, mae 'na rai pobol na welan nhw byth mo'r pethe hyn gan 'u bod nhw wedi'u parlysu yn 'u sancteiddrwydd, wedi crebachu yn 'u parchusrwydd, mewn cariad â delw'u pwysigrwydd 'u hunain. Dim ond ffrwydrad fel hyn wnaiff i'r bobl hyn weld llygedyn o olau heblaw gloywder 'u hunan-foddhad hwy'u hunen. Ai 'ngwaith i yw 'u suo nhw i gysgu yn 'u crud o hunanoldeb? Neu'u deffro nhw?"

"O'r gore," meddai Lambert. "Rwyt ti wedi gwneud y gwaith dymchwelyd yn drwyadl iawn. Nawr gad i'r adeiladwyr symud i mewn. Mae'r dechneg yn dra gwahanol."

"Ond mae gen i sail o ewyllys da tuag ata i yn y lle 'ma y gallwn i adeiladu arni."

"Hanner cant y cant o ewyllys da, hanner cant y cant o elynieth. Maen nhw'n canslo'i gilydd allan. Yr ateb yw dim. Edrych 'ma, Idris. Dyma'r prawf. Wnei di sgrifennu llythyr at yr henadurieth yn tynnu'n ôl dy wrthwynebiad i Norman Harris Parri?"

"Gwna," meddwn. "Y foment y daw e ata i i ymddi-heuro."

"O, na," meddai Lambert. "Na, na. Heb aros am hynny. Nawr, ar unwaith. Tynnu'n ôl dy wrthwynebiad. Sgrifenna'r llythyr nawr."

"Ond roedd ymddygiad y creadur mor warthus. Yn gynta ysbïo arna i ac yna'n mynnu cyfiawnhau hynny. Hynny oedd yn troi ar 'yn stumog i."

"Fe alli di adael hynny i'r Henaduriaeth."

"Ond does neb yn yr Henadurieth yn gwybod y ffeithie fel rwy i'n 'u gwybod nhw."

"Mi fydda i'n gwybod nawr," meddai Lambert.

Yn sydyn teimlwn yn llesg a lluddedig.

"Rwy i wedi cael hen ddigon," meddwn. "Rhaid i ti roi amser i fi droi'r peth yn 'yn meddwl."

Nodiodd. Neidiodd ar ei draed yn sionc a dechrau tynnu'r menig gyrru rhodresgar oddi am ei ddwylo. Casawn y ffordd siriol hapus yr edrychai arnaf. Os fe oedd wedi ennill, peth annoeth ynddo oedd dangos hynny mor amlwg. Pe bai ond yn gwybod fy mod i gystal gŵr ag yntau mewn rhyw gyfeiriad. "Sut mae Enid?" dyna oeddwn i am ei ddweud wrtho. Oedd yna ddim rhyw ffordd y gallwn i chwalu ei hunan-dyb mor drwyadl ag y chwalodd ef fy hunanhyder i? Dim ond rhyw awgrym bach cynnil o'r aberth a wneuthum i er ei fwyn ef.

"Alli di ddim cychwyn 'nôl nawr," meddwn i. "Mae'n hwyr. Well i ti aros y nos."

"Mae gen i ddarlith am naw bore fory," meddai.

"Ond fe gymer ddwyawr i ti fynd 'nôl," meddwn i.

"Wyddost ti beth, Idris?" meddai. "Mae plant y byd yn ddoethach yn eu cenhedlaeth na phlant y goleuni. Y trwbwl gyda ti yw dy fod yn rhy dda i wneud gweinidog."

2

Siaredais yn ddi-baid â'r dyn na fedrwn ei daflu oddi ar fy nghefn.

Nid yw'r hyn a ddywedwch—eich dadleuon—yn cyfrif dim: eich gweithredoedd sy'n cyfrif. (Yn dyfynnu pregeth pwy? Rywbryd yn ddiweddarach fe godwch i fyny'r geiriau a syrthiodd wrth eich traed). Ac ni wyddoch beth a wnaethoch nes ei weld yn cael ei adlewyrchu yn nedfryd llygaid rhywun arall.

Mae "Aros" a "Mynd" yn awelon gwrthwynebol a chwithau yw'r had ysgall, ac nid yw'r awelon yn eich ateb, dim ond ateb i'r awyr sy'n gordoi hoff blaned yr Hollalluog. Beth am aros yma ac ymladd yr achos hyd ferthyrdod? Gwrthsefyll yn oddefgar nes iddynt gywilyddio a dod i erfyn eich maddeuant. Mynd, fel y cynghorodd Lambert sy'n gwybod yn well. Mynd, ac ildio'r lle i ŵr gwell i ailadeiladu'r deml ddrylliedig.

Ar fy mhen fy hun, yn denant digroeso mewn tŷ anghyfeillgar, gallaf weld fy ffolinebau yn gwasgu ar bob cwarel ffenest. Maent yn flodau eglwysig porffor yn tyfu ar wyneb llechi'r muriau a gwthio i mewn ar ymylon y ffenestri, gan agor eu

301

safnau barus y tu mewn i'r tŷ a gollwng allan arogleuon gwen-wynig. Y fath flodau cryfion yn tyfu allan o domen o gamgym-eriadau. Pe bawn o'r cychwyn wedi penderfynu dangos—beth? Grym ysbrydol a chydbwysedd mewnol. Yr hyn nad yw gennyf. Byddent wedi ymateb i awdurdod o'r fath, yr hyn nad yw gennyf. Yn anwadal anniben yn fy ngwendid. Roeddwn i'n hawdd fy nymchwel, ac yn gofyn am hynny: yn temtio rhai i geisio fy nymchwel, pobl na freuddwydiasant o'r blaen am godi llaw yn fy erbyn. Roedd Lambert yn iawn wrth gwrs.

Fedrwch chi ddim dadlau'n effeithiol â'r dyn sydd ar eich cefn. Mae pob ateb yn gwestiwn sy'n ateb yn ôl. Dim ond un llais sy rhyngoch chi'ch dau, a wyddoch chi byth p'un o'r ddau ohonoch sy'n siarad. Ymddiswyddo. Ymddiswyddo. A gall "Ymddiswyddo" o hyd olygu "Aros" neu "Fynd".

3

Roedd hi'n noson laith, yn bwrw glaw mân a go brin y gellid disgwyl llawer o'r aelodau i'r Gyfeillach. Ond byddai'r gweinidog yn un, yn brysur gyda manion ei swydd, yn paratoi at y seiat, calon bywyd ysbrydol yr eglwys, fel y dywedwyd lawer gwaith. Gosod llyfrau ar y seddau a fyddai'n llawn fel rheol. Agor yr harmoniwm. Agor y Beibl mawr, agor y llyfr emynau, agor ychydig ar y galon, eistedd yng nghadair dderw'r gweinidog ar esgynlawr y festri wag.

Pob un sydd a syched arno deued i'r dyfroedd ac yn y blaen. Deuwch i'r festri lle'r wyf i'n cymryd lle'r dyfroedd. Rwy'n chwerw fy mlas, yn llosgi'r tafod ac ni ddaw neb yn agos. Mae calon bywyd ysbrydol yr eglwys yn wag, yn chwerw a gwag. Roedd hi'n bryd i mi fynd.

Ond ni symudais o'm cadair, dim ond disgwyl yno am nerth i gyflawni rhyw Weithred o Edifeirwch. A fedrwn i droi eto, a minnau wedi troi gymaint o weithiau, a fedrwn i droi byth eto? Yn ffŵl cyhoeddus, yn adnabyddus i bawb fel methiant. Eisteddwn yno fy hunan bach dros amser arferol y gwasan-aeth. Penlinio yno, ddwywaith hyd y gwasanaeth, ar fy mhen fy hun. Ac yn y diwedd heb syniad beth a wnawn.

Roedd rhywun yn dod. Clywn ddrws yn gwichian; ymbarel yn cael ei gau a'i osod â'i ben i lawr ar lechi'r cyntedd. Cododd fy nghalon. Un, dim ond un, ac eto byddai'n ddigon. Agorodd y drws ac eisteddodd i lawr ar y sedd gyntaf wrth law wedi llwyr ddiffygio, gan dynnu'r het ddu a wisgai bob amser i fynd i'r capel. Roedd yn rhy fawr iddo a bron yn gorffwys ar ei glustiau. Nodiodd arnaf, rhyw fath o gyfarchiad tra ymladdai am ei anadl. Wedi cael ei wynt ato cydiodd yng nghefn y fainc o'i flaen a'i dynnu ei hun ar ei draed. Gosododd ei het ar y ffenest lle'r arferai fod a dod ymlaen i ysgwyd llaw â mi yn ôl ei arfer.

"Y wraig ddim yn dod heno," meddai. "Dyw hi ddim yn dda."

"Mae'n ddrwg gen i glywed hynny, Mr. Elis," meddwn. Roeddem ni'n dau'n awyddus i siarad fel pe bai dim byd anghyffredin wedi digwydd. "Beth amdanoch chi? Mae golwg flinedig arnoch chi, mae'n rhaid dweud."

"Blinedig? Na hidiwch amdana i. Rwy i'n iawn. Ond dyw hi ddim agos i fod yn iawn, Mr. Powel. Rwy'n poeni amdani."

Eisteddodd ar y fainc flaen gan fyseddu ei ên, a snwffian yn gyflym wrth ymladd am ei anadl yn ei frest gaeth. Tynnodd ei wats fawr allan a'i dal yn agos at ei wyneb yn ei ddull arferol i geisio darllen yr amser ac yna troi ei ben a sylweddoli am y tro cyntaf fod y festri'n wag. Ond roedd eraill, na welswn ynghynt, wedi cyrraedd. Dau blentyn wedi setlo i lawr yn dawel wrth y gwresogydd. Roeddynt eisoes wedi cychwyn cnoi'u melysion. Ond heno doeddwn i ddim wedi sylwi ar siffrwd y papur. Roedden nhw'n arfer gwneud i'w melysion bara am awr gan ganiatáu rhyw funud yr un i sefyll ar eu traed i grawcian eu hadnodau. Dilynasant fy symudiadau i â'u llygaid gleision, a'u cegau ar agor.

"Mae'n amser dechre, Mr. Powel."

Roedd e'n meddwl yr hyn roedd e'n ei ddweud. Ble bynnag y mae dau neu dri wedi ymgynnull yn ôl hen arfer yn Dy Enw Di.

"Gawn ni ganu, Mr. Elis?"

"Wrth gwrs."

"Yna, newch chi ddewis emyn?" meddwn i.

Nid agorodd lyfr. Gwyddai'r rhan fwyaf o'i gynnwys ar ei gof. Heno dim ond myfi oedd yno i edmygu ei gamp, ac ymddangosai ef ei hun yn rhy luddedig i ymfalchïo yn ei gof.

"Emyn rhif chwe deg tri. Y trydydd emyn wedi'r trigain."

Fy enaid, at dy Dduw,
  Fel gwrthrych mawr dy gred,
Trwy gystudd o bob rhyw,
  A phob temtasiwn rhed . . .

Darllenais y ddeuddegfed bennod o'r Hebreaid. Yna canu
eto. Roedd crawcian anfelodaidd Elis yn llusgo ar ôl fy
nhenor annisgybledig i. Agorodd cegau'r plant ond ni ddaeth
sŵn allan ohonynt. Yna, meddwn i: "Newch chi'n harwain
ni mhellach mewn gweddi, Mr. Elis?"

Safodd ar ei draed fel y gwnâi bob amser yn y Seiat. Ni
fyddai byth yn brysio drwy ei weddi, doedd arno ddim ofn
distawrwydd fel Parri Castle Stores a saethai o un frawddeg
i'r llall fel pe bai pob atalnod llawn yn agendor roedd yn
rhaid hedfan drosto rhag syrthio i ddistawrwydd bythol.

Crynai gwefusau Elis fel y gwnaent bob amser cyn
cychwyn. Plyciai ei aeliau'n gyflym. Ond heno sylwais fod ei
ben yn symud yn araf o un ochr i'r llall fel pe bai'n suo i
gysgu rhyw ofid oedd yn effro ac yn wylo'r tu mewn iddo.

"Hollalluog a . . . Hollalluog . . . O Arglwydd, ys
dywedodd Cain, mae fy nghosb yn fwy nag y galla i ei diodde
. . . flwyddyn ar ôl blwyddyn . . . o'r dyddiau y dechreuodd
fy ngolygon ballu rwyt ti wedi ymweld â fi yn y cystuddie hyn
. . . A oes raid i fi ddweud, O Arglwydd? . . . Oes raid i fi
gyfadde fel drwgweithredwr o hyd er 'mod i wedi derbyn pob
cystudd fel cosb haeddiannol? . . . Yr hyn wnes i oedd atal
cynhorthwy i ddyn ar ei wely ange . . . Roeddwn i'n rhannol
gyfrifol am 'i farwolaeth cyn pryd: roedd y dŵr bywiol yn
diferu rhwng 'y mysedd agored i wrth nesáu at 'i ene. Fe
wyddost, O Arglwydd, fel y carwn i e, ac yntau'n chwerthin
am ben 'y nghariad i, a'i dwyn hi oddi wrthyf, er gwybod
mai fi ddyle 'i chael hi . . . Rhoddaist i ni fab i dorri ar ein
heddwch, a phlyges inne 'mhen gan furmur, boed felly y bo .
. . Tydi . . ."

Estynnodd ei freichiau allan yn sydyn ac agor ei lygaid
oedd wedi eu cau'n dynn yn ei ymdrech i dywallt allan
feddyliau ei galon.

"Dyw e ddim yn 'y nghlywed i," meddai'n llesg, ac
eisteddodd i lawr.

Roedd y ddau blentyn yn gwneud cwpanau o'u papurau
melysion a cheisio'u cael i sefyll ar y silff o'u blaenau. Bûm

yn dyfalu yn aml tybed a oedden nhw wedi perffeithio rhyw ddull di-sain o gyfathrebu â'i gilydd. Ar y foment roedden nhw wedi'u llyncu i fyny yn eu chwarae dieiriau.

"Does mo'n eisie i ar Dduw," meddai Vavasor. "Rhoddodd oes i fi i ffeindio allan y bydde'r byd yn well lle 'tawn i heb 'y ngeni erioed."

"Cariad yw Duw," meddwn i. "Gall Duw fadde popeth."

"Dyw e ddim wedi madde i fi," meddai Vavasor. "Roedd yr hen William Mathers yn arfer sôn am gusan gras yn cyffwrdd â'n gruddie llwyd. Wneiff e ddim cusanu 'ngrudd i."

Pwysodd ymlaen i syllu'n daer arna i.

"Meddyliwch am y tric mae'r Diafol wedi chware arna i, Mr. Powel. Ro'wn i'n addoli'r ddaear o dan draed Felix. Nid dweud hyn ydw i i brofi bod yr hyn wnaeth e i fi yn waeth nag oedd e mewn gwirionedd. Roedd gen i ffydd ynddo fe. Roedd e'n athrylith yn 'i ffordd. Ro'wn i'n credu y bydde fe wedi achub y pethe gore yn ein traddodiad ni. Ro'wn i'n credu 'i fod e wedi cael 'i alw i arwen, yn credu y bydde fe'n ddyn mawr. Ond fe ddygodd e Mary a chwerthin yn 'y ngwyneb i wedyn. Fe wydde lle'r oedden ni'n arfer cwrdd. Yn y lôn wrth y gât. Fe neidiodd e allan o gysgod y clawdd a hithe'n credu taw fi oedd 'no. Roedd hi'n anfoddlon ond roedd e'n ddi-droi'nôl. Roedd hi am i fi fadde iddi ac fe wnes. Ond dim ond chwerthin wnaeth e. Roedd hi'n ifanc ac yn cael 'i llygad-dynnu gydag e. Fe gredai bopeth roedd e'n ei ddweud, 'i bod hi'n hardd, yn ddiniwed, yn ddoeth. Ond wedi iddyn nhw briodi roedd hi'n stori wahanol. Fe ddaeth hi ata i yn 'i gofid. Fe wnes i 'ngore i'w chysuro hi. Roedd e'n greulon wrthi. Roedd gyda hi bob hawl i gwyno. Un creulon ac anfoesol oedd e. Doedd e ddim ffit i fyw, medde hi, a finne'n cytuno â hi. Fe ellid cyfiawnhau'r hyn wnes i. Wnes i ddim byd anghyfreithlon. Ond ro'wn i am iddo farw, yn hiraethu am hynny. Roedd y salwch 'na gas e fel bendith o'r nef. Bob dydd o'm hoes mae'r Diafol wedi 'nghamarwen i a finne wedi derbyn 'i arweiniad e. Edifarhewch meddech chi wrtho' fi. Edifarhewch. Rwy i wedi edifarhau, a chael 'y nghosbi. Rwy i wedi 'mhoenydio'n hunan wrth feddwl 'mod i wedi anfon fy mab i'w farwolaeth. A nawr mae Duw wedi dangos 'i law. Yr un yw hi â llaw'r Diafol."

"Dŷch chi ddim yn iawn fan'na," meddwn i.

"Wrth gwrs nad wy i ddim yn iawn. Mae'n synnwyr i'n dweud wrtho' i 'mod i'n camgymryd. Mae'n holl ddiwinyddieth i'n dweud 'mod i'n camgymryd. Ond dyna gred 'y nghalon i. Dyna be dw i'n deimlo. Mae'n gafael yno' i fel clefyd. Rwy'n 'i deimlo fe'r tu fewn i fi fel cancr yn 'y myta i i fyny. Rwy i wedi breuddwydio amdano, yn eiste i fyny yn 'y ngwely, yn edrych ar 'y mola agored yn gwylio'r cancr wrth 'i waith. Mae'n fwy na fi. Mae'n pwyso mwy na fi. Dwy' i'n ddim byd ond y croen ac esgyrn sy'n 'i amgylchu fe. Yn disgwyl cael 'y myta'n fyw.''

"Gweddïwch fel o'ech chi'n arfer neud," meddwn. "Gweddïwch . . ."

"Dyw'r gweddïe ddim yn gallu dod allan o 'mhenglog i," meddai. "Maen nhw'n rhwbio'u hunen yn erbyn esgyrn y benglog. Ond ddôn nhw ddim allan. A ddaw Duw ddim i mewn. Dyw e ddim eisie dod. Beth all E fod eisie gyda fi? Baich ydw i nad oes neb eisie'i gael. Dyn dall wedi'i gondemnio, wedi'i farcio, a'i droi allan.''

Cododd fel pe bai'r gwasanaeth drosodd a'i lusgo'i hun at ei het ddu. Roedd wedi heneiddio. Edrychai'n eiddil ac ar ben ei dennyn.

"Arhoswch," meddwn. "Arhoswch, Mr. Elis, ddwedes i ddim byd eto . . .''

"Allwch chi ddweud rhywbeth na wn i mono fe eisoes? Mae'r gorchmynion wedi'u cerfio arna i fel beddargraff ar garreg fedd.''

Dywedais wrtho nad oedd hi ddim yn rhy hwyr. Hyd yn oed yn awr gallai gras Duw ei gyrraedd. Dywedais nad oedd hi ddim yn iawn i ddyn ei ddirmygu'i hun. Efallai 'mod i'n siarad yn rhy frysiog. Doedd e ddim fel pe bai'n fy nghlywed. Roedd gen i'r teimlad 'mod i'n dweud wrth ddyn ar ei wely angau nad oedd e ddim yn mynd i farw.

"Dwy'n clywed dim," meddai. "Rwy'n clywed eich llais a dilyn y geirie ond dydyn nhw'n golygu dim byd i fi. Fe allwn i ddadle f'achos fy hunan. Rwy i wedi bod yn gwneud hynny am ddeng mlynedd ar hugen. Dyw e'n gwneud dim gwahanieth bellach. Mae'r cyfan wedi'i setlo.''

"Does dim byd yn amhosibl," meddwn. "Does dim byd byth yn cael 'i setlo'n derfynol.''

"Yn f'achos i, mae e, Mr. Powel." Brysiodd i gyfeiriad y drws fel y gwnâi bob amser, fel pe bai materion busnes diddiwedd yn galw am ei sylw. "Nos da, nawr te," meddai yn ôl ei arfer wrth adael y capel.

4

Roeddwn i'n paratoi swper i mi fy hun pan ddaeth curo wrth y drws.

"Ydi f'ewyrth 'ma?" meddai Hannah.

"Nadi. Fe aeth e adre ar ôl y seiat," meddwn i.

"Mae e wedi bod yn y capel 'te?"

"Wrth gwrs. Yn union fel arfer."

"Pryd aeth e odd'no? Welsoch chi pwy ffordd aeth e?"

"Ers rhyw ugen muned. Fe ddylech fod wedi cwrdd ag e ar y ffordd." Roeddwn i'n syllu ar y gŵr ifanc tal, gwallt-golau oedd yn sefyll y tu ôl iddi.

"Mae'n ddrwg gen i. Dyma 'mrawd i; Philip, dyma Mr. Powel, yn gweinidog ni."

Ymgrymodd yn oeraidd ac felly wnes i ddim estyn fy llaw iddo.

"Oes rhywbeth alla i'i wneud? Beth yn hollol yw'r trwbwl? Roedd e'n dweud wrtho' i fod eich mam yn sâl."

"Ei meddwl hi," meddai Hannah, â'i gwefusau main yn dynnach nag arfer. "Mae wedi drysu yn 'i meddwl."

Roeddwn i'n meddwl am yr hyn roedd yr hen ŵr wedi'i ddweud wrthyf pan glywais hi'n dweud:

"Rhaid inni 'i ffeindio fe Philip. Dyw e ddim yn ffit i fod allan ar 'i ben 'i hunan. Mae'n ddrwg gyda ni'ch styrbio chi, Mr. Powel. Os esgusodwch chi ni, rhaid i ni fynd."

Rhedais ar eu hôl i'r car.

"Fe ddo i gyda chi," meddwn. Roedd Philip eisoes yn eistedd yn y sedd flaen. Rhoddais fy mhen drwy'r ffenestr a doedd Philip ddim yn ymddangos yn chwannog iawn i gael fy wyneb i mor agos at ei un ef. "Os nad oes gwahaniaeth gyda chi."

Fe'i clywais yn siarad am y tro cyntaf.

"O'r braidd fod angen hynny," meddai. "Helbul teuluol yw hwn."

"Fe ddwedodd rai pethe wrtho' i yn y capel," meddwn.

307

"Dim ond ni'n dau oedd yno. Mae'n ddrwg gen i i fi ei adel e allan o 'ngolwg. Roedd f'angen i arno.''

Es i mewn i'r sedd gefn. Ni throdd Philip i siarad â mi. Gwyddwn ei fod wedi cymryd yn f'erbyn o'r foment y'm gwelodd. Roedd yn peri poen i mi fod cymaint o bobl yn cymryd yn f'erbyn ar yr olwg gyntaf. Gwn na fyddai'n hoffi'r hyn a glywai amdanaf i. Fe fydd pobl gyfrifol, resymol bob amser yn casáu ffyliaid.

Â minnau â'm holl feddwl ar fy helbulon fy hun roeddwn i'n ddall na fuaswn ers amser wedi gweld ing yr hen ŵr. Prawf, os oedd angen prawf pellach, o'm methiant fel gweinidog. Tra'n eistedd yno yn y tywyllwch yn sedd gefn y car daeth awydd am gael cychwyn o'r newydd. Meddyliwn am Vavasor Elis a cheisio dyfalu beth y gallwn fod wedi'i wneud i'w helpu. Pa arweiniad y gallaswn fod wedi'i roi iddo, pa gysur, pa feddyginiaeth? Dylaswn fod wedi treulio'r blynyddoedd a wastreffais yn y lle yma yn fy nghymhwyso fy hun i fod yn llestr addas i ddwyn gras Duw i leddfu poen y trallodion ofnadwy oedd yn poeni cymaint o'r eneidiau oedd dan fy ngofal. Doeddwn i ddim wedi fy mharatoi at ddim. Fy lamp heb fod yn barod i chwilio yn y nos anghyfeillgar hon. Pe bawn yn dod o hyd iddo beth a fyddai gennyf i'w ddweud wrtho?

Aeth yr ymchwil ymlaen yn bell i'r nos. Peidiodd y glaw mân a daeth y lloer i'r golwg yn hwylio uwchlaw'r cymylau. Aflwyddiannus fu'r ymchwil. Ni chymerodd neb fawr sylw ohonof i. Efallai bod y teulu'n anfodlon rhybuddio'r holl ardal o'i ddiflaniad, er bod holl weision y ffarm allan yn chwilio. Anelais i am yr hen eglwys yn y cae ar lan y môr. Yno y claddesid cefnder Vavasor, y gŵr a garodd a'i adael i farw. Os oedd ei ysbryd yn aflonydd ar y fath noson ac yn cerdded o gwmpas, fi fyddai'r un i'w gyfarfod. Dychmygwn fy hun yn achub yr hen ŵr o ryw bang arswydlon o flaen bedd ei gefnder. Ond roedd y fynwent yn dawel heb neb ar gyfyl y lle. Ni welwn ddim ond difaterwch oer ffurfafen wyntog y nos. Mewn penbleth pa ffordd i droi nesaf sefais ar ben wal yn agos i'r traeth. Gwelwn lusern unig yn symud fel yr oedd un o'r chwilwyr yn croesi'r cae tatws, yn ysgwyd a symud i fyny ac i lawr fel yr oedd y dyn oedd yn ei chario yn ymlafnio ar draws y cwysi gwlyb. Doedd neb yn bloeddio fel y gwnawn i ar y dechrau, fel pe bai'r gwŷr yn teimlo na fuasai Vavasor yn hoffi hynny. Gwelent hwy ef o hyd fel y dyn oedd wedi llenwi ei swydd gydag urddas a sicrwydd ar hyd y blynyddoedd.

Pan ddychwelais i'r tŷ gwelais fod golau yn ei stafell wely. Meddyliais ei fod wedi dod i glawr a dechreuais redeg yn llawn cyffro; nes i mi sylweddoli bod ei wraig yno. Roedd yn well ganddynt i mi beidio â'i gweld hi."Beth fedrwch chi'i wneud?'' meddai Philip yn gwta. ''Mae'n wallgof. Beth fedrwch chi'i wneud?''

Roedd yna un lle arall roeddwn i am edrych ynddo.

''Y siop,'' meddwn i pan ddois i mewn. ''Oes rhywun wedi bod yn y siop?''

''Fe aethon ni yno'n gynta peth,'' meddai Philip, ''cyn dod i'ch tŷ chi.''

Gwnâi i mi deimlo nad oedd dim croeso i'r un o'm hawgrymiadau i.

''Falle 'i fod e wedi mynd yno wedyn,'' meddwn. ''Wedi troi'n ôl o ble bynnag roedd e'n bwriadu mynd a throi am y siop yn lle mynd adre. Falle 'i fod e'n teimlo mai nid 'i gartre fe yw hwn bellach.''

Rywsut teimlwn ryw gyfnewidiad yn y lle eisoes. Roedd teyrnasiad ar ben. Philip a eisteddai yn y gadair lle'r arferai Vavasor fod, a'i gapan tŷ yn gorwedd ar y llawr heb neb yn sylwi arno. Myfi a'i cododd i fyny. Ond wedi ei godi wyddwn i ddim beth i'w wneud ag ef. Roeddwn i am ei roi'n ôl ar y silff ryfedd, a edrychai'n rhyfeddach fyth yn awr, ar gefn uchel y gadair freichiau. Ond nid tra bo Philip yn eistedd arni, a'i goesau hir yn ymestyn allan, ac yn sugno cymalau bysedd ei ddwrn yn ddigalon. Pan oeddem yn y car eto (mynnai Hannah, gyda'i chwrteisi arferol, fy nanfon yn y car er i mi eu sicrhau y medrwn gerdded yn hawdd) roedd y capan yn dal yn fy nwylo o hyd. Gadewais iddo ddisgyn ar y llawr yno. Ni siaradodd neb ar y daith nes i ni yrru i lawr stryd y dref pryd y dywedodd Hannah'n sydyn, ''Mae 'na ole yng nghefn y siop. Rhaid 'i fod e yna.''

Stopiodd y car yn ddisymwth. Cawson fod drws y siop ynghlo a ninnau heb yr allweddi. Gan fy ngadael i yno wrth y siop gyrrodd Hannah a Philip i dŷ Emmanuel Elis Jones am yr allweddi. Sefais yno nes iddyn nhw ddychwelyd. Roedden

nhw gan Mani, a gallwn feddwl bod fy mhresenoldeb i yno o
hyd yn peri syndod iddynt. Nodiodd Mani arnaf yn ddiserch
braidd. Roedd wedi ei dynnu o'i wely, ond yn ei got fawr a'i
sgarff a'i het roedd e'n edrych cyn bwysiced ag erioed. Ni
châi unrhyw law ond ei law ef droi'r allwedd a agorai'r drws.

Fe gawsom Vavasor Elis wrth y sinc yn y fferyllfa. Roedd
wedi taro i'r llawr nifer o boteli yn ei ymdrech ddall i
gyrraedd y tap dŵr. Roedd hwnnw'n diferu'n awr dros ei ben
llonydd gan wlychu rhan o'i wallt a rhedeg i lawr i'w got
frethyn.

Torrodd Mani i lawr. Ni fedrai ffônio'r heddlu. Bu raid i
Philip wneud hynny. Eisteddodd Hannah ar gadair oedd â'i
chefn yn eisiau, gan syllu ar ei hewythr fel pe bai gobaith cael
rhyw oleuni ar y newid yn ei gyflwr. Troes Mani ataf i.
Roedd yn wylo ac yn dyheu am rywun i siarad ag ef. Crynai
ei ên. Roedd y sgarff wedi llithro o'i lle a gallwn weld ei
siaced byjamas o tani. Gallwn ddeall yr hyn y ceisiai ei
ddweud.

"Dyn mor dda . . . pam wnaeth e . . .? Fuodd erioed gen i
gymaint o barch at neb arall . . . Beth alla i . . .?"

Roeddwn i am weddïo. Gweddïo dros enaid. Gweinyddu'r
arwyl. Cyflawni fy mhriod swydd, a phenlinio yno yn yr
ystafell. Byddai hynny'n addas ac yn effeithiol, yn beth
dymunol, yn beth iawn i'w wneud. Yn lle hynny cysuro Mani
wnes i.

Hannah Felix-Elis

1

Pan oeddwn i'n sâl cofiwn am ben f'ewythr Vavasor dan y
tap dŵr, a'r dŵr yn gwlychu ei wallt di-raen a'i ysgwydd
frethyn ddisymud. Roedd hi'n arferiad ganddo bob amser i
estyn ei law i dynhau tapiau rhag iddynt ddiferu. Casái
wastraff o bob math.

Roedd yn dda cael Philip yno. Gwelwn fod ar Dr.
Bartholomew ei ofn. Ond roedd ar hwnnw ofn ei gysgod.
Mynnai Philip mai meddyg go sâl ydoedd. Rhoddai
awgrymiadau iddo, meddai ef, gan adael i Bartholomew
gredu mai ei ddiagnosis ef ei hun ydoedd. Roedd hynny'n un
o gamsyniadau mwyaf annwyl Philip, y gred amdano'i hun ei
fod yn llawn tact. Arhosodd gyda ni trwy gydol yr wythnos
ofnadwy honno. Roeddwn i'n fyw o hyd.

2

"Dyna fe, Hannah," meddai. "Dyna'r gwahaniaeth
rhyngom. Mae gyda chi Wreiddie. Does gen i ddim."

"Mae'n hawdd i unrhyw un gael gwreiddie os ydyn nhw'n
teimlo'r angen amdanyn nhw," meddwn i. "Mae pobol yn
debyg iawn i blanhigion syfi."

"Falle hynny."

"Ond falle nad ŷch chi ddim eisie gwreiddie," meddwn.
Roeddem ni'n eistedd un o bobtu tân y parlwr bach ychydig
ddyddiau ar ôl claddu f'ewythr Vavasor. Yn union fel y
byddai ef a Mam yn arfer gwneud. Yr un fath ac eto'n hollol
wahanol, nid yn wahanol ac yn hollol yr un fath. Eisteddai
Philip yng nghadair f'ewythr a minnau yn ei chadair hi.
Roedd wedi trefnu i mi gael pob gofal angenrheidiol i'm
hiechyd. Peth braf oedd ei gael ef yn gefn i mi.

"Alla i ddim aros yma. Felly bydd raid i mi fynd ag 'yma'
gyda mi." Gwenodd arnaf. "Mae'n ddrwg gen i. Yr holl
gefndir Cymreig yma, capel, traddodiade, iaith,
teulu—mae'r cyfan yn ormod i fi ei lyncu ar unwaith. Ydych
chi'n siŵr na ddowch chi ddim i'r Swisdir gyda fi? Fe ddylech
weld Ewrop, Hannah. Fe allwn i drefnu i chi gael y drinieth
ddiweddara yno. Fe fysech wrth eich bodd."

"Mae f'eisiau i yma ar y ffarm," meddwn.

"Dwy' i ddim yn siŵr eich bod chi'n ddigon cryf . . ."

"Mae f'angen i yma, Philip. A pheth da yw bod f'angen i yn rhywle."

Bu distawrwydd. Cododd a syllu drwy'r ffenest ar Tomos John yn croesi'r clos â sach ar ei gefn. "Beth mae e'n gario. Sdim gwahanieth, mae e wedi mynd nawr." Daeth yn ôl i'w gadair ac ymestyn ei goesau at y tân. "Hannah, mae'n rhaid i fi fynd 'nôl at 'y ngwaith."

"Rwy i wedi bod yn disgwyl i chi ddweud hynny."

"Hannah, mae gen i gŵyn yn erbyn y lle 'ma."

"Rwy i wedi bod yn disgwyl i chi ddweud hynny hefyd. Mae'n ych cadw chi oddi wrth ych gwaith."

"Na, mae'n fwy cymhleth na hynny," meddai. "Mae'n gwneud i fi deimlo'n euog am rywbeth na wnes i mono. Mae fel derbyn cosb am drosedd cyn i chi ei chyflawni, os gwyddoch chi beth wy'n feddwl, a'ch gorfodi chi i dreulio'r gweddill o'ch oes yn ceisio ffeindo allan beth wnaethoch chi o'i le. Y lle 'ma yw'r drwg . . ."

"Wnes i ddim sylweddoli," meddwn i'n sychlyd, "ych bod mor awyddus i ymadel."

Edrychodd arnaf yn rhyfedd o dawel ac amyneddgar.

"Chi'n gweld, Hannah. Mae'ch ymateb chi'n profi'r peth."

"Profi beth?"

"Mae'n rhywbeth na alla i mo'i egluro. Rhyw firws na fedrwch chi mo'i wahanu a'i nabod."

"Ŷch chi am werthu'r ffarm?" Pwysais ymlaen gan grynu wrth ddisgwyl am ei ateb.

Troes yn ddiamynedd yn ei gadair fel pe bawn wedi codi pwnc nad oedd o ddim busnes o gwbl iddo ef.

"Rwy i wedi dweud wrthoch chi, Hannah. Chi bia'r lle."

Mentrais siarad yn gellweirus. "Fe wn i," meddwn. "I gythrel ag eiddo."

Edrychodd i fyny gan wenu. Ac mae'n debyg fod hynny'n ddigon i'm bodloni i.

Dywedodd y byddai'n iawn i mi ei yrru i'r stesion, a rhybuddiodd fi i gymryd y tabledi'n gyson. Roedd arnaf ofn bod ar fy mhen fy hun ar ôl iddo fynd. Ofnwn fod ei bresenoldeb wedi rhoi rhyw hunanhyder ffug i mi dros dro, ac y byddwn yn waeth fy nghyflwr nag o'r blaen ar ôl iddo fynd: ofnwn nad oedd y ddealltwriaeth oedd yn aeddfedu rhyngom yn ddim byd ond breuddwyd gwrach ar fy rhan i. Wedi'r cyfan merch fy mam oeddwn i. Pan ddywedais wrtho fy mod yn ei theimlo'n ddyletswydd i fod wrth law â hithau yn ei chyflwr presennol, nodiodd ei ben yn ddifrifol ac ymddangosai ei fod yn cydsynio. Roedd fy iechyd yn achos pryder i'r caletaf ei galon ym Mhennant. Ond y noson honno wrth edrych allan drwy'r ffenest cyn mynd i'm gwely'n gynnar gallwn fod wedi gweiddi dros yr holl blwy fod fy mrawd yn arwr, a'i fod wedi rhoi'r erwau hyfryd hyn i gyd i mi, a'm bod o'r diwedd wedi cael yr hyn a chwenychwn fwyaf yn y byd.

"Sgrifennwch," meddwn ar ôl iddo fynd i'r compartment.

"Gwna. Fe sgrifenna i," meddai. "Mae gen i waith cael fy hun i drefn, on'd oes?"

Roeddwn i am ddweud rhywbeth: bod cyfeillach fel hyn, unwaith y dechreuid hi, yn rhywbeth na ddarfyddai byth. Ond teimlwn mai sŵn y trên oedd yn fy symbylu i ruthro i roi mynegiant i'r agosrwydd oedd rhyngom. Rhwng dau fel Philip a minnau ystyriwn mai araf iawn y datblygai agosrwydd; ac felly wnes i ddim ond nodio.

Yn sydyn, cyn i'r trên ddechrau symud, plygodd i lawr a'm cusanu. Fe'm cusanodd i!

Chwifiais arno mor hapus, fel pe bawn yn gwylio fy mhriodas fy hun; ond ym Mhennant byddai'n rhaid i mi edrych mor drist ag y gallwn, gan gofio'r brofedigaeth y credai pawb oedd wedi fy ngoddiweddyd. I ble bynnag y crwydrai Philip gwyddwn y deuai'n ôl. Roeddwn i'n rhywbeth yr oedd arno eisiau bod mewn angen amdano, ac nid ei anghofio.

3

Gelwais yn y Mans. Roedd Idris Powel wedi cyhoeddi ei ymddiswyddiad yn y capel y Sul cynt. Doeddwn i ddim yno ond rhoddasai Sam Daniels adroddiad llawn o'r digwyddiad i mi. Roedd popeth wedi mynd yn ddigon didramgwydd, meddai ef. Fel pe bai marwolaeth f'ewythr a salwch fy mam wedi sobri pawb meddai. Fe siaradodd pawb yn barchus a thawel, heb neb yn codi'i lais. Bu yno gymodi. Tynnodd

Idris Powel yn ôl ei wrthwynebiad i ymgeisiaeth Norman Parri ac aeth Parri Castle Stores mor bell â gofyn i Idris ailystyried ei ymddiswyddiad. Dywedodd Sam Daniels fod y gweinidog wedi oedi'n hir cyn ateb, ac aeth Parri'n bur anesmwyth yn ei sedd gan ofn y byddai Idris yn derbyn ei gynnig. Ond roedd yr ymddiswyddiad yn hollol bendant. Ac roeddwn innau'n falch o hynny. Achos ymhob rhyw fodd ac ymhob man roedd hi'n bryd cychwyn o'r newydd.

Tybed a allwn i ei helpu? Tywysodd fi i mewn i'w stydi anniben, gan redeg ei law yn ôl ei arfer drwy ei wallt afreolus. A oeddwn i, yn fy ymwybyddiaeth newydd o lwyddiant, yn canfod arwyddion aflwyddiant anniben o'i gwmpas? Ac a oeddwn i'n sylweddoli mor anodd y byddai ailgychwyn iddo, mor llwyr oedd ei fethiant? Roedd ei siarad cellweirus yn fy nigalonni i yn fwy na'r ystafell fach lwydaidd. Mae'n ymddangos yn anhygoel i mi fy mod erioed—hyd yn oed yn nyfnder fy unigrwydd—wedi disgwyl am waredigaeth o un-rhyw fath oddi wrth y methiant amlwg hwn.

"Beth newch chi?'' gofynnais iddo. Roedd ei goler yn fudr a'i grys wedi treulio'n dwll wrth ei wddf. Roeddwn i'n poeni'n wirioneddol amdano. Ni welswn ef mewn golau mor glir o'r blaen; yn fethiant mor hollol druenus. Yn barod am ryw ferthyrdod hir a thila.

"O, mi fydda i'n iawn,'' meddai dan chwerthin—ond fedrwn i ddim chwerthin. Gwnaeth ei wên fi'n anesmwyth. Doeddwn i ddim am boeni yn ei gylch byth mwy. "Fe ga i weld y byd.''

"Sut rŷch chi?'' meddai. "Ydych chi'n teimlo'n gryfach?'' Roedd dull y gweinidog ganddo o hyd.

"Rhaid i chi gymryd gofal,'' meddai'n ddifrifol. "Fe ddwedodd Dr. Bartholomew wrtho' i y bydde'n beth da i chi gael gwylie yn rhywle. Pam nad ewch chi, Hannah?''

Byddai'n ormod o sioc iddo mae'n debyg petawn i'n cyfaddef na theimlais i'n well erioed yn fy mywyd. "Rwy'n iawn,'' meddwn. "Dod yma i siarad amdanoch chi wnes i. Beth yêh chi'n feddwl ei neud?''

"O, fe ddo i i ben yn iawn.''

"Ond beth newch chi?''

Nid atebodd.

"Mae'n dibynnu ar y ferch 'na, mae'n debyg. Dyna fel mae pethe o hyd?"

Nodiodd. Gallwn wylo o drueni drosto. Oedd hi'n amhosibl ei gael i dynnu'i hun at ei gilydd? Hyd yn oed yn awr.

"Dyw hi ddim am i chi'i phriodi hi?"

"Nag yw. Dyw hi ddim am 'y ngweld i mewn gwirionedd. Na neb arall o Bennant medde hi. Mae hi wedi'i dolurio'n ofnadwy. Meddyliwch, Hannah . . ."

"Mae'n ddrwg gen i," meddwn. "Peidiwch credu 'mod i'n galed, Idris. Ond alla i mo'i gweld hi yn yr un gole â chi. Fel rhyw achos arbennig. Mae pawb yn cael ei ddolurio. Fe all hi edrych ar ôl 'i hunan yn iawn. Fe hoffwn i allu dweud yr un peth amdanoch chi."

Nid atebodd.

"Ac fel'ny rŷch chi'n barod i'w dilyn hi? Ble bynnag yr eith hi?"

"Ydw."

"Dy bobl di fydd fy mhobl i . . ."

Edrychodd i fyny. "Ie. Dyna fe'n hollol. Dyna'r . . ." Yna tawodd pan sylweddolodd nad oeddwn i ddim o ddifri.

Ar fy ffordd adre gwelais rybudd arwerthiant Bronllwyn. *Ar Werth—Yn Wag i'r Meddiannwr—Plasty Hyfryd yn y Wlad, Addas i'w Droi'n Westy.* Doedd hi ddim wedi gwastraffu dim amser. A ddylwn i ei brynu rhag i ddieithriaid ddod a tharfu ar ein ffordd o fyw? Dyna a ddywedai f'ewythr Vavasor.

Wrth lidiart y ffarm bu raid i mi aros gan fod Richard Davies ac Idwal yn gyrru gyr o fustych i fyny'r lôn o'm blaen—Idwal ar y blaen ar ei feic, a Richard Davies yn cerdded o'r tu ôl, a rhwng y ddau y bustych yn gwthio ar draws ei gilydd yn y lôn gul. Cerddais i mewn i gae gwair nes byddai'r ffordd yn glir. Roedd yn gnwd ifanc, graenus. Roedd yr awyr yn gynnes, a chododd ehedydd o'r gwair cwta gan ddiflannu yn yr entrych a rhyddid ei gân yn llenwi'r nen.